Frank Pulina

Flamingo Paradies

© 2024 Frank Pulina
Auf dem Steinberge 26
99425 Weimar

Lektorat: Ursula Luckner, Lektorat Wortgestöber
Umschlag & Satz: Erik Kinting – www.buchlektorat.net
Titelbild: © Pak Mbah Djoyo

Druck und Distribution im Auftrag des Autors:
tredition GmbH, Heinz-Beusen-Stieg 5, 22926 Ahrensburg, Germany

Softcover   978-3-384-08860-4
Hardcover   978-3-384-08861-1

Das Werk, einschließlich seiner Teile, ist urheberrechtlich geschützt. Für die Inhalte ist der Autor verantwortlich. Jede Verwertung ist ohne seine Zustimmung unzulässig. Die Publikation und Verbreitung erfolgen im Auftrag des Autors, zu erreichen unter: tredition GmbH, Abteilung "Impressumservice", Heinz-Beusen-Stieg 5, 22926 Ahrensburg, Deutschland.

Inhalt

Im Wald	5
David	18
Emmi	28
Die Eisfabrik	35
Der Wasserfall	48
Onkel Gio	56
Der Strom	65
Vater	79
Der Kuss	90
Der Sprung	95
Bei den Schildkröten	117
Die Fischer	130
Heldes neuer Anfang	139
Die Saison	149
Der Fang	154
Abreise	164
Die Jahre	166
Davids Reise	178
Warten	194
Dita und die Flucht	207
Verlust und Freiheit	220
Gio kehrt heim	247
Der Campus	251
Davids Rückkehr	256
Mit Mila	265
Wiedersehen	275
Jakarta, drei Jahre später	282
Das Testament	288
Aufbruch nach Anambas	297

Im Wald

Aju rannte und rannte. Das Knistern unter ihren nackten Fußsohlen hörte sie nicht. Die Rinde alter Kokosnussschalen drückte sich in ihre jungen, zarten Füße. Sie lief dem weißen Rauch entgegen und dem immer lauter werdenden Donner. Dann blieb Aju stehen und schaute in die blauen Wolken. Sie war außer Atem. Bei jedem Atemzug, den sie nahm, blies sich ihr leerer Bauch wie ein Luftballon auf. Sie starrte in den Himmel.

Große schwarze Vögel in Dreiergruppen und mit gelben Schnäbeln ließen sich auf die Äste der Bäume nieder. »Sind das die Geister?«, sprach Aju leise vor sich hin.

»Kommen mich die Geister holen?« Sie erinnerte sich an Oma Helde. Sie sagte:

»Diese Gestalten sind überall auf der Insel. Es sind die Seelen der Toten und sie werden die Insel nicht verlassen, weil ringsherum nur tiefes Wasser ist.« Aju dachte dann an Onkel Gio und seinen stets gleichen Kommentar, wenn Oma Helde von den Spukgestalten sprach. »Genauso wie wir, wir können hier auch nicht weg.«

Aju lief allein durch den silbernen Wald. Er war in ein dunkelgrünes Licht getaucht. Eukalyptusbäume standen überall. Drei Monate hatte es nicht geregnet auf der kleinen Insel zwischen dem Pazifischen und dem Indischen Ozean. Die Baumstämme sahen wie Kletterstangen aus. Schmal und kahl. Nur oben, in den Wipfeln links und rechts, etwas hellgrüne Farbe. »So weit hoch, da komme ich nie hin«, dachte Aju.

Noch in der Nacht hatte Oma sie aus dem Haus geschickt. »Du bist sechs Jahre alt und ich habe kein Geld für deine Schule, du musst arbeiten.« Das waren die Worte von Oma Helde, jeden Morgen. »Mit sechs Jahren arbeiten? Warum gehen Mila und Raja nicht arbeiten? Die sind schon sieben und acht und dürfen in die Schule?«

Aju rieb sich den Staub der Straße aus den Augen. Es war fünf Uhr am Morgen. In einer Stunde wurde es hell. Jetzt war es noch kühl draußen, gerade einmal vierundzwanzig Grad, und ein lauer Wind wehte durch den Plastikvorhang an der Tür ihres Hauses.

Aju stand auf ihrer feuchten Matratze und taumelte im Dunklen zum Ende des Gebäudes. Ihr Wohnhaus bestand im Ganzen nur aus einem Raum. Alle Häuser waren auf Stelzen gebaut. Es waren nur wenige Schritte bis zum Hafen. Zu den Baracken gelangte man über kleine, mit Holzlatten belegte Stege. Ab und zu hatten einzelne Nachbarn Beton auf das Holz gekippt. Dort sah man das Meer unter den Stegen nicht mehr, wenn man hinunterschaute. Nicht so in Omas Haus. Hier knarrte das Gebälk bei jeder Bewegung der See. Holzbohlen und Bretter aus Eukalyptus und Mangoholz hielten alles zusammen. Auf dem Dach lag Wellblech. Sobald der Regen darauf mit seinen riesigen Tropfen trommelte, drückte Aju ihre Ohren auf die Matratze, so laut war es.

Aju tastete sich mit ihren dunkelbraunen Händen entlang der Wand bis zu der Spüle. Zwei Fische in Zeitungspapier lagen darauf und eine Fliege saß auf einem der klaren Augen eines der Tiere. »Das ist Pierre. Alle Fische heißen Pierre.«, sagte Oma, aber das ist eine andere Geschichte. Neben der Spüle stand hinter einem Vorhang ein blaues Plastikfass. »Oma ist reich. Wir haben eine Dusche.«, sagte Onkel Gio immer. Ein langer Schlauch, der vom Wellblechdach kam, endete in dieser Tonne. Darin lag eine Schöpfkelle aus Aluminium. Aju zitterte. Sie schöpfte sich das weiche Wasser in ihren Nacken und bibberte vor sich hin. Wenn sie in das Fass schaute, erschrak sie. »Ich bin richtig schwarz, nicht so wie Mila. Mila kann zur Schule, aber ich muss arbeiten und werde schwarz.« Dann war Aju munter. Leben kam in ihren Körper. »Hallo Pierre.«, sagte sie und hüpfte aus der Dusche, vorbei an den Fischen in Zeitungspapier und den Fliegen, die immer mehr wurden und sich an den Tieren vergnügten.

Vom Zimmer führten ein paar Stufen nach oben. Dorthin zu laufen erlaubte Oma Helde ihr nicht. Nur die Katze durfte die Treppe hinauf gehen. Seit einigen Wochen war jedoch jeden Abend ein Rumpeln auf dem Dachboden zu hören. Die gefleckte Katze hatte Kinder. Sie sprangen zwischen all den auf dem Boden abgestellten Gegenständen hin und her und hatten ihren Spaß. »Lass sie in Ruhe. Die Babys sind noch klein. Warte noch eine Weile. Die Katzenmama wird uns bald ihren Nachwuchs zeigen. Die Kleinen haben Hunger und irgendwann kommen sie auf den Geschmack und wollen auch einen Fisch, genauso wie du.«, sagte Oma Helde.

Heute rumpelte es schon am Morgen. Aju schaute die Treppe hinauf und auf den Stufen saß ein Knäuel von Katze. Eine Handvoll Haare, miauend. Aju nahm sie in ihre feuchten Hände und die Katzenmutter beobachtete sie von dem dunklen Dachboden aus. Sie setzte das Katzenknäuel auf ihre Matratze und rieb sich Öl in ihre langen, schwarzen Haare. Mit den braunen Fingern kämmte sie sich ihre Mähne, bis Oma aus dem Hintergrund rief, »Essen, du musst los.« Aju knetete sich etwas Reis mit der Hand zusammen und stopfte ihn widerwillig in den Mund. Oma ruckelte an ihrem Rücken herum und setzte Aju ihren Rucksack auf. »Das Moped ist kaputt. Du musst Eis in den Laden bringen. Geh zu Gio.«

Oma wandte sich ab und weckte Mila und Raja. »Meine lieben Kinder, aufwachen.« Aju hatte diese Worte noch nie gehört. Sie ist nicht eines der geliebten Kinder von Oma. »Wo ist meine Mutter?«, fragte Aju oft, wenn sie Helde so reden hörte. »Deine Mutter ist gestorben, du hast keine Mutter mehr.« »Sie hat dich einfach hiergelassen und dann ist sie gestorben.«, sagte Oma Helde.

Aju dachte oft an ihre Mutter. Gesehen hatte sie sie in ihrem Leben nie. Eigentlich war das jeden Tag so, wenn sie hörte, wie Oma, Mila und Raja weckte. Das war eine schlimme Minute jeden Morgen. Jeden Tag dachte sie daran, wie allein sie war in diesem Haus voller Menschen, auf dieser Insel mitten im Ozean. Niemand nahm sie in den Arm, im Gegensatz zu Mila und Raja. Die mussten keinen Rucksack tragen, wurden in die Schule gefahren und schliefen eine Stunde länger, obwohl sie viel älter waren als Aju.

Wenn Mila und Raja das Haus verlassen hatten, wurde Oma nachdenklich. Dann veränderte sich ihr Wesen. Nicht dass die Liebe, die sie ihren Kindern zuvor zuteil werden ließ, jetzt auf Aju übersprang, aber es lag ab diesem Moment etwas Besonderes in ihrem Verhältnis zueinander.

Oma war streng und ungerecht, so empfand es Aju, aber nicht grob. In manchen Momenten wollte sie Aju wohl hart machen, sozusagen auf das Leben vorbereiten. Dann war sie sehr fordernd mit Aju. Warum? Weil sie wusste, dass Aju in einigen Jahren auf eigenen Beinen stehen musste, die Insel verlassen würde? Aju bekam davon nichts mit. »Oma ist ungerecht. Wieso erlaubt Oma Helde ihren Kinder Mila und Raja länger zu schlafen und ihr nicht?«

Ein silberfarbener Himmel entstand über dem Meer. Wolken und Wasser waren ein einziger silberner Spiegel. Aju sprang zwischen den Holzstegen umher. Im Hafen lag eine zwanzig Meter lange Jacht aus Frankreich. Eine grazile schlanke Frau mit blonden Haaren und drahtigen Armen setzte in einem kleinen Beiboot und tuckerndem Motor an die hohe Hafenmauer über. In dem Kahn waren ein Junge und ein Fischer aus dem Dorf, der die Frau zum Proviant kaufen geholt hatte. Vom Boot aus winkte die Dame ihrem Mann auf der Jacht zu. »Die Frau hat goldene Haare und Locken. Die sind bestimmt reich und aus einer Königsfamilie. Alle Könige haben Locken.«, dachte Aju und hüpfte vom letzten Steg auf den Platz vor dem Hafen.

Gio stand an seinem Nudelstand und bereitete einen kleinen Gaskocher für den Gebrauch vor. In der Spüle lag schmutziges Plastikgeschirr vom vorigen Tag. Er drehte seinen mobilen Verkaufsstand auf Rädern zum Platz vor dem Hafen und machte sich daran, das Geschirr zu waschen. »Guten Morgen Aju. Du bist früh heute, Wie geht es den Katzenbabys?« Gio nahm Aju in den Arm. »Ist meine Schwester wieder streng mit dir gewesen? Schau, was Oma mit Aju macht. Sie ist nur Haut und Knochen.«, sagte er zu seiner Frau, die im Inneren des Hauses Nudeln auf einem Holzbrett schnitt.

»Wir machen dir ein paar Nudeln. Du kannst sie mitnehmen. Der Rückweg ist lang und du musst schwer tragen. Eine Zumutung für das Kind. Sie ist viel zu klein für die schwere Arbeit.« Gios altes, faltiges

Gesicht wirkte noch zerfurchter, als er die Worte an seine Frau richtete. Aju saß auf dem breiten, gelb-schwarzen Bordstein. Sie schaute auf das Meer. Hinter einer Jacht stieg die Sonne empor. Die große Fähre am Kai ließ ihren Diesel an. Grauer Rauch kam knatternd aus dem Schornstein. Der Ozean wiegte sich in langen Wellen hin und her. Aus dem Silber erhoben sich Möwen und, stehend auf einem Bein, steckten sie ihre Köpfe in ihr Federkleid auf den bemoosten Pfählen, abwartend, was der Tag heute für sie bereithielt.

Wie wenn man mit einem Stock in einen Ameisenhaufen sticht, kamen schlagartig Menschen aus allen Richtungen auf den Platz vor dem Hafen. Alte Frauen mit Kopftüchern, Männer ohne Zähne und barfuß, schoben Karren mit Früchten an die Mauer. In Minuten entstand ein geschäftiges Treiben. »Das Meer, das Meer, jeden Tag, immer nur das Meer und ich bin erst sechs. Wo kommt der Junge mit der blonden Frau her? Ist das Land weit weg?« Aju schaute auf die Schuhe des Jungen. Er hatte richtige Turnschuhe, keine Sandalen die zwei Nummern zu groß waren und die Aju mit ihren Zehen bei jedem Schritt zusammenhalten musste, damit sie sie nicht verlor.

»Wenn ich groß bin, werde ich von hier weggehen, das steht fest. Oma hat gesagt, in fünf Jahren muss ich sonst heiraten. Aber wen soll ich hier heiraten?« »Den Chinesen, dessen Eltern die Fähre gehört.«, sagte Oma einmal. Aju saß noch immer auf dem Bordstein, an der einzigen befestigten Straße auf dieser Insel, umringt von tiefschwarzem Wasser.

Gio kam aus dem Dunklen und steckte Aju in Bananenblätter eingewickelte Nudeln in ihren Rucksack. »Bis später Aju und sei vorsichtig.« Das kleine Mädchen drehte sich herum zu den Bergen. Warmes rotes Licht der aufgehenden Sonne verlor sich in dem dichten Wald, der die Hänge hinter dem Dorf bedeckte. Aju lief die Straße entlang an der Kirche vorbei und hinüber zu der Schule.

Der Schulhof war eingezäunt mit einem türkis gestrichenen Metallzaun. Aju mochte nur etwas hineinschauen. Ein paar Jungs spielten schon Volleyball auf dem Hof. Vor den Klassenzimmern standen Holzstühle und Blumen in Holzkübeln. Eine Fahne wurde auf dem Hof an dem Mast hochgezogen. Ein Ball sprang vor Ajus Füße und gelber Putz blätterte von einer Fassade, an der eine große Klimaanlage angeschraubt war.

Aju ließ die Schule hinter sich und wurde langsamer. Die Straße war nur noch ein Weg ohne Steine, nur festgetretene, rote Erde. Die Stimmen der Männer wurden leiser. Aju richtete ihre Blicke auf den Boden. »Wenn du auf den Grund schaust, sagt Oma, dann kannst du vielleicht einmal einen Schatz finden, oder Gold oder Diamanten.« An diesen Spruch von Helde dachte Aju jedes Mal auf diesem Weg. Der Wald links und rechts des Weges wurde immer dunkler. Aju fürchtete sich. Sie lief wie durch einen schwarzen Tunnel ohne Licht. Aus den Bäumen heraus beobachteten sie Augen. Es waren die Blicke der kleinen Äffchen, die überall im Wald auf einen warteten »Sie essen gerne Nüsse und sind sehr schlau. Halte nichts in der Hand und stecke alles in die Hosentaschen. Sie beobachten dich und nehmen dir alles weg.«, sagte Oma immer und das stimmte.

Ein Äffchen tanzte auf Ajus Rucksack. Mit seinen kleinen Händen wühlte er in den Haaren des Mädchens und zog sie in die Länge. »Du bist nicht schwer, bleib nur sitzen mein Freund.«, sagte Aju und sprang über die Pfützen, die das aus dem Wald laufende Wasser auf dem Boden bildete. »Deine Familie holt dich ab.«, sagte Aju, als zwei große Affen kreischend plötzlich vor ihr standen und mit den Köpfen hin und her wackelten.

Der größere der beiden Affen schleifte Ajus Freund an einem Arm über die Erde und schon waren die drei im Wald verschwunden. Etwas entfernt hörte Aju den Dieselgenerator der Eisfabrik. Mitten auf dem Berg, auf einer Lichtung, stand die Fabrik. Hier wurden die Eisblöcke hergestellt. Das Wasser kam aus der Quelle oben auf dem Hügel und war sauber. Ganz klar war es und Ajus Onkel lieferte das Eis an die Fischer, die die Meeresbewohner an die nächste größere Insel verkauften und an die Restaurants dort. »Auf unserer Insel brauchen wir kein Eis. Wenn wir Fisch essen wollen, holen wir ihn frisch aus dem Wasser.«, sagten Oma Helde und Onkel Gio.

Vor der Eisfabrik standen Holzkisten mit Deckeln darauf. Ein Mann mit freiem Oberkörper hebelte eine der Kisten auf und Eisstücke fielen auf seine Gummistiefel. Er schnappte sich einen großen Fisch mit roten Kiemen und glasigen Augen aus dem Holzkasten mit dem Eis und hielt ihn hoch. »Hier Aju, kannst du den halten?« Ajus Arme zitterten. Sie ließ Pierre nicht los. Eine Seite des Fisches stützte sie auf ihrem Oberschenkel ab, bis der Mann mit den Gummistiefeln ein Nachsehen hatte.

»Der Fisch ist größer als du.«

»Denen werde ich es zeigen. Ich bin stark.«, dachte sich Aju und hielt den Fisch, so lange sie konnte, in ihren Händen. Sie beobachtete die Männer, die aufgereiht links und rechts an ausgehöhlten halben Baumstämmen standen, die Fische nach ihrer Größe sortierten und in die Boxen verpackten. Eine Schicht Fisch, eine Schicht Eis. Dann wurden die Kisten verschlossen. Einer der Männer sprang auf die Box, ein anderer schlug Nägel mit wuchtigen Hieben in das Holz.

»Du kannst los, lauf schnell! Es ist heiß und das Eis muss schnell geliefert werden.«, sagte einer der Männer. Aju stand auf und fühlte den Eisblock auf ihrem Rücken. Die Riemen des Rucksacks schmerzten und drückten auf ihre zarte Haut. Sie steckte ihre Finger zwischen die Tasche und ihre Schultern, was noch mehr schmerzte.

Nach einigen Metern hatte sie die Kuppe des Hügels passiert. Sie konnte das Meer wieder sehen und das Dorf. Jetzt begann für sie die Quälerei. Der Eisblock musste hinunter in den Ort. Zu dem Mann, der das Hühnerfleisch verkauft. »Der gibt Oma dafür Geld und davon kauft Oma Essen und Kleidung für mich. So kann ich bei Oma bleiben.« Hinter dem nächsten Hügel spürte Aju schon ihren Rücken nicht mehr. Alles war wie betäubt. Nur die Knie schmerzten ihr. Wasser tropfte aus dem Rucksack. Sie setzte sich auf den Weg, mitten in die rote Erde. Aus dem Wald hörte sie die Schreie der Äffchen.

Aju träumte von der Schule. Sie träumte davon, Volleyball zu spielen, mit den Jungs auf dem Hof. »Da musst du Beine haben wie ein Flamingo, lang und dünn und Kraft musst du haben und springen musst du können.«, sagt Oma Helde. »Irgendwann wird mich einer der Jungs fragen, ob ich mitspielen möchte.«

Es war schon fast hell und der Mann, der den kleinen Hühnchen die Federn herausreißt und sie anschließend hinter eine Glasscheibe in einem Holzkasten zur Schau stellt, wartete wie immer auf das Mädchen am Hafen. Aju setzte sich auf den langen Griff eines Holzwagens neben dem Stand. Einer der Wagen, die hier überall auf dem Eiland zu finden waren. Sie waren das wichtigste Utensil auf der Insel neben Fischernetzen und Angelruten, um den Lebensunterhalt zu verdienen. Ein zwei Meter langer Holzwagen mit einer Art Theke und einer Glasscheibe davor. Manche hatten kleine Gaskocher darauf, mit denen sie Wasser für Tee oder Kaffee erhitzten, andere kochten damit Brühe für die Nudeln, die sie verkauften.

Am frühen Morgen schwärmten die Männer und Frauen aus. Zogen die Wagen an den langen Griffen hinter sich her. Bergauf und bergab auf dem Weg von ihrer schlichten Behausung zu einem Platz, in der Nähe des Hafens. Dort, wo einige der wenigen Reisenden, die die Insel besuchten, an Land gingen und etwas kauften. In der Luft lag ein Geruch von alten Gummireifen und frischem Fisch. Dampf aus dem Gaskocher ließ die Scheibe vor der kleinen Holztheke beschlagen.

Der Mann mit dem Hähnchenstand gab Aju ein Glas mit grünem Tee. Das kleine Mädchen schaute auf das Meer, wie jeden Tag. Am Hafen hatten sich große Trauben von Menschen gebildet, die bereit waren, die Fähre zu betreten.

Jeder von ihnen trug graue Stoffballen mit sich herum oder zog sie hinter sich her. Die Reisenden besaßen keine Koffer. All ihre Utensilien befanden sich darin. Eine Reise, die hier ihren Ursprung hatte, war meist von gewisser Dauer. Nicht so wie für einen Tagesausflug, wenn man eine Reise antrat, mit dem kleinen Kanu oder den Booten mit dem stotternden Motor. Jeder, der hier die Fähre betrat, kam frühestens nach vier Wochen wieder zurück. Die Überfahrt zur nächsten Insel dauerte gut sieben Tage, bei gutem Wetter und ohne große Wellen.

Wenn die Wellen sehr hoch waren, dann kam die Fähre zurück. Der Hafen lag in einer engen Bucht mit steilen Bergen links und rechts. Hier, vor der Stadt, vor Wind und Wellen geschützt war das Meer ruhig, meist spiegelglatt. Verließ die Fähre den schützenden Platz, wurden die Wellen schnell sechs Meter hoch. Ein halbes Jahr lang waren die Wellen so gewaltig, dass kein Schiff ankam oder wieder ablegen konnte.

Dann war die Inselbevölkerung auf sich allein gestellt. Aber diese Zeit war jetzt vorbei. Das Wetter draußen auf dem Meer hatte sich beruhigt, so wurde berichtet, und die Bewohner bereiteten sich auf die Reisen vor. Sie planten den Besuch auf einer der Nachbarinseln, um Verwandte zu besuchen. Um an einer Hochzeit teilzunehmen, oder um die Geburt eines Kindes zu feiern. Um Material für den Bau eines Hauses zu kaufen, um Fischergerät zu reparieren, einen neuen Motor für ein Boot zu organisieren. Manche kamen zurück aus der Hauptstadt, weil sie das Leben der Insel vermissten, die Nudeln, den frischen Fisch, die Krabben. Die riesigen Schildkröten, die nachts in Scharen an den Strand wanderten und Eier im warmen Sand vergruben.

»Die Insel ist langweilig, aber es ist nun mal unsere Insel und hier bin ich geboren.«, sagte Oma Helde. »Hier zu sein ist nicht immer einfach, aber in der Stadt, da könnte ich auch nicht leben.« Manche verließen die Insel. Um eine Arbeit in der großen Metropole zu suchen oder an den Schulen zu lernen, um später zu studieren.

»Niemand ist von ihnen zurückgekommen. Entweder weil es ihnen zu gut geht und sie ihr Glück gefunden haben. Dann können sie sich nicht mehr an ihre Heimat erinnern. Sie kaufen sich teure Handtaschen und geben ihr Geld für unnütze Dinge aus, die niemand braucht. Oder sie sind in einem Vorort der Hauptstadt gestrandet. Verkaufen dort Nudeln in den gleichen Wagen wie auf der Insel und können nicht mehr zurück. Ich bleibe hier und wer soll sich auch sonst um euch kümmern? Deine Mutter ist tot und Milas und Rajas Vater muss arbeiten. Was soll sonst aus euch werden?«

Aju beobachtete das Treiben vor dem Hafen. Auf dem kleinen Platz zwischen der einzigen Straße der Insel und den Hafenmauern lag das gelbe Hotel von Tarempa. Ein Haus, aus Stein gemauert. Größer als die Schule und das Krankenhaus, das nie fertig wurde. Oben auf den Hügeln stand noch eine Kirche mit Holzdach und aus der Ferne hörte Aju manchmal den Lautsprechergesang einer Moschee.

Vor dem Hotel standen zwei Frauen und sprachen Reisende an, die von der Fähre gekommen waren. Sie hielten Karten mit Fotos vor ihrem Bauch, auf denen hinter mattem Plastik vergilbte Speisekarten Auskunft über das angebotene Essen im Hotel gaben.

Die Reisenden mit ihren fettigen Haaren, die wochenlang in müffelnden Sitzen oder am Deck auf der schwankenden Fähre verbracht hatten, waren froh, wieder festen Boden unter den Füssen zu haben. Die wenigsten wollten sich nach dem Seegang den Magen vollschlagen, sondern nur Duschen und einfach eine Woche schlafen, ohne dass sie bei jeder Bewegung des Schiffes von einer Wand an die andere gerollt wurden.

Die Blicke der Reisenden waren müde, obwohl es früh am Morgen war. Mit in die Ferne gerichteten Augen hörten sie den Anpreisungen der Damen vor dem Hotel zu.

Dann einigten sie sich schnell auf einen Preis für ein Zimmer und die Gäste schleppten ihre Säcke und braunen Koffer aus karierter Pappe die Holztreppe ohne Geländer hinauf, in eines der Zimmer.

Aju wartete auf dem langen Holzsteg zwischen dem Hafen und Hotel. Durch das Holz schien azurblaues Wasser. Es roch nach Seegras. Nach weichem Gras, welches Aju manchmal trocknete und mit in den Wald nahm. Dann legte sie es sich um den Hals, kletterte den einen großen Baum hinauf und drückte die schon gelblich gewordene Masse zwischen zwei Äste, hoch oben über dem Boden.

Sie legte ihren kleinen ovalen Kopf mit einem Ohr auf das Gras. Mit der anderen Hand hielt sie eine der winzigen Muscheln an ihr Ohr. Die Muschel, der schon eine Ecke fehlte. Die zartrosa, wie ihre Lippen, in der Sonne leuchtete. Dann begann sie zu träumen. Von den Menschen, die auf die Insel kamen Tag für Tag.

Nur heute saß sie auf dem Boden. Sie schaute der Frau mit ihrem Sohn zu, die Proviant für ihre Weiterreise kauften. Sie diskutierten mit dem Fischverkäufer. »Der Junge mit den blonden Locken ist bestimmt älter als ich. Er kann mich mitnehmen. Aber Oma sagt, die kommen von ganz weit her. Die essen Schweine und Fisch gibt es da nicht, wo die Fremden herkommen.«

Aju legte sich auf den Bauch und schaute durch einen Spalt auf das Wasser. Gelbe und schwarze Fische tanzten um die Pfähle unter den Häusern. Kleine Wellen lösten sich von den Buhnen. Die Gruppen von ankommenden Menschen, die über den Steg liefen, versetzten die Holzbrücke in Bewegung. Die Fische schreckten kurz auf. Sie kamen mit offenem Mund an die Oberfläche. Sie warteten auf Futter. Aber heute schmiss niemand etwas in das Wasser.

Seitdem der Holländer das Hotel verkauft hatte, waren auch die Abfallkörbe verschwunden. »Wo lassen die fremden Menschen nur ihren Abfall?«, fragte sich Aju. Sie schaute den Fischen zu. »Ob sie miteinander sprechen?«, fragte sie sich. »Oder ob sie auch keine Freunde haben?« Die Bohlen bewegten sich heftig. Große Männer mit langen Armen trugen Plastikschalen mit Fisch über den Steg. Aju sprang auf, lief zum Hotel und setzte sich vor den Eingang des Gebäudes.

Links und rechts vor dem gelben Haus standen zwei Figuren aus Sandstein. »Sie sitzen dort einfach nur herum.«, dachte das Mädchen. Aju legte ihnen rote Blütenblätter auf den Kopf. Sie war noch niemals zwischen den beiden Figuren hindurchgegangen. Nicht dass sie sich nicht trauen würde, nein. Die beiden Buddhas schauten nur ganz geradeaus. Sie bewegten sich nicht, obwohl Oma sagte, dass es auch Geister sein könnten. Aju dachte, »Ich werde es probieren, was soll schon passieren. Selbst wenn sie mich packen, hier sind viele Menschen, die werden mir helfen.«

»Sie sind aus Stein und wenn sie in das Wasser fallen sinken sie auf den Boden. Dann sind sie hinüber. Sie können nicht mehr nach oben schwimmen, wie sollten sie das tun? Sie haben keine Flossen und sind fett. Ich weiß von Onkel Gio, dass er immer einen Stein mitnimmt, wenn er in das Wasser springt. Einen großen Stein. Er lässt ihn dann mit sich auf den Boden sinken und kommt mit Muscheln oder einem Fisch wieder nach oben.«

Um einen der dicken Steine mit Kopf lief Aju herum. Es passierte nichts. Sie fasst ihren Mut zusammen und sprang auf die Treppe hinter den beiden Figuren.

Die Treppenstufen knarrten und mit zwei kurzen Sätzen war sie auf der ersten Etage angelangt. Sie schaute den Flur entlang. Er verlief zwischen dem Meer und der langen Straße im Ort. Licht schien zum Fenster herein, welches offen im leichten Wind der See hin und her schlug. Eine Dame mit schwarzem Kopftuch und dickem Bauch stieß eine der Türen mit ihrem Hinterteil auf. In den Händen trug sie einen Korb aus Bambusrohr mit schmutziger Wäsche.

An Aju zog ein muffiger Geruch aus feuchten Handtüchern und aufgequollener Seife vorbei. Die Hände der Dame waren gelb. Oben auf dem Korb lag eine kleine blaue Flasche, »Bombay Gin« stand darauf. Die Frau humpelte in das Zimmer an der Ecke zum Hafen. Die aufgehende Sonne schien auf ihre Haare. Ihre Augen waren schwarz und ihre dazu passenden Haare wären es auch, wenn sie sich nicht drei Strähnen aus Mahagonifarbe eingezogen hätte. Ein Haargummi mit einer gelben Sonnenblume hing halb auf ihrer Schulter. »Wie heißt Du? In welchem Zimmer sind deine Eltern?«, fragte sie Aju.

Aju lief den Gang entlang in die andere Richtung. Ein Aschenbecher aus Aluminium auf einer langen Säule stand im Weg und polterte den Gang entlang. Die Asche sank auf die Dielen. Der Wind, der durch das offene Fenster blies, verteilte den Staub in den Ritzen. Der Rest wedelte die Treppe hinunter und alles erschien wie vorher. Nur die Halbschale des Aschenbechers rollte noch hin und her über den Flur.

»Aju heiße ich. Ich wohne bei Oma Helde.« Die Frau kam den Gang entlang, zurück aus dem Zimmer, sank auf ihre Knie und beugte sich vor zu Aju. Sie strich mit ihren gelben Fingern durch Ajus Haare. Wasser stand in ihren Augen. »So eine schöne Tochter wie dich hätte ich auch gern. Du bist so ein schönes Mädchen. Was machst du hier?«

»Oh Schreck«, Aju erinnerte sich an den Eisblock, den sie unten am Steg abgestellt hatte. »Ich muss los, ich muss weg.« Sie nahm die Treppe mit zwei kurzen Sprüngen, von hinten sahen die beiden Sandsteinfiguren aus wie Schildkröten. Sie stand mit einem Male wieder auf der Straße vor dem Hotel. Sie drehte sich weg vom geschäftigen Treiben, um sechs Uhr früh auf dem einzigen befestigten Weg im Ort und schaute in Richtung des Hafens. Die Sonne stand schon einen Meter über dem Horizont. Schwarzer Rauch des Schiffes an der Kaimauer zog an der Sonne vorbei.

Links und rechts des Steges öffneten die Warenstände mit den Waren des täglichen Bedarfes, die Nudelstände und die Fischverkäufer. Die Stände mit billigem Plastikspielzeug aus China und nachgemachten Fußballshirts aus Taiwan. Vor dem Mann, der den Hühnern die Federn herausgerissen hat, blieb Aju stehen. Der Rucksack mit dem Eisblock lehnte an der hölzernen Wand in der Sonne. »Lass gut sein. Ich nehme es herein.«, sagte der alte Mann, als Aju seufzend den Rucksack aus der Sonne zog. Heute früh hatte sie erst keine Schmerzen verspürt, nur die Schwere des Eisblockes und das betäubende Gefühl auf dem Rücken. Sie erinnerte sich an die Äffchen an den Händen ihrer Mutter und an den Wasserfall. An den silbernen Wald und die Reisenden. An die Frau im Hotel. An die Geschichten von Oma Helde.

David

Zwei Stunden war Aju nun schon unterwegs. Jetzt bekam sie Hunger. Sie setzte sich an die hölzerne Wand, die durch die Sonne angenehm warm war. Ihre Sandalen klapperten auf dem Holz. Sie waren einmal leuchtend orange, aber jetzt zierten schwarze Streifen von Gummi die Schuhe. Auf ihrem Rock waren kleine Fische und eine gelbe Sonne mit einem Auge in der Mitte. An ihren Beinen unzählige Kratzer von den Felsen und Steinen am Meer. Ihr Rücken nahm die Wärme der Wand auf und sie fiel in einen tiefen Schlaf, wie lange, wusste sie nicht.

Bis ein Federball vor ihre Füße fiel. Die blonde Frau mit ihrem Sohn stand vor ihr. Sie redeten, aber Aju konnte es nicht verstehen. Die beiden Fremden aus der Ferne vertraten sich die Beine. Sie mussten mindestens acht Stunden gesegelt sein, denn so weit war die nächste kleine Insel mit dem Boot entfernt, mit dem Onkel Gio manchmal auf See fuhr. Das war ziemlich weit weg und Aju war nur einmal mit auf dem kleinen Boot mit dem lauten Motor. Die Insel lag im Westen, dort wo die Sonne abends hinter dem Berg verschwand. Heraus aus dem Hafen segelte man und dann fing es an zu schaukeln. Damals sah sie oben auf den Wellen den Himmel und im Wellental nur das schwarze Wasser.

Das salzige Meer spritze ihr in das Gesicht und sie wusste nicht, welches der bessere Platz im Boot war. Dort wo ihr das Wasser in die Augen wehte, oder dort, wo es trocken war, aber das Benzin vom Motor so stark roch, dass ihre ganzen Kleider und Haare in kürzester Zeit wie die Zapfsäule der Tankstelle im Ort rochen.

Der Junge mit den goldenen Locken drückte ihr einen Federballschläger in die Hand. Die Mutter setze sich dorthin, wo Aju gesessen hatte, und Aju nahm den Schläger in ihre Hände. Zwischen den Saiten des Schlägers war ein Loch und sie steckte ihre Finger dazwischen und ordnete die Saiten. Das Spiel kannte sie aus dem Laden mit den billigen Spielsachen. Aber der Ball, den sie damals benutzte, war schnell kaputt. Aju und der kleine Junge begannen zu spielen und ließen den Ball hin- und herfliegen. Der Junge streckte seine Glieder und mit jedem Federball, den er zurückschlug, streckte sich sein Körper mehr und mehr.

Man konnte ihm die Freude ansehen, mit der er sich bewegte, nach so langer Zeit auf dem Boot mit den weißen Segeln. »Ob der Junge auch nicht zur Schule geht? So wie ich? Aber er hat eine Mutter und eine wunderschöne noch dazu. Wie glücklich muss er sein?«, fragte sich Aju. Der Junge hatte Kraft, obwohl er mager aussah. Seine Arme waren lang und dünn mit fasrigen Muskeln. »Was macht er wohl auf dem Boot, dass er schon solche Muskeln hat?« Er trug eine blaue Mütze, wie sie die Franzosen tragen, ein weißes langes Hemd und dunkelblaue, kurze Hosen und er hatte ganz weiße Schuhe. »Sie stehen wohl die meiste Zeit auf Deck, während die Mutter mit dem Vater die kleine Jacht, die nicht länger als fünfzehn Meter ist, über das Meer steuern.«, sprach Aju vor sich hin.

Aju schaute bei jedem Schlag auf den Ball, in den Himmel. Durch den Schläger sah sie eine große Möwe, die auf sie herabschaute und über ihr scheinbar auf der Stelle stand. Die Männer auf dem Steg warfen die Reste der gefangenen Fische in die Bucht am Hafen. Ajus Hände wurden immer wärmer und das Gummiband, welches um den Schlägergriff gewickelt war, hing an einem der Enden des Griffes herunter. Ihr Kopf wurde heißer und heißer und wie im Rausch spielten die beiden Kinder auf dem Steg im Hafen der fernen Insel, mitten im Ozean, umringt von schwarzem Wasser, Federball.

Der Junge vergaß die Beengtheit auf dem Boot für Minuten, die endlos wie Stunden erschienen. Als Kind erscheint vieles im Leben ohne ein Gefühl von Zeit, da das Ende nicht bekannt ist. »Wann kommt es? Geschieht es überhaupt? Oder könnte es nicht immer so weiter gehen? Zum Beispiel nicht zurück auf dieses Boot zu müssen. Mit dem kleinen Mädchen spielen, welches so schön riecht und so schöne klare schwarze Augen hat.

Nicht Stunden, tagelang und Wochen zwischen Bug und dem Heck hin und herschwankend auf der kleinen Segeljacht von einer Seite zur anderen laufen. Eingeschlossen.
 Mama und Papa sagen, das ist die Freiheit. Sie haben unser Haus verkauft. Das Haus von Oma und Opa, um eine Weltreise zu unternehmen und ein Boot zu kaufen.«
 »Jetzt sind alle meine Freunde in der Schule und wir sind frei, sagen meine Eltern.«, murmelte der Junge.»Wir sind mitten auf dem Ozean und ich weiß nicht wo. Meine Eltern wollten dem Konsum entfliehen und der Enge der Gesellschaft. Ich weiß nicht, was es bedeutet, aber auf dem Boot ist es auch eng und Otto, mein einziger Freund, dem gefällt es auch nicht auf dem Boot. Was ist auf der Jacht besser als zu Hause? Manchmal ist es schwer, meine Eltern zu verstehen. Der einzige Vorteil ist, hier auf dem Boot streiten sie sich nicht mehr. Sie sind ganz anders, ruhig oder einfach nur müde von der salzigen Luft und der Sonne.«
 »Zu Hause war das anders.«, erinnerte sich der Junge.»Da war alles hektisch.« Mama saß um sechs Uhr früh in der Küche. Blauer Dunst ihrer dritten Zigarette kam ihm am Morgen entgegen, wenn er die Küchentür öffnete. Eine Tasse schwarzer Kaffee stand auf dem Waschbeckenrand und in den Haaren hatte seine Mutter gelbe Lockenwickler. Sein Vater war zu dieser Zeit schon lange aus dem Haus. Er fuhr in das Büro, bevor es hell wurde.»Nimm dir einen Fünfer aus dem Portemonnaie und kauf dir etwas zu essen in der Schule.« Das sagte Mama jeden Tag, obwohl es gar keinen Laden in der Schule gab.
 Der war gegenüber auf der anderen Straßenseite. Darin stand ein kleiner Mann und schnitt Brötchen in der Mitte mit einem riesigen Messer auf und legte dicke Käsescheiben hinein, die er dann an die Kinder verkaufte. So ein Käsebrötchen wollte er jetzt auch gerne Essen und nicht immer nur Fisch.»Mama wird schon wissen, was sie macht. Ich lerne auf dem Boot jeden Tag in den Büchern, die sie mir eingepackt hat. Hoffentlich können wir ein paar Tage hierbleiben. Ich könnte mich mit dem Mädchen anfreunden und es wäre nicht so schrecklich langweilig.«, dachte der Junge.

Aju hatte die Sprache, die die Familie auf dem Boot sprach, schon gehört. Onkel Gio sprach sie auch ein wenig, aber Aju wusste nicht warum. Gio war immer nur hier auf der Insel und eine Schule, an der diese Sprache gesprochen wurde, kannte sie nicht. Aber die Kinder brauchten an diesem Tag keine Sprache um sich zu verstehen. Die Mutter des Jungen öffnete eine metallene Dose mit Fleisch und verteilte den Inhalt mit einem Plastikmesser auf drei Brotscheiben. Dazu holte sie an einem der Stände einen Saft aus einer roten Frucht, der frisch gepresst wurde und auf den der Mann hinter dem Stand Saft aus Zitronen träufelte. Die zwei Fremden und Aju aßen und tranken.

Es war gegen acht Uhr am Morgen. Jetzt nahm das geschäftige Treiben ab. Die Gäste der Fähre waren angekommen. Die Reisenden mit dem Ziel auf die andere Insel hatten schon eingeschifft.

Die Besitzer der Stände mit Nudeln, Reis und Früchten hatten ihr Morgengeschäft mit den Reisenden hinter sich. Einzelne spannten ihre Sonnenschirme auf oder saßen einfach an die Häuserwände gelehnt und beobachteten die vorbeilaufenden Frauen, die ihre Kinder zur Schule brachten. Es war kein Verkehr mehr, nur Fußgänger und einzelne Fahrräder, die aber keinen Lärm mehr machten. Das Signal der Fähre ertönte. Dreimal. Das war das Zeichen, dass das Schiff bald ablegte. Aju aß das Brot und der Junge schaute auf sie hinab. »Möchtest du etwas von meinem Brot?«, fragte Aju und gab ihm ein Stück von ihrem Brot in seine Hand. »Wie heißt du?«, fragte Aju. Der Junge sagte: »David.«

Aju verstand. Sie verstand alles, was die Mama von David sagte. Obwohl niemand diese Sprache hier sprach, hatte sie die Worte schon gehört, als sie klein war, nur erinnern konnte sie sich nicht daran. Doch jetzt fielen ihr die Worte wieder ein. Davids Mama fragte Aju, »In welche Schule gehst du hier?« Aju wusste keine Antwort. Sie sagte nicht, dass Oma Helde sie nicht in die Schule ließ. Dass sie auf der Straße Eisblöcke in den Ort trug, weil ihre Mutter gestorben war. Mit gesenktem Kopf rollte sie mit ihren schwarzen Augen in Richtung des Hügels unweit des Hafens.

»Wir wollen David ein paar Monate hier zur Schule schicken. Es scheint schön hier zu sein. Wir brauchen ein wenig Pause nach der langen Reise und David muss etwas lernen. Vielleicht kann er ja mit in deine Klasse. Wie heißt denn deine Lehrerin? Ihr müsstet ja das gleiche Alter haben.«

Aju wusste nicht, was sie sagen sollte. Sie wusste, die Schule ist dort vor dem Hügel. Dort wo die Kinder jeden Morgen vor dem Fahnenmast auf dem Hof aus kahlem Beton standen und ein Lied sangen. Wo sie auf dem Hof mit dem Ball spielten, der ab und an über die Mauer in den Kanal fiel, der zwischen den Häusern auf Stelzen verlief. Dann warf sie den Ball manchmal zurück, über die Mauer, und einer der Jungen oder eines der Mädchen schaute sie kurz an, bevor er oder sie mit dem Ball wieder hinter der Mauer verschwand.

An manchen Abenden lief sie mit Oma Helde dort vorbei, aber dann waren keine Kinder mehr da. Dann stand das Tor weit offen und der Hof war leer. Sie konnte von Tür zu Tür laufen und in die schlichten Zimmer schauen. Ihre Nase an den Scheiben plattdrücken und die kleinen Holzstühle sehen, auf denen die Kinder tagsüber saßen. »Irgendwann werde ich in die Schule gehen. Ich kann nicht jeden Tag Eisblöcke tragen.«, sagte sie sich. Ein Korb hing oben an einer Hauswand, um Bälle darin zu versenken. Aju konnte, wenn sie dort war und Oma Helde rief, »Komm zurück, wir wollen weiter. Was machst du da?«, schnell von Tür zu Tür der verschiedenen Klassenzimmer laufen. Sie fragte sich dann, in welchem der Zimmer die Kinder von Oma Helde wohl saßen, wenn sie in der Schule waren. Was sie dort wohl lernten? Oma war nicht zufrieden, das fühlte Aju.

»Ich glaube, Oma denkt, ihre Kinder sind nicht so schlau. Zumindest schaut sie traurig, wenn die Kinder aus der Schule berichten. Wenn sie erzählen, dass sie wieder die ganze Zeit im Unterricht geschlafen haben.«

Aju würde nicht schlafen. Sie möchte keine Eisblöcke den Berg hinunter schleppen zu dem Verkaufsstand von Onkel Henky. Sie möchte etwas lernen. Etwas lernen, wie zum Beispiel die Mutter von David, die ein Boot steuern konnte und zu ihrer Insel gefunden hatte. Oder wie

Onkel Henky, der das leckere Essen aus den Hühnern zubereitete. Oder Onkel Gio, der mit dem Boot hinausfuhr und Fisch zurückbrachte.

»Ich werde zur Schule gehen und zwar schon sehr bald. Oma muss das verstehen.«

David schaute Aju an und den Rest von dem Brot in ihrer Hand. Seine Hände waren braun, aber nicht so braun wie die von Aju. »Sie ist wohl den ganzen Tag draußen.«, grübelte David.

In dem Haus, in dem Aju mit Oma Helde und den Kindern lebte, war es warm. Sehr warm. Die Sonne schien schon früh am Morgen, wenn sie hinter dem Hügel auf der anderen Seite der Stadt herauskam, auf das Dach. Dann begann das Blech zu knistern. Immer lauter, bis es selbst der Katzenmama zu laut wurde und die Katze die schmale Holztreppe vom Boden herunter gelaufen kam.

Kurz an der Küche vorbeilief und einen Blick auf den in Zeitungspapier eingewickelten Fisch auf dem Küchentisch warf. Durch die offene Tür in den Innenhof des Hauses weiter wanderte, um sich dort im Schatten niederzulassen und den Vögeln beim Fangen der Mücken zuzuschauen. Aju hielt es dann auch nicht mehr im Haus aus und sie zog nach draußen. Jetzt begann für sie eine kurze Zeit der Langeweile. Wenn die anderen Kinder in der Schule waren und Oma Helde auf dem Stuhl eingenickt war.

Aber heute war es nicht so. Sie hatte David und seine Mama kennengelernt. »Die Schule ist dort, aber ich gehe nicht hin. Morgen kann ich wieder herkommen. Wollen wir dann spielen, David?« Die Morgensonne schien auf Davids Lockenkopf und Aju rannte über die Straße in Richtung der Häuser, die auf den Stelzen standen. Vorbei an dem Spielzeugladen mit dem Spielzeug, welches für gewöhnlich nur einen Tag hielt und Oma Helde nicht mehr kaufen wollte, und für Aju schon gar nicht. Zwei Frauen, die Nudelteig in schmale Streifen schnitten, grüßten das zarte Mädchen mit der von der Sonne und dem Meersalz gezeichneten Haut im Vorbeilaufen.

Aju spazierte in Richtung des Friseurladens ihres Onkels. Es war schon fast zehn Uhr in der Frühe. Sie musste aufpassen, in ihrer Eile nicht zu schnell um die Ecke, einer der Holzstege zu springen. Die Bohlen ragten je nach dem Wasserstand, bei Ebbe und Flut zwei oder drei Meter aus dem glatten modrig riechenden Wasser, zwischen den Häusern heraus. An den Holzbohlen klebten weiße und schwarze Muscheln. Ein olivgrüner Algenteppich und eine einzelne Bananenschale hingen trocken über einer riesigen Muschel.

Ein falscher Schritt auf dem noch vom Morgentau feuchten Holz und Aju würde das Gleichgewicht verlieren und in das Meer fallen. Wenn sie Glück hatte, würde einer der Standbesitzer sie aus dem Wasser ziehen. Eine lange Bambusstange oder ein Stück eines alten Fischernetzes ihr hinterherwerfen, um sie wieder auf die wacklige Konstruktion aus Pfählen, zusammengebundenem Brettern und mit Teer versteiften alten Seilen von verschlissenen Fischernetzen zu bringen.

Das Leben hier war so unbekümmert. Es mangelte nicht an Essen und Trinken. Die Natur hatte an diesem Ort der Welt zwischen Singapur und Malaysia für fast alles gesorgt. Es regnete nicht jeden Tag, ja manchmal sogar Wochen nicht. Die Insel war gesegnet mit viel Wald und Bergen. Wenn es regnete, dann heftig. Die Hügel erschienen dann sofort dunkler als an den Tagen vorher. Die Wolken zogen sich über der Insel zusammen. In der Ferne, wenn man auf das Meer schaute, sah Aju die Sonne. Fast immer. Dann, wenn Aju nach oben schaute, ballten sich die Wolken in zwei Stunden zu riesigen Türmen auf. Schlagartig änderte sich die Stimmung der Insel. Von der Unbekümmertheit des Eilandes und deren Freundlichkeit wechselte die Stimmung hinüber zu einem gefährlichen Schauspiel. Der Himmel wurde schwarz wie die Nacht, mitten am Tag. Die ersten kalten Winde aus den Wolken erreichten den Boden und wirbelten den Unrat, der auf der Straße und den Stegen lag, in das Meer.

Blitze berührten den Hügel am Hafen. Die kleinen Fischerboote und selbst die Fähre, die einmal in der Woche im Hafen lag, schaukelten dann im Wind hin und her. Männer sprangen eilig von einer der seltenen Fähren an die Kaimauer und zogen die Leinen fest. Auf dem Hügel konnte man den Wald sehen, wie er vom Wind zerwühlt wurde und die

Kronen der Bäume niederdrückte. Wie ein unsichtbarer, riesiger Geist, der mit seinen riesigen Füßen seinen Fußabdruck hinterließ. Von weitem sah man die Lampen des Cafés, die ohne Schirm an langen Kabeln waagerecht in der Luft hingen. Lampen schlugen gegen die Kanten der Wellblechdächer und eine davon zerschellte mit einem lauten Knall und einer Gaswolke.

Die Verkäufer an den Ständen packten dann ihre Auslagen ein, stülpten vergilbte dicke Plastikfolie über den Rest, der sich in der Eile nicht im Inneren der Hütten verstauen ließ und hockten sich neben den Dachvorsprung ihres Ladens. Die Dächer der Häuser hoben und senkten sich unter der Kraft des Windes. Jeden Moment konnte der ganze Ort ohne Bedachung sein, so schien es. Dann würde man von oben in die Häuser schauen können. Danach begannen die ersten riesigen Tropfen auf die Dächer zu prasseln. So als ob die Natur der Insel stotternd beginnen wollte, eine Geschichte zu erzählen. Dann kam sie in Fluss und die Tropfen wurden zu Salven, die so laut waren, dass das Treiben der Insel zum Stillstand kam. Die Menschen verharrten demütig vor dieser Kraft und warteten auf das Ende der Wassermassen.

Das Wetter, diese unbändige Kraft der tropischen Gewitter, bei den alles um Dimensionen größer war als ein Landregen, oder selbst ein Gewitter in unseren Breiten, waren so gewaltig. Der Regen war ohrenbetäubend, die Wolken bewegten sich eilig nun vom Hügel hinunter zur Bucht, in der die kleine Stadt lag, die Hauptstadt der Insel. Dann ließ es sich gerade bis zur nächsten Ecke schauen. Alle Fahrräder und die wenigen Mopeds und die seltenen Autos waren verschwunden. Minuten später rauschten die ersten Wellen des warmen Regens den Hügel herunter die Straße entlang. Das süße Wasser floss schnell knietief mit all dem Schlamm und Müll der Bucht entgegen, nahm jede Kurve der Straße mit steigender Geschwindigkeit und entlud sich mit zwei Wellen direkt in das Meer. Dahinter kam das langsam ansteigende Wasser.

Es schwappte über die Stege, nahm allen Staub und alles, was auf den Holzbohlen vergessen wurde, mit seiner ganzen Kraft mit und spülte es in den Ozean. Zwischen dem dunkelblau silbernen Horizont und dem Meer war keine Unterscheidung mehr möglich. Wo fing der Himmel an, wo hörte das Meer auf? Unter der Oberfläche des Wassers war das Leben nun geheim. Nichts ließ sich mehr erkennen. Nicht die gelben oder die schwarzen Fische, die aussahen wie der unsichtbare Mond. Dann, nach zwei Stunden oder weniger, war alles vorbei. Wie wenn der Vorhang eines kleinen Theaters nach dem Applaus des ersten Aktes fiel, herrschte Stille. Ein paar Fäden, die aus den letzten Wolken den Boden erreichten, versprühten das letzte Wasser. Sie waren die letzte Verbindung zwischen der Gewalt des Himmels und dem davon abhängigen Leben auf dieser Insel. Dann rissen auch diese Fäden aus Wasser und gaben die letzten abgemagerten Wolken frei, um an einen anderen Ort zu ziehen, eine oder zwei Inseln weiter, um dort für die Fruchtbarkeit der Natur zu sorgen. Um das Leben auf diesem felsigen Archipel erst zu ermöglichen.

Genauso schnell wie das Schauspiel begann, war es auch wieder vorbei. Ping, Ping sagten die fetten Tropfen, die vom Steg und den Wellblechdächern auf das glatte Meer fielen. Alles, was in das Wasser gespült wurde, war nun von kleinen und großen Fischen, die zwischen den Stegen schwammen, angestupst und auf Nützlichkeit überprüft. Dann verschwand das meiste im Mund der bunten Meeresbewohner. Es wurde für einen Moment still auf der Insel. Die Menschen hielten noch inne und warteten, ob wirklich alles von dem beeindruckenden Schauspiel vorbei war. Das Wasser verzog sich so schnell wie es gekommen war, und die Fische taten sich gütlich an all dem Essen, welches in das Meer gespült wurde. Die Stände öffneten dann wieder, die Temperaturen waren für den Moment etwas erträglicher, aber waren in spätestens dreißig Minuten wieder auf Saunabedingungen.

An diesem frühen Vormittag hüpfte Aju um die Ecken der Stege zwischen den Häusern. Dieser Morgen war unbeschwert, konnte aber wie jeder Moment auf der Insel zu unberechenbarer Gefahr werden. Wenn das kleine Mädchen mit sechs Jahren hier den Halt verlor und in das Wasser stürzte, standen ihre Chancen schlecht. Es war niemand da, der sich um sie sorgte, außer Oma Helde. Sie konnte aber nicht überall sein, und so musste Aju schon früh im Leben erfahren was es bedeutete, was es für Konsequenzen haben konnte, in ihrem jungen Leben, nur einmal nicht aufzupassen. Einmal nur Kind zu sein und alles zu vergessen, das war nicht möglich. Nichts zu wissen von den Problemen der Erwachsenen, von denen Oma und die anderen erzählten. Das wünschte sie sich manchmal so sehr.

Das Leben konnte sehr unbekümmert sein. Aju war es, aber dann gab es den Moment, fast täglich, der sie immer wieder daran erinnerte, dass es mit ihr anders war. Dass sie allein war, allein auf sich aufpassen musste, um nicht in das Meer zu fallen, von den Fischen gefressen zu werden oder von den Geistern geholt zu werden, so wie es Oma zu sagen pflegte. Aju war ein aufgewecktes Kind. Sie sprang und hüpfte über den Steg, die Bretter bogen sich unter ihren Schritten.

Emmi

Aju dachte an Emmi, ihre Freundin. Sie kannte sie schon, seitdem sie denken konnte und wusste, wo das Haus von Oma Helde war. Sie liefen manchmal Hand in Hand über die Stege bis zum Hafen und weiter an der Baustelle vorbei, an deren Platz einmal ein Krankenhaus entstehen sollte. Dort saßen sie einfach nur und schauten auf das Meer. Dort gab es einmal in der Woche einen Eisstand. Ein Mann mit Ziegenbart mit dünnen Beinen rührte mit einem Holzlöffel in seinem Eiskübel und zauberte dann eine Masse aus braunem oder vanillefarbigem Eis aus dem Kübel. Dann harrten sie der Dinge. Aju bewunderte die weiße Haut von Emmi, denn Emmi musste nicht draußen im Freien arbeiten und Eis im Rucksack den Berg in die Stadt hinunter tragen. Sie hatte richtige Eltern. Der Vater war Pastor, sagte Emmi und die Mutter Lehrerin. Wenn Aju Emmi nach Hause brachte, sah sie immer auf das Holzkreuz, welches über der Eingangstür hing. Ein schlichtes Kreuz mit Rissen, hellblau angemalt, und darunter befand sich der Türrahmen aus gelbem Holz. Ein Kreuz war auch das erste, was Aju sah, wenn sie noch einen kurzen Blick durch die Tür erhaschen konnte. Es war auch keine richtige Tür, sondern nur der Rahmen einer Tür. Darin hing ein Vorhang aus halbdurchsichtiger Plastik mit rosa Veilchen darauf. Ein schiefer Tisch stand auf kargem Fliesenboden und auf der Kommode waren Figuren von Frauen mit gefalteten Händen und zur Seite geneigtem Kopf mit sanftem Blick.

Aju und Emmi saßen so manchmal stundenlang im Schatten der Krankenhausbaustelle und schauten auf das Meer. Aju begutachtete Emmi und ihre weiße, fast durchsichtige Haut, die wie die Haut der kleinen Fische aussah, die Aju manchmal mit der Hand aus dem Meer fischte, wenn sie auf dem Bauch liegend mit dem Kopf über die

Kaimauer schaute. Sie zählten die Mopeds und Autos, die vorbeifuhren. Die Straße machte dort eine Biegung, um die Baustelle herum zwischen dem Meer und den Bergen. Keiner hatte wohl an die Notwendigkeit der Straße gedacht und so musste die Straße kurzerhand auf eine Brücke aus hohlen Stahlbehältern ausweichen. Die einzelnen Teile waren mit Stricken verbunden, die jedes Mal, wenn ein Auto darüberfuhr, quietschten und knarrten.

Aju konnte dort mit geschlossenen Augen sitzen und raten, welches Auto gerade über die Pontons fuhr. Die Mädchen hielten sich an den Händen und Aju bemerkte, dass Emmis Hände fast doppelt so groß waren wie ihre eigenen. Sicherlich mangelte es Emmi nicht an Essen und sie hatte eine Familie. Ihr Vater mutete etwas wortkarg an, hielt aber immer eine Rede am Sonntag in der Kirche. Die Mutter war Englischlehrerin, Aju hatte sie noch nie in einer anderen Sprache wie in der Sprache der Insel reden hören. Beide waren stets freundlich und bekreuzigten sich nach jedem Satz. Aju erschien das wie ein Punkt hinter jedem gesprochenen Satz. In das Haus der Eltern ging Aju nie, es war dunkel im Inneren und wenn Emmi darin verschwand, war es auch still. Wie wenn man einen Stein in einen Brunnen wirft und wartet, bis er auf den Boden aufschlägt, oder zumindest an einer Wand abprallt um irgendein Geräusch zu machen, wartete Aju jeweils eine Zeit vor dem Haus. Aber es war kein Geräusch zu hören. Dann ging Aju weiter und dachte sich: komisch. Vielleicht ist das Haus nur der Eingang zu etwas anderem, sie leben wohl im Garten hinter dem Haus.

Emmi war schon oft in das Wasser gefallen. Sie konnte Aju einfach nicht folgen mit ihren fünf Kilos mehr. Dann rief sie Aju hinterher, aber Aju hörte sie nicht. Wenn Aju bemerkte, dass sie nur noch allein auf dem Steg war, rannte sie zurück und sah Emmi mit aufgeschlagenem Kopf, mit beiden Händen klammernd an einem rutschigen Holzpfeiler im seichten Wasser. »Lass los Emmi, das Wasser ist nicht tief. Du kannst darin stehen.« Emmis Augen wurden immer größer und ihr Kinn trat um einige Zentimeter aus ihrem Kopf heraus, bis sie ihre Hände, die schon weiße Knöchel hatten, löste und in das muffige Wasser plumpste.

Aju sprang hinterher und zog Emmi aus dem Wasser. Sie saßen zwischen Bananenschalen, halben grünen Kokosnüssen und Muschelschalen auf dem grauen Sand des Inselbodens. Sie schauten nach oben durch die Ritzen des Steges, sahen die Sonne, belauschten die Leute, die auf dem Steg für einen kurzen Plausch anhielten. So ging es für gewöhnlich aus.

Aber dann war Emmi eines Tages plötzlich weg. Aju hatte sie auf dem Steg gesehen und Emmi war mit ihrer Freundin aus der Schule unterwegs. Aju war mit ihrem Rucksack aus gefrorenem Wasser unterwegs, zurück in die Stadt, auf dem Weg zu ihrem Onkel Henky. Ihr war so, als ob Emmi nach ihr rief, aber nur für einen kurzen Augenblick. Dann vergaß Aju Emmi, denn am Morgen trafen sie sich sonst nie. Aju war auf dem Weg zur Fabrik, um das Eis abzuholen und in den Ort zu bringen, und Emmi auf dem Weg zur Schule.

Am nächsten Tag wartete Aju auf Emmi vor dem Krankenhaus mit Blick auf das Meer, aber Emmi kam nicht. Damals wusste Aju noch nicht, dass sie Emmi nie wieder sehen würde. Sie wartete lange. Sie wollte Emmi an diesem Tag so viel erzählen. Von dem Wasserfall zum Beispiel, zu dem sie mit Emmi zusammen gehen wollte. Allein würde sie das nicht tun. Es war zu weit dorthin. »Gefährlich ist es.«, sagte Oma Helde. Auf keinen Fall durfte Aju dort allein hinlaufen. Aber mit Emmi wäre es einen Versuch wert gewesen. Es könnte auf jeden Fall ihr Geheimnis bleiben, denn Emmi vertraute sie.

Das dachte Aju in diesem Moment. Doch je länger sie wartete, desto ungeduldiger wurde sie. Sie bekam Hunger, Autos alleine raten, das bereitete ihr keinen Spaß. Wo blieb Emmi heute? Lange wartete Aju, bis die Abdrücke der Holzbank auf ihren dünnen Beinen anfingen zu schmerzen. Sie rutschte von der Bank, drehte sich ein letztes Mal in Richtung Emmis Haus und begann, ihre Melodie zu summen, die sie immer summte, wenn sie nicht wusste, was gerade passierte. Sie war wohl enttäuscht, aber nicht böse auf Emmi, es gab sicherlich einen Grund, dass sie sich heute nicht sahen.

An diesem Tag war trotzdem alles anders. Alle glaubten an Geister auf der Insel. An allem, was passierte und sich nicht erklären ließ, waren die Geister schuld.

»Sie beobachten uns, meist wenn es dunkel wird.«, wusste Aju. »Am Tag würden wir sie sehen, aber wenn sie im Dunklen hinter einem Baum oder hinter dem Haus im Garten stehen, dann sehen wir sie nicht und sie können uns beobachten. Aber dass sie uns schaden wollen?«, daran glaubte Aju nicht. Oma Helde sagt, »Es sind die Seelen der Toten, die noch keine Ruhe gefunden haben und die so lange wandern, bis sie ihre Ruhe gefunden haben, bis sie ihren letzten Auftrag erfüllt haben, dann dürfen sie sich endlich ausruhen und zu den anderen.« Aber an diesem Abend war von Ruhe keine Spur, weder für die Geister noch für die Bewohner der Stadt am Hafen.

Wie ein Heuschreckenschwarm versammelten sich alle Bewohner der Straße plötzlich auf dem Steg vor dem Hotel. Oma Helde packte ihren Brustbeutel mit den Tageseinnahmen aus den Eisverkäufen gerade in die Schublade der Kommode. Sie drehte den rostigen Schlüssel der Schublade herum, hing sich den Schlüssel an der ebenfalls rostigen Kette um den Hals und ging voraus in Richtung des Hotels. Aju schlich hinterher, in gehörigem Abstand, denn Aju war nur das Enkelkind von Oma Helde. Sie kümmerte sich um Aju, aber neben Oma durften nur die Kinder laufen, das war ihnen vorbehalten. Auch wenn diese nicht da waren, hielt Aju den Abstand ein. Sie war es einfach so gewöhnt.

Sie konnte nicht genau verstehen, was die vielen Menschen dort am Abend vor dem Hotel machten. In einer halben Stunde würde es dunkel werden und dann stoppte das Leben auf der Insel abrupt. Nicht jedes Haus hatte elektrisches Licht oder einen Fernseher oder ein Radio. Der Tag richtete sich nach der Natur. Man stand mit der Sonne auf und ging mit der Sonne in das Bett. Was sollte man auch sonst hier machen?

Die Stimmen wurden lauter und so viel war klar und das verstand Aju: Es wurde über Emmi gesprochen. Alle suchten Emmi. Mit Bambusstöcken schwärmten plötzlich die Männer aus und stachen mit den Ruten links und rechts der Stege in den grauen Sandboden. Die Frauen schrien und flehten. Die älteren Frauen hielten sich die Hände vor das

Gesicht und drehten sich weg, sanken auf den Boden und Aju hörte nur eine sagen. »Nicht schon wieder. Was für ein Unglück.«

Es war Flut. Das Meer drückte gegen die Stadt, aber die Stadt gab dem heraneilenden Wasser nicht nach. Sechs Stunden später würde das Wasser zurückgehen und nur der Schmutz zurückbleiben. Aber dann wäre es Nacht und Aju würde schlafen. Hier am Hotel, dem einzigen der Stadt, war jetzt Ruhe. Die schreienden Frauen brachten die Botschaft in ihre Häuser und mehr Männer kamen auf den Platz. Auch der Bürgermeister, der Hafenmeister und ein Offizier der Fähre kamen herbei. Sie schwärmten alle in verschiedene Richtungen aus, stocherten mit den Stöcken im Wasser herum und riefen, »Emmi, Emmi.« Ein Mann mit einem gelb-braunen Batikgewand betete im Schneidersitz hockend im knöcheltiefen Ozean.

Aju saß auf dem Steg. Die aufgebrachten Stimmen der Inselbewohner entfernten sich. Eine Mischung von Stimmen und das Klappern von Stöcken verstummten in der Nacht und Aju wachte wieder auf, als der Steg seine ganze Wärme vom Tag abgegeben hatte. Sie schleppte sich zum Haus von Oma Helde, welches nur wenige Schritte entfernt war.

Onkel Henky saß vor der Tür des Innenhofes im kleinen Garten des Hauses. Im Rahmen der Tür flatterten die längsgeschnittenen Streifen von Plastikfolie, die bei jedem Hindurchgehen einen rutschigen Ton auf Ajus Haut erzeugten. Zwei Stufen führten nach unten und Henky saß dort wie jeden Abend. Henky war schon um die fünfzig, was auf dieser Insel sehr alt war. Seine Stirn war nach vorn gewölbt und die wenigen Haare, die er noch besaß, standen in alle Richtungen. Er hockte da auf der untersten Stufe und strich sich mit der offenen Hand immer wieder durch die Haare. Er trug seine kurze, einmal blau gewesene Hose seitdem Aju ihn das erste Mal gesehen hatte. Dazu ein kariertes Hemd mit kurzem Arm, welches so weit geschnitten war, dass es mühelos seinen Bauchansatz verdecken konnte. Zwei Knöpfe seines Hemdes waren in der Mitte durchgebrochen, die anderen fehlten gar. Wenn Henky durch das Haus lief, wusste Aju automatisch, wo er sich befand. Wie fast alle auf der Insel liefen die meisten barfuß. Onkel Henky hatte zwei Nummern zu große Sandalen, die er, mit seinen Zehen festhaltend, über den Boden zog.

Er wollte, so schien es, auf keinen Fall die Haftung zur Erde verlieren, wenn er lief. Es war ein ständiges schlürfen und das machte Aju manchmal fast wahnsinnig.

»Onkel Henky, heb die Beine an beim Laufen.«, sagte Oma Helde dann. An diesem Abend waren seine Beine müde, wie die von Aju. Er ging nicht einmal in die Küche um die Ecke um den Fisch, den ein Nachbar am frühen Abend vorbei gebracht hatte, vorzubereiten. Der Fisch lag immer noch in der Spüle, direkt neben der Dusche, halb in Zeitungspapier eingewickelt. Unzählige Fliegen taten sich schon gütlich an dem mit blassen Augen an die Decke blickenden Fisch. Aju nahm ihn aus dem Zeitungspapier.

Auf der Haut des Fisches konnte sie die großen Buchstaben aus der Überschrift eines Zeitungsartikels erkennen. Die schwarze Farbe der Zeitung hatte schon auf die Haut des Fisches abgefärbt. Sie wedelte mit einer Hand die Fliegen hinweg und sprach mit dem Fisch, zerteilte ihn mit einem großen Messer und wischte dann die Gräten und abgeschabten Schuppen mit einer energischen Handbewegung vom Tisch, so dass sie auf den Boden fielen. Sie legte den zerteilten Fisch in eine Plastikschale, in dem sich ein Sud aus Öl, Soja und Gewürzen befand. Dort konnte der Fisch bis morgen warten, solange bis Oma Helde ihn braten würde.

Niemand hier in der Straße hatte einen Kühlschrank. Der Strom kam über lose, an den Hauswänden hängenden Kabel in das Haus. Jeder der Nachbarn, der Strom benötigte, zapfte sich mit einer Leiter oder auf einem Stuhl stehend irgendwo etwas ab, indem er eine weitere Klemme an eine Leitung anbrachte. Manchmal fiel einfach einer der Männer bei dem Versuch, etwas Strom umzuleiten von der Leiter, wenn er wie vom Blitz getroffen, einen Stromschlag bekam. Dazu war dann der zweite Mann da, der ihn wieder aufweckte oder zumindest auffing, wenn er mit großen Augen und einem Schrei auf den Lippen auf dem Boden lag. Oder einfach nur rückwärts wie von einem Gummiband gezogen von der Leiter gerissen wurde.

Die Insel bot soviel Essen an, dass es Oma Helde oder Henky nie in den Sinn kam, nach so einem modernen Gerät wie einem Kühlschrank Ausschau zu halten. Einmal kam ein Schiff aus Vietnam mit Kühlschränken und allerlei elektrischen Haushaltsgeräten an. Der Bürgermeister hatte sich einen Kühlschrank gekauft, da sein Sohn schon in Europa war und so etwas bei der Familie gesehen hatte, bei der er während seines Aufenthaltes wohnen durfte. Aber der Kühlschrank mochte es einfach nicht, am Strand im Wasser zu stehen und war nach kurzer Zeit kaputt. Bis heute stand der Schrank nun vor dem Haus des Bürgermeisters hinter dem Krankenhaus am Strand.

Onkel Henky bekam jeden Morgen einen frischen Fisch von den Fischern hereingebracht. Wenn Henky gerade am Morgen vor seiner Tür auf dem Steg stand, drückte ihm der Fischer den Fisch einfach in die Hand. Wenn nicht, dann lag der Fisch um sechs Uhr früh in der Küche. Es gab keine zu verschließenden Türen, keine Klingel in dem Haus. Alle Häuser auf den Stegen, die sich rund um die Bucht zogen, standen offen. Aju hatte noch einen letzten Gedanken an Emmi an diesem Abend und schlief im Hof auf den Stufen liegend ein.

Die Eisfabrik

Am nächsten Morgen wurde Aju von der orangenfarbenen Katze geweckt. Sie stupste Aju an die Nase. Wie Aju in ihr Bett gekommen war, daran konnte sie sich nicht mehr erinnern. Es war gegen vier Uhr morgens und es war rabenschwarz im Hof. Der Mond war nicht zu sehen, nur die Katze schaute mit großen grauen Augen auf den Fisch in der Küche. Ajus Tag begann, bevor die anderen Kinder aufstanden. Heute wird sie wieder hoch auf den Berg laufen und einen schweren Eisblock aus der Fabrik abholen und hinunter in das Dorf schleppen. Eilig zog sich Aju ihren Rock und ihre Bluse an und suchte ihre Sandalen. In ihren Rucksack packte sie einen alten Plastiksack, in den das Eis später hineinkam, damit nicht ihr ganzer Rücken von dem tauenden Eis aufweichte. Die Familie schlief. »Es ist doch nicht Freitag.«, sprach Aju laut vor sich hin. Sie band sich ein Gummi in ihre Haare und verließ das Haus. Stolpernd über den Steg, zwischen einer liegengelassenen Bambusrute, machte sie sich auf den Weg durch die Nacht, den Berg hinauf zur Eisfabrik.

Nach zwanzig Minuten konnte sie mitten auf dem Hügel auf der Lichtung schon die Lichter der Fabrik erkennen. Nach zwei Kilometern etwa begann sie, die Dieselmotoren der Eismaschinen zu hören. Wenig später war sie auf der Kuppe des Hügels angekommen. Auf hohen Stelzen stand die Fabrik mit dröhnenden, tuckernden Motoren. Es roch nach altem Diesel. Von der Fabrik führte eine Rutsche aus Holz hinab zum Vorplatz. Auf Rollen glitten hellgrüne Plastikkisten, mit Eis gefüllt, herunter. Dort standen zwei Männer mit Eishaken und schlugen auf die Eisplatten ein, die mehr oder weniger, in gleich große Platten zerbrachen. Mit einer kleinen Hacke schlugen die Arbeiter die Kanten der Blöcke ab und legten einen davon in Ajus Rucksack. Die Männer redeten nicht, einer hatte einen

Zigarettenstummel im Mund. Barfuß mit roten Füßen standen sie in den Resten des abgeschlagenen Eises. Andere holten Eis mit einem Moped ab. Sie brachten es hinunter zum Strand, zu dem in Kürze die Fischer vom Meer mit ihrem Fang zurückkehrten.

Aju war heute schnell. Sie kehrte um, einen kalten Hauch vom Eis aus der Fabrik spürte sie an ihrem Rücken und sie machte sich auf den Weg hinunter in den Ort zum Hafen. Sie musste das Eis an den Mann mit dem Hähnchenstand abliefern, so wie bisher jeden Tag, an den sie sich erinnern konnte. Dafür kaufte Oma Helde ihr die Kleidung, die sie am Leib trug, und Essen. Dafür war sie Oma dankbar. Denn was sollte sonst aus ihr werden. Heute bekam sie Geld von dem Mann, als sie unten am Hafen ankam und das Eis ablieferte. Das gab sie dann Oma Helde und Oma Helde kaufte davon etwas für sie, manchmal jedenfalls.

Vom Hügel konnte Aju den Hafen sehen. An einer Lichterkette, die vom Bug bis zum Heck der Fähre gespannt war, lag das einzige Schiff ganz ruhig im Hafenwasser. Wasser und Himmel waren eins. Über dem sich ankündigenden Horizont entstand ein schmaler, dunkelblau-orangener Streifen. Ein neuer Tag begann. Die Sterne standen am Himmel. Als Aju den Ort erreichte, waren sie verschwunden. Obwohl es nur bergab ging, spürte das kleine Mädchen die Riemen ihres Rucksacks in der zarten Haut. Sie klemmte ihre kleinen Finger dazwischen, aber auch das half nicht viel und brachte nur kurze Entlastung. Als sie endlich den Steg mit den Ständen am Hafen sah, rannte sie mit letzter Kraft darauf zu und warf den Rucksack mit einer halben Drehung ihres Oberkörpers gegen die Bretterwand. Onkel Henky war nicht da. Sie setzte sich an die Bretterwand und war durstig. Als Onkel Henky endlich kam, nahm Aju einen großen Schluck warmen Wassers aus der Kanne hinter dem Tresen des Verkaufsstandes.

Das Treiben der Gäste, die zur Fähre liefen und mit ihr auf eine andere Insel reisen wollten, begann. Weiße, übermannsgroße Säcke, prallgefüllt, wurden von Männern und Frauen über den Kai gezogen und verschwanden in der Fähre. Zwei junge Burschen rissen die Fahrkarten der Passagiere ab. Mit einem Fuß standen sie auf einer provisorisch zwischen Schiff und Kai übergelegten Rampe aus Metall, die sich bei jeder leichten Welle hob und senkte. Passagiere ließen sich hinter den Scheiben der Fähre in ihre Sitze fallen. Legten den Kopf in den Nacken und warteten auf die Ausfahrt des Schiffes, hinaus aus der geschützten Bucht, hinaus auf das tiefschwarze Meer, diesen riesigen Ozean, der so anders, so unwirklich sein konnte.

Aju wartete auf das erste Hähnchenfleisch, welches Onkel Henky zubereitete. Eigentlich aß sie lieber Fisch, aber sie hatte Hunger an diesem Morgen. Draußen in der zweiten Reihe des Hafens lag noch immer das schlanke, weiße Boot mit den weißen Segeln, die jetzt fein zusammengerollt unter einer Hülle versteckt waren. Aju erinnerte sich an David, den Jungen von gestern mit den blonden Locken. Das Hähnchenfleisch von Onkel Henky schmeckte köstlich. Eine Reihe von Kräutern waren in der Soße enthalten und alles zusammen war in ein sprödes Teil eines Bananenblattes eingewickelt.

Die Segeljacht der Fremden schaukelte in den Wellen des Schiffes, das den Hafen verließ. Einzelne Passagiere suchten ihren Platz. Das konnte Aju durch die Scheiben, im unteren Teil der Fähre erkennen. Das Schiff zeigte in Richtung der aufgehenden Sonne. Ihr langer Schatten reichte bis zu Aju. David stand am Heck der kleinen Jacht und ließ an einem Strick einen Plastikeimer in das Wasser. Er erblickte Aju und sprach mit seiner Mutter. Ein Mann an den Stufen der hohen Kaimauer ließ den Motor seines Schlauchbootes an und setzte dann in zwei kleinen Kurven zur Jacht über, die nicht mehr als hundert Meter von Aju entfernt lag.

Als David aus dem Schlauchboot sprang, hielt er die zwei Schläger und den Ball in der Hand. Seine Augen strahlten wie am Tag zuvor und heute erschien David Aju noch größer.

»Sicher, etwas an Land laufen zu können und nicht mehr über Monate auf Deck oder in einer engen Kajüte bei Sturm hin- und hergerollt werden, hat schon etwas Gutes. Da strecken sich die Knochen.« Aju wusste das. Wenn sie manchmal mit ihrem Onkel auf dem Fischerboot hinausfahren durfte, war es ähnlich. Das Boot war voll mit Netzen und

Fischen und Krabben. Alles lag durcheinander und sie musste aufpassen, bei den Wellen nicht aus dem Boot geworfen zu werden. Sie hüpfte dann auf der Holzbank vor dem Motor, der ihr den Diesel in das Gesicht blies, auf und ab. Ihr Onkel, der jüngste, hatte es zu einigermaßen Wohlstand auf der Insel gebracht. Sein Boot war fast so lang wie die Jacht der Fremden. Es war natürlich nicht so schön, hatte keine weißen Segel und nicht den kleinen Motor, der fast gar keine Geräusche machte, wenn die Jacht, ohne eine einzige Welle entstehen zu lassen, im Hafenbecken wendete.

Das Boot hatte auch kein Deck aus edlem Holz und die Planken waren nicht mit glänzendem Metall beschlagen. »Das Boot ist zum Arbeiten da, zum Fische fangen.«, sagte Onkel Gio. David hatte bestimmt noch niemals Eisblöcke tragen müssen. Seine Hände waren groß, aber seine Finger lang und dünn. »Aju, lass uns spielen. Meine Mutter hat gesagt es ist ok.« Aju griff nach dem Schläger und fühlte, dass ihr schon fünf Kilometer Fußweg in den Knochen steckten, die Hälfte davon mit dem Eisblock auf dem Rücken. Sie liebte es, zu spielen. Mit dem Schläger und dem Federball war es neu für sie. Aber sobald sie etwas Neues begann, war sie, meist, sehr schnell besser als die anderen. Ihre Bewegungen waren so natürlich und ohne jemals eine Anleitung bekommen zu haben, verstand sie meist sehr schnell. »Woher kommst du David? Wie lange bleibt ihr hier? Wollen wir Freunde sein?« Aju hatte Fragen über Fragen. David wusste auf die meisten Fragen keine Antworten. Wie lange sie hierbleiben, wohin sie als nächstes reisen. All dass, wusste er selbst nicht.

Davids Eltern waren vor sechs Monaten mit ihm zu dieser Reise um die Welt aufgebrochen. Ganz unerwartet. Eigentlich sagte Mama, dass David bald eine Schwester haben würde. David gefiel das am Anfang nicht wirklich. Musste er sein Zimmer dann mit seiner Schwester teilen? Denn Oma lebte ja auch noch im Haus, nach dem Opa gestorben war. Er brauchte eine Weile, um sich an den Gedanken zu gewöhnen. Mama versicherte ihm, dass er sein Zimmer behalten sollte. Dann war plötzlich keine Rede mehr von der Schwester. Mama heulte an einem Abend und dann planten Papa und Mama diese Reise. Davids Eltern wollten, so sagten sie, herausfinden, was im Leben wirklich wichtig ist.

Sie wollten Zeit miteinander verbringen. Nicht jeden Tag früh in das Büro fahren und sich nur am Abend für eine Stunde sehen.

Davids Eltern sahen sich nun jeden Tag, seit einem halben Jahr und sie stritten sich niemals mehr, im Gegensatz zu der Zeit zu Hause. Aber für David war und ist es schwer. Er vermisste seine Freunde. Nicht das frühe Aufstehen und nicht die kalte, feuchte Jahreszeit im vorgezogenen Frühling in Montpellier während der Monate Februar und März. Seine Eltern wollten es so und hatten es getan. Seit sechs Monaten lebten sie auf dem Meer mit wenigen Unterbrechungen. Am Anfang war David auf dem Boot nur übel. Auf dem Deck und unter dem Deck. Papa sagte, »Schau auf den Horizont, etwas weiter weg, dann wird es besser.«

David konnte das Essen nicht im Körper behalten. Die Konserven mit Ravioli, Suppe und Brot aus Überlebensrationen nahmen bedenklich schnell ab während ihrer ersten Etappe. David fühlte sich erbärmlich. Nach einiger Zeit konnte er zumindest auf Deck bleiben, ohne dieses Gefühl zu haben, alles Essen über Bord spucken zu müssen, Minuten nach dem er es zu sich genommen hatte. Dort draußen, auf dem Deck, war es zwar windig und nass und seine Haut spannte sich unter dem ständigen Wechsel zwischen Sonne und Salzwasser auf seiner Haut, aber ihm war nicht dauernd schwindlig.

In der Nacht war es eine Herausforderung. Mama oder Papa waren abwechselnd an Deck. David fiel irgendwann in den Schlaf, meist nur für einen Zeitraum nicht länger als vier Stunden, bis der Wellengang ihn wieder nach oben zwang. Dort saß er dann hinter dem Steuer und schaute in das Nichts. »Warum und wohin segeln wir?«, fragte er täglich zu Beginn dieser Reise. »Der Weg ist das Ziel.«, sagte Papa, aber David verstand das noch nicht.

Umso schöner war es nun, mit Aju auf festem Boden zu stehen. Eine richtige Kaimauer, die sich nicht bewegte. Hoch gelegen, mit ausreichend Abstand zum Meer, welches manchmal so hohe Wellen hatte, dass David nur Wasser sah und auf dem Berg einer Welle in ein Tal aus schwarzem Wasser blickte und es ihm mehr als einmal unheimlich war. Hier auf der Insel war es sicher. Keine Wellen. So viele Früchte gab es, die David noch nie vorher gesehen hatte und an jedem Meter auf der Kaimauer roch es nach anderem Essen. David brauchte die Bewegung, weil er sich so beengt auf dieser Jacht fühlte, fünfzehn Meter Länge und noch nicht einmal vier Meter Breite waren nicht viel für den Bewegungsdrang eines Kindes. Für Davids Eltern bedeutete diese Jacht hingegen die große Freiheit. »Das soll jemand verstehen.«, dachte sich David.

Für Aju war der Moment am Hafen ein Vergessen von der Arbeit. Der so frühen Erkenntnis, die sie schon mit sechs Jahren hatte, dass sie wohl immer Eisblöcke in das Tal tragen müsste oder von Oma Helde verstoßen würde, weil sie sonst zu nichts zu gebrauchen wäre. Sie wäre sonst nutzlos. Während sie mit David den Federball in den Himmel jagte, vergaß sie alles. Nicht sofort, doch mit der Zeit, mit der sie mehr und mehr in das Spiel eintauchte und bei jedem Schlag auf den Ball und durch die Maschen des Schlägers den freien Himmel sah, spielte sie sich in Trance. Ihr Kopf wurde rot und sie schwitzte, mehr als beim Tragen der Eisblöcke.

»Mama sagt, ich kann hier zur Schule gehen. Sie haben gestern mit dem Direktor gesprochen. In welcher Klasse bist du? Wir können ja in eine Klasse gehen.«, sagte David zu Aju. »Ich gehe nicht in die Schule. Meine Oma erlaubt es mir nicht. Ich muss arbeiten.«, sagte Aju. »Alle Kinder müssen in die Schule. Ist das hier nicht so?«

Aju wusste nicht, was sie darauf sagen sollte. War das hier so? »Morgen können wir wieder spielen.«, sagte David und nickte mit seinem kleinen Köpfchen. David und Aju umarmten sich. Aju roch nach Zitrone und der weiß-lilafarbenen Blüte, die in ihrem Haar steckte. Davids Mama kam mit dem Schlauchboot zurück an die Kaimauer.

»Hallo Aju, zeigst du uns die Schule? Die Straße ist aber gefährlich. Läufst du hier immer allein entlang?« Sie nahm Aju und David jeweils an eine ihre Hände und dann liefen sie die wenigen hundert Meter in Richtung des Fahnenmastes, der inmitten des Schulhofes stand.

Davids Mama hatte harte Hände. Ihre Haut hatte Blasen vom Halten der Seile und dem Wasser auf der See. Sie trug einen Hut, wie ihn die Vietnamesen trugen, die manchmal mit einem Schiff auf der Durchreise hier anlegten. Darunter verbarg sie eine überdimensional große Sonnenbrille mit gewölbtem Glas und dunkelbraunen Gläsern aus Kunststoff. Auf ihrem Rücken einen kleinen Rucksack mit Büchern für David. Auf ihrem Weg begegneten sie Onkel Henky. Er grüßte Aju, während er zerkleinertes Hähnchenfleisch in Bananenblätter wickelte und in den Glaskasten seines Verkaufsstandes legte. »Du hast ja einen hübschen neuen Freund.«, sagte Onkel Henky und Aju schaute nicht etwa schüchtern auf den Boden, sondern stolz zu Onkel Henky hinüber.

Auf dem Schulhof war lebhafter Betrieb. Der Hausmeister sprühte mit einem Schlauch übel riechendes Wasser auf Blumenkästen mit Orchideen. Einige Kinder saßen auf viel zu kleinen Stühlen in den offenen Klassenräumen, während die anderen einen rot-weißen Ball in den Korb, der an einem Holzpfahl angebracht war, warfen. »Guten Morgen David, willkommen in deiner neuen Schule.«, begrüßte ihn die Frau des Bürgermeisters, die Englischlehrerin. David trug seine weißen Turnschuhe und die kurzen blauen Hosen vom Vortag. Die Sonne brannte auf den Schulhof. Aus dem gleißenden Licht schaute er in eines der dunklen Klassenzimmer, während die Lehrerin sich mit seiner Mutter unterhielt, die unter ihrem vietnamesischen Hut hervor blinzelte.

Aju nahm David an die Hand. Seine Handflächen waren verschwitzt und er zitterte.

»Du musst mehr trinken. Bist du aufgeregt? Du zitterst ja.« Aju zog David unter einen kleinen Vorsprung des Gebäudes in den Schatten. »Mama hat erzählt, es gibt Geister auf der Insel, deswegen wollte sie hierher. Muss ich dann ausgerechnet hier in die Schule?« Aju dachte, dass dies eine berechtigte Frage war. Geister gab es hier bestimmt und sie hat ja schon selbst einen gesehen. Aber warum sollte Davids Mutter ihm Angst machen wollen? Er war so süß und blonde Locken hatte hier sonst niemand.

Die restlichen Kinder aus den Klassenzimmern strömten heraus auf den Hof. Die beiden setzten sich auf zwei der winzigen Stühle in einem der verlassenen Zimmer. An der Tafel standen Zahlen und Formeln und Davids Name ganz oben in der Ecke.

Als eine Glocke auf dem Hof schlug und die Kinder wieder hineinkamen, musste Aju gehen. Sie wusste jetzt, wie es in der Schule aussah und dass es nicht gefährlich war, dort zu lernen. Niemand hatte sie angesprochen und wenn David hier lernen konnte, warum sollte ihr es nicht gelingen? David war ein halbes Jahr auf einem Boot und war ein Junge. Oma Helde hatte gesagt, Mädchen sind schlauer als Jungen. Warum sollte ich nicht in die Schule gehen können? Aju wollte es nicht auf sich bewenden lassen und Oma Helde fragen, wann sie endlich in die Schule gehen durfte. Sie musste nur eine gute Gelegenheit abpassen. »Wir sehen uns morgen David.«, sagte Aju und verschwand.

Sie trottete, sich immer wieder umdrehend, die Straße entlang, auf der ihr einige wenige Fahrräder und ein Moped entgegenkamen. Die Kanäle links und rechts der Straße hatten kein Wasser. Die Ebbe hatte alles Wasser aus dem Ort gezogen. Nur der Abfall war übriggeblieben. Ein zerborstenes Fenster samt Rahmen, Autoreifen und eine Stehlampe lagen auf dem Grund des Kanals. Eine orangene Katze leckte sich die Pfoten, neben einer Fischgräte. Ein Lieferwagen hielt vor dem nächsten Haus auf ihrem Weg. Thailändischer Reis in roten Säcken wurde vor die Tür gestellt. Der Fahrer klopfte an dem goldenen Griff der hohen Tür, sprang in sein Auto und fuhr davon. Eine Frau in einem weißen, langen Gewand öffnete die Tür einen Spalt, schaute nach links und rechts und schrie etwas in das Haus. Mit einem lauten Schlag ließ sie die Tür in das Schloss fallen und verschwand im Gebäude.

Sie erreichte das Haus von Onkel Henky. Auf dem Steg packte Henky eine Haarbürste, Kämme und Scheren auf dem Boden aus und begann, die Scheren mit einem Tuch zu reinigen. Hinter der Tür im Vorraum zum Haus hing ein Poster an der Wand, von einem jungen Mann mit frisch frisierten Haaren. Davor stand ein großer Stuhl aus Leder und ein Waschbecken hing etwas schief an der Wand. Ein kleiner, schmächtiger Mann mit einem blauen Anzug hatte schon auf dem Stuhl Platz genommen und wippte mit seinen Beinen auf einer Fußbank. Onkel Henky war Friseur, hatte aber selbst kaum noch Haare. Vielleicht schaute er deshalb immer ein wenig abgelenkt auf seine Kundschaft. Etwas entrückt, als ob er nicht wüsste, was er eigentlich mit diesen Haaren auf den Köpfen seiner Kundschaft tun sollte. Dann fuhr er sich mit der Hand durch seine wenigen Haare und schaute in den Spiegel vor ihm.

Begutachtete sich selbst, die Haare seines Kunden und schnaufte dann. Dann ging er hinaus, nahm eine der Scheren vom Boden und ging wieder hinein. Probierte die Schere, ging wieder hinaus und nahm eine andere Schere. Es war eine übertriebene Zeremonie für Aju. Bei Oma Helde jedoch musste alles schnell gehen, aber Onkel Henky wollte davon nichts wissen. An einem Vormittag saß ein Mann schon mal zwei Stunden in dem kleinen Salon und unterhielt sich mit Onkel Henky. Haare schneiden tat er dann meist auch noch nebenbei.

Aju wanderte durch den Salon in das Wohnzimmer. Rechts davon war ein langer, schmaler Raum. Die Tür war tagsüber verschlossen. Dort schliefen alle Bewohner des Hauses, außer die Katzen. An der Decke hing eine Klimaanlage, die Aju, wenn es ganz heiß war, anschalten durfte. Das Dach über dem Zimmer knarrte in der Sonne und bei Regen war es so ohrenbetäubend laut, dass an Schlaf nicht zu denken war. Vom Wohnzimmer konnte man den Hof erreichen. Nicht größer als fünf mal fünf Meter, umgeben von den hohen Wänden des Hauses und des Hauses der Nachbarn.

Dort kam die Sonne jetzt am Vormittag nicht hinein und es war erträglich. Die Katze nahm zwischen zwei Blumentöpfen aus hellblau lasierter Keramik Platz und rollte sich wie eine Schnecke zusammen. Oma Helde verließ das Haus, sie lief von Kunde zu Kunde um das Geld zu kassieren, welches ihr die Menschen für das gekaufte Eis schuldeten. Einmal in der Woche tat sie das und sie hatte kein Erbarmen mit säumigen Abnehmern, die Eis kauften und anschließend nicht bezahlen wollten, wusste Aju. Dann konnte Oma Helde sehr laut werden und ihr Wesen verwandelte sich.

Onkel Henky war dagegen ganz sanft und nicht so streng wie Oma

Helde. Er hatte Nachsehen mit Aju, egal was sie machte. Auch wenn einmal ein Blumentopf bei ihren heftigen Sprüngen kaputt ging oder sie vergaß, den Wasserhahn der Dusche zu schließen. Onkel Henky war nicht nachtragend und er konnte ein Geheimnis behalten. Genauso wie die orangene Katze auf dem Dachboden. Sie hatte kleine Babys und niemand durfte auch nur in die Nähe der Holztreppe zum Boden hinauf kommen. Dann rannte Joja auf und ab und wer es noch weiter wagte, die Treppe hochzusteigen, bekam einen Hieb mit ihren scharfen Krallen direkt auf die Nase.

Nun saß Joja im Hof des Hauses und ließ ihre Babys allein auf dem Boden krabbeln. Aju dachte daran, was letztes Jahr passiert war. Oma Helde sagte, »Nicht schon wieder drei Katzen. Joja ist sehr schlau, sie versteckt die Katzen vor uns, bis sie zu groß sind.« Zu groß für was, fragte sich Aju und sie fragte auch Onkel Henky, aber niemand antwortete ihr. Die Katzen, so sagte Oma Helde, hätte sie dann alle an die Nachbarn abgegeben. Die wollten sie, damit sie die Mäuse verscheuchten.

Jetzt hatte Joja wieder Babys und Aju kam auf den Gedanken, die Nachbarn zu fragen, ob sie eines der Katzenbabys haben wollten. Aber wie sollte sie sie beschreiben? Auf jeden Fall miauten sie, wenn Joja zu lange im Hof zwischen den Blumentöpfen lag, und riefen nach ihrer Mutter. »Vielleicht sind sie ja wieder schwarz-weiß mit diesen weißen Flecken am Hals. Die sahen wirklich süß aus.«, dachte Aju.

Irgendwann kamen Mila und Raja aus der Schule. Sie redeten nicht mit Aju. Durch den Innenhof des Hauses betraten sie den anderen Eingang. Den Eingang, den Aju nie nehmen durfte. Er war der Eingang zum richtigen Haus. Es war aus Stein gemauert und hatte hohe Räume. Einen Empfangsraum mit Lehnstühlen, auf denen nie jemand saß. An der Wand war ein riesiges Gemälde in dunklen Farben mit bunten Fischen. Auf der Wand gegenüber ein noch größeres Bild mit Menschen auf einem Feld, die Getreide ernteten. Es war das Haus der Tanten. Onkel Henky hatte nur den niedrigen Anbau des Hauses für seine Familie bekommen und für Oma Helde und auch Aju, und wenn Onkel Henky nicht Familie wäre, dann hätte er gar kein Haus hier.

Der Onkel kam von einer anderen Insel hierher. Sie lebten dort ganz einfach. Noch einfacher als hier. Dort gab es keinen Fußboden aus Stein und keine Wände aus Stein. Onkel Henky hatte kein Bett und keine Matratze. Er schlief auf festgestampfter roter Erde. Später bauten sie ein Podest auf Stelzen, damit die Schlangen und anderes Getier sie in der Nacht nicht störten. Aber ein richtiges Haus hatten sie nie, bis sie auf diese Insel kamen. Für Onkel Henky war es ein langer Weg hierher gewesen. Eine Woche mit dem Schiff, und jeden Tag machte das Schiff auf einer anderen Insel fest, bis es schließlich hier ankam. Onkel Henky möchte hier nicht mehr weg, so sagte er, er hatte hier alles, was er brauchte.

Mila und Raja lebten in dem großen Haus. Sie waren gemein. Die alten Sachen, die Mila nicht mehr brauchte, schmiss sie lieber in den Kanal, anstatt sie Aju zu geben. Oma Helde sagte, »Lass sie gehen, wenn du arbeitest, kannst du dir dein eigenes Geld verdienen und dann kaufst du dir, was du möchtest.« Aju ging nun arbeiten, sie brachte das Eis in die Stadt zu Onkel Henky, zu Gio und den anderen. Irgendwann wird Oma Helde sie bezahlen, davon war Aju überzeugt.

Als Oma das Haus verlassen hatte, konnte sich Aju endlich waschen. Ihr Kleid roch muffig von dem Eis, welches sie am Morgen auf ihrem Rücken transportierte. Neben der Küche, auf dessen Buffet ein neuer Fisch in eingewickeltem Zeitungspapier lag, war ein Vorhang aus Plastik. Dahinter lagen auf dem Boden Holzstäbe und darüber eine Matte aus hellgrünem Plastik. In der Ecke hing eine Schöpfkelle an einem Fass voller Wasser. Der Raum hatte kein Dach. Eine große, schwarze Tonne stand auf einem Gerüst und die Sonne schien darauf und erwärmte das Wasser darin. Aju ließ das warme Wasser aus dem Schlauch heraus in das andere Fass strömen und mit der Schöpfkelle über ihren Körper fließen.

Dann hockte sie vor dem Haus auf dem Steg. Sie lief zum Platz hinter dem Krankenhaus in der Hoffnung, Emmi zu sehen. So wie an jedem Tag. Aber Emmi kam nicht und nun war schon der zweite Tag, an dem sie sich nicht gesehen hatten. »Was ist mit Emmi, warum will sie mich nicht sehen, oder sind ihre Eltern böse, oder muss sie wieder beten?« Aju fragte sich das und konnte es doch nicht ändern. Sie spazierte bei Gio am Hafen vorbei. Es war die gleiche Tour wie jeden Tag. Vom Haus am Steg den Berg hinauf zur Eisfabrik und hinunter in die Stadt. Durch die Stadt an der Schule vorbei, hinter dem Krankenhaus entlang und wieder zurück. Onkel Gio reichte ihr bei ihrer Ankunft Reis in einem Bananenblatt und schwarzen Tee.

Aju beschloss an diesem freien Nachmittag, ohne Oma Helde die Insel zu erkunden. »Du kannst dich nicht verlaufen auf der Insel. Irgendwann kommst du wieder hier an.«, sagte Gio einmal zu Aju. »Nur zum Wasserfall gehe bitte nicht allein. Er ist hoch und gefährlich. Dort gibt es Schlangen und Geister und du kannst hinunterfallen und wirst in das Meer gespült.« Aju war ein aufgewecktes Kind. Nur weil Onkel Gio Nudeln verkaufte und nicht schwimmen konnte, bedeutete das für sie ja nicht, dass sie nicht schwimmen konnte. »Das ist ganz einfach. Ich habe es gesehen, bei den Fremden, die letztes Jahr auf die Insel kamen.«, dachte Aju. Die Ausländer kamen mit den Mopeds an die Bucht hinter der Stadt, nicht weit vom Wasserfall. Dort schwammen sie in den Wellen und Ajus Onkel amüsierte sich über die Fremden und war auch ein wenig beeindruckt, wie weit sie doch vom Ufer entfernt schwammen und sich doch so wenig um die Strömung kümmerten, die die Insel umgab.

Aju füllte etwas Tee von Onkel Gio in eine gebrauchte Flasche und stopfte sich das mit Reis gefüllte Bananenblatt in ihre Hose. »Bis morgen früh, Onkel Gio.« Diesmal nahm sie den anderen Weg, nicht hinauf zu dem Hügel mit der Eisfabrik. Über die Pontonbrücke bis an die Spitze der Bucht lief sie. Dann, sobald sie um die Spitze herum war, wurde ihr unheimlich. Die Stadt war außer Sichtweite, der Lärm verschwunden. Sie konnte die Möwen schreien hören und das Meer schlug gegen die Felsen und schäumte. Auf der See, weit draußen, sah sie ein Fischerboot. Ihre kleinen Füße krallten sich in die Sandalen. Der Boden auf dem letzten Stück der schwarzen Asphaltstraße war heiß und klebrig. Schwarzer Sand und Steine rollten bei jeder Welle bis fast an die

Straße. Dann wurde aus der Straße ein Weg, einzelne Wassertanks standen an den Hügeln und ein paar Lichtungen weiter oberhalb der Hügel waren neue Wege entstanden. Männer unterhielten sich und zogen zu zweit Stämme junger Bäume den Berg hinunter. An Metallhaken festgemacht ruckelten sie die Rundlinge über Wurzeln zwischen felsigen Steinen hindurch.

Aju konnte das Rauschen des Wasserfalles hören, als die Männer und ihr Geschrei verstummten. Ein Regenbogen im Wassernebel stand über dem Ufer. Die Straße war nun zu Ende. Wassermassen strömten in das Meer, bildeten Wellen über Felsen hinweg und schoben Wurzeln alter Bäume mit der gewaltigen Kraft des Wassers in das Meer, welches sich an dieser Stelle von Blau in Gelb verwandelte. Gestern hatte es geregnet, ein heftiges Gewitter war über die Insel gezogen. Nun gab die Insel das Wasser wieder ab. Langsam, aber doch beständig. Kokospalmen und Eukalyptusbäume standen aufrecht an dem nun steiler werdenden Hügel. Oben auf der steinigen Kante des Berges konnte Aju winzige Punkte von Menschen in bunten Hemden erkennen.

Der Wasserfall

Von hier konnte Aju auf den Berg schauen und auf das Wasser. Gegenüber der Bucht war eine kleine Insel zu erkennen. Nicht mehr als ein kleines Korallenriff, an dem sich die riesigen Schildkröten, die hier nachts an den Strand kamen, auf die Korallen legten und sich ausruhten. Nur, wenn man den Schildkröten zu nahe kam, dann ließen sie sich von dem Riff treiben und sanken in wenigen Augenblicken in die Tiefen des Ozeans hinab. Mit dem Kopf voran in steilem Winkel verschluckte sie das schwarze Wasser.

Die einzelnen Stimmen, die vom Berg herunterklangen, sagten Aju, dass sie nicht allein war und sich nicht fürchten musste. Sie suchte nach dem Weg, den sie mit Onkel Henky schon einmal genommen hatte, um den Wasserfall zu erklimmen. Damals waren sie mit dem Moped hierher gefahren und sie standen auf einem kleinen Parkplatz, wo auch die wenigen Touristen, die hier ankamen, warteten. Der Platz war ihr vertraut, nicht zuletzt, weil sie damals Onkel Henkys Hand halten konnte und nicht allein gewesen war.

Aju wollte an diesem Tag dort hinauf, dort hinauf auf den höchsten Punkt der Insel. Vielleicht konnte sie von diesem Punkt die Insel sehen, auf die ihre Mutter gezogen war, bevor sie gestorben war. »Warum hat sie mich hiergelassen, warum hat sie mich nicht mitgenommen?« Diese Frage bewegte Aju, jedes Mal wenn sie sich ungerecht behandelt fühlte, wenn sie fühlte, dass niemand sie liebte. Wenn sie spürte, dass sie allein war auf dieser Insel, obwohl doch so viele Menschen um sie herum waren.

Die riesigen Granitfelsen waren glatt vom Wassernebel, der in Schwaden auf den Stein prasselte. Aju drückte ihre kleinen Finger an den rosafarbenen Stein. Einen Meter ging es nach oben, um dann wieder einen Meter nach unten zu gehen. Schnell verlor man die Übersicht, wenn man nicht viel größer als einen Meter war und sich zwischen den Steinen, Felsen und Baumstämmen am Rand des Wasserfalles einen Weg nach oben suchte. Aju erreichte ein erstes Plateau. Wie in einer riesigen Wanne aus Stein war das Wasser zum Stillstand gekommen, bevor es mit einem Rauschen wieder über den Rand schwappte und hinunter zum Meer jagte.

Flache Steine, durch die Kraft des Wassers wie Linsen rund geschliffen, lagen im Wasser. Aju konnte von Stein zu Stein springen. Sie spülte sich den Sand des Strandes von ihren Beinen und legte ihre Sandalen aus gelber Plastik auf den Stein neben sich. Sie war außer Atem und hatte gerade erst einmal die erste Stufe des Wasserfalles erreicht. Sie beugte sich nach vorn. Ihr Gesicht spiegelte sich auf der Oberfläche. Hinter ihr war die Sonne zu sehen, wie sie sich über der Kaskade erhob.

Ihre langen, pechschwarzen Haare lagen auf den Schultern. Ihre schwarzen Augenbrauen zogen sich über der Nase zusammen. Sie wusch ihr Gesicht mit dem weichen Wasser der Insel, welches dort oben am Felsen aus der Erde strömte. Aju nahm den Weg links vom Wasserfall. Stufen aus glitschigem Holz, die die Inselbewohner schon vor langem angelegt hatten, verlangten für den Moment ihre volle Kreativität, damit sie ihrem Ziel näherkommen konnte. Das Rauschen wurde lauter. Neben ihr schossen Fontänen von unzähligen Litern, ja Tonnen von Wasser in das Tal. Ein Schmetterling, größer als ihre Hand, setzte sich auf ihre Schulter. Er hatte zwei Augen aus silberblauer und grüner Farbe auf seinen Flügeln. Sie waren nass, er ließ sich diese auf Ajus Schultern trocknen. Auf einem Vorsprung aus Holz inmitten des Wasserfalles machte Aju eine Pause. Der Lärm war ohrenbetäubend. Das Vogelgezwitscher war nicht mehr zu vernehmen. Nur noch das Schlagen von Wasser gegen die Steine ohne Unterlass.

Im Sprühnebel des Wassers sah Aju den Regenbogen. Von oben, aus dem Dunkel des Waldes, strahlte die Sonne wie durch einen schmalen Schacht herunter. Immer mehr Schmetterlinge flogen aufgeregt an ihr vorbei. Zitronengelbe, die kleinen Freunde des blinden Passagiers auf ihrer Schulter, mit Augen auf den Flügeln und kleine weiße. Ein Pärchen Papageien mit gelber Brust saß auf einem Ast und rieb ihre Schnäbel aneinander. Ein abgewaschener Stamm mit roter Rinde drehte sich unablässig im Wasser. In einem Sog zog es rote Blütenblätter unter die Wasseroberfläche und Aja zählte die Sekunden, bis sie wieder nach oben kamen.

Die Hälfte des Weges hatte sie schon geschafft. Die Bäume wurden niedriger auf dem Weg nach oben. Die Wurzeln hielten sie nur noch schief an der Felswand fest. Ein dauernder Kampf zwischen der Kraft des Wassers und dem Überlebenswillen des Baumes. Aber selbst die Bäume, die das Wasser aus der Felswand herausgerissen hatte und auf die Aju von oben schon blicken konnte, hatten hellgrüne Triebe und neues Leben entstand aus ihnen, an einem anderen Ort. Dort würden sie wieder Wurzeln bilden und solange gedeihen, bis sie erneut an einen anderen Ort getragen wurden.

Aju spürte die Kraft in ihren Armen und Beinen schwinden. Aber sie war Anstrengungen gewöhnt. Sie verausgabte sich nicht und wusste, dass sie noch einen kurzen Weg vor sich hatte. Dann konnte sie die Insel überblicken. Sehen, wohin ihre Mutter gezogen war. »Vielleicht werde ich auch einmal diesen Weg gehen. Diese Insel verlassen und mein Glück in der weiten Welt versuchen, so wie meine Mutter.«, dachte sie. Dann hatte sie es geschafft. Auf dem schmalen Gerüst von Holzstufen ging es hinüber über noch größere Felsen. Sie waren trocken und das Rosa der Steine war heller. Wie eingefrorene Lava ergossen sie sich hinunter zum Meer. Das Wasser quoll aus der Erde und dem dunkelgrünen Moos, überall um sie herum. All das Nass floss zusammen in kleinen Kanälen, die zu Bächen wurden, um dann zwischen den aufragenden Felsen talwärts zu verschwinden.

Aju ließ sich auf einem von ihnen in der Mitte nieder. Ihre Haut war feucht und der Stein trocknete und wärmte ihren Körper. Schwarze Vögel mit gelben Schnäbeln kreisten über ihrem Kopf. Sie drehte sich in alle Richtungen. Sie war ganz oben angekommen. Sie hatte es geschafft. Ganz allein. Von hier aus konnte sie die ganze Insel überblicken. Sogar die Stadt konnte sie sehen und das Schiff, welches im Hafen lag und eine schwarze Säule aus Rauch in den Himmel blies. Auch die Jacht von Davids Eltern sah sie im Hafenbecken und die Krankenhausruine und die Schule. Sie suchte nach dem Haus von Oma Helde und der Eisfabrik auf dem Hügel. »Von hier sieht es gar nicht weit aus, aber am Morgen ist es ein langer Weg.«, dachte Aju sich. Sie drehte sich im Kreis herum, mehrmals, und bemerkte, wie klein die Insel war. Nur die Stadt lag an der Bucht und der Hügel und dann dahinter war wieder das Meer. Ein hellblauer, azurfarbiger Ring, mehr oder weniger gleichmäßig, umgab ihre Heimat. Dann, dahinter, begann das Wasser schwarz zu werden, bis an den Horizont. Nur weißer Schaum einzelner Wellen durchbrach den dunklen Ozean.

Eine Insel konnte Aju am Horizont erkennen, dorthin, wo sie mit dem Fischerboot mit dem stinkenden Motor und Onkel Gio gefahren waren. Sonst war dort nichts. »Wie haben Davids Eltern uns nur gefunden?«, dachte sich Aju. Es war, wie Onkel Henky immer sagte, und jetzt verstand sie es. »Es ist jeder Tag der gleiche Film, das Meer, das Meer, das Meer, ich kann es nicht mehr sehen.« Aju gefiel es, es hatte etwas Majestätisches. Sie fühlte sich wie ein Vogel im Nest, im höchsten Baum, den es gab. Unerreichbar für alles und jeden. Niemand konnte sie hier antasten. Niemand wusste, dass sie hier war.

Zwei Äffchen tranken aus dem fließenden Wasser und kratzten sich gegenseitig den Kopf. Es machte Aju nichts aus, allein hier oben zu sein. Sie genoss es, hier keine Anweisungen von Oma Helde zu bekommen. Nicht beobachtet und verglichen zu werden mit Heldes Kindern, was in ihr das Unbehagen hervorrief, immer etwas tun zu müssen, um sich Essen oder Kleidung zu verdienen. »Mila und Raja waren noch nie hier und sie würde sie auch niemals fragen, ob sie mit hierherkommen wollten. Was wollten sie auch hier? Sich streiten wie immer? David, ihn würde sie fragen, ob er mitkommen wollte, ja, auf jeden Fall, das würde sie tun. Es war so schön hier und David könnte ihr zeigen, woher sie gekommen waren mit dem Boot aus Europa.«

Der Blick von hier oben war so offen für Aju. Das leicht abfallende

Plateau hinabschauend auf die Küste, hinter ihr die restlichen Berge, aus dem sich das Wasser ergoss, all das konnte sie sehen. Sie unternahm ein paar Schritte in Richtung der herabstürzenden Kaskade, bis sie plötzlich innehielt. Vor ihr war eine fast senkrechte Wand aus Wasser. Es stürzte im Bogen über die Steine, klatschte auf einen Absatz und von dort weiter zu Tal. Mit breiten Beinen und die Arme in die Hüfte gestemmt, wollte sie mehr Halt auf diesem Stein mit dem Blick in den Abgrund bekommen. Je länger sie nach unten schaute, umso schwindliger wurde ihr. Ajus Kopf drehte sich, bis ihr die Frau mit den zwei Kindern von hinten den Arm auf die Schultern legte und sie nach hinten zog.»Geht es dir gut, Aju?« Aju bekam einen Schreck und ging in die Knie.»Ja, es geht mir gut.«

Aju erkannte die Frau, die auf dem gleichen Steg am Hafen wie Aju wohnte. Zumindest glaubte sie das.»Hoffentlich erzählt sie Oma Helde nicht, dass sie mich hier gesehen hat.«, dachte Aju. Als die wenigen hohen Bäume am Wasserfall schon längliche Schatten bildeten, verließ Aju den Berg. Den gleichen Weg wie sie nach oben gefunden hatte, ging es nun mit doppeltem Tempo bergab.»Du hast Beine so lang wie ein Flamingo. Renn nicht so schnell, sonst fällst du noch hin.«, sagte die etwas beleibte Frau, als Aju sich höflich verabschiedete.»Ich habe Beine wie ein Flamingo, lang und dünn, ich weiß. Alle sagen das auf der Insel zu mir.« Als das kleine Mädchen unten an dem schmalen Strand wieder aus dem Wald hervortauchte, behielt sie eine neue Erkenntnis für sich. Die Insel war sehr klein und es gab keine Geister hier, die hätte sie auf jeden Fall von oben gesehen. Auch ihre Ängste, was den täglichen Gang am frühen Morgen durch den Wald zur Eisfabrik betraf, waren nun etwas verflogen.

Von oben sah der Wald wie ein schmaler Streifen aus. Dahinter war schon alles abgeholzt, vielleicht für eine neue Fabrik, oder um neue Häuser zu bauen, die überall auf der Insel entstanden. Die Äffchen, die früh morgens Aju manchmal auf ihrem Weg in die Eisfabrik und zurückbegleiteten, kamen nicht mehr aus dem tiefen Wald, bemerkte Aju jetzt.»Sie suchen wohl nur meine Nähe, weil sie auf der anderen Seite des Waldes keinen Platz mehr haben. Aber vielleicht mag mich ja doch eines der Äffchen.« Morgen wollte Aju ohne Ängste den Weg zu der Eisfabrik laufen, sie wusste, dass hinter dem Wald keine Geister waren und warum Oma ihr so eine Angst gemacht hatte, verstand sie in diesem Moment nicht. »Oma Helde sollte doch auch wissen, dass der Wald nur klein ist und keine Tiger und Krokodile oder gar Geister darin leben konnten. Denn Helde war bestimmt auch schon hier oben auf dem Wasserfall und hatte die Insel betrachtet, so wie es Aju heute getan hatte. Oma Helde will einfach, dass ich nur auf dem Weg entlang laufe. Nicht wie Raja und Mila immer stehen bleibe und am Ende zu spät komme, ohne Eis, nur mit einem nassen Rucksack.«

Als Aju das Krankenhaus vor sich erblickte, dachte sie an Emmi. Sie beschloss, am Haus von Emmis Eltern entlang zu gehen. Vielleicht konnte sie ihre Freundin sehen, obwohl sie sich heute nicht verabredet hatten. Das Haus lag ebenso an der Küste wie die restlichen Häuser der Straße. Die Fronten zeigten zur Bucht, auf die andere Seite der Insel, in Richtung Osten. Ein Auto, eines der seltenen auf der Insel, bremste vor dem Ponton ab, um dann ganz langsam wippend über die Stahlkante zu fahren. Fast erschien es, als ob der Fahrer es behutsam über die Brücke tragen wollte.

Vor dem Haus von Emmis Eltern hing eine Blumenkette aus gelben, großen Blüten. Über der Tür befand sich noch immer das Holzkreuz. Emmis Mama sah Aju schon von weitem. Sie saß auf der schmalen Bank vor dem Haus im Schatten und zwei Katzen rollten sich auf dem Rücken im Schmutz der Straße hin und her. »Kann ich mit Emmi spielen?«, fragte Aju mit zarter Stimme. Sie wusste, dass Emmis Eltern streng waren. Sie musste schon vor dem Frühstück und zu jeder Mahlzeit beten und am Sonntag war sie immer in der Kirche mit ihren Eltern. Ihr Vater war der Pastor der Kirche.

Diese Kirche war keine Kirche wie in Europa, bestehend aus Stein mit großen, hohen Räumen und bunten Mosaikfenstern, einer Glocke und Portal. Wenn das Kreuz nicht auf dem flachen Gebäude etwas in den Hang gemauert angebracht wäre, würde niemand auf die Idee kommen, dass sich darin eine Kirche befand. Das Gebäude schmiegte sich an den Hügel, hatte ein hellblaues Wellblechdach und bestand aus nur einem Raum. Davor standen sonntags die Schuhe der Gäste in Reihe und Glied. Hier wurde die kleine Gemeinde der Insel gepflegt, mit Taufen, Hochzeiten und Hilfe bei allen Dingen, die die Bewohner der Insel benötigten. Die christliche Gemeinde war klein. Kleiner als die Gemeinde der Muslime oder der Buddhisten, die meist vom Festland Asiens ihren Glauben auf die Insel mitgebracht hatten. Dann gab es noch die Ureinwohner hier, die glaubten an die Geister, aber alle lebten friedlich miteinander wusste Aju.

Emmis Mama wischte sich mit ihrem Kleiderzipfel eine Träne aus dem Auge. »Wir wissen nicht, wo Emmi ist, Aju. Hast du sie denn nicht gesehen? Ihr seid doch Freundinnen.« Aju wusste keine Antwort. Sie hatte sich das auch schon gefragt und sie konnte sich erinnern, dass die Stadtbewohner am Steg gestern Emmi gesucht hatten. Aju beschlich das Gefühl, dass etwas Schlimmes passiert sein musste, aber Emmis Mama wollte ihr zweifellos nichts sagen. Sie fragte sich, wo Emmi jetzt wohl war. Ob sie noch am Leben war? Oder ob sie die Flut, die am Morgen einsetzte, nach draußen auf das Meer gezogen hatte? Dann würde sie Emmi nie wieder sehen. Denn das Meer gibt nichts mehr her, was es einmal zu sich genommen hat. Nicht hier auf dieser Insel. Emmis Mama blickte sie immer noch an und Aju fühlte sich wie ertappt bei ihren Gedanken und verwarf sie zugleich wieder. »Wir beten für Emmi den ganzen Tag. Ich hoffe, sie hat sich nur verlaufen. Aber über Nacht war sie noch nie weg und die Insel ist klein, wo sollte sie denn sein?«

»Ja, wo sollte Emmi sein?«, fragte sich auch Aju. Noch vor einer Stunde hatte sie das Ende der Insel in jeder Richtung, hoch oben vom Wasserfall aus, sehen können. Mit ihren langen Beinen, wie ein Flamingo und großen Schritten, spazierte Aju am Ende des Tages wieder über den Holzsteg in Richtung des Hauses von Oma Helde. Als sie es erreichte, war es dunkel. Onkel Henky bückte sich mit einer rostigen Schere in der Hand über den Kopf eines älteren Herren, der auf dem Friseurstuhl im Vorraum des Hauses saß. Der Mann redete von Geschäften, von denen Aju nichts verstand. Sie zog sich zurück in das Zimmer mit dem knisternden Dach, die Müdigkeit krabbelte ihre Beine hinauf, die Klimaanlage blies ihr in das Gesicht und Aju fiel in einen tiefen Schlaf.

Am nächsten Morgen spazierte Aju wie jeden Tag in die Eisfabrik. Ließ sich das Gewicht aus gefrorenem Wasser auf den Rücken binden und brachte es zum Hafen in die Stadt. Dann wartete sie auf David, den Jungen mit den blonden Locken. Sie hatten sich verabredet. Sie wollte David fragen, wie es genau bei ihm zu Hause aussah, ob sie auch solche riesigen Bananen im Garten hatten und ob sie auch jeden Tag Fisch aßen. Aber David kam nicht. Sie erfuhr von Onkel Henky, dass seine Mama ihn in die Schule gebracht hatte, schon am frühen Morgen. »Eines Tages wird Aju auch in die Schule gehen, davon ist sie überzeugt, es ist nur eine Frage der Zeit, bis Oma Helde es ihr erlauben wird.«, sprach Aju zu sich selbst.

Onkel Gio

Nun saß Aju an diesem Morgen an der Kaimauer. Onkel Gio packte Harpunen, Netze und kleine runde Stangen, nicht länger als dreißig Zentimeter, in sein Fischerboot. »Aju, komm mit auf die See. Du kannst mir helfen. Dein Freund kommt heute nicht. Am Nachmittag sind wir wieder zurück.« Aju sprang in das wacklige Boot. Es war viel größer als das Boot mit dem winzigen Motor, der tuk tuk machte. Jedoch nicht groß genug, um Aju das Unbehagen zu nehmen, als sie sich im Boot niedersetzte.

Zwischen allerlei unaufgeräumten Leinen, Netzen und Hölzern lag ein halb abgebrochenes Paddel. Plastikplanen lagen zwischen den Beinen. Gio war so dünn wie ein Fisch. Die Knie dicker als seine Oberschenkel. Er rauchte stinkende Zigaretten ohne Unterbrechung, die von dem Fahrtwind zu hellroter Glut angefacht wurden. An der Nase hatte er einen großen Fleck, »vom Rauchen.«, sagte Oma Helde. Gio und der andere Mann, der dem Onkel stets zur Hand ging, sobald sie auf das Boot sprangen, redeten kaum. Er schaute ohne Unterlass auf das Wasser, als ob er Ausschau nach den größten und besten Fischen halten wollte. So fuhren sie mit halber Kraft aus dem sicheren Hafen heraus. Das spiegelglatte Wasser begann sich in langen Wellen zu biegen, ohne dass die Berge der Wellen aufbrachen. Der Hafen, die Stadt wurden für Aju immer kleiner, bis selbst die Insel nur noch so groß wie ein Haus erschien. Wabenförmig schmiegten sich wie Mosaiksteine die Häuser an den Berg und die Hügel.

Als sie die Nähe der Küste verließen, wurde die See wild. Die Wellen schlugen kreuz und quer und die Farbe des Wassers wechselte von Hellblau zu Schwarz. Weiße Schatten begleiteten das Boot unter Wasser. Wendige Haie wechselten vor dem Boot von links nach rechts. Schnell verlor Aju die Orientierung. Sie hielt sich an den Planken dieser Nussschale fest, die einem richtigen Sturm hier nicht das Geringste entgegensetzen konnte. Jetzt, um diese Jahreszeit, war die See ruhig. Aber dann im Herbst wurden die Wellen und die Dünung so hoch, dass der Fischfang nur den Fischern mit großen Booten vorbehalten war und auch die Fähre zur nächsten Insel fuhr dann für gewöhnlich nicht mehr. Dann war auch in der Eisfabrik nicht mehr viel an Arbeit zu erledigen. Und es kamen keine Gäste mehr auf die Insel, die auf eine andere Insel umsteigen wollten.

Gio nahm Kurs auf einen hellen Fleck im Wasser, ein Korallenriff, von denen es hier so unendlich viele gab. Die See beruhigte sich im Windschatten der Insel. Spiegelglatt mit silberner Farbe lag das unendliche Meer vor Aju. Gio stellte den Motor des Bootes ab und langsam glitt das schmale Boot durch die See. Über einem Korallenriff kamen sie zu stehen. Ein Weißkopfadler kreiste über dem Boot und reckte seinen Kopf nach unten.»Hier gehen die Fische zur Schule.«, sagte Gio. Aju lehnte sich mit ihrem Oberkörper über die Planken. Ihre Füße suchten Halt unter der Bank im Boot, damit sie nicht in das Wasser fiel, denn schwimmen konnte sie noch nicht.

Sie schaute auf den Ozean und sah in ihm das Spiegelbild des großen weißschwarzen Vogels, der über ihnen flog. Die Bugwelle des Bootes hatte sich entfernt und Aju betrachtete das Leben unter der Wasseroberfläche. Die Sonnenstrahlen durchdrangen das Wasser einige Meter. Auf rosaroten und purpurnen Korallen, die sich in der leichten Strömung bewegten, wie wenn sie Aju zuwinken würden, lag eine riesige Schildkröte.»Das ist Giolina. Mein Opa kannte sie schon. Sie muss mehr als hundert Jahre alt sein. Siehst du den kleinen Schnitt an ihrem Hals? Da hat sie sich einmal in einem Netz verfangen und mein Opa hat sie befreit. Sie schläft immer hier und wartet auf uns.« Aju betrachtete das riesige Tier, welches die Länge des Mädchens hatte, aber um einiges breiter war und einen schönen Panzer hatte.»Hundert Jahre und sie ist immer hier?«, fragte sich Aju. Am Panzer der Schildkröte tummelten sich mattschwarze, platte Fische zu hunderten. Auf ein geheimes Kommando wechselten sie schlagartig die Richtung, betrachteten Aju kurz, um dann die hellgrünen Algen von Giolinas Panzer weiter abzufressen. Wie die Kulisse einer prunkvollen Opernaufführung mit Rokokogewändern offenbarte sich das Leben im Wasser, kurz unter der Oberfläche, nur für Aju sichtbar. Hunderte, ja Tausende von Fischen strömten aus dem Dunkelblau nach oben. Gelbe Fische, mit blauen Streifen, schwammen im Kreis, die runden schwarzen kreisten um Pflanzen, die wie Trompeten nach oben ragten. Schneeweiße Korallen, die wie Wolken aufgequollen waren, reflektierten das Sonnenlicht. All die langen Gräser wiegten sich im selben Rhythmus der leichten Dünung. Wie die Terrassen der Häuser in der Bucht hatte jede Etage des Riffes seine eigenen Bewohner. Auf der untersten Etage die Aju erkennen konnte, lag schlafend ein platter Fisch, mit langen Haaren an seinem Mund.

»Die Natur ist ein Wunder. All das hat uns Gott geschenkt.«, sagte Gio. Aju spürte ihre Füße, die in der Bank des Bootes eingehakt waren, schmerzen. Sie sprang über den Bootsrand in das Wasser und suchte halt auf dem Riff mit ihren nackten Füssen. Das Wasser war klar und die Farben so schön. Sie mochte eintauchen in das Leben dieser Welt. Einer der Fische sah genauso aus, wie der Fisch auf ihrem Lieblingskleid.

Mit ihren Armen hielt sie sich wie die Katze von Emmi über Wasser. Emmi und sie hatten einmal die Katze in das Wasser am Strand geworfen. In einem hohen Bogen, weil sie den Fisch gestohlen hatte, der eigentlich für das Mittagessen vorgesehen war. Das Fellknäuel ruderte dann mit ihren Pfoten durch das Wasser zurück zum Strand und schüttelte sich kurz, bevor sie mit eingezogenem Schwanz davon schlich. So versuchte es Aju hier. Sie konnte sich zwar über Wasser halten, für einige Momente, suchte aber halt auf dem Korallenriff.

Vom Boot sah das Riff so nah aus. Aber im Wasser suchten die Füße auf Zehenspitzen nach dem Grund zum Stehen. Es war tief. Aju legte sich auf das Wasser und zog den Bauch ein, aus Angst die spitzen Korallen zu berühren, denn davor hatte Gio sie gewarnt. »Pass auf und schneide dich nicht. Die Korallen können sehr scharf sein.« Aju zog den Bauch noch mehr ein, aber das Riff war weit unter ihr.

Sie streckte ihre Arme aus, um einen der bunten Fische zu berühren, jedoch griff sie daneben. Die Fische und Korallen waren weiter weg, als sie einschätzen konnte. Das salzige Wasser ließ sie auf der Wasseroberfläche, von ganz allein treiben. Einmal tief ein- und ausatmen, dann die Luft anhalten und eine kleine halbe Rolle vorwärts und sie tauchte hinunter in das Riff, so wie es ihr Gio vorgemacht hatte. Mit leeren Lungen und weiten Augen sank Aju auf das Riff hinab. Sie erinnerte sich an ihren ersten Tauchversuch im Hafen an der Ankerkette von Onkel Gios Boot.

Zug um Zug an der Kette zog sie sich damals, es ist noch nicht so lange her, bis zum sandigen Boden hinab, vielleicht fünf Meter, aber nicht mehr. Gio gab ihr Zeichen.

»Leg dich auf den Bauch, atme langsam aus und du bleibst am Boden liegen. Sie fühlte die Schwerelosigkeit ihres Körpers und wie der Wunsch zu atmen größer wurde und sie an die Oberfläche schnippte und sich sagte, »Nie wieder mache ich das, nie wieder.«

Hier am Riff sank sie auf die Korallen hinab, mit einem Bein stieß sie sich ein wenig weg von den Steinen. Hunderte kleine Fische schwammen um sie herum. Giolina lag auf der obersten Etage des Riffes und blinzelte sie mit einem Auge an. Dann sank sie gemächlich mit dem Kopf voran in das tiefe, unendliche Wasser des Ozeans. Aju wollte ihr folgen. Sie spürte die Kälte der Tiefe und den stärker werdenden Druck auf ihren Ohren und ließ davon ab. Ein kurzer Blick und Giolina verschwand zwischen Plankton in der Tiefe. Aju streckte ihre Arme in Richtung der schimmernden Sonne. Sie holte ein zweimal tief Luft und tauchte erneut in die farbenprächtige Kulisse unter Wasser ein. Sie hörte noch, wie Onkel Gio die ersten Worte seiner wie gewohnt ruhigen Ermahnung, auf sich aufzupassen, ihr hinterherrief, dann verschwand sie.

Ihr Körper fühlte sich so leicht an, kein Ballast auf dem Rücken, kein kaltes Eis über den Berg tragen. Keine Kommentare der neidischen Mädchen und keine Kontrolle von Oma Helde. Hierher konnte ihr niemand folgen. Nur Onkel Gio war hier und passte auf sie auf. Sie konnte Fische mit der Hand berühren, die keine Angst hatten und noch nie einen Menschen vorher gesehen hatten. Sie sah die Krabben zwischen den Korallen sich bewegen und ihre Fühler ausstrecken. Auf das Riff schien die Sonne und es war voller Leben hier.

Als Gio Aju am Arm hielt und in das Boot zog, spürte sie die Schwerkraft und dass ihr bereits mehr als ein halber Tag in den Gliedern steckte. Onkel Gio und der Mann, der jetzt kleine Knoten in die Netze knüpfte, unterhielten sich über die Fische. »Der Fang wird immer weniger. Wir müssen weiter hinaus. Es werden immer mehr Fremde, die hierher kommen und uns unseren Fisch stehlen.«, sagte Gio. »Ja wir müssen weiter raus, beim nächsten Mal, für heute reicht es noch.«, erwiderte der dünne Mann.

Gio fischte nicht mit einem Netz, welches hinter dem Boot hergezogen wurde. Sie brachten die Netze schon am Tag vorher aus und sammelten den Fisch jetzt ein. Dort wo die Wimpel an langen Stangen befestigt waren, holten sie die Netze ein. Gio fischte mit der Harpune. Manchmal vom Hafen aus, indem er die lange Lanze mit Wucht und Genauigkeit auf einen Fisch warf, der zu nahe kam. Oder hier im offenen Wasser, wo er mit der Harpune hinter den Fischen herjagte, die sich am Boden aufhielten. Oder er sammelte die großen Krabben vom Boden auf mit einem Korb. Das war ein gefährliches Spiel. Der Meeresgrund an der Insel war sechzig, achtzig, manchmal hundert Meter tief. Es war unmöglich, so tief in so kurzer Zeit zu tauchen. Ganz ohne Hilfsmittel, wie Pressluft oder großen Flossen. Nichts von alledem besaßen sie.

Nach einigen Metern war Onkel Gio bereits erschöpft, die Luft verbraucht und wenn man nicht rechtzeitig umkehrte, war man für immer verloren. Die Kraft verließ nicht nur einen Fischer und das Meer verschlang sie für immer. Gio und sein Freund waren sehr dünn. Aju konnte sich nicht erklären, woher er die Kraft nahm, die riesigen Fische und das Krabbengetier aus dem Meer zu ziehen.

Die Krabben waren eine gute Einnahmequelle und manchmal verkauften sie die kleinen Tiere auf der Insel und an die Männer auf den Fährschiffen weiter, die sie in Kisten mit Eis packten und für viel Geld auf dem weit entfernten Festland verkauften. Als Aju, schon müde, etwas Schatten unter einer der Planken suchte, machte sich Gio bereit für seinen Tauchgang. Ohne Flossen, ohne Brille, ohne Pressluft. Um seine Hüften an einem zusammengebundenen Tuch hing ein Korb, mit einem Messer daran festgebunden. Der karge Mann packte Steine, die unter der Plane des Bootes lagen in den Korb, während Gio auf dem Rand des Bootes saß, mit den Beinen im Wasser baumelnd. Eine Minute atmete er tief ein und aus. Sein Bauch spannte sich und Aju konnte seine Rippen zählen, so dünn war er.

Er ließ sich vom Boot gleiten. Aju konnte noch seine Haare sehen, wie sie zwischen Luftblasen und dem Schaum des Wassers immer kleiner wurden. Onkel Gio hatte seine Arme an den Körper gelegt und die Beine hielt er ganz still. Mit rasender Geschwindigkeit zog ihn der Stahlkorb gefüllt mit Steinen in die Tiefe. Das Seil, welches an Gios Korb befestigt war, rollte sich in kleinen Kreisen aus dem Boot heraus in die See. Aju nahm schnell ihr Bein aus dem Seil, um nicht in das Wasser gezogen zu werden. Immer schneller rollte sich der Strick ab, bis schließlich zwei oder drei Meter des alten Taus auf dem Boden des Bootes liegen blieben. Gio legte sich die Leine über die Schulter und ruckte daran. Dann war ein leichtes Vibrieren der Leine vom anderen Ende zu spüren. »Wie konnte der dünne Mann mit der Haut wie aus Leder ohne zu atmen dort unten Fische fangen?«, fragte sich Aju. Sie konnte gerade einmal die Luft so lange anhalten wie die Männer aus der Eisfabrik brauchten, um ihr den Rucksack mit Eis zu füllen. Onkel Gio hielt die Leine in der Hand. Aju zählte laut vor sich hin, denn sie konnte schon bis einhundert zählen. Als sie die Hundert voll hatte, fing sie wieder von vorn an mit zählen. Das tat sie einige Mal. Dann schubste sie Onkel Gio an. »Ist der Mann tot?«, fragte Aju.

Onkel Gio zog die Leine Stück für Stück heraus Das graue Tau war schwer vom Wasser und triefte über Gios Schultern. Es bildete eine salzige Pfütze im Boot und Ajus Füße waren vom Salzwasser weiß und weich. Aju kam die Zeit unendlich vor. Endlich hing der Korb, in dem sich vorher die Steine befunden hatten, über der Bootsplanke. In dem Korb lagen keine Steine mehr. Nun waren riesige Hummer darin. Voll bis über den Rand war er gepackt. Aju sah die kleinen Augen mit den langen Fühlern und den Scheren der Tiere, die durch die Luft schnitten. Onkel Gio nahm die Tiere und band die Scheren der Hummer zusammen und legte sie in den Schatten unterhalb des Verschlages am Bug des Bootes.

Die roten Hummer leuchteten. Der karge Mann hatte die Hummer zwischen den Steinen am Grund des Meeres aufgesammelt. Einige hatte er sogar mit seiner Harpune aufgespießt. In Minutenschnelle hatte er den Fang eingebracht, von dem eine ganze Familie einen oder mehrere Tage leben konnte. Nach dem Korb schnellte in einem Satz, wie von einem Trampolin abgesprungen, plötzlich der alte Mann bis zur Hüfte aus dem Wasser. Aju hörte das Rasseln seiner Lungen beim Atmen. Einige Minuten, fast so lange wie er getaucht war, hing er an der Planke des Bootes, während sein Oberkörper bebte.

Onkel Gio zog sich über die Planke in das Boot. Aju schnappte sich ein Bein und schob es an sich vorbei in das Boot. Sie bemerkte, wie kalt die Haut des Mannes war. Das Wasser musste dort unten viel kälter sein als hier oben, wo die Sonne und die kleinen Fische sich tummeln. Einige Zeit danach wiederholte sich das Spiel. Abwechselnd tauchten Onkel Gio und der hagere Mann. Gio nahm wieder seine lange Harpune mit und der alte Mann hielt das Seil. Sie wiederholten ihre Tauchgänge, bis keine Steine mehr im Boot waren, die den Fischern beim schnellen Abstieg auf den Meeresboden halfen. Aus den Steinen im Boot war nun ein Fang geworden, der die Familie mindestens eine Woche am Leben hielt. Den Rest des Fanges konnten sie an die Reisenden und das Restaurant und das Hotel verkaufen und sich von dem Erlös andere Dinge leisten. Wie eine neue Schere für Onkel Henky zum Beispiel oder eine neue Spitze für die Harpune oder Diesel für das Boot oder eine Reparatur für den Motor.

Beiden Männern waren die Strapazen nach zwei Stunden und einigen Tauchgängen anzusehen. »Willst du es mal probieren?«, fragte Onkel Gio. Aju zeigte auf ihre Brust. »Ich? Ich kann nicht schwimmen«, sagte Aju. »Das können wir auch nicht.«, sagte Onkel Gio und lachte mit tiefer Stimme. »Komm, einmal kannst du es probieren. Du bist wie Onkel Gio, so schlank und dumm bist du auch nicht.«, sprach der alte Mann. Er schnürte Aju ein Seil über ihre Bluse um die Hüften und das andere Ende befestigte er am Boot. »Mach die Augen auf unter Wasser, damit du mich nicht trittst, und komm mir einfach hinterher.« »Du ziehst Aju nach oben, wenn ich an der Leine ziehe.«, sagte er zu Onkel Gio, der lachend und breitbeinig im Boot hin und her schaukelte.

»Atme dreimal ein und aus. Wenn du ausgeatmet hast, halte die Luft an und gib mir das Zeichen.« Mit seinem Daumen und Zeigefinger formte der Mann ein großes O.

»Dann holst du wieder Luft, aber erst wenn wir oben sind.« Aju verstand. Dreimal atmen und dann wieder atmen wenn sie oben sind. Das ist einfach. Als sie bereit war und das Zeichen gab, klopfte Onkel Gio ihr auf die Schultern. Der karge Mann plumpste mit dem Korb und den letzten paar Steinen darin in das Wasser. Aju fühlte, wie sich das Seil spannte und sie in einer langsamen, aber stetigen Bewegung durch das Wasser nach unten in Richtung Meeresboden glitt. Der dünne Mann unter ihr hob sich kaum vom Sand und Steinboden darunter ab. Das Seil zog beständig an ihr. Sie versuchte, die Balance zu halten, so wie sie es bei Onkel Gio gesehen hatte, der ganz gerade, wie eine Kerze im Wasser stehend, darin verschwand, wenn sie ihm vom Boot beobachtete. Um ihre Füße fühlte sie das Wasser, wie es an ihr vorbeizog.

Das Riff lag in seiner ganzen Pracht vor ihr. Korallen in allen Farben, mit gelben und blauen Fischen, dazwischen schwarze. Lange Blüten streckten sich aus dem Riff und wiegten in der Bewegung des Wassers. Aju drückte es auf den Ohren. Sie erreichte den sandigen Boden. Als der aufgewühlte Sand langsam zu Boden sank, standen sie zu zweit auf dem Meeresboden nicht weit von ihrer Insel, mitten in einem Teil des Ozeans. Ajus Ohren begannen zu schmerzen, sie folgte dem Freund Gios mit ein paar Zügen nach oben, nochmals vorbei an dem Wunderwerk der Natur, dem Seil folgend. Sie verspürte den Drang zu atmen und dachte an Onkel Gios Worte. Das Licht der Sonne kam immer näher. Aju tat einen Satz aus dem Wasser und riss ihren Mund weit auf. Sie hatte es geschafft. Sie konnte bestimmt auch Gio beim nächsten Mal helfen und wenn Oma Helde es erlaubte, nochmal mit dem Boot hinaus auf das Meer fahren. Sie begann etwas zu frieren, konnte nicht genau verstehen, was Gio zu ihr sagte. Auf der Rückfahrt zur Stadt dann tropfte das salzige Wasser aus ihren Ohren und auch den Klang des rasselnden Motors des kleinen Fischerbootes konnte sie nun wieder laut hören.

»Warum wollen so viele die Insel verlassen, um auf dem Festland Arbeit zu finden?«, wunderte sich Aju. Auf der Insel gab es alles. Mit sechs Jahren konnte Aju schon ihren Onkel beim Fischfang begleiten und sie dachte, »Obst gab es in rauen Mengen auf der Insel und das Meer hielt unbegrenzt Nahrung zur Verfügung. In der Stadt müssen sich die Menschen das Essen kaufen. Hier auf der kleinen Insel ist fast alles umsonst.« Als Aju an diesem späten Nachmittag, die Sonne stand schon tief am Himmel, den Hafen vom Meer aus erblickte, hatte sie sehr viel gelernt. Sie betrat wacklig die Kaimauern und lief die wenigen Meter bis zum Haus auf dem Steg, während Onkel Gio das Boot für den nächsten Einsatz vorbereitete.

»Grüß Onkel Henky von mir und sag ihm, dass du eine große Hilfe warst.« Aju blickte stolz nach oben. Die Sonne verschwand hinter dem Hügel und im Haus konnte sie schon Oma Helde hören, wie sie mit Mila und Raja sprach.

Der Strom

Als Aju am nächsten Morgen das Haus in Richtung der Eisfabrik verließ, um den Eisblock abzuholen und in die Stadt zu bringen, schmerzten ihre Ohren immer noch vom Ausflug mit Onkel Gio am Tag zuvor. Oma Helde gab ihr einen Zettel mit. Es war eine Liste mit Namen und dahinter Beträgen, die Aju von den Nachbarn einsammeln sollte. Oma Helde ließ Aju nicht nur das Eis in ihrem Rucksack zum Hafen tragen. Sie hatte ihr schon beigebracht zu zählen, und ein wenig zu rechnen. Die Eisfabrik stellte nicht nur Eis für die Läden in der Stadt, die Stände und das Hotel her. Die Dieselmotoren liefen den ganzen Tag und auch der Strom für die Insel wurde dort produziert. Aju wusste, dass Oma Helde von Haus zu Haus ging, einmal im Monat, manchmal jede Woche, um das Geld für den verbrauchten Strom zu kassieren. Sie lief dann von Haus zu Haus den Steg entlang und verfiel meist in lange Gespräche, die manchmal auch laut wurden, wenn einzelne Nachbarn nicht zahlen wollten oder konnten.

Es war ein Wirrwarr an Kabeln und Stricken, die kreuz und quer über die Straße hingen. Unmöglich war es herauszufinden, wer welchen Strom bezahlen sollte. An jedem Haus hingen mehrere Kabel, mit Metallklammern festgetackert, dünne Drähte, dicke Drähte. Jeder, der Strom für die Klimaanlage, einen Ventilator, oder eine Lampe benötigte, klemmte sich irgendwo an ein bestehendes Kabel.

Das ging solange gut, bis es an irgendeiner Ecke einen Knall gab, alles anfing zu qualmen, oder der ganze Steg plötzlich dunkel war. Manchmal regnete es auch so stark, dass das Wasser in die provisorischen Kästen, die den Strom verteilten, hineinlief und es anfing zu brennen, bis mit einem lauten Knall die ganze Stadt plötzlich im Dunkeln lag. Trotzdem gab es offensichtlich eine Art System. Denn Oma Helde ging von Haus zu Haus und die Fabrik bekam das meiste Geld, welches Oma kassierte und kaufte davon Diesel, um die Generatoren zu betreiben, die die ganze Insel mit Elektrizität versorgten. An diesem Morgen gab Oma Helde erstmals Aju den Zettel mit dem kleinen Buch in die Hand. »Wenn du zurück bist, gehe bei den Nachbarn vorbei und kassiere das Geld für den Strom und bleib nicht so lange. Wenn sie nicht bezahlen wollen, sag ihnen, wird der Strom abgestellt.«

Um den Hals hängte sie ihr einen Beutel mit Fransen aus Leder. Aju trottete los, den Berg hinauf, noch bevor das erste Licht der Dämmerung die Insel erleuchten sollte.

»Wie lange werde ich das noch tun? Bis ich so alt bin wie Oma Helde?« Für das Kind erschien die Zeit endlos. Jeder Tag bedeutete eine Ewigkeit und doch konnte die Ewigkeit jederzeit ein schnelles Ende nehmen. Während Mila und Raja vor dem Spiegel im Haus neben Oma Helde standen und sich über die Jungs in der Schulklasse unterhielten, spürte Aju schon den nächsten Eisblock auf ihren Schultern, den sie, ohne aufzubegehren, zu Tal trug und sie war dankbar dafür, dass Oma Helde ihr ein Dach über dem Kopf gab und sie zur Familie gehören durfte.

Wieder am Hafen angekommen, hockte sich Aju an den Bretterverschlag neben Onkel Henkys Hähnchenstand. Sie stellte den Eisblock ab. Der riesige Weißkopfadler, den sie schon oben am Wasserfall gesehen hatte, kreiste über dem Hafenbecken. Er zeichnete sich mehr und mehr vom Horizont ab, dessen Farbe von Grau zu Orange und Blau wechselte. Am Hafen war heute kein Schiff zu sehen. Die Kaimauern waren verlassen. Nur das weiße Segelboot von Davids Eltern schaukelte im leeren Hafen vor sich her. Die Segel waren zusammengerollt. Das Holz auf dem Deck schimmerte mattorange. Hinter den schmalen Fenstern der Jacht konnte Aju schon Licht erkennen. »David lernt bestimmt für die Schule.«, dachte sich Aju.

Sie wartete geduldig auf ihn. Trotz des leeren Hafens und den fehlenden Menschen war es ihr nicht langweilig. Sie beugte sich über die Kaimauer. Haie, vielleicht einen Meter lang, steuerten sehr schnell auf die Mauer zu, um dann abrupt abzubiegen und im tiefen Wasser zu verschwinden. Heute waren keine Reisenden hier. Für die großen Fische gab es nichts zu holen. Mühelos konnten diese Räuber das kleine Beiboot oder den Kahn, der David und seine Eltern von der Jacht abholte, in Bedrängnis bringen und alle würden im Wasser landen.

Die Haie hatten riesige Kräfte. Wenn sie sich um Futter stritten, welches die Gäste manchmal in das Wasser schmissen, schossen sie wie Pfeile heran und drehten sich im Kreis und schlugen mit ihren Flossen. In Sekunden war das Futter zerrissen und die Haie nahmen noch einen letzten Schwung und waren genauso schnell verschwunden, wie sie gekommen waren. Aber sie waren immer irgendwo da draußen und warteten.

Als David vom Boot abgeholt wurde, sah er Aju schon auf der anderen Seite des Hafens stehen und winkte ihr zu. »Was hast du gestern gemacht.«, fragt David. »Ich war am Wasserfall und mit dem Boot von Onkel Gio unterwegs zum Fischen und Tauchen.« David freute sich für Aju, auch wenn sie ihm nicht zur Schule folgen konnte. Sie spielten an diesem Morgen mit dem Federball und den zwei Schlägern.

Lange würden es die Schläger nicht mehr aushalten. Der Ball blieb in Ajus Schläger mehrmals stecken und mit ihren langen Fingern brauchte sie immer mehr Zeit, um ihn zwischen den Maschen herauszuziehen. »Wenn du möchtest, kann ich dir morgen den Strand zeigen, kannst du schwimmen?«, fragte Aju. »Natürlich kann David schwimmen. Er ist schon neun Jahre alt und wir leben seit einem halben Jahr auf einer winzigen Jacht, die meiste Zeit davon mitten im Ozean.«, sagte Davids Mutter.

»Ich kann dich am Nachmittag von der Schule abholen und dann zeige ich dir den Platz.«, sagte Aju. David schaute das kleine Mädchen mit der braunen Haut an, die, obwohl er auch die meiste Zeit auf dem Deck des Schiffes verbrachte, noch dunkler als seine Haut war.

Er ließ Aju zurück am Hafen und schlenderte in die Schule, am Hotel vorbei, der einzigen Straße der kleinen Stadt folgend. Am Nachmittag würden sie sich wiedersehen und David war gespannt. Von weitem hörte er schon die Stimmen auf dem Schulhof und begann schneller zu laufen. Er war verspätet und die Kinder drängten sich schon vor den Klassenzimmern.

Aju nahm das Buch mit dem Zettel aus dem Rucksack, welches Oma Helde ihr in ihren Rucksack hineingelegt hatte. Am Steg sitzend suchte sie mit ihren Augen das erste Haus, von dem sie das Geld für den verbrauchten Strom kassieren sollte, und machte sich auf den Weg.

Ein Wind wehte durch den Hafen und der Himmel war mit hohen Wolkentürmen bedeckt. Aju klopfte an das erste Haus. Im Inneren war ein reges Treiben. Eine Dame mit roter Schürze und einem silbernen Fisch in der Hand öffnete die quietschende Tür, die auf dem Boden entlang kratzte. Dahinter sah Aju ein Mädchen mit einem Baby auf dem Arm. Es schrie und das Mädchen wiegte es hin und her. Ein greiser Mann lag zur Linken in einem Raum ohne Tür. Er bewegte sich nicht, nur seine Augen erfassten Ajus kleine Gestalt in der Haustür. Der Mann sah krank und gebrechlich aus. Die Frau mit dem Fisch in der Hand holte einen Umschlag aus dem Haus und drückte in Aju in die Hand. »Bestell Oma Helde liebe Grüße. Kommst du jetzt immer?« Aju wusste es nicht. Sie steckte den Umschlag mit den roten, abgenutzten Geldscheinen darin in ihren Beutel, der ihr um den Hals hing und trottete weiter.

Es müssen wohl mehr als zwanzig Häuser gewesen sein, die sie besucht hatte, als alle Nummern auf ihrem Zettel durchgestrichen waren. Oma Helde wartete schon auf sie und nahm ihr als Erstes den Beutel mit den vielen Geldscheinen darin ab. Die Umschläge legte sie fein säuberlich auf den niedrigen Tisch und strich sie mit den Händen glatt. Die Scheine zählte sie in Windeseile, steckte vier davon Aju in die Tasche und sagte zu ihr. »Das hast du sehr gut gemacht. Wie kommt es? Bei mir haben noch nie alle Kunden gezahlt.« Aju rollte ihre Geldscheine zusammen. Morgen wollte sie mit David probieren, ein Eis von dem Geld zu kaufen. Vielleicht reichte es ja dafür.

Als Aju am Abend den Katzen gute Nacht sagte und für einen kurzen Moment auf der Holzleiter nach oben auf den Dachboden hüpfte, sah sie

Oma Helde von oben durch die offenen Stufen im Wohnzimmer sitzen. Sie hatte eine Flasche Schnaps auf dem Tisch vor sich stehen. Die halbe Flasche war noch voll und Oma Helde starrte das Glas an. Aju brachte eines der Katzenbabys nach unten zu Oma Helde und legte es ihr auf den Schoß. »Ich glaube, das Kätzchen hat Hunger. Es miaut schon die ganze Zeit und die Katzenmama ist nicht da.« Oma Helde erhob sich mit einigem Widerwillen vom Boden. Sie hatte wohl schon ein Glas von dem Schnaps getrunken und stützte sich nun an dem Tisch ab. Sie humpelte in die Küche und goss etwas von der Sojamilch, die auf der Spüle stand, in eine kleine Schale. Das Katzenbaby tauchte mit seiner Nase in die Milch und schlürfte sie eilig weg.

»Wenigstens hat die Katze eine Mutter.«, sagte Oma Helde zu Aju. Sie setzte sich wieder auf den Boden vor den niedrigen Tisch, stützte ihre Ellenbogen darauf und überlegte, ob sie wohl noch einen Schnaps aus der Flasche mit dem abgenutzten Etikett trinken sollte. »Weißt du Aju, wir haben es alle nicht leicht auf der Insel hier. Du kennst Opa nicht, weil er uns verlassen hat, aber das war auch besser so. Er hat viel von dem Zeug getrunken.«, sagte Oma Helde und machte mit dem Kopf eine Bewegung zu der Schnapsflasche, die mitten auf dem Tisch stand und neben ihr die Geldscheine aus Ajus Tageseinnahmen. »Er hat alle drangsaliert und hat mich geschlagen, weil er so viel von diesem Zeug getrunken hat. Dann hat er eine jüngere Frau kennengelernt und ist gegangen. Den Schnaps hat er hiergelassen.«

Oma Helde tat Aju in diesem Moment leid. Oma hatte Aju noch nie geschlagen. Nur einmal erhob sie die Hand gegen sie wegen einer Nichtigkeit. Aju zog den Kopf ein und Oma Helde fühlte sich wie bei irgendetwas ertappt. Sie brummelte etwas zu sich selbst und bekreuzigte sich. Das war das einzige Mal, dass Oma Aju fremd vorkam, dass sie nicht einschätzen konnte, was Oma tat oder tun wollte, in ihrem für gewöhnlich respektvollen Umgang miteinander. Aju nahm die kleine Katze in die Hand und schlief auf dem Boden liegend neben Oma Helde ein.

Es begann zu regnen, diesmal leicht, und über Stunden schlugen die kleinen Tropfen auf das Blechdach über dem Haus von Oma Helde. Die

Nacht begann um sechs Uhr abends, der Tag um sechs Uhr früh. Hier fast genau auf dem Äquator gab es keine Jahreszeiten. Jeder Tag war, bis auf wenige Minuten, gleich lang. Das ganze Jahr über. Jahrein, jahraus. Kein Sommer, Winter, Frühling oder Herbst. Von all dem wusste Aju nichts. Dass in Amerika oder Europa die Blätter im Herbst von den Bäumen fielen. Dass im Frühjahr wie von Geisterhand aus vertrockneten, kahlen Ästen hellgrüne, zarte Knospen sprießten und in Tagen zu Blättern heranwuchsen. Vom Winter, der so kalt war, dass Aju meinte, ihre Füße erfroren, wenn sie den Schnee mit ihrer Haut das erste Mal berührte. Das Gefühl von Kälte nicht kennend, nur von Hitze. Kälte, so etwas gab es hier nicht. Wie konnte sie wissen, was Schnee war.

Hier gab es eine Zeit, in der es trocken war und wenn sich der Wind drehte, wusste man, nun kommt die Regenzeit. Das zu bemerken, war alles andere als schwierig. Dann wurde auch die See unruhig. Die Wellen höher und höher. Die Schiffe kamen nicht mehr zur Insel. Die Feste wurden nicht mehr so groß gefeiert. Alles, was auf der Insel kaputt ging, konnte nicht mehr repariert werden. Ersatzteile dafür kamen vom Festland, aber erst wieder in Monaten. Nur das ganz große Schiff, was sehr lange brauchte, um hier herzukommen, konnte den Wellen dann noch standhalten.

Das Leben verlief dann ruhiger auf der Insel. Die Menschen rückten dichter zusammen. Aber wenn ein Unfall passierte, oder einer der Inselbewohner krank wurde, dann war das gar nicht gut. Das Krankenhaus war noch im Bau und nur eine Ruine. Helfen konnte man sich dann nur selbst hier. Einen Arzt gab es nicht. Nur eine alte Frau, die mit Kräutern oder heißen Steinen und lautem Geschrei die bösen Geister aus den Kranken heraustreiben wollte. »Das ist der Kreislauf der Natur. Wir werden dann wiedergeboren. Du bestimmt als Katze oder Fisch.«, sagte Oma Helde dann, wenn die heißen Steine oder die kleinen Püppchen, die die alte Dame in heilsbringender Absicht auf die Patienten warf, nicht das gewünschte Ergebnis erzielten.

»Ich habe es versucht. Aber es war schon zu spät. Der Lebenswille hatte sie schon verlassen.«, sagte die Dame dann meist. Als Aju am Abend immer noch im Wohnzimmer neben Oma Helde liegend aufwachte, war die Schnapsflasche vom Tisch verschwunden. Sie lag leer neben dem Tisch ohne Deckel und wartete darauf, dass jemand ein Schiff darin einbauen würde, so wie es Onkel Henky ab und an einmal getan hatte. Er saß dann stundenlang auf dem Boden und klebte allerlei Teile zusammen, die er am Strand gefunden hatte. Solange bis ein kleines Schiff oder Segelboot daraus geworden war und dann schob er es in die Flasche. »Oma, David geht ab heute in die Schule. Er ist nur ein paar Monate hier. Ich möchte auch in die Schule gehen.«, sagte Aju mit Schlaf in den Augen. Sie hatte all ihren Mut zusammengenommen und konnte ihren Impuls, sprechen zu wollen, nicht weiter unterdrücken. Sie wusste, was passieren konnte wenn Opa, den Aju nicht kannte, aber von dem Oma Helde oft erzählte, Alkohol getrunken hatte und sie hoffte, dass Oma Helde nicht so reagieren würde.

Er schlug dann um sich, fluchte und verschwand meist torkelnd draußen auf dem Steg vor dem Haus. Dann verschluckte ihn die Dunkelheit und Oma Helde sagte:

»Hoffentlich fällt er irgendwo ins Wasser und ich muss das nicht mehr ertragen.« In das Wasser gefallen war er jedenfalls nicht. An keinem dieser Tage. Stattdessen war er dann mit einer jüngeren Frau verschwunden und ließ Oma Helde hier zurück.

Zumindest soll sich so die Geschichte von Oma Heldes Mann zugetragen haben, sagte einmal Onkel Gio.

Oma Helde hörte die Bitte von Aju wohl gar nicht, so dachte Aju. Als das kleine Mädchen sich schon abwandte, musterte Oma Helde sie von oben bis unten. »Das hast du heute sehr gut gemacht mit deiner Aufgabe. Ich denke, es wäre eine Verschwendung, dich nicht zur Schule gehen zu lassen. Du kannst dann das Eis nicht mehr austragen, aber das Geld einsammeln, das kannst du schon. Mila und Raja gehen ja auch zur Schule. Obwohl sie meistens nur dort zum Schlafen hingehen und zu nichts richtig zu gebrauchen sind. Ich denke, du bist schlau und es ist auch gut, wenn du ein paar richtige Freunde findest.«

Aju kam sich mit einem Moment schon groß vor, obwohl so wie es schien, jetzt gerade einmal ihre Kindheit begann. Alles das, was Oma Helde noch so an diesem Abend sagte, konnte Aju verstehen, aber sie war schon in Gedanken in der Schule. Am Packen von Büchern, an der Auswahl ihrer Schulkleidung und ihr kamen sogar Gedanken, ob sie die Schule finden würde, obwohl sie den Weg dahin, schon so oft gegangen war.

»Morgen gleich spreche ich mit dem Direktor.«, sagte Oma Helde und zog mit ihren großen Pantoffeln schlürfend über den Boden in das Schlafzimmer. Aju war überglücklich. An diesem Abend konnte sie, obwohl sie so viel erlebt hatte, spät einschlafen. Am nächsten Morgen brannten ihre Augen. Im Dunklen lief sie den Hügel hinauf zur Eisfabrik. Sie wusste, dass es vielleicht ihr letztes Mal sein könnte, dass sie diesen Weg ging. »Aber die Äffchen bleiben ja hier. Ich kann sie auch noch ein anderes Mal besuchen.«, sprach sie zu sich selbst und verschwand in der Dunkelheit.

Als sie den Eisblock wie gewöhnlich am nächsten Morgen bei Onkel Henky vor die Bretterwand stellte, saß David schon auf dem Boden des Steges und wartete auf Aju. »Ich komme in die Schule, David. Meine Oma hat es mir erlaubt.« Die beiden Kinder freuten sich und schon bevor die Morgendämmerung einsetzte, spielten sie unter dem Licht der Scheinwerfer an der Hafenmauer Federball. Unzählige riesige Motten und Fliegen schwirrten um das Licht der Lampen. Als Onkel Henky seinen Stand öffnete, aßen sie gebratenen Reis und gebratene Bananen aus Bananenblättern, die sie vor sich auf den Holzsteg legten. Die Frauen mit langen Röcken mit Blumenmustern darauf öffneten ihre Tee und Kaffebuden. Sie boten schwarzen Kaffee aus kleinen Tassen mit viel Zucker darin an. Die Gäste, die heute kamen, waren alle von der Insel. Nun erreichten keine Touristen oder Geschäftsreisende mehr die Insel. Die Wogen des Ozeans kamen näher und näher bis in den geschützten Hafen hinein. Die Insel gehörte nun für eine ganze Zeit wieder den Einheimischen.

Dazu gehörten nicht nur die Bewohner der Hauptinsel. Es gab noch kleinere Inseln auf dem Archipel. Inseln, die nicht viel größer waren wie zwei, drei Fußballfelder. In denen man in dreißig Minuten um die Insel laufen konnte. Eine Tante von Oma Helde kam von einem dieser Flecken. Sie war sehr klein. Oma Helde sagte, »Das liegt an dem Essen auf der Insel. Es gibt dort nichts, außer Fisch und Wasser. Kein Gemüse, dafür ist der Boden zu hart. Nur einige Bananenbäume und Kokosnusspalmen, sonst nichts. Sie sprechen noch nicht einmal unsere Sprache und haben lockige Haare.«

Oma Helde trennte ihre eigene Herkunft, in allem was sie sagte, sehr deutlich von der Herkunft der anderen Inselbewohner ab. Dabei lagen die Inseln nur wenige Kilometer auseinander. Man konnte die anderen Inseln sehen, sogar bei Regen. Manchmal, wenn das Wasser ganz tief stand, bei Ebbe, dann konnte man sogar zu den Inseln laufen. Über sich wiegendes Seegras, immer auf der Hut, nicht in einen Seeigel zu treten, oder mit den Zehen in einer Muschel stecken zu bleiben.

Im flachen Wasser schwammen manchmal aufgeregt große Fische hin und her. Sie wollten sich in tiefere Gefilde retten, aber die Unerfahrenen waren dann in Pfützen gefangen, die das abfließende Wasser zurückließ. Dort sprangen sie zuerst wie wild in die nächste Pfütze, um dann auf einer Koralle oder einem Stein liegen zu bleiben.

Die Sonne prallte auf sie nieder und mit einem erneuten Sprung in das Wasser retteten sie ihr Leben. Das Wasser kam so schnell zurück, wie es vorher verschwunden war. Die weißen Schaumkronen auf den dunkelblauen Wellen kamen immer näher, bis man ihr lautes Donnern hören konnte. Sie überschlugen sich ein paar Meter vor dem Strand. Dann waren die Inseln mit einem Mal wieder für einen halben Tag voneinander getrennt. Manche Fischer hatten kleine Boote mit einem Ausleger und konnten auch bei unruhiger See eine gewisse Strecke über den Ozean zurücklegen. Respekt hatten die Inselbewohner vor der See allemal. Sie lebten von der See. Sie gab ihnen alles, was sie zum Leben brauchten und sie respektierten sie auch. Sie akzeptierten die Weite und Leere ihres Daseins. Zwischen den bewohnten Inseln war nichts außer Wasser. Das wurde den meisten gar nicht so bewusst, nur den Fischern, die erfuhren, wie es draußen war, auf der offenen See. Welche Risiken auf sie lauerten. Von Haien, riesigen Tintenfischen, Stachelrochen, dem Wetter, welches von der spiegelglatten See in Minuten zu einem Unwetter wechseln konnte, erzählten sie zu Hause. Von dem Wind und der Strömung um die Inseln, die bei fehlender Kenntnis den Fischer auf nimmer Wiedersehen von der Insel spülten, ohne Aussicht jemals zurückzukommen. Von den Booten, die aus leichtem Holz gebaut waren und bei Auflaufen auf ein Riff oder einen Felsen schnell in Stücke gerissen werden konnten. Von der Nacht, die die Inseln in ein schwarzes Loch verwandelte. Vom Verlust jeglicher Orientierung. Dem Ausharren auf der See bis zum Morgen und dem frohen Gefühl, dass der Gott die Fischer in solch einer Nacht noch nicht zu sich geholt hatte.

Nicht das Geringste davon wissend, spielten David und Aju Federball in der Morgensonne, die nun ein warmes Licht auf das Gesicht der beiden Kinder warf. Als die Sonnenstrahlen die Bucht hellblau färbten, rannte David los. Aju konnte ihm nur mit Mühe folgen. Sie fühlte sich leicht und ohne Gewicht auf ihrem Rücken. Aber Davids Beine waren länger, er machte einen Schritt, wenn Aju zwei tat, dabei hatte Aju schon die Beine eines Flamingos, wie Oma Helde sagte.

Die beiden liefen wie die letzten beiden Tage am Morgen zur Schule. Onkel Asan stand, wie alle anderen Verkäufer an diesem Morgen, an der Straße und baute den Holzstand auf Rädern auf. Im Haus vor dem Stand lebte er mit seiner Frau und einem Sohn. Das Haus bestand wie fast alle Gebäude aus nur einem Raum, der zum Wohnen und Arbeiten genutzt wurde. Asans Frau stand in der Küche. Sie knetete Nudelteig, den sie in eine Maschine steckte. Daraus kamen dann hellgelbe Schlangen von Nudeln. Seine Frau schnitt die Nudeln in Portionen, verpackte sie in hellem Pergament und stapelte die Ware dann in eine grüne Box, wie sie auch die Fischer verwendeten.

Asan Junior trug die Kisten nach draußen. Plastikgeschirr in vielen Farben, von denen kein Teller zum anderen passte, stapelten sich in einer der Kisten. Unter dem Herd zündete Asan Holzkohle an. Sie qualmte mit schwarzem Rauch, wie die Feuer der brennenden Kokospalmen, die manchmal auf der Insel zu sehen waren. Es war derselbe Qualm, den die brennenden Bäume erzeugten, wenn Wald zu Land gemacht wurde, um Platz zu schaffen, für ein neues Haus.

Über Asans Herd stand ein wackliger Wasserkocher aus hellem Blech. Wasser sprudelte schon darin. Mit einem Sieb ließ er Portionen von harten Nudeln hineinfallen, die die Frauen und Männer bestellt hatten, die in einer Schlange über die Straße bis hinüber zum Hotel warteten. Es gab fast keine Autos auf der Straße, nur ein paar Mopeds und Fahrräder mit riesigen Lenkern, auf denen meist Menschen mit zu kurzen Beinen saßen, auf zu niedrigen Sätteln. Sie nahmen dann ihre Beine zur Seite um nicht bei jeder Umdrehung der Pedale mit den Füßen den Boden zu berühren und sich die Fußnägel abzureißen. Das Hotel erwachte. Die Dame, die Aju vorgestern im Hotel sah, öffnete ein Fenster im ersten Stock und hängte Bettwäsche über das Fenster. »Guten Morgen Aju.«, rief sie über die Straße. Asan gab Aju und David eine Schale in die Hand. Er füllte Nudeln hinein, die er mit einem Sieb aus dem kochenden Wasser zog. Er schwenkte das Sieb hin und her, um den richtigen Zeitpunkt abzupassen, an dem die Nudeln gar waren. Hunderte von Portionen gingen so durch seine Hand jeden Tag. Er zupfte etwas grünes Beiwerk aus einem Topf und garnierte damit die Nudeln. Dazu gab es für die Kunden eine klare Brühe und heißen grünen Tee.

Asans Frau stand die meiste Zeit im Halbdunkel des Hauses an der Nudelmaschine, bis der Teig fertig war und alle Portionen hergerichtet waren. Sie verkauften, solange der Vorrat reichte. Der Tag fing, genauso wie bei Aju und Oma Helde, schon sehr früh an. Jetzt, wenn Aju David bis zur Schule brachte, war ein reges Treiben auf der Straße. Zwei Stunden später war dann alles vorbei. Die Sonne stand dann weit oben am Himmel und es gab kaum ein Entrinnen vor der Hitze. Der Wind drehte zwar und kam etwas kühler von der See, aber jede körperliche Anstrengung wurde zur Qual und die Haut wurde schnell braun und dann fast schwarz von der Arbeit draußen.

Davids Haut war schon nach zwei Tagen gezeichnet vom Wetter der Insel. Er hatte die Zeit auf See am Anfang auf Deck verbracht, bis er sich an die Wellen und die Dünung gewöhnt hatte und das Essen in seinem Körper behalten konnte. Von da an war er fast nur noch unter Deck. Draußen gab es nichts zu sehen, nur Wasser. Am Anfang der Reise sahen sie noch einige Frachter mit rostigem Anker und brauner Farbe am Bauch. Dann wurden diese immer seltener und David fragte sich, ob sie noch auf derselben Erde waren, oder ob die anderen Schiffe schon von der flachen Erde gefallen sein konnten.

So ungefähr wie Kolumbus wohl dachte, als er nach Indien segeln wollte und Amerika entdeckte. Vor sich jeden Moment das Ende der Welt erwartete, bevor er in Richtung Westen gegen den Wind nach so endloser Zeit auf See Amerika erreichte. Davids Weg auf See führte hingegen Richtung Osten. Von Europa waren sie aufgebrochen. Immer mit dem Wind über das Mittelmeer und den langen Kanal durch Ägypten bis in den Indischen Ozean gekommen. Dann eine gefühlte Ewigkeit durch die Straße von Malakka und dann noch eine Wochenreise bis hierher an diesen fantastischen Platz, der so unberührt war von aller Zivilisation und doch ein eigenes Leben hatte. Mit dem zeitweise pulsierenden Hafen, der haufenweise Menschen ausspülte, um dann Stunden später die Kaimauern den Möwen zu überlassen. Mit dem ockerfarbenen Hotel, zweistöckig mit offenen Fenstern, den Buddha Figuren vor der Tür und knarrenden Holzstiegen und der Eisfabrik, der Schule mit dem Fahnenmast und einer Kirche. Dazwischen spielte sich das Leben ab. Für die Kinder war sowieso alles groß und weit. Für David bedeutete es Freiheit hier zu sein. Weg von der Jacht, endlich laufen zu können, ohne nach zehn Metern am Bug oder Heck des Schiffes kehrt machen zu müssen. Rennen zu können, bis er außer Atem war, sich fallen zu lassen, in den Sand, an dem Strand hinter dem Krankenhaus. Den aus Staub und Sand gemischten feuchten Brei vom Meer zwischen seinen Händen zu formen und auf das Wasser zu schleudern.

In dieser Zeit wurden Aju und David Freunde. Sie besuchten die Schule zusammen. Sie waren in derselben Klasse und saßen nebeneinander auf den winzigen Stühlen aus Holz mit rotlackierten Beinen. David war ein Fremder und war für drei Monate an der Schule mitten auf einer Insel im Ozean. Aju war keine Fremde. Sie wurde auf der Insel geboren. Nur dass sie keine Eltern hatte. Ihren Vater hatte sie nie kennengelernt.

Mama war gerade erst sechzehn Jahre alt, als Männer mit olivgrünen Jacken mit doppelreihigen Knöpfen und mit silbernen Gürteln und braunen Schuhen mit einem Schiff die Insel erreichten. Das Schiff hatte die gleiche Farbe wie die Uniform der Männer. Es waren wohl an die dreißig Mann Besatzung. Das Schiff war schmal und lief schnell in den Hafen ein. Alle paar Monate machte das Marineschiff halt auf der Insel, um Wasser und Proviant zu laden.

Die Offiziere konnten an Land, die Matrosen blieben auf dem Schiff und führten Arbeiten durch, die auf hoher See nicht erledigt werden konnten. In ihren Ausgehuniformen, manche der Männer noch mit unrasiertem Gesicht und langen Haaren, standen sie Schlange vor Onkel Henkys Friseurladen, den er damals gerade eröffnet hatte. Sie hatten Bilder von gut frisierten Herren bei sich, zeigten auf die Bilder und dann auf ihren Kopf. Sie kamen meist auch von einer der Inseln zwischen hier und den anderen Hauptinseln, die ein Gebiet zusammen so groß wie Europa einschlossen. Sie sprachen so viele unterschiedliche Sprachen, dass sich manche nur mit Gesten und Mimik und dem Fingerzeig auf Dinge, die sie sich zu kaufen wünschten, ausdrücken konnten.

Ihre Sprachen bestanden aus so vielen unterschiedlichen Dialekten, die es fast unmöglich machten, dass sie jemals miteinander kommunizieren konnten. Die weißen Männer, die das Land vor einigen hundert Jahren mit ihren Schiffen erreichten, fanden eine einfache Sprache, die die Bewohner aller Inseln einen solle. Für die meisten modernen Dinge gab es bis heute kein Wort in ihrer Sprache. Die Mehrzahl war das Doppelte der Einzahl. Wenn Menschen von einer anderen Insel kamen, wurden sie misstrauisch begutachtet, entweder gleich wieder zurückgeschickt oder aufgegessen. Ein tiefer Instinkt war in fast jedem noch so kleinen Volk verankert, der in allem Neuen stets eine Gefahr für den Einzelnen und das Zusammenleben darstellte. Manche der Fremden, wenn sie von weit herkamen, brachten Krankheiten mit, an denen ganze Populationen zu Grunde gehen konnten, da ihre Körper keine Abwehrmechanismen, noch nicht einmal gegen einen einfachen Schnupfen hatten.

Mit den Jahren kamen Reisende aus dem Nordosten und Westen regelmäßiger, wenn auch in langen Abständen, auf die Inseln des Archipels. Sie handelten mit Gewürzen, Messerklingen oder Harpunen. Sie brachten Medikamente, Brillen, Lupen und allerlei modernes Zeug mit mehr oder weniger Nutzen für die Bewohner. Im Austausch erhielten diese Proviant und Wasser für ihre Weiterreise, die sie vom Indischen Ozean zum Pazifischen Ozean weiterführte über Papua bis nach Australien. Einen Reisenden zweimal im Leben zu sehen war unmöglich. Auf der Reise gingen die meisten in der Weite des Pazifik verloren. Nur wenige erreichten den fünften Kontinent oder sogar Neuseeland. Der Weg zurück dauerte Jahre. Das Wetter, Haie oder die riesigen Wale, die immer größer wurden, je weiter die Boote in Richtung Süden segelten, spielten mit den Booten wenn sie wollten und warfen die Fischer und Händler mit einem einzigen Flossenschlag über Bord, in das schwarze Wasser.

Nur zwischen den kleinen, eng benachbarten Inseln gab es regelmäßig Austausch. Mit den kleinen Booten segelten sie hin und her oder ruderten mit ihren Kanus von Insel zu Insel, solange der stetige Passatwind es zuließ. Sie beäugten sich ebenso, wie wenn Fremde von weiter entfernten Inseln ankamen, untersuchten ihre Haut, zogen sich gegenseitig an den Haaren und studierten die Augenfarbe der Fremden, ihren Gang und lachten über die Laute, die sie von sich gaben.

Im Gegensatz zu den winzigen Inseln, wo es weder eine Schule noch Häuser gab und das Leben zwischen Sonnenaufgang und Sonnenuntergang stattfand, war das Leben auf den größeren Inseln komfortabler.

Sofern es auf der Insel regnete, verlief jeder Tag wie der andere. Das Meer, das Meer und jeden Tag das Meer. Wer jemanden kannte, der eine der Inseln verlassen hatte, wollte meist ebenso den Archipel verlassen. Die Fischer nahmen entweder ihr gespartes Geld und ein Kanu oder Segelboot in Richtung Hafen und von dort die Fähre auf das Festland. Sie suchten ihr Glück in einer der riesigen Städte mit mehr oder weniger Erfolg. Diejenigen, die Erfolg hatten, wollten nicht wieder zurück.

Vater

Die Eintönigkeit des Insellebens von der Geburt bis zu dem Alter, in dem sie die Entscheidung trafen, die Insel zu verlassen, schien rückwärts betrachtet endlos. In der Stadt gab es so viel mehr zu sehen und zu erleben. Es war Licht nachts auf den Straßen, es gab Restaurants, die Pizza und Eis anboten. Es gab Schulen und Universitäten. Theater und Kino, Konzerte und Partys und vor allem Arbeit und damit das Tor zur kleinen Freiheit. Das war den Versuch wert. Die Inselbewohner, die nach ihrer Ankunft auf dem Festland nicht so erfolgreich waren, trauten sich aus Scham nicht zurück, weil sie ihren Fehlschlag, oder was sie als solchen empfanden, nicht öffentlich machen wollten. Dabei war es äußerst schwer, in der Stadt Fuß zu fassen.

Die Inselbewohner hatten alle positiven Attribute, die ein Mensch sich nur wünschen konnte. Die Verbundenheit zur Natur und den Wunsch und die Notwendigkeit, mit ihr in Einklang zu leben. Die Fürsorge für den Menschen nebenan und die Hilfsbereitschaft.

Im Friseurladen von Onkel Henky nahm also einer der jungen Männer in Uniform Platz, um sich die Haare schneiden zu lassen. So lernten sich Ajus Mutter und der Mann kennen, der wohl ihr Vater war. Der junge Mann begann eine Affäre mit dem jungen Mädchen, die so lange hielt, bis Aju geboren wurde. Dann verließ der Mann die Insel wieder mit dem Marineschiff. Er schickte die ersten Jahre Geld und Kleidung auf die Insel für Aju. Aju wusste davon nichts und als kurze Zeit später ihre Mutter starb, wurde im Haus von Oma Helde und Onkel Henky nie mehr über ihn gesprochen.

An ihre Mutter konnte sich Aju nur wenig erinnern. »Deine Mama hat dich verlassen. Sie ist auf eine andere Insel zu einem anderen Mann und dann ist sie gestorben.«, sagte Oma Helde. Sie verzog das Gesicht dabei so, dass Aju nie wieder nach ihr fragte. Wenn Oma Helde es nicht nur so dahingesagt hatte und Mama tot war, dann würde sie sie nie wieder sehen. Aber wenn sie noch lebte und Oma Helde nur böse auf sie war, dann hätte ihre Mutter sie besucht oder vielleicht sogar zu sich genommen. Aju war ein kleines Mädchen, aber soweit konnte sie schon denken. So oder so wollte Aju diese Gedanken nicht zu Ende bringen und beließ es bei dieser Feststellung.

Bei David war es anders. Er hatte eine wunderschöne Mama mit goldenen Locken und einen wortkargen Vater. Aber beide waren da und haben ihn auf ihre Weltreise mitgenommen. Sie hätten ihn auch bei einer Oma lassen können, denn eine Oma hat ja jeder. Jedoch war er fremd auf der Insel und auch etwas zurückhaltend, genauso wie sein Vater. So fanden Aju und David zueinander und wurden auf der Insel beste Freunde.

Aju hatte alles von Beginn ihres Lebens in sich aufgesogen. Sie sprach mit den Äffchen und den Katzen genauso wie mit Oma Helde oder Onkel Gio. Die Fische hatten Namen. Die Geister, die umherirrenden Seelen der Toten, die noch keine Ruhe gefunden hatten, waren auf der Insel ebenso immer allgegenwärtig. Sie gab es eben und was sollte man machen? Daran glaubten fast alle auf der Insel. Sie musste David viel erklären. Wie es auf der Insel so funktionierte. Wo die Geister abends warteten und wo man auf keinen Fall allein hingehen sollte. Dazu gehörte der Dachboden von Oma Helde, der der Katzenmama vorbehalten war und der Baum hinter dem Steg, auf dem Weg zum Hügel, auf dem die Eisfabrik stand. Dort war mit Sicherheit immer ein Geist in der Nähe.

Oft hatte Aju schon einen gesehen. Mit einem weißen Tuch über dem Gesicht. »Geh weg, ich weiß wer du bist.«, sagte Aju zu ihm. Aber er bewegte sich nicht. Weder in die eine Richtung, noch in die andere und Aju wollte auch nicht unbedingt auf ihn zugehen und ihm zu nahe kommen. So beließ sie es bei ihrem Hinweis, bis sie an einem der kommenden Tage doch wieder die Neugier packte und sie erneut im Dunklen nach dem Geist Ausschau hielt. Er stand dann wieder am selben Ort und Aju sagte dasselbe zu ihm. »Geh weg. Ich weiß wer du bist. Was willst du hier?«

Alle, die sie kannte, die meisten waren älter als Aju, hatten Angst vor den Geistern. Nur Aju nicht. Sie wusste nicht warum. Manchmal dachte sie: »Vielleicht ist der Geist meine Mama, deswegen wartet sie immer hinter dem Baum. Sie hat Angst Oma zu treffen, weil sie glaubt, dass sie ihr böse ist, weil sie Oma Helde und mich verlassen hat und einfach so wegen einem anderen Mann auf eine andere Insel gegangen ist. Vielleicht will sie mir etwas sagen und kann es nur nicht.« Das glaubte Aju manchmal, denn sie hatte von Oma Helde gehört, dass die Geister solange ruhelos umherwandern konnten, bis sie etwas Gutes getan hatten, um ihre Sünden loszuwerden. Erst dann durften sie für immer schlafen. »Aber was soll Mama mir Gutes tun? Warum sagt sie nichts?« Aju blieb mit diesen Fragen zurück. Für einen kurzen Augenblick dachte sie jeden Tag an ihre Mutter, die nicht mehr da war.

Vier Wochen waren vergangen seit dem Aju und David das erste Mal an der Kaimauer des Hafens, der für gewöhnlich nur ein Schiff beherbergte, Federball spielten. Sie saßen in der Schule, nicht mehr zusammen auf derselben Bank. Die Frau des Pastors, die Englischlehrerin, hatte die beiden auseinandergesetzt. Sie redeten den ganzen Unterricht hindurch und Aju kicherte oft. Nun saß Aju neben den Mädchen und David ganz vorn in der ersten Reihe. So konnte Aju ihn immer beobachten, sein Kopf ragte sowieso über alle anderen hinweg. Nur reden konnten sie nicht mehr. Nur in der Pause. Dann spielte Aju meist Volleyball mit den anderen Mädchen und Jungen.

Auf dem kahlen Betonboden im Schatten der Schule flog ein weißroter Ball mit zu wenig Luft über das grüne Netz. Die Kinder schrien und schubsten und tranken nach zwanzig Minuten Spiel Wasser mit dünnen Strohhalmen aus Plastikbechern. Aju wurde schnell die Beste bei dem Spiel. Sie fand den richtigen Platz am Netz intuitiv, und ihre langen Beine verschafften ihr ohne eigene Anstrengung einen Vorteil. Wenn es an die Team-Wahl ging, wurde Aju immer zuerst in die Mannschaft gewählt. Wenn sie selbst wählen konnte, wählte sie David zuerst.

Dann spielten sie zusammen in einer Mannschaft. »Aju mit den Flamingo-Beinen und David mit den Locken.«, feixten die anderen, lachten und kicherten und versteckten ihren offenen Mund hinter der Hand. Aju verschaffte sich schnell Respekt in der Klasse. Auch gegenüber Raja und Mila, mit denen sie gemeinsam im Haus wohnte, die ihr aber immer fremd blieben. Besonders wenn es um gewöhnliche Dinge zu Hause ging. Wenn sie sich um die Haarbürste von Oma Helde stritten, oder andere derweilen unwichtige Dinge, die aber schnell zu einem Streit ausarten konnten.

Vor David hatten die Kinder in der Klasse, so fühlte es Aju, Respekt. Aber es war mehr die natürliche Distanz der Inselbewohner gegenüber allem Fremden. Es hing gar nicht von David ab. Was er tat oder wie er sich auch bemühte, es war nicht zu ändern. Dann erzählte eines der Kinder in der Schule, dass alle Kinder mit Locken von Königen abstammen in Europa. David musste lachen, was für die Kinder das Zeichen war, dass die Eltern recht hatten. Einige Mädchen hielten ihm von da an manchmal die Tür auf, wenn er das Klassenzimmer betreten oder verlassen wollte oder legten ihm Blumen auf den Stuhl, bevor er in das Zimmer kam. Nach der Schule bildete sich oft eine Gruppe von Kindern. Sie gingen gemeinsam zum Wasserfall. Aju kannte den Ort genau. Sie war schon mehrmals dort gewesen, meist allein. Sie dachte dann an die Vergangenheit und ihren täglichen Gang in die Eisfabrik, den sie nicht vermisste, der aber einen nicht unbedeutenden Teil ihres vorhergehenden Lebens eingenommen hatte.

Sie fühlte sich leichter, nicht nur wegen des fehlenden Eisblockes auf ihrem Rücken. Wenn sie in der Gruppe zum Wasserfall liefen, war Aju fast immer die Erste. Sie flog förmlich nach oben zum Aussichtspunkt. Sie war gespannt auf die neue Aussicht, auf das mal stärker oder schwächer sprudelnde Wasser aus dem bemoosten Berg mit den kahlen Bäumen. Auf die Sicht zur anderen Insel, die der Himmel an nicht so diesigen Tagen freigab. Manchmal sah sie ein Schiff, einen Frachter oder Tanker, der am Horizont vorbeizog. Am frühen Abend, wenn die Mädchen ihre geschwätzige Ader hatten und sie so lange auf den warmen

Steinen saßen, zwischen denen das Wasser den Hang hinunterschoss sah Aju, wie das Sternenfirmament am Himmel aufzog. Zuerst blinzelten nur ein oder zwei Sterne auf Aju hinab. Dann urplötzlich, als ob der liebe Gott einen Vorhang öffnete, zogen tausende von Lichtern am Himmel auf und wanderten so bis zum nächsten Morgen durch den Himmel.

David und Aju schauten dann gemeinsam auf das Meer. »Dort ist Europa.«, sagte David und zeigte Richtung Nordosten. Ajus Blick folgte der Richtung von Davids Finger. Sie sah ein Fischerboot, welches wie das von Onkel Gio aussah. Ein lauter Knall durchdrang den frühen Abend, dann ein zweiter Donner. Der Knall prallte am Wasserfall ab und rollte erneut zu Tal. Aju konnte das Echo hören. »Was war das?«, fragte David. Aju dachte an ihre Mutter, die wohl die Insel in dieselbe Richtung verlassen hatte, in die David blickte. Vom Wasserfall stiegen sie hinab zur Straße und liefen zurück in den Ort. Die Stände waren schon lange geschlossen. Nur ein einzelner Mann auf einem Fahrrad mit einem Einkaufskorb aus Draht vor seinem Lenker verteilte noch Fische in Zeitungspapier eingewickelt an einige Häuser. Auf der Terrasse des Restaurants neben dem Haus des Pastors wischte die Bedienung mit einem Abzieher, mit dem man für gewöhnlich Fenster putzt, den Tisch ab. Reste von Hähnchen wurden in das Meer gekehrt und Fische schnappten sich sofort die Beute.

David kehrte zurück zum Boot seiner Eltern, welches immer noch im Hafen lag. An seinen Planken war es nicht mehr weiß. Algen hingen an dem lackierten Holz mit einigen Schrammen. Muscheln hatten den Rumpf in Schichten übereinander belagert und das Seil, welches um den Poller lag, zwirbelte an den Enden auf. Das Boot quietschte beim Betreten. Unter Deck klang Musik aus einem Radio.

Aju und David verabschiedeten sich mit einer Umarmung, so wie vom ersten Tag an. Sie machten Pläne für Morgen und wollten beim nächsten Ausflug an den Strand, auf der anderen Seite der Insel.

Zu Hause miaute die orangenfarbige Katze und Oma Helde, in der Küche vor einem Fisch sitzend, zählte die Tageseinnahmen der Stromkunden der Eisfabrik. Sie packte alles in ihre Kassette aus Metall und legte sich schlafen. Nur Onkel Henky schnitzte noch Holzfiguren im Innenhof des Hauses und blickte ab und an zum Sternenhimmel hinauf. Aju warf sich auf ihr Bett am Boden und schlief bis zum nächsten Morgen.

Am Tag darauf ging Aju wie gewohnt den Weg durch die kleine Stadt am Hafen vorbei und holte David vom Boot seiner Eltern ab. Davids Mama kaufte an einem der Stände frisches Obst, große Drachenfrüchte und Mangos mit gelb-grünen Streifen. Als David Aju begrüßte verschwand sie, einen Arm winkend über den Kopf haltend auf dem kleinen Boot, welches sie zurück zu ihrer Jacht brachte. Aju saß auf der Bank und schaute zu David. In die Bucht bog ein großes Schiff ein. Es schob eine Welle aus weißer Gischt vor sich her, schwarzer Rauch kam aus seinem Schornstein. Aju hatte solch ein Schiff vorher noch nicht gesehen. Es war schmal aber gewaltig und das Dröhnen der Dieselmotoren war schon deutlich zu hören. Aufgeregt sprangen die Männer, die sonst so ruhig an den Hafenmauern saßen, auf. Sie klopften sich mit ihren Handflächen den Straßenstaub von den Oberschenkeln und versteckten dann verlegen ihre Hände in den Hosentaschen. Einer der Männer salutierte, als das Schiff im Hafen wendete und am Kai festmachte.

Aus dem Schiff klappte eine Leiter und eine Rampe wurde vom Boot zum Steg gelegt. Der Polizist der Insel, den Aju nur einmal in der Schule gesehen hatte, stellte sein Fahrrad an die Hafenmauer und winkte dem Kapitän zu, der auf der Brücke stand. Er strich sich durch die Haare, faltete die Hände vor seiner Brust und sagte zu Aju, »Geh hier weg, mach Platz. Der Weg muss frei bleiben.« Zwei kräftige, aber kleine Matrosen des Schiffes schubsten zwei Männer mit freiem Oberkörper vor sich her den Steg hinunter. Sie trugen keine Schuhe und waren nicht von dieser Insel. Einer der Männer hatte ein weißes Tuch um seine Stirn gebunden. Aus dem Tuch tropfte Blut. Auch seine Haare waren voller Blut und auf dem Rücken hatte er Striemen.

Für Aju war es das erste Mal, dass sie Männer sah, die bluteten. Noch dazu waren ihre Hände auf dem Rücken zusammengebunden. Sie murmelten etwas, was Aju nicht verstand, als sie mit ihren Bewachern an Aju vorbeiliefen. Einer der Männer schaute Aju an. »Was haben die Männer getan?«, fragte Aju Onkel Henky, der neben seinem Bretterverschlag mit verschränkten Armen dem Treiben zusah. Als die Männer an ihm vorbeikamen, spuckte er auf den Boden. »Sie kommen von weit her aus einem anderen Land mit großen Schiffen und fischen uns unser Essen vor der Nase weg. Mit ihren großen Netzen fangen sie alles weg und für uns bleibt nichts übrig. Das dürfen sie nicht, da die See um die Insel uns gehört.«. Aju schaute den Männern hinterher. Der Polizist mit seinem dicken Bauch nahm die Räuber mit. »Was geschieht mit ihnen?«, wollte Aju wissen. »Sie bleiben hier, bis ein anderes Schiff kommt, das sie mitnimmt und wieder zurück in ihr Land bringt. Aber erst einmal kommen sie in das Gefängnis.« Aju wusste nichts von einem Gefängnis, es gab auch keines auf der Insel, für was auch.

Onkel Henky erzählte, dass man die Männer auf einer winzigen Insel nur mit Wasser und etwas Essen aussetze, damit sie der Insel nicht zur Last fielen. Dann holte man sie nach Monaten wieder ab, wenn sie ihre Strafe verbüßt hatten und wenn sie dann noch am Leben waren. Aju blickte den Männern hinterher. Die Männer sahen aus wie die Einwohner hier, nicht ungewöhnlich, so wie David etwa, aber wenn sie etwas Schlimmes getan hatten, sollten sie auch bestraft werden, dachte Aju.

Sie drückte sich ganz doll an die Wand. Der beißende Geruch der Männer, die eine Zeit lang unter Deck in der Hitze verbracht hatten, war schrecklich. Aju hielt sich die Nase zu. Als man die Diebe abgeführt hatte, wurde das Schiff gereinigt. Frauen wurden an Bord geholt zum Saubermachen. »Auf so einem Schiff muss auch mein Vater gewesen sein.«, dachte Aju, bevor sie David bemerkte, der immer noch neben ihr kauerte. »Das sind Piraten, Aju.«, sagte er. Dann nahmen sie sich an die Hand und machten sich auf den Weg in die Schule. Heute gab es eine Menge zu erzählen, das war klar.

Die Lehrerin in der Schule wusste schon von den Neuigkeiten am Hafen. Vom Schulgebäude konnte man gut den Hafen sehen. In die Bucht lief nun ein großes Schiff mit hellblauem Bauch ein. Ausleger aus

Holz hingen über das Heck des Schiffes. Einer davon war in der Mitte gebrochen. Holzsplitter ragten wie Zahnstocher aus dem hellen, durchgeweichten Holz. Auf dem Deck stand ein Offizier der Marine und einer der Fischer von dem fremden Schiff. Er trug einen blauen Overall. Eine schlichte Kleidung mit einer Mütze, um sich von der Sonne zu schützen. Der Offizier bewachte ihn, bis das Schiff den Platz im Hafen erreicht hatte. Dann rasselte der Anker an seiner langen Kette auf den Boden des Hafenbeckens. Ein Beiboot der Marine holte die beiden vom Boot. Aju konnte vom Fenster der Schule aus beobachten, wie die Matrosen den Fischer, es war wohl der Kapitän des Schiffes seiner Kleidung nach zu urteilen, in das Hotel brachten. Er sah gut genährt aus, nicht so braungebrannt wie die anderen Männer mit den geknebelten Händen auf dem Rücken.

Die Lehrerin sprach an diesem Tag mit den Kindern über das Ereignis. Die Fischer kamen aus dem Norden mit dem Wind auf die Insel und fingen uns unseren Fisch weg. Sie zogen riesige Netze über den Meeresboden und zerstörten unsere Korallenriffe. Dann kamen auch die Schildkröten nicht mehr und konnten ihre Eier nicht mehr in den Sand der Inseln legen. Sie zeigte den Kindern das Bild einer Schildkröte mit dem Rest eines abgeschnittenen Fischernetzes um den Hals. Aju war beeindruckt. Sie hatte eine riesige Schildkröte erst gestern auf dem Korallenriff liegen gesehen. Sie hatte keine Angst und wollte nur ihre Ruhe haben, als sie sich in das tiefe Wasser fallen ließ, gestern bei Ajus Besuch auf dem Riff. »Was passiert jetzt mit den Männern?«, wollte David wissen. Die Frau des Priesters schaute auf den Boden. »Sie bringen sie irgendwann zurück, dahin wo sie hergekommen sind, irgendwann mit einem Schiff, welches in die Richtung fährt aus der sie kamen.«

»Also stimmt es doch, dass sie die Männer auf eine der kleinen Inseln bringen und dort aussetzen.«, dachte Aju, die schnell merkte, dass die Lehrerin sich bei ihrer Antwort doch sehr anders verhielt als für gewöhnlich. Auf dem Schulhof wurde an diesem Nachmittag die Fahne eingeholt. Das Seil an der Fahnenstange schlug gegen das Metall und zwei Möwen kämpften um den Aussichtspunkt am Ende des Mastes.

Die Kinder waren mit offenen Fragen zurückgeblieben. Hier, wo jeder sonst Rücksicht auf den anderen nahm, wo die Familien sich umeinander kümmerten und selbst für die gesorgt wurde, die keine Familie hatten. Wo der Fischer nach seinem Fang jedem Mitglied der Familie oder Freunden einen Fisch in die Küche legte. Dort wo die Bananen vom Wegesrand gepflückt und für einen geringen Obolus verkauft wurden, genauso wie die Mangos und Papayas und all die anderen Früchte, die es, wenn die Saison kam, in allem Überfluss gab.

Dass sie die Männer auf eine andere Insel bringen wollten, auf der es nichts zu essen und trinken gab, fand Aju, passte nicht zu der Liebenswürdigkeit der Insel. Die Schule war an diesem Tag früher als gewöhnlich zu Ende. David und Aju gingen auf dem Weg zurück zum Hafen am Hotel vorbei. David sprang an den beiden Buddha Figuren vorbei auf die erste Stufe des Hoteleinganges. Aju folgte ihm und heute lagen keine Blumen auf den Köpfen der Statuen. Durch das Fenster am Ende des Flures konnten die beiden den Hafen mit seinem Treiben beobachten. Einige Gäste standen an der Rezeption, die nur aus einem blanken Tisch mit einem Regenschirmständer bestand, den so schien es, nie ein Mensch benutzt hatte.

Die Dame vom Hotel in ihrer Kittelschürze und mit einem Tuch in den Haaren murmelte etwas und die beiden Kinder sprangen die Treppe hinauf in die erste Etage. Aus dem oberen Fenster war die Sicht besser. Der Fensterflügel klapperte im Wind, der durch das Hotel wehte. Farbe blätterte zu Boden und verschwand zwischen den breiten Ritzen des Holzbodens. Die Zimmertüren der Räume standen, bis auf eine, alle offen. Einfach eingerichtete Zimmer mit kleinen Betten und vor langer Zeit einmal weiß gewesener Leinentücher spannten sich darüber. Ein Nachtschrank mit abgebrochenem Holzknopf, eine Stehlampe ohne Schirm und eine Brause, die aus der Decke ragte und Wassertropfen im Sekundentakt zu Boden fallen ließ, waren die ganze Einrichtung.

Die Dame, die Aju schon von ihrem ersten Besuch kannte, stapelte vergilbte Handtücher mit Flügeln toter Fliegen dazwischen auf die Betten. Am Ende des Flurs standen zwei Matrosen in Uniform von dem

Marineschiff mit einem Gewehr um die Brust vor einer verschlossenen Tür. »Da ist der Mann drin, von dem Schiff, welches uns den Fisch gestohlen hat.«, sagte Aju. »Sie bewachen ihn.«, sagte David. Die Männer vor der Tür hielten ihre Hände ausgestreckt vor ihren Körper. »Stopp! Hier könnt ihr nicht herein.«, sagte einer der Matrosen. Sie standen da in der Ecke des Flures im einzigen Hotel der Stadt, welches nun gleichzeitig als Gefängnis der Insel diente. Aju und David sprangen mit zwei Sätzen die Stufen hinunter aus dem Hotel. Hier gab es nichts zu sehen. David durfte an diesem Nachmittag Aju mit auf die Jacht bringen. Lange blieben sie nicht, es war für Aju anders als auf dem Boot von Onkel Gio. Alles war so aufgeräumt. Aju wusste nicht einmal, wie sie den Wasserhahn oder die Toilettenspülung bedienen sollte und sie wollte David auch nicht fragen. Zu Hause bei Oma Helde hatten sie nur eine Schöpfkelle. Das war viel einfacher und dazu noch praktischer.

Davids Papa saß an einem Computer. Er schrieb die ganze Zeit tausende Wörter auf die Tastatur und antwortete meist auf Davids Fragen nur mit ja oder nein. Aber selbst nur diese kargen Antworten geben zu müssen schien ihm zu missfallen, sodass er sich dann spätestens nach dem zweiten ja zurückzog auf das Deck. Er wirkte ständig auf der Flucht auf dieser Jacht, so schien es Aju. Er fragte auch nie etwas oder erzählte von sich. Das war immer die Aufgabe von Davids Mama. Irgendetwas musste Davids Mama ja an ihm gefunden haben, was sie mochte und wenn es nur das beständige Ja oder Nein-sagen war. Davids Papa hatte lange schwarze Haare und ein ovales Gesicht. Am Kinn hatte er ein dickes Muttermal.

Er rauchte unter Deck und der blaue Qualm zog durch die Tür der Kombüse nach oben. Im Bug lagen zusammengerollte Schlafsäcke in neongrüner Farbe. Ein kleiner Gaskocher, Desinfektionstabletten für Wasser und haufenweise Packungen mit Instantnudeln stapelten sich auf dem Boden. Bücher mit gewellten und vergilbten Seiten standen im einzigen Regal der Jacht. Das Mikrofon des Funkgerätes hing über die Lampe an der Decke. »Wo kommt deine Familie her?«, fragte Davids Papa. Erneut wusste Aju nicht, was sie sagen sollte. Es war eine ganz einfache Frage, aber Aju fühlte sich unwohl bei dieser Art von Fragen. Sie mochte es nicht, bedauert zu werden wenn sie sagte, dass sie keine Familie hatte, keinen Vater und keine Mutter. »Meine Großeltern kommen aus dem Norden vom Festland. Aber sie leben schon lange hier auf der Insel.« »Ja, das sieht man. Du siehst anders« aus als die Kinder hier, sagte David.«

»Ich weiß«, wollte Aju sagen, verkniff es sich aber. Sie war wohl nirgendwo zu Hause. Sie wird es nicht hier sein und wahrscheinlich auch nicht auf dem Festland, wenn sie jemals einmal dort hinreisen würde, für immer oder nur für einen Besuch. »Na ja, wir sind ja auch nicht von hier.«, sagte Davids Papa und lachte mit tiefer Stimme, so dass Aju einen Schreck bekam. »Kann man hier irgendwo ein Baguette kaufen oder wenigstens ein Weizenbrot?« Aju verstand nicht, was Davids Vater von ihr wollte, aber Davids Eltern hatten offenbar vor, längere Zeit auf der Insel zu bleiben, also musste es ihnen hier wohl gefallen. »Ihr habt ein wundervolles Refugium auf dem ihr hier lebt.« Davids Papa ging an Deck, streckte die Arme aus, wie die Jesusstatue in Rio de Janeiro, und atmete tief durch. Die Jacht im Hafen war so klein mit Aju, David und ihrem Vater darauf. Die Insel war klein und das Meer darum unendlich.

Das Leben auf der Insel pendelte wie das Gewicht in einer alten Standuhr aus dunklem Mahagoniholz und messingfarbenen Zeigern. Die Uhr tickte, ab und an rasselte jemand an der Kette und zog die Uhr auf. Das Gewicht pendelte hin und her, aber die Uhr würde es nie verlassen können. Aju fühlte sich wie das Leben in einer dieser Uhren.

Irgendetwas zog an ihr. Aber sie spürte, dass sie die Kraft hatte, diesen Uhrenkasten zu verlassen. Es muss noch etwas anderes geben als das Leben hier. Diesem ewigen Gleichklang, obwohl ihre Tage kurzweilig, anstrengend und seitdem sie in der Schule war, auch lehrreich waren und sie auf das Leben vorbereiten sollten, wollte sie entfliehen. Sie wusste von Oma Helde, es gab noch etwas anderes da draußen als die Insel.

Der Kuss

Aju und David verließen das Boot. Es war ein klarer Nachmittag. Ein heftiger Schauer hatte den Himmel reingewaschen. Nur weit oben am Himmelsblau waren linsenförmige Wolken wie feine Watte zu erkennen. Der Junge trug eine zusammengerollte Decke über der Schulter, die er vom Boot mitgenommen hatte. Sie wanderten am Haus von Oma Helde vorbei. »Wir gehen zum Strand.«, sagte Aju im Vorbeigehen zu Onkel Henky, der einem der Matrosen vom Schiff die Haare schnitt. Mit einem alten braunen Föhn blies er die abgeschnittene schwarze Pracht des Mannes von seinen Schultern. Der Herr kniff sich die Augen zu. Onkel Henky hielt dem Mann den Föhn mit der heißen Luft in das Gesicht, als er sich Aju zuwendete. Der ältere Herr schnappte wie ein Fisch nach Luft, als ihm der heiße Strahl in das Gesicht blies und drückte den Arm von Onkel Henky mit dem Föhn von sich weg.

Onkel Henky hielt ihm den Spiegel von hinten an den Kopf. Der Matrose bedankte sich höflich, legte zerknitterte, feuchte Geldscheine auf den Tresen, zog seine ausgetretenen Schuhe vor der Tür an und ging davon. Eine Wolke aus Jasmin und Zitrone schwebte hinter dem Mann her, von dem Wasser, welches Onkel Henky reichlich aus einer Flasche mit rotem Gummi auf jeden sprühte, der seinen Salon betrat.

»Seid vorsichtig und geht nicht so weit in das Meer. Es ist windig und die Wellen sind hoch.«, hörte Aju Onkel Henky hinter ihnen herrufen. Aju nahm David an die Hand, um ihn nicht zu verlieren. Sie liefen durch die kleine Stadt. Schnell hatten sie die einzige befestigte Straße verlassen. Hütten aus Holzbrettern links und rechts teilten den Weg ohne Asphalt oder Steinen, nur aus festgetretener Erde bestehend.

Je weiter sie sich vom Ort entfernen, desto mehr Unrat lag auf dem Weg. Die Menschen außerhalb der Stadt waren ärmer als die Familien am Hafen, die Verkaufsstände besaßen und Essen an Reisende verkauften, oder am Wasser ein Boot ihr Eigentum nennen konnten und fischten. Alles, was sie jemals besaßen, fand einen Platz. Nichts wurde weggeschmissen. Irgendwann konnte man alles einmal gebrauchen und so stapelte sich aller Unrat der Besitzer bis auf die Straßen vor dem Haus.

Nur ein heftiger Regen, der den Weg den Hügel hinunter auf der Insel in einen reißenden Fluss verwandeln konnte, nahm gelegentlich den Unrat mit und spülte ihn in das Meer. Der Weg zwischen den Häusern trocknete ab. Aju sprang durch die Pfützen. Schlamm spritzte ihnen bis in die Haare. Sie gingen den Weg über den Hügel, auf die andere Ebene der Insel, hinunter zur Bucht. Der Ozean war nicht so silbergrau heute wie auf der dem Wasserfall zugewandten Seite des Eilandes. Die Sonne ließ das Wasser hellblau und grün erscheinen. Ein Gemisch aus weißem Sand und pinkfarbenen Korallenresten färbte den Strand rosa. Krumme, von der See abgewaschene Wurzeln lagen in der Bucht. Ein Teil einer Holzpalette, von einem Schiff gefallen oder über Bord geschmissen, wippte auf einem Felsen hin und her. Gruppen von Kokospalmen standen am Strand und unter ihnen keimten Kokosnüsse mit grünen Trieben und suchten Halt im Sand. Winzige Krabben rannten umher und das abfließende Wasser jeder Welle zeichnete in den feinen Kies Gemälde riesiger Bäume und Flüsse.

Aju und David breiteten die Decke auf dem Sand aus. Wie ein maßgefertigtes Bett formte sich die Masse um sie herum, als sie sich nach dem langen Gang über die Insel im Schatten der Palmen niederließen. Auf dem Meer aus blauen und grünen Streifen hörten sie die Brandung der Wellen, die sich weit draußen überschlugen und dann beim zweiten Anlauf gegen die Felsen, an der Spitze der Bucht, sich in ohrenbetäubendem Lärm entluden. Ein Baumstumpf rollte ohne Unterlass zwischen den Brocken und der nächsten ankommenden Welle auf und ab. Aju und David hüpften von Stein zu Stein über das flache, salzige Wasser und kamen der Bucht mit den Felsen, die immer größer wurden, näher.

Sie zogen sich schon an den Klippen hoch. Im ruhigen Wasser hinter den Steinen sahen sie einen Fisch, der von einer Welle in eine Pfütze gespült wurde. Er schwamm im Kreis und bei dem nächsten Schwapp rutschte er mit einem Satz zurück in das Meer und verschwand aus dem Blick der Kinder. Auf dem Plateau eines Felsens ruhten sie sich aus, lehnten ihre Rücken aneinander und Aju küsste David auf den Mund. Dann rannten sie zurück, die Bucht entlang und zogen sich gegenseitig an den Armen die sandige Dünung hinauf. Sie wollten nicht umkehren und wieder in die Stadt. Es war so schön hier und vor allem waren sie frei. Als Aju sich umdrehte und auf das Meer schaute, fragte sie David, »Ich kann dir die Felsen zeigen von oben. Dort hat Onkel Gio Fische mit der Harpune gefangen.« Sie nahm den Jungen an die Hand und dann suchten sie den Weg durch die Bäume hinauf auf den kleinen Vorsprung, von dem man auf das Meer sehen konnte.

Mit dem Wald aus Kokosnusspalmen und Eukalyptusbäumen im Rücken und dem Rauschen der Blätter sahen sie auf das Meer. Die langen, dünnen Stämme der Bäume bogen sich im Seewind. Durch den Dschungel sah man das Blau des Himmels. Der beständige Wind oben auf dem Hügel ließ den dichten Wald wie frisch gekehrt erscheinen. Auf dem Boden hatte die Natur weiches Moos um die Stämme ausgelegt.

Aju und David hörten Stimmen. Es war nicht das Säuseln der Blätter aus dem Wald. Sie sprangen hinter einem der Felsen vor, auf die andere Seite. Zwei Mädchen aus der Schule saßen mit den Beinen baumelnd am Rand der Steine. Sie hatten ihre Schuluniform an. Weiße Schuhe mit schwarzen Strümpfen, fast bis zu den Knien. Darüber trugen sie einen Rock und eine rote Bluse. Auf dem Kopf hing ein Käppi in derselben Farbe, schief über die Augen. Unter der Mütze lief den Mädchen das Wasser an den Haaren entlang an die Stirn, so heiß war es. Sie aßen frittierte Bananen. Die gleichen, die Onkel Henky am Stand im Hafen so lecker zubereitete.

Beide Mädchen schauten auf Aju und David. »Was macht ihr hier? Das ist unsere Stelle.«, sagte die Größere. Sie schob die Bananen in die Mitte der Steine zwischen den beiden Kindern. »Die Insel ist für uns alle. Wir können sitzen, wo wir wollen.«, erwiderte Aju, die sich nichts gefallen ließ. Sie konnte das große Mädchen nicht leiden. Sie hatte etwas Eingebildetes an sich und bei ihrer piepsigen Stimme schreckten sogar die bunten Papageien auf und flogen davon.

»Lass uns irgendwo anders hinsetzen, Aju.« David nahm das Mädchen an die Hand und sie gingen höher auf den Hügel hinauf. Sie zogen sich gegenseitig den Berg aus Sand und Felsen nach oben. Die kleinen Hände saugten sich an den Felsen fest und wie mit Hühnerfüßen suchten sie halt in den Steinen. Als Aju sich umsah, bemerkte sie erst, wie weit oben sie auf dem Hügel waren. Die Aussicht war noch gewaltiger als am Wasserfall auf der anderen Seite der Insel.

Das Eiland wirkte noch kleiner und für einen kurzen Augenblick meinte Aju, am Horizont eine andere Insel entdecken zu können. »Ob es wohl die Insel der Piraten ist, auf denen die Soldaten die Fischräuber aussetzen wollen?«, dachte Aju. »Oder ist es die nächste Insel auf dem Weg zum Festland, wo die Fähre als nächstes Ziel festmacht?« Dann, beim zweiten Blick, war die Insel hinter dem großen Stamm eines Baumes verschwunden, der sich waagerecht aus dem Felsen in die Luft gehangen hatte. Seine Wurzeln lagen frei. Ein großer Lehmklumpen aus gelber Erde hing an seiner Wurzel und an der Krone des abgestorbenen Baumes waren kleine junge zarte Triebe von frischem Grün. Zwei Möwen putzten ihr Gefieder. Beide Kinder erreichten den Gipfel des Hügels und die Stimmen der Mädchen wurden leiser.

Sie schauten auf die Köpfe der beiden unter ihnen. Aju trat an den Rand des Vorsprunges. Sie blickte nach vorn, eine steile Wand hinab aus Felsen und Steinen. Einzelne Sträucher hatten halt an den Felsen gefunden. Der Ozean spülte die Wellen mit weißer Krone an die Küste. In der kleinen Bucht, auf die Aju sah, war das Wasser klar und still. Ein Mosaik aus blauen und grünen Felsbrocken belegte den Meeresboden. »Das Meer muss sehr tief sein. Es ist ganz ruhig und siehst du den großen Fisch dort?«, sagte David.

Es waren große Thunfische, die sich bis an die Küste trauten. Hier, wo für gewöhnlich kein Mensch herkam und nie eine Gefahr lauerte. »Lass uns springen.«, forderte David. »Es ist wie fliegen. Wir haben es in der Schule in Frankreich gemacht, von einem Turm sind wir gesprungen, alle der Reihe nach. Du springst einfach ganz gerade wie eine Kerze in das Wasser.« Aju kannte den Ozean von Geburt an. Er war ihr genauso vertraut wie der Steg, auf dem sie, seit sie denken konnte, umherlief und bei jedem Schritt niemals das Wasser aus den Augen verlor.

Vor dem Wasser hatte sie keine Angst. Es war so klar wie der Himmel an diesem schönen Tag und nichts Verborgenes war darin zu erwarten. Von hier oben sah das Meer wie der durchsichtige Inhalt in einer Flasche aus. »Was sollte schon passieren?« Aju war mutig und sie hielt beim Tauchen die Augen auf und die Luft an.

David löste mit seinen Sandalen Steine aus dem Felsen. In einem hohen Bogen warf er kleine Stücke in das Wasser und zählte eins, zwei, drei. Dann bildeten sich Ringe auf dem stillen Meer und Aju sah, wie die flachen Kiesel zum Meeresboden schaukelten. Krabben strömten herbei und Schwärme winziger Fische mit neonfarbenen Streifen. David beugte sich nach vorn und schaute den Abhang herunter.

Der Sprung

Dann rannte er auf das Ende des Felsens zu, rutschte etwas vom glatten Stein und, sich die Nase zuhaltend, mit einer Bewegung beider Arme, wie das Schlagen der Flügel eines kleinen Vogels, verschwand er aus Ajus Blick. Aju trat einen Schritt nach vorn. David tauchte, wie der Stein zuvor, in das klare Wasser der Bucht ein. Dann war Stille. Das Meer schloss sich über seinem Kopf. Kreisrunde Wellen entfernten sich und dort, wo sie die ersten Brecher des Ozeans trafen, beim Verlassen der Bucht, fraßen sie die Spuren, die David im Wasser hinterlassen hatte, auf.

»Spring, das Wasser ist warm.«, rief David hinauf auf den Hügel, als er wieder an der Oberfläche erschien. Aju sah hinunter, fasste sich ein Herz und ging zurück, bis zu der Stelle, an der die Bäume sich im Wind wiegten. Sie nahm Anlauf und als sie die Kante mit dem blauen Ozean unter sich sah, spannte sie ihre Beine wie einen Bogen und sprang in das Nichts. Sie wusste nicht, wohin sie fiel und wo oben und unten war. Ihre Arme schienen ihre Füße überholen zu wollen. Dann stand sie wieder senkrecht in der Luft und es kam ihr vor, als ob die Zeit stehen blieb. Die Erde zog sie schneller und schneller an. Nicht wie im Meer beim Tauchen mit Onkel Gio als sie, mit Armen und Beinen kopfüber nach unten, sich anstrengen musste, um auf den Meeresboden zu gelangen.

Davids Kopf kam näher und näher und Aju spürte das Wasser, wie es ihr gegen die Füße schlug. Sie spürte, wie ihr Körper in das Meer eintauchte und etwas ihren Hals mit einem Schlag zur Seite drückte. In ihren Ohren begann es zu summen. Sie sah, wie das Wasser um sie herum rot wurde und wie die blauen Federwolken am Himmel sich von ihr entfernten. Sie streckte ihre Arme weit aus und schaute in das Blau nach oben. Obwohl sie wusste, zu David schwimmen zu müssen, um nicht auf das offene Meer hinausgetrieben zu werden, konnte sie ihre Arme nicht bewegen. Das Wasser schlug über ihren Augen zusammen. Sie schmeckte süßes Blut auf ihren Lippen.

Es summte in ihren Ohren. Etwas zog an ihr. Sie sah den Felsen und die beiden Mädchen in ihrer weiß-roten Uniform auf dem Vorsprung sitzen. Ihr Kopf hämmerte und ihre Sandalen lösten sich von ihren kleinen Füßen, die sie bis jetzt mit ihren Zehen zusammengehalten hatte. Sie spürte, wie etwas sie durch das Wasser zog. An den Armen, die über ihren Kopf ausgestreckt waren. Dann flog sie plötzlich umher. Sie träumte von weißen Vögeln mit langen Hälsen und dicken Bäuchen.

Sie flog weit voran und als sie ihren Kopf nach hinten durch die Flügel steckte, sah sie die anderen Vögel, aufgereiht in der Form eines V, hinter ihr her fliegen. Eines der Flügeltiere hatte das Gesicht von Oma Helde und fragte, »Wohin fliegen wir, Aju flieg nicht so schnell. Ich bin schon alt.« Aju spürte den Wind und je mehr sie mit den Flügeln schlug, umso höher flog sie. Sie schaute nach unten und sah die Insel mit dem Wasserfall und der Eisfabrik und dem Steg am Hafen und sogar ihr Haus erkannte sie.

Sie wunderte sich, dass obwohl sie heftig mit den Flügeln schlug, nicht vorwärtskam. Die Insel rührte sich einfach keinen Meter vom Platz und Aju wusste nicht, was sie der Gruppe hinter ihr, die ihr alle folgten, sagen sollte. Wohin sie flogen und ob sie jemals dort ankamen. Sie wusste es nicht. Das Eiland unter ihr drehte sich, wie der Zeiger einer Uhr, immer schneller. Die Insel raste so schnell, dass sie am Strand auseinanderriss und der Steg und das Hotel am Himmel, der stetig dunkler wurde, verschwanden. Die Insel wurde schwarz wie die Nacht und dann zog es Aju hinunter, zuerst in einen Strudel. Wie in einem Trichter, in den Aju gefallen war, gab es nur einen Weg nach unten und der Fleck unter ihr wurde immer enger, bis nur noch ein Tunnel übrigblieb, durch den Aju flog. Es blitzte hell, als sie die Augen öffnete, und die weißen Vögel folgten ihr noch immer. Sie schloss ihre Augen und hoffte, es weckte sie jemand auf, wenn das alles vorbei war.

David spürte die leichte Strömung im Wasser in dem Moment, als

Aju, von der Felskante zurück zum Wald lief, um Anlauf zu nehmen. Unter Davids Füßen schwammen Fische, mattschwarz wie der Himmel auf der Insel, wenn am Abend alle Lichter erloschen waren. Aju flog mit einem lauten Schrei über ihn hinweg. Wie der Schatten eines Vogels raste Aju durch den Himmel. Sie breitete ihre Arme aus und der große Anlauf, den sie genommen hatte, wurde ihr zum Verhängnis. Erst jetzt drehte sich David herum und sah hinter sich ein Stück von dem Felsen, der nur ein wenig unter der Wasseroberfläche endete.

Er merkte sofort, dass es seine Schuld war, dass etwas passieren würde und dass er es trotzdem nicht mehr verhindern konnte, obwohl er sich in diesem Moment nichts sehnlicher wünschte. In unendlich schnell laufenden Bildern vor seinen Augen sah er, was passieren musste. Er wusste, er konnte Aju nicht wieder zurück auf den Felsen bringen und ihr sagen, »Warte noch, spring nicht. Hier ist ein Felsen.« Seine Hände ballten sich unter Wasser zu einer Faust und sein Gesicht verzog sich zu einer fratzenartigen Grimasse, der von einem Moment auf den anderen die ganze Unbekümmertheit seiner kindlichen Gesichtszüge verlorenging.

Aju flog und zappelte mit den Beinen. Dann schaute sie auf die glatte Oberfläche des Wassers und erkannte den Felsen unter sich. So sah es für David aus. Aber Aju machte keine Anstalten dem Hindernis auszuweichen, es war schon zu spät und David wusste nicht einmal, ob Aju den Felsen sah.

Sie winkte etwas unbeholfen David zu, versuchend das Gleichgewicht zu halten, und dann tauchte sie in das salzige Meer hinter dem Jungen ein. Sie verschwand unter Wasser und dann war es still. Nur das Rauschen der Brandung draußen vor der Bucht war zu hören. Auf die nächste Welle wartend begann David die Sekunden zu zählen. Aju sollte wieder an die Oberfläche kommen und tief Luft holen, so wie er es getan hatte. Mit einem tiefen Seufzer und etwas Wasser in Nase und Ohren, wieder atmen wie ein Mensch. Doch es blieb ruhig. David wollte sich zuerst nicht umdrehen. Vielleicht hätte er in Erwägung gezogen, einfach aus dem Wasser zu steigen und zum Hafen zu laufen, um Hilfe zu holen. Aber dann wurde ihm klar, niemand war hier, der helfen konnte. Nur er, und er war kein kleiner Junge mehr. Er schaute nach hinten über seine Schulter. Er sah Ajus Haar. Es schwebte im Meer und das orangefarbene Wasser um Ajus Kopf wurde mehr und mehr. Die langen Arme und Beine waren merkwürdig verrenkt und in der leichten Bewegung des Ozeans wirkte es, als ob Aju einen Tanz vollführte. Ihre Augen standen weit offen. David bekam Angst. War Aju tot? Sollte seine Freundschaft zu Aju, seiner besten und einzigen Freundin, die er je hatte auf der Insel und dem langen Weg dahin hier zu Ende sein? Er konnte nicht glauben, was er angerichtet hatte. Aber sich davon stehlen und Aju allein lassen, das kam für ihn nicht in Frage. Niemals. Der Körper des Mädchens begann sich von David zu entfernen. Die Flut setzte ein und David suchte mit seinen Augen nach einem Platz in der Bucht, den er ansteuern konnte, um Aju aus dem Wasser zu ziehen. So wie er es in dem Schwimmbad gelernt hatte, als seine Eltern ihn auf die lange Reise vorbereiteten und sein Vater Schwimmkurse und Überlebenstrainings, nicht weit entfernt von zu Hause, im Schwimmbad inmitten der Berge für die Familie gebucht hatte.

Mama saß dann meistens am Beckenrand und las und Papa und David absolvierten im kalten Wasser ihre Übungen. Jetzt erinnerte sich der Junge an eine der Übungen, die ihm damals so unwichtig erschien. Er sprach laut vor sich her und sah in seinen Augen seine Mutter am Beckenrand stehen und ein Buch lesen. Sie sagte nichts, sie las nur.

David suchte nach dem Kopf von Aju, der immer noch unter Wasser war. Er griff nach ihr. Aber Aju war weiter weg, als er dachte. Alles wirkte so nah im Meer, aber in diesem Moment schien selbst die Hand von Aju für David unerreichbar.

Er atmete tief ein und aus und verschwand unter der Wasseroberfläche. Kaltes Wasser berührte seine Brust, eiskalt. Dann griff er nach Ajus Kopf, bekam ihre Haare in die Hand und wie ein Frosch versuchte er, so schnell wie möglich an die schillernde Oberfläche der Bucht zurückzuschwimmen. Die Sonne berührte wieder sein Gesicht. Er drehte Aju auf den Rücken und hielt mit einer Hand ihren Kopf über dem Wasser. Auf dem Rücken, mit den Beinen paddelnd und dem anderen Arm weit ausgestreckt, suchte er nach einem Platz am Ufer. Doch der Strand mit der sandigen Bucht, den Felsen dazwischen wurde kleiner und kleiner. Sie entfernten sich mehr und mehr vom Ufer der Insel. David sah einen Hai, der schnell auf ihn zukam und wieder abdrehte. Der Junge trieb mit Aju im Ozean und niemand war hier, der ihm helfen konnte.

Er erinnerte sich an den rollenden Baumstamm im Meer, den er vorhin noch von dem Felsen ganz oben gesehen hatte. Er suchte das Ufer ab und fand die Stelle, nicht weit von ihm. Sein Arm wurde schwerer und schwerer. Das Wasser war kalt und sein Körper kribbelte, als ob er von einer zwei Meter hohen Mauer in ein Brennnesselfeld gefallen war. Er wusste nicht mehr, von wo der Schmerz kam, den er gerade fühlte. Nur Aju loslassen, das würde er auf keinen Fall. Er wartete auf die nächste große Welle, die hier draußen unter seinen Füßen einen gewaltigen Sog erzeugte und ihn und Aju immer weiter hinaustrug.

David zählte die Zeit in Sekunden zwischen den großen Wellen, »... elf, zwölf.« In seinem Kopf formte er einen Plan. Hinter dem nächsten Brecher wollte er einen Blick zurückwerfen und dann, wenn die nächste Wand aus Wasser weit entfernt war, dann hatte er zwölf Sekunden Zeit. So lange dauerte es, bis die nächsten Wassermassen über ihm zusammenschlugen.

In diesen zwölf Sekunden musste er so schnell wie bei einem Hundertmeterlauf in der Schule sein. Alle Kraft, die er hatte, brauchte er dann. Mit aller Anstrengung versuchen an Land zukommen, um Boden unter den Füßen zu haben und mit zwei drei Hüpfern auf dem Meeresgrund einen sicheren Platz an Land zu erreichen. Bevor die nächste Welle über ihm zusammenschlug, ihn und Aju unter Wasser begrub und mit seiner ganzen Gewalt sie auf nimmer Wiedersehen auf das Meer hinaustrug.

Das war sein Plan und es galt keine Zeit zu verlieren, denn Aju pendelte in Davids Arm noch immer leblos hin und her. Er schaute hinter sich, nahm Aju mit seinem rechten Arm noch mehr in Schutz, hielt ihr Kinn über Wasser und strampelte, so wie noch nie in seinem Leben mit seinen Füßen in Richtung der schwarzen Felsen seitlich der Bucht. Für einen Moment spürte er Grund unter sich, dann trieb er wieder mit Aju schwerelos im Wasser. Er zählte und war schon bei sieben. Zwei Haie schwammen unter ihm hindurch. Der Meeresboden schimmerte in zartem grün und hellblau und David kam für einen Moment der Gedanke, sich seinem Schicksal zu ergeben. Den Kampf gegen den unsichtbaren Teil der Welle, die ihn an seinen Füßen nach draußen auf das Meer ziehen wollte, einzustellen. Es einfach geschehen zu lassen.

Irgendetwas fühlte er, schob ihn ein Stück in Richtung der Felsen. Er dachte an seine Eltern, an den Ozean, auf dem er so lange mit ihnen gemeinsam unterwegs war. Sollte das der letzte Tag im Leben dieses Jungen sein? Mit den letzten Kräften, ahnend, dass er der nächsten Welle mit seinen neun Jahren nichts entgegensetzen können würde, suchten seine Füße nach haltendem Grund. Er drehte sich herum, sah eine Wand aus weißer Gischt und hörte den ohrenbetäubenden Lärm der herannahenden Gefahr. Seine Füße rieben zwischen Steinen und Sand auf dem Boden in Richtung der Felsen.

Wie auf dem Motorrad, auf dem er manchmal bei seinem Vater mitfuhr, merkte er, wie die Beschleunigung der ihn mittragenden Welle auf ihn einwirkte. Er hielt Aju im Arm. Die Welle ergoss sich mit ihrer ganzen Kraft über David und Aju. Das Wasser schlug gegen seine Ohren und den Bauch. Dann saß er am Strand neben den schwarzen Felsen. Mit ausgestreckten Beinen. Die Füße aufgerieben vom Sand, von Korallen und spitzen Steinen. Die Knie blutend.

Er legte Aju neben sich auf das Bett aus Steinen. Er beugte sich über sie. Ob es das laute Rauschen des Meeres war, oder ob Aju wirklich nicht atmete? Sie lag so ruhig da, nur ihre Lippen waren anders wie sonst. Die Farbe nicht mehr rosa, sondern blau wie die Finger ihrer Hände. Mit einem lauten Schrei haute David mit seiner Hand, halb zu einer Faust geballt, Aju auf die Brust. »Du darfst nicht sterben. Komm zurück, geh nicht fort.«

Vom Felsen hinter ihm rollten Steine durch einen von Wasser ausgespülten Pfad. Ein kleiner Weg mit festgetretenem Lehmboden und Grashalmen links und rechts, die sich einen Weg durch den festen Boden zwischen den Steinen gebahnt hatten, führte hinunter zum Meer. Zwei rot-weiße Punkte bewegten sich auf David zu. »Aju, ist sie gesprungen?«, rief eines der beiden Mädchen, die den Weg heruntergerannt kamen. Sie trugen noch immer ihre Schuluniform. Ihre weißen Röcke waren erdverschmiert und die Blusen hingen aus dem Rockbund heraus. Sie rutschten auf dem feuchten Weg aus und kamen vor Aju zu stehen. Ein kleiner runder, vom Meer gespülter Stein blieb auf Ajus Schulter liegen. Sie bewegte den Kopf und murmelte etwas, aber niemand verstand sie.

Als Aju die Augen öffnete, schien die Sonne nicht mehr. Es war am Nachmittag, das wusste sie genau. Ihre Augenlider klebten zusammen vom Salzwasser. Sie spürte etwas Raues in ihren Augen, es rieb bei jedem Versuch, sie zu öffnen. Sie ließ sie offen, obwohl sie eine riesige Müdigkeit in diesem Moment überkam und sie nur schlafen wollte. Aber sie war einfach zu neugierig, so wie es eben ihre Art war. Ein Schleier aus Perlmutt, rosa und hellblau, so wie die Muscheln innen ausschauten, wenn sie sie am Strand fand und mit einem Stein öffnete, so erschien ihr der Himmel.

Ihre Glieder waren schwer. Auf den warmen Steinen am Strand liegend, bewegte sie sich keinen Millimeter, lag nur da. Ein dunkler Schatten strich unter ihren Augen hinweg. »Es muss wohl ein Vogel gewesen sein.«, dachte Aju. Dann erkannte sie David. Er kauerte ganz nah über ihr und schaute in ihr Gesicht. Was er sagte, verstand Aju nicht. Blut ran an ihrer Schläfe entlang, in ihre Haare und in das Gesicht. Am Hals hatte Aju eine kleine Wunde. Etwas Haut hatte sich abgelöst, aber David wusste schnell, dass es nichts Schlimmes war. Solche Verletzungen hatte er fast täglich auf dem Boot. Wenn sie am Wind segelten oder die Wellen so hoch waren, dass er Mühe hatte, das Steuer zu halten und seine vom Wasser aufgeweichten Hände so empfindlich wurden, dass, wenn das Seil ihm durch die Hand rutschte, die Haut riss.

Aju lag am Strand, schon ein paar Minuten, und sprach nicht, sie murmelte nur etwas Unverständliches vor sich her. Die beiden Mädchen weinten. »Ist Aju tot? Stirbt sie?«, fragten sie und wiederholten sich abwechselnd. Die Uniform, die den Kindern sonst so gut stand und auf deren Vollständigkeit die Mädchen immer großen Wert legten, wirkte wie ein unnötiger Ballast. Sie wollten Aju helfen, wussten aber nicht wie. »Wir müssen sie in die Stadt bringen. Zurück nach Hause oder in das Krankenhaus.«, sagte David. »Das Krankenhaus ist noch zu, dort ist niemand, das weiß ich.«, sagte das größere Mädchen. Der Junge zog sein Hemd aus und mit der Decke, die die Mädchen mitgebracht hatten, knoteten sie eine Art Trage zusammen.

Sie zogen Aju an den Armen und Beinen, weg vom Strand zu der Dünung und die ersten Felsen hoch auf den Hügel. An Aju wurde von allen Seiten gezogen. Wie wenn sie jemand über Bord des Fischerbootes werfen wollte, fühlte sie sich.

Immer noch nicht war ihr klar, was geschehen war, aber ihre Erinnerungen kamen langsam zurück. Sie wusste, dass sie auf dem Felsen stand, hoch oben über der Insel und auf David hinunterblickte, der im Wasser mit ausgestreckten Armen auf sie wartete. Sie schmeckte Blut auf ihren Lippen und Salz und bekam Durst. Sie hob ihren Kopf etwas an, der schmerzte. Zwei Mädchen in ihrer Schuluniform liefen vor ihr her und sie lag wippend auf einer bunten Decke. »Wo war David?«, fragte sich Aju. Dann fiel sie wieder in einen tiefen Schlaf.

Die beiden Mädchen und David waren auf dem Hügel am anderen Ende der Insel angelangt. Sie sahen die ersten Lichter der Stadt, die in der Dämmerung leuchteten. Die Stadt lag so nah vor ihnen, aber es waren noch zwanzig Minuten zu laufen. Ihre Hände und Handgelenke schmerzten vom Halten der Decke mit Ajus Gewicht darin. Sie ließen Aju auf den Boden ab und legten eine kurze Pause ein. In der Eisfabrik auf der anderen Seite der Stadt schaltete jemand die Lichter und die Dieselmotoren aus. David wurde schweigsam. Als ob ein Teil von ihm verlorengegangen war, wusste er nicht, was er sagen sollte, ob er sich entschuldigen sollte bei Ajus Oma, wenn er sie sah und ihr von dem Unglück berichten musste.

Als ob ein Teil seines bisherigen Lebens, ein Teil seiner Kindheit, plötzlich mit diesem Ereignis verschwunden war. Er wusste nicht genau, was es war, aber so fühlte er sich in diesem Moment. Dann lief der Junge vorneweg und fasste die beiden Enden der Decke zusammen. David zog an dem Tuch und wollte so schnell wie möglich in die Stadt auf den Steg, zu Ajus Oma oder Onkel Henky. Einer von ihnen würde da sein und sie wussten auf jeden Fall, wie sie Aju helfen konnten.

Als David mit den Mädchen den Steg erreichte, war es dunkel. Um die wenigen Laternen auf den Holzbrücken tanzten die Fliegen. Einige kleine Vögel, die in der Dunkelheit einen Platz zur Nachtruhe suchten, waren unterwegs. Mit lauten Schritten polterten sie den Steg entlang auf dem Weg zu Oma Heldes Haus. Die drei liefen in der Mitte des Weges und sahen nicht nach links oder rechts. Sie waren müde von dem Ausflug und den Strapazen und der unerwarteten Wendung, den dieser Tag genommen hatte. Hinter ihnen hörten sie schon Stimmen der Bewohner. Fenster und Türen schlugen auf und zu. Eine Oma schrie. Sie waren fast am Ende ihrer Kräfte. Dann stand Onkel Henky vor David.

Mit festem Griff drückte er die Hand des Jungen. »Was ist passiert?«, fragte Onkel Henky mit aufgerissenen Augen. Er trug seine gelbe kurze Hose mit Sandalen und hatte kein Hemd an. »Wir waren am Felsen. Aju wollte ihn mir zeigen. Dann sind wir in das Wasser gesprungen. Erst ich, dann Aju. Dann ist Aju auf einen Felsen gesprungen. Es war meine Schuld. Ich habe es nicht gesehen.«

Onkel Henky hatte Aju schon auf seine Hände gepackt. Er trug das kleine Mädchen in seinen Armen den Steg hinunter zum Haus. Die Tür stieß er mit seinen Füßen auf.

»Macht den Tisch frei, macht Platz.«, schrie er Mila und Raja an, die nebeneinander in der Küche standen und sich nicht bewegten. Plastikgeschirr polterte zu Boden. Onkel Henky schnaufte. Er legte Aju ganz sanft auf den Holztisch. Ihre Kleider waren nass und ihre Haare blutverschmiert. Getrocknetes Blut war an ihrer Stirn und in ihrem Gesicht.

Oma Helde kam von draußen zurück aus der Stadt. In Windeseile hatte sich die Nachricht herumgesprochen. Sie legte eine Decke über Aju und wechselte ihre Kleider. Sie reinigte ihr Gesicht mit Sojamilch und legte eine kleine Figur aus Wurzeln und Fasern auf Ajus Brust. Zwei ältere Frauen mit braunen Kopftüchern kamen zur Tür herein. Die orangenfarbene Katze saß auf den Stufen zum Garten.

Aju öffnete die Augen. »Oma Helde, wo ist David?« »Was ist passiert? Wie geht es ihr?«, krächzte Onkel Gio, der ebenfalls das Haus betrat. Es herrschte große Unruhe im Haus von Oma Helde. Das Haus aus gemauerten Steinen und den vielen Dächern stand jetzt leer. Alle aus der Familie hatten sich unter dem Anbau mit dem knisternden Dach aus Wellblech versammelt. »Wir haben Glück, dass Aju am Leben ist. Wie viele Kinder hat das Meer schon verschlungen? Denkt an Emmi, das süße Mädchen vom Pfarrer.«, sagte Onkel Gio und bekreuzigte sich. Oma Helde schaute betreten nach unten und hielt die Hand Ajus. Da öffnete das Mädchen wieder die Augen. »Ich habe Hunger und Durst. Ist heute Geburtstag?« Sie blickte im Raum umher und sah Onkel Gio und Onkel Henky, Oma Helde, die Kinder und sogar die Katze. Die Tür zum Steg stand einen Spalt offen und im Türrahmen sah sie David am Boden hockend, wie er ihr in die Augen sah. Dann verschwand er in der Dunkelheit der Nacht.

David war froh, dass Aju am Leben war. Dass die Mädchen und er es geschafft hatten, sie bis nach Hause zu bringen. Dass Oma Helde nicht böse war. Zu Hause in Europa, da hätte er sich schon etwas anhören können. Es wären schon eine Menge Vorhaltungen von seinen Eltern gekommen, bevor er überhaupt hätte erklären können, was passiert war. Auf der Insel war alles anders. Das Leben war schön, aber einfach. Der Tod gehörte wohl auch zu den Dingen, um die man hier wusste und die zum Leben dazugehörten. Es würde nichts nutzen, sich darüber aufzuregen, warum und wieso etwas passierte und ob man es hätte verhindern können, so erschien es David.

Die Menschen hatten Achtung und Respekt vor der Natur und was geschah, das geschah aus einem Grund und so akzeptierten es alle. David sah, wie die Familie, die doch keine richtige Familie war, denn Vater und Mutter hatte Aju nicht, sich dennoch um Aju sorgte. Wie sie zusammenrückten und füreinander da waren. Egal wie sie miteinander verwandt waren oder welcher Religion sie angehörten. Aju lief mit Oma Helde manchmal in die Kirche, Onkel Henky war Buddhist und Onkel Gio glaubte an die Geister und im Ort liefen Frauen mit Kopftuch durch die Straße auf dem Weg in die Moschee. Das hatte David alles schon bemerkt.

Er schaute sich auf dem Steg sorgfältig und vorsichtig um. Wenn er in das Wasser fiel, hier und jetzt, wer würde ihn retten. Er war mit Aju den Weg zum Felsen heute allein gegangen und jetzt war Aju nicht mehr bei ihm. Jetzt war niemand da, der ihn beschützte. Er erreichte den Hafen. Auf der Jacht schaukelte die Laterne am Heck und quietschte. »Du kommst spät. Wo bist du gewesen? Du schaust müde aus.«, sagte Davids Mama und nahm ihn in den Arm. David schaute sich um, der Hafen war leer.

Er hatte Blut im Gesicht, sank auf der Bank auf dem Heck des Schiffes in sich zusammen und erzählte seine ganze Geschichte. Von den Ereignissen des Tages und dass er es geschafft hatte, Aju aus dem Wasser zu ziehen und nach Hause zu bringen. Dass sie ihn angeschaut hatte, vom Tisch aus, auf den sie Onkel Henky gelegt hatte und dann die Augen schloss.

Davids Mutter war eine sehr gelassene Frau. Sie konnte so schnell nichts aus der Ruhe bringen. Sie war Mutter, Ehefrau und Weltumseglerin. David redete und redete und mit jedem Wort fiel ihm mehr und mehr die Last der Verantwortung von seinen Schultern, die er in den vergangenen Stunden gespürt hatte. Er hatte einen Fehler begangen und nicht gesehen, dass er Aju großen Gefahren ausgesetzt hatte. Zum Glück war alles gutgegangen. Die Mädchen aus der Schule halfen ihm und wären sie nicht dort gewesen, wie wäre es ausgegangen? Allein hätte David Aju nicht bis in die Stadt getragen.

Davids Vater, der mit einem flachen Pinsel und etwas Farbe das Holzdeck der Jacht strich, kam unter Deck. Er setzte sich neben David. »Das hast du gut gemacht. Jeder macht mal Fehler. Lerne daraus und beim nächsten Mal seid ihr vorsichtiger.«, sagte Davids Vater und legte den Pinsel in ein Glas mit Wasser. »Ich werde morgen zur Familie gehen und mich nach Aju erkundigen, während du in der Schule bist.«, sagte Davids Mutter. Sie hatte ein Tuch in den Haaren mit Blumenmuster. Sie hatte es auf einem Stand draußen im Hafen gekauft und David erinnerte sich, wie sie um den Preis feilschte. Es kostete nur etwa einen Dollar umgerechnet und David dachte daran, was es wohl für einen Sinn ergab, Minuten um ein Tuch zu feilschen, um fünfzig Cent zu sparen. In Frankreich, dort wo sie zu Hause waren, nicht weit von Montpellier entfernt, da würde Mama niemals um den Preis auf einem Markt verhandeln.

Selbst dann nicht, wenn der Marktverkäufer für eine Sonnenblume oder ein Lavendelsäckchen, an dem sie so gerne roch, zehn Euro verlangte. Sie würde es einfach in ihren Korb aus Weidenruten packen, sich durch die Haare streichen und für sich denken, »Was kostet die Welt.« Sie würde mit allem so verfahren und denken, die Leute würden vermuten, sie wäre arm, wenn sie den Preis nicht bezahlen wollte, der auf schwarzen Schiefertafeln mit Kreide angeschrieben, stündlich geändert wurde. Je nach Tageszeit, wie an der Tankstelle im Ort. David wusste nicht, warum er gerade jetzt daran dachte. Aber Mama hat sich verändert, seitdem sie hier waren und das waren jetzt schon Wochen.

In Frankreich hatten seine Eltern eine Arbeit. Sie unterrichteten beide an derselben Schule. An der Schule, die auch David besuchte. Sie hatten sich schon beim Studium kennengelernt. Mama sagte, Papa hatte viele Freundinnen und sie lachte dabei. »Aber warum hat er dich geheiratet?«, fragte David einmal. Da lachte sie noch mehr und sagte, »Ich habe ihn geheiratet.« Für David war das dasselbe. Mama fand es lustig und jetzt wo sie alle im Schein einer Hafenlaterne unter Deck in der Jacht eines für die Größe des Ozeans winzigen Schiffes saßen, dachte David daran.

An seinen ersten Tag in der Schule, die er schon lange vorher kannte. Sie war so ganz anders wie hier. Der Kindergarten stand an demselben Platz wie die Schule. Es gab ein Stadium mit einer Rennbahn, eine Schwimmhalle und von früh bis abends verbrachte er die Zeit auf dem Gelände. Das war praktisch, meinten seine Eltern, aber auch alles etwas vorgegeben, ja fast vorbestimmt, wie David schon sehr bald feststellte. Nachdem er alle Annehmlichkeiten der Schule erforscht hatte, hielt es ihn nicht lange innerhalb der Mauern und Zäune. Er sprang mit seinem Freund nicht nur einmal über die Zäune und war verschwunden. Manchmal mehrere Stunden. Dann entdeckten sie die Stadt, den Kanal und den Fluss, an dem die Neubauhäuser in wenigen Jahren entstanden waren. Diesen Entdeckergeist hatte er wohl von seinem Vater in seine DNA gepflanzt bekommen. Es bereitete ihm Mühe, nachdem er wieder in die Schule zurückkehrte, dem Unterricht zu folgen.

Er dachte an das Dach eines Kleinbusses, das sein Freund und er von einem Autowrack abgesägt hatten, umdrehten und mit improvisierten Paddeln auf dem Kanal wie ein Floß verwendeten. Sie verloren es irgendwann an einem Wehr. Wenn David und sein Freund neben diesen winzigen Wasserfällen auf der kleinen Holzbrücke standen, sahen sie die Spitze des Autodaches ein paar Zentimeter aus dem Wasser ragen. Sie schauten sich dann an, klopften sich auf die Schulter und der eine sagte zum anderen. »Mann Alter.«

Da war David gerade neun Jahre alt. David grinste, saß auf dem Boot mitten im Ozean zwischen Indien, China und Indonesien und auch ihn holten mit seinen zwölf Jahren schon Erinnerungen ein. »Ich werde meinem Freund eine Postkarte schreiben. Ob sie wohl früher zu Hause sein wird wie ich?«, dachte David.

Die drei saßen auf ihrem Boot. Ihr ganzes Leben steckte in diesem Boot und es war jetzt ihr zu Hause. Egal an welchem Ort sie waren und wohin sie noch reisen würden, es war der einzige Ort, den sie so etwas wie ihr zu Hause nennen konnten. David wusste nicht, wer die Reise mehr wollte, seine Mutter oder sein Vater. Es war ja nicht nur die Reise. »Wir nehmen eine Auszeit. Wir können wieder arbeiten, später, dafür ist noch genug Zeit.«, sagte Mama. Aber was hatten sie hier vor? Auf der Hälfte der Strecke einmal um die Welt, immer in Richtung Westen, mit dem Wind treibend? David war in diesem Moment froh wenigstens auf einer Jacht zu sein, die kein Loch hatte und schaukelnd im Hafenbecken lag. Wenn seine Eltern nicht so mutig gewesen wären, dann hätte er diese schöne Insel und Aju nie kennengelernt. Davids Vater ging wieder auf Deck. Obwohl sie endlose Zeit gemeinsam auf der Jacht verbrachten, war dieser Moment doch anders. Sie waren wie immer zu dritt. Doch David fühlte sich diesmal in der Mitte als Teil der winzigsten Familie, die er sich vorstellen konnte, und so fühlte er, es war diesmal nicht abhängig davon, was er tat oder was die Erwartungen seiner Eltern waren. Sie waren ihm nicht böse, wegen der Ereignisse heute.

Im Gegensatz zu David hatte Aju eine riesige Familie. Oma Helde, ihre Geschwister und die vielen Kinder. Daran dachte der Junge. Es war immer Bewegung im Haus und auf dem Steg. Nicht so wie in Frankreich. Da fand das Leben nur vom Frühling bis zum Herbst, draußen statt. Die Häuser hatten raumhohe, große Fenster. Selbst im Winter erhellte die Wintersonne bis vier Uhr nachmittags das Haus. Heute schaute er in das Haus am Steg, in das er Aju nach den Strapazen sicher zurückgebracht hatte.

Er wollte instinktiv nie das Haus betreten. Aju hatte ihn nicht hereingebeten und es war dunkel darin. Seine Augen konnten sich, wenn er aus der gleißenden Sonne unter das Vordach des Hauses trat, nicht so schnell an die Dunkelheit der Räume gewöhnen. Gestern war es schon fast dunkel, als sie das Haus erreichten, und er erkannte einen Tisch und einen Stuhl und Bilder an der Wand und ein Kreuz über der Tür. Er dachte an Aju, an ihre langen Haare und ihr Lachen und den hellen Schrei, mit dem sie von dem Felsen am Meer abgesprungen war. Für einen Moment kniff er seine Hände zusammen, in Erwartung der Bilder die daraufhin vor seinem geistigen Auge wohl als Nächstes erschienen. Aber das Bild war weg. Aju fiel in das Wasser direkt vor ihm. Sie schwammen gemeinsam um die Bucht, schauten sich Fische an, lachten und ließen sich vom salzigen Wasser tragen.

Am nächsten Morgen wachte Aju im Haus von Oma Helde auf. Es war fast alles wie immer. Nur das es draußen schon hell war. Reger Verkehr herrschte auf dem Steg. Aju schaute auf, sie lag im Wohnzimmer auf dem Boden, eingewickelt in eine muffige und etwas feuchte Decke. Die orangenfarbene Katze lag auf ihrem Knie und neben ihr die drei kleinen Katzenbabys. Sie hatten ihre Augen nach vier Wochen geöffnet und rieben sich gegenseitig die Köpfe. Es musste schon nach sieben Uhr an diesem Morgen sein. Warmes gelbes Licht strömte über den Innenhof in das Wohnzimmer und hinterließ einen langen Schatten auf den Holzdielen. Winzige Fliegen krabbelten aus den Ritzen zwischen den Dielen. Die dicke Katze sah keine Veranlassung, ihre Babys zu beschützen. Sie waren fast sechs Wochen alt und Onkel Henky stellte für den Nachwuchs keine Gefahr mehr da. Aju wusste, dass wenn Onkel Henky die Katzenbabys früher gefunden hätte, er sie vermutlich in die Regentonne geworfen hätte. »Was sollen wir mit den ganzen Katzen, schon wieder drei mehr.«, hatte er einmal gesagt und dann war er mit den Babys verschwunden.

Die Katze hatte das nicht vergessen und Aju auch nicht. Deswegen hatte die Katze auch niemanden auf den Dachboden gelassen. Sie wollte einfach ihre Kinder beschützen. Nun saß sie stolz auf den Stufen zum Garten, ließ die Sonne auf ihr Fell scheinen und beobachtete ihren Nachwuchs, der nach Ajus Zehen jagte. Aju hatte Hunger. »Wo ist Oma Helde, wo Onkel Henky?«, fragte sich Aju. Sie lief durch die Küche in den kleinen Raum hinter dem Vorhang mit der Wassertonne und zog ihre muffig riechende Kleidung aus. Sie schöpfte sich lange das weiche Wasser aus der Tonne über ihre Haare und ihren Körper. In dem winzigen Spiegel betrachtete sie ihr Gesicht. Sie berührte den blutigen Grind an ihrer Schläfe. »Habe ich wirklich so ein Mondgesicht, wie Oma Helde immer sagt?« Sie betrachtete ihre langen Arme und Beine, die irgendwie nicht zum Rest ihrer Erscheinung passten in diesem Moment.

Dann suchte sie auf dem Dachboden ein Kleid von Oma Helde aus einem der Pappkartons, die in der Feuchtigkeit der Luft zerbröselten. Sie zog es an, aber es war ihr zu groß. »In zwei Jahren kann ich es bestimmt tragen.«, dachte Aju. Sie suchte nach ihrer Schuluniform. Ein Gefühl von endlos zur Verfügung stehender Zeit beschlich sie. Sonst stand sie lange vor Sonnenaufgang auf. Wenn sie den Hafen erreichte, kam die Sonne gerade hinter dem Hügel hervor und zu diesem Zeitpunkt war sie meist schon zwei bis drei Stunden unterwegs. Die Gäste, die von den Schiffen kamen und ihr dann in die Augen schauten, wussten nicht, dass sie schon Stunden des Tages hinter sich hatte.

Heute hatte sie nichts zu tun, außer zur Schule zu gehen und heute war sie spät dran. Langsam hatte ihr Körper sich darauf eingestellt, etwas länger zu schlafen und jetzt erinnerte sich Aju auch daran, warum sie sich immer noch so schwer fühlte.

Wie die dünnen weißen Wurzeln, die Aju sah, wenn sie die roten Blumen von einem Kübel in einen Größeren pflanzte, so spürte sie, wie ihre Gedanken sich in vorher ihr unbekanntes Gebiet ausdehnten. In jede Richtung wuchsen, aber auch Halt suchten.

Sie nahm dann die rote Blume mit dem schwarzen Erdklumpen daran, steckte sie in einen neuen Topf und nach einer Woche schauten die feinen Wurzeln wieder aus den Löchern am Boden heraus. Es war wie mit den Gedanken von Aju. Gestern hatte sie ein Erlebnis und heute wanderten ihre Gedanken weiter, suchten nach der nächsten Herausforderung, nach dem Loch im Topf. Aber so ist das Leben, Aju war ein Diamant.»Sehr hart, aber eben ein Diamant und die sind nur schwer zu schleifen.«, sagte Oma Helde einmal.

Aju zog ihre Schuluniform an. Sie war noch neu und nur wenige Male getragen. Oma Helde wusch sie jeden Tag mit den Uniformen von Mila und Raja zusammen. Das rote Käppi, die rote Bluse und den weißen Rock, schwarze und weiße Kniestrümpfe. Nur die Sandalen passten nicht zur Uniform. Aju passte beim Laufen auf, nicht zwischen den Zehen an einem Ast hängenzubleiben oder an einem Palmenblatt einer Kokosnusspalme. Die waren stachlig und man konnte sich leicht verletzen.»Später, wenn ich zu den großen Kindern komme, habe ich eine blaue Uniform und danach wieder eine Rote. Das ist noch eine lange Zeit, wenn ich bis dahin nicht verheiratet werde.« Aju gingen schon so viele Dinge durch den Kopf an diesem Morgen. Sie packte ihre Bücher in den Rucksack und machte sich auf den Weg zur Schule. Sie spazierte zum Hafen, vorbei an Onkel Henkys Stand zur Jacht von Davids Eltern.

Jetzt auf diesem sicheren Weg hatte ihr Geist Zeit, die Erlebnisse von gestern zu sortieren. Ihr ein Zeichen zu geben, ihre Erinnerung anzuregen. Sie begann sich zu erinnern, an den gestrigen Tag, kein Tag wie jeder andere. Wie schön er begann. Wie sie mit David durch den Wald auf den Hügel wanderte. Wie sie auf dem Felsen standen und auf ein Schiff am Horizont schauten und David sie küsste. Es zauberte ihr ein Lächeln auf das Gesicht und sie konnte noch Davids raue Lippen auf ihren Wangen spüren. Dann schaute sie auf das Wasser und auf David, der im Wasser schwamm und mit den Armen winkte. Sie erinnerte sich an den langen freien Fall durch die Luft. Dass der Wind um ihre Füße strich und die Erde sie immer schneller anzog. »Warum geht es so schnell? Ich werde es nochmal probieren.«, waren ihre letzten Gedanken, an die sie sich erinnerte.

Während sie den Hafen schlendernd erreichte, hatte sie das Bild Davids vor ihren Augen. Er beugte sich über sie und schrie etwas. Zumindest erkannte sie seine Stimme. Ein Stein oder etwas anderes Schweres fiel auf ihre Brust. Aber sie sah nicht, was es war. Ihre Augen ließen sich nicht öffnen, in diesem Moment, gestern am kleinen Strand in der Bucht. Dann gab die Kraft, die ihre Augenlider zuhielt nach und sie erblickte David hinter einem weißlichen Schleier. Sie lachte und dann schlief sie wieder ein. Auf dem breiten Kai zum winzigen Jachthafen der Insel laufend, schloss Aju ihre Augen. Sie kannte hier jeden Meter, ja Zentimeter, und stützte sich mit ihrer linken Hand an der warmen Kaimauer ab und lief in Richtung der Hafenspitze.

»Aju, du bist ja da. Ich wollte gerade los. Meine Mutter wollte zu eurem Haus und sich nach dir erkundigen.«, sagte David und nahm ihre linke Hand. David sah müde aus und seine blonden Locken waren heute wie Stroh und fast weiß. David wollte und konnte an diesem Morgen nicht so viel sprechen. Wenn Aju in ihrer spontanen Art einen Schritt schneller davon hüpfte, musterte er sie kurz von der Seite. Sie war so schön, mit ihrem Gesicht wie ein Mondkuchen. Mit den schwarzen Haaren und der Nase wie eine Hundeschnauze so platt. Ihre Haut war braun wie Cappuccino und später einmal würde er Aju heiraten, kam ihm dabei in den Sinn. Von alledem würde er natürlich nichts zu Aju sagen, noch nicht. Davids Mutter, ihr Name war Anna, winkte von weitem, bevor die beiden hinter der Ecke des Hotels verschwanden und auf den Fahnenmast der Schule zusteuerten.

In der Schule warteten die Kinder auf dem Pausenhof. Die Glocke erklang und die beiden Mädchen, die David gestern geholfen hatten Aju nach Hause zu tragen, kamen auf die beiden zu. »Hallo Aju, schön dass es dir gut geht. Gestern sahst du gar nicht gut aus. Dir scheint es ja besser zu gehen. Mir tun heute noch die Arme weh.«, sagte das eine Mädchen mit fast genauso schwarzen Haaren und demselben Mondgesicht wie Aju. »Es tut mir leid.«, sagte Aju, ohne genau zu wissen, worüber gesprochen wurde. »Meine Strümpfe sind außerdem kaputt. In dem Wald bin ich überall hängengeblieben wegen dir.« Aju sagte wieder, »Es tut mir leid.« »Ich heiße übrigens Julia und das nächste Mal gehen wir gleich zusammen zum Felsen. Wir sind eigentlich immer da und ihr könnt gerne mitkommen. Man kann da nicht einfach überall hineinspringen, Aju.«, sprach das Mädchen. Sie hatte kräftige Arme und ihre Uniform spannte etwas. Dafür waren ihre Augen warm und sie musterte Aju auch nicht von oben bis unten, so wie die anderen Kinder sie anschauten. David bedankte sich höflich bei Julia. Sie lief in ihr Zimmer und der Tag begann von Neuem in diesen winzigen Klassenzimmern mit riesigen Ventilatoren an der Decke, die, als die Lehrerin den Schalter umlegte, ovale Kreise beschrieben und umher taumelten.

Anna verließ die Jacht. David war hinter der ockerfarbenen Wand des Hotels zusammen mit Aju verschwunden. Nun hatte sie Zeit für sich und ihren Mann. Aller Komfort, den sie zu Hause unweit von Montpellier hatten, war hier verschwunden und sie vermisste ihn auch nicht. Sie betrat den Steg vom kleinen Beiboot aus, auf dem sie nun selbst im Hafenbecken, welches gänzlich ohne Schiffe oder Boote zusehends verwaiste, umherfuhr. Alle Schiffe, die bei ihrer Ankunft so zahlreich vorhanden waren, waren verschwunden. Die Menschen unterhielten sich genau wie zuvor, kauften und tauschten ihre Waren wie vorher auch. Es war wie die Nebensaison in Frankreich, die im November begann und bis Ostern dauerte. Anna und ihr Mann wollten einige Monate hierbleiben. Beide fanden den Platz ideal und David hatte eine Freundin gefunden und Anna sah ihm an, dass er glücklich war.

Anna beobachtete David und sein Körper streckte sich in den letzten Monaten gewaltig. Er hatte einen Wachstumsschub und es war gut für ihn, hier auf festem Boden auf der Insel zu sein. Mit ausreichend Nahrung, all dem Angebot an Früchten und Gemüse und nicht nur Fisch und Konserven, wie auf der langen Reise, die sie hinter sich hatten. Das war das Geringste, was sie ihrem Sohn geben konnte, das hatte sie mit ihrem Mann ausgemacht und sie hatten keine Eile nach Hause zu kommen. Sie wollten noch so viele Inseln und Orte besichtigen, aber die Reise war anstrengend, viel anstrengender als zunächst erwartet.

Annas Haut war von der Sonne schon gegerbt wie altes Leder. Unter ihren Armen traten lange Sehnen hervor. Ihr Körper bestand nur aus Muskeln und Haut. Monatelang auf hoher See, abwechselnd schlafen und am Steuer sitzen, das kostete Kraft. Das Hantieren mit dem schweren Segel, der Kraft des Windes, mit ihren langen Armen die richtige Richtung gebend, waren die Muskeln lang und dünn, wie die eines Marathonläufers. Auch sie wusste die Zeit auf der Insel nun zu genießen. Sie zurrte das Boot an der Kaimauer auf der untersten Stufe fest und packte ein paar leere Flaschen in ihre Umhängetasche. Sie suchte den Weg am Hotel vorbei zu Ajus Haus.

Auf dem kurzen Weg dorthin bog sie falsch ab. Auf dem Schiff erkannte sie jede Veränderung der See oder des Himmels sofort. In welche Richtung der Wind das Boot trieb oder die Strömung arbeitete. Welche Wolken am Himmel entlangzogen. Ob es stürmen würde oder nur ein Gewitter über einer nicht weit entfernten Insel sich entfaltete. Sie spürte selbst das weit entfernte Wetter, welches hunderte Kilometer vor ihr die Dünung erzeugte, auf dem die kleine Jacht zwischen den Tälern und Bergen aus Wasser balancierte.

Ihre Augen waren in die Ferne gerichtet. Ein simpler Steg mit Bohlen aus dunklem Holz und breiten Ritzen, durch die man auf das Wasser schauen konnte, war sonst nicht ihr täglicher Anblick. Sie benötigte Zeit, um sich soweit fallen und einlassen zu können, in die Augen der Ständebesitzer links und rechts zu schauen. Um zu sich selbst zu sagen, ich habe alle Zeit der Welt, mir alles anzuschauen. An jedem Stand zu verweilen und mich mit jeder Frau zu unterhalten, woher sie kommt, wohin sie geht, wie lange sie bleibt. Anna nahm Früchte in die Hand, die so unnatürlich wie wunderbar aussahen. Drachenfrüchte, riesige Bananen, Mangos, Papayas, Früchte, die schienen wie orange-rote Igelbabys.

Dazwischen die Fischverkäufer, die als Erstes wieder verschwunden waren, wenn aller Fisch verkauft war. Anna wollte eine Erinnerung, ein Andenken mitbringen. Sie suchte nach einem Magneten für ihren Kühlschrank, bis ihr einfiel, dass sie gar keinen Kühlschrank mehr hatte. »So etwas haben wir auf der Insel nicht. Was soll das sein?«, fragte ein Opa mit silbernem Schnauzbart. Er bot ihr einen Kamm zum Kauf an und verhandelte mit Anna über den Preis. Als ob schon feststand, dass Anna einen Kamm kaufte und es nur noch darum ging. Anna dachte an all die unnützen Dinge, für die sie in ihrem Leben in Frankreich gearbeitet hatte. An das Haus, die Reisen mit dem Schiff, die Kurse an der Yogaschule. Alles worauf sie sich bislang gefreut hatte und unbedingt noch erleben wollte.

Sie nahm zwei Mangos und eine Papaya, handelte einen kleinen Preis aus und lief auf den Stegen hoch und runter, bis sie das Haus von Oma Helde gefunden hatte.

»Sie müssen Davids Mutter sein?«, fragte Oma Helde, die mit zwei Nachbarn vor Onkel Henkys Schaufenster mit den Bildern von gut frisierten Männern stand. »Das ist wohl nicht schwer zu erraten.«, sagte Davids Mutter und faltete die Hände kurz vor ihrer Brust zusammen. So hatte sie es hier bei vielen gesehen und es war eine anerkannte Form der Begrüßung hier. Im Hintergrund war das Donnerrollen eines Gewitters zu hören. »Wie geht es Aju. David hat mir erzählt, was gestern passiert ist und ist es wahr, dass es ihr schon besser geht heute? Sie sind ja beide in der Schule?«

Oma Helde nickte mehrmals. »Ist Aju in das Wasser gefallen? Sie kann nicht schwimmen. Nur etwas tauchen hat sie von Onkel Gio gelernt, der sie zum Fischen mit auf das Wasser genommen hatte.«, sagte Ajus Oma und schaute fragend zu Anna.

»Sie sind vom Felsen in die Bucht gesprungen. Ich weiß nicht von wo genau. Aber es muss sehr hoch gewesen sein und Aju hat sich wohl an einem Stein verletzt, der unter Wasser lag und sie muss wohl ohnmächtig gewesen sein.« »Das kommt bei Kindern vor und bei Aju erst recht. Sie ist sehr lebhaft und etwas eigenwillig, verstehen sie was ich meine?« Oma Helde nickte immer noch und Anna wusste nicht recht warum. Sollte es noch die Bestätigung ihrer Mitteilung gewesen sein, dass es Aju gut geht, oder ob sie ihre eigenen Aussagen hinsichtlich Aju, sich selbst gegenüber bestätigen wollte?

Anna konnte dazu nichts sagen, nur das Aju und David sich sehr gut verstanden und fast alle Zeit, die neben Schule noch blieb, gemeinsam verbrachten. Oma Helde schien an den Ausführungen von Davids Mutter nicht sonderlich interessiert. Nicht dass sie keinen Anteil an dem Geschehen nahm, nein so war es nicht. Sie wirkte einfach etwas fahrig, fasste sich in ihre Haare und schaute umher.

Ihre Nachbarn liefen den Steg weiter entlang in Richtung des kleinen Cafés. Jetzt fühlte sie sich etwas befreiter und redete weniger förmlich. »Ajus Mutter lebt nicht mehr. Wir hatten uns gestritten und dann ist sie mit einem anderen Mann auf die Fähre im Hafen. Sie ist nie wieder zurückgekommen. Zum Glück haben mir meine Eltern das Gold aus ihrem Geschäft hinterlassen. Davon kann ich Aju unterstützen.«

Sie erzählte ihre Geschichte und die Geschichte ihrer Eltern. Oma Heldes Mutter hatte einen Laden mit Goldschmuck auf dem Festland. Den hatte sie verkauft, als sie auf die Insel gezogen waren, der Heimat Opas. Dann war Opa, Oma Heldes Mann verschwunden. Mit einer jungen Frau und hatte Oma hier zurückgelassen. Sie hatte das Beste daraus gemacht und blieb hier. Wohin sollte sie auch sonst gehen, zurück in die Stadt? Das wäre eine große Schande für sie und sie hatte ja noch ihre Geschwister hier, Onkel Henky und Onkel Gio. »Irgendwann, wenn Onkel Gio einen großen Fang auf See macht, verlasse ich diese Insel und kaufe mir ein Haus in der Stadt, irgendwo auf dem Festland.«, sagte Oma Helde und Davids Mutter hörte zu und träumte von ihren Wünschen der vergangenen Jahre.

Aju kam am Nachmittag aus der Schule. Sie hatte neue Freunde gefunden. Nach Wochen war für sie nun der Besuch der Schule wie selbstverständlich. Vergessen war das schwere Gewicht der Eisblöcke auf ihrem Rücken. Oma Helde sagte, »Onkel Gio will morgen Abend zur Schildkröteninsel mit dem Boot. Wenn Du willst, kannst du mitfahren und David auch. Ich habe mit seiner Mutter gesprochen. Sie hat nichts dagegen.« Aju kicherte nun, immer wenn sie aus der Schule kam und wenn Oma Helde sich erkundigte, wie es ihr ging, lachte sie in sich hinein. Das Leben hatte eine gute Wendung für sie genommen und es war nicht so, dass das auf der Insel selbstverständlich war. »Kann Emmi auch mitkommen? Ich habe sie solange nicht gesehen.« Aju kamen die Worte so spontan über die Lippen, noch bevor sie sich daran erinnerte, dass wohl etwas Schlimmes passiert sein musste mit Emmi, denn sie hatte sie seit dem Abend, an dem nach ihr gesucht wurde, nicht mehr gesehen.

»Deine Freundin Emmi wird nicht mehr wiederkommen. Ich habe mit dem Pfarrer gesprochen. Sie haben nach ihr gesucht. Ihr Vater dachte, vielleicht ist sie aus Versehen auf die Fähre gegangen und in der Stadt angekommen. Aber auf dem Schiff war sie nicht. Wir denken, dass sie ertrunken ist. Es tut mir sehr leid Aju.«, erklärte Oma Helde und nahm Aju in den Arm. Aju brauchte eine Weile, um das Gesagte zu verstehen. Sie wiederholte Oma Heldes Worte und antwortete dann laut, »Das glaub ich nicht. Wo soll sie denn jetzt sein? Warum hat sie niemand gefunden?«

»Niemand weiß, was passiert ist Aju. Irgendwo da draußen hat sie ihre Ruhe gefunden, Gott hab ihrer selig.« An diesem Abend war es das erste Mal, dass Aju richtig weinte. Sie war Schmerz gewohnt und hatte ihn zumeist am eigenen Leib erfahren. Aber niemals kamen ihr die Tränen. Doch heute, als sie an Emmi denken musste und der Gedanke überhandnahm, dass sie nie wieder etwas mit Emmi gemeinsam unternehmen konnte, das machte sie sehr traurig.

Sie war traurig, weil sie nicht wusste, ob Emmi wirklich ihre Ruhe gefunden hatte, draußen zwischen den hohen Wellen in der schwarzen See oder ob sie nicht unter einem der Stege im Morast des schmutzigen Wassers lag, das sich mit Einsetzen der Ebbe zurückgezogen hatte. Oder ob es für sie, nur einmal mehr, zur Gewissheit wurde, dass sie wieder ein Mensch verlassen hatte. Dass sie wieder allein war und dass sie daran nichts ändern konnte.

Bei den Schildkröten

Onkel Gio betrat das Haus. »Bruder, heute fahren wir hinaus zu den Schildkröten. Kommst du mit?«, fragte er Onkel Henky, der einem Kunden die Haare schnitt. Onkel Henky sprühte aus einer Plastikflasche Wasser auf die wenigen Haare des Mannes auf dem Stuhl vor ihm. »Ein neuer Kunde?«, fragte Oma Helde Henky. »Den habe ich hier noch nie gesehen.«, sagte Helde. Gewöhnlich folgte auf so eine Frage, hier auf der kleinen Insel, ein langes Interview des Gastes. Woher er kommt, wohin er reist, woher seine Familie stammt und dann wurde der gemeinsame Stammbaum erörtert, der spätestens nach vier Generationen zu denselben Verwandten führen musste, sofern derjenige schon einmal seine Füße vorher auf die Insel gesetzt hatte.

Heute hatte Onkel Gio kein Interesse daran, den Kunden von Onkel Henky auszufragen. Er hatte eine Liste im Kopf angelegt und flüsterte vor sich hin. Lief durch das Haus, hoch auf den Dachboden, stieß etwas, was aus Blech war, um und die Katzen kamen die Holzstiege heruntergesprungen. Er suchte alte muffige Decken zusammen, einen Seesack aus olivgrünem Segeltuch und diverse Dosen aus rostigem Metall, einen Spirituskocher und Teelichter aus verbeultem Aluminium. »Aju, du kannst mir helfen, alles in das Boot zu tragen. Wir müssen zum Hafen.«

Hinter Onkel Gio herlaufend, mit ihrem Rucksack aus altem gebrauchtem Segeltuch, stolperte sie über den Steg. Auf der Insel wurde nichts weggeschmissen. Aus einem alten zerrissenen Segel ließ sich prima ein Rucksack herstellen sowie Decken und sogar Hosen zum Schutz, um draußen, sobald das Boot die schützende Bucht verlassen hatte, von den Wellen nicht vollkommen durchnässt zu werden. »Schade, dass Emmi nicht mitkommen kann.« Aju dachte an ihre Freundin. Onkel Gio holte schwarze Schwimmwesten aus einem Schrank aus

Holz, der am Hafen vor seinem Boot stand. Ein kleines, messingfarbenes Schloss war davor angebracht. Er sprach noch immer zu sich selbst, legte die noch nassen Seile in Schlangenlinien hinten in das Boot mit weißen und roten Streifen, die sich in feinen Linien vom Bug bis zum Heck zogen.

Alles roch nach Meer, das Boot nach Diesel und Fisch. Unzählige Tonnen von Hummern, Krabben und Fischen wurden mit dem Boot gefangen und Onkel Gio wusste, was er jeden zweiten Tag in seinem Leben tat. Von Kindheit an gab es für ihn keine andere Beschäftigung. Am Nachmittag hinaus auf die See, die Netze auslegen. Am nächsten Tag den Fisch, der sich in den Netzen verfangen hatte und die Strömung darin hielt, aus dem Wasser ziehen. Mit der Harpune jagen und auf den Boden tauchen und mit Steinen, um den Körper gebunden, schnell den Meeresgrund erreichen zu können.

Onkel Gio hatte heute Geburtstag, er erinnerte sich an seine Jugend und die Geburtstagsfeiern auf der Schildkröteninsel. Viele Erinnerungen hatte er daran. Die wichtigste war für ihn, wie schnell die Zeit vergangen war und dass von seinen Freunden niemand mehr da war, mit denen er diesmal auf die Insel fahren konnte. Er hatte niemandem von seinem Geburtstag erzählt. Selbst sein Bruder hatte den besonderen Tag vergessen. Auf der Insel spielte es auch nicht wirklich eine Rolle. Das Geburtsdatum eines jeden Einwohners war schnell vergessen und Papiere oder Ausweise brauchte man hier nicht, für was auch.

Für gewöhnlich lief irgendwann ein Familienmitglied zum Bürgermeister, der ein großes Buch herausholte und den Namen der Neuankömmlinge und die Namen der Eltern niederschrieb. Meist trug er den ersten Januar oder ein anderes, leicht zu merkendes Datum ein. So war das hier mitten auf dem Ozean. Onkel Gio wusste das, aber Oma Helde hatte ihm erzählt, dass er an einem Tag im Herbst geboren wurde. Das war weit entfernt vom Januar und er wusste, dass die Schildkröten an diesem Tag ankamen. An dem Tag, an dem er geboren wurde. Daran erinnerte er sich und an die vielen Besuche auf der Insel dort draußen am blauen Horizont.

Aju half beim Verstauen der Ladung. »Wie lange bleiben wir auf der Insel? Wo fahren wir hin?«, fragte Aju. Heute mochte sie keine Überraschung und wenn Onkel Gio sagen würde, es dauert eine Woche, dann würde sie hierbleiben, bei Oma Helde. »Es dauert nicht lange, zwei oder drei Stunden, du kannst die Insel fast von hier aussehen.« Aju hüpfte über den Steg, rannte zu der Kaimauer und sah David auf der Jacht seiner Eltern stehen. Sie winkte herüber zu David und rief ihm entgegen, »Wir fahren zu den Schildkröten über Nacht. Kommst du mit?«

In der späten Sonne des Nachmittages löste Onkel Gio das Tau des Fischerbootes von den Kaimauern. Die Stufen, die vom Kai hinunter zum Wasser führten und wie der Aufgang zu einer Tribüne eines Theaters dort standen, wurden zusehends kleiner. Das Wasser war am Nachmittag spiegelglatt. Der Wind drehte sich und wehte nun leicht vom Land in Richtung der offenen See. Der Hauch der See blies den Geruch des Schiffes nach Fisch, und vom Diesel getränkten Holz hinweg. Aju atmete die salzige Luft und die Möwen begannen sich ihrer Fahrt anzuschließen, wohl in der Hoffnung Onkel Gio überließ ihnen einen Teil des nicht benötigten Fanges.

Onkel Gio war allein mit den Kindern, visierte die Insel an, die hinter der Bucht wie ein Punkt am Horizont erschien und richtete das Ende des Bootes auf das gelbe Hotel im Hafen aus. Rundgewaschene Felsen türmten sich am Eingang der Bucht links und rechts auf. Hier arbeitete das Meer unaufhaltsam an dem winzigen Refugium in seiner Mitte. Die Zeit, die zusammengenommen alle Einwohner dagegen auf dieser Insel mit all den Generationen vorher verbrachten, seitdem sie vom Festland hierher gespült wurden, musste dagegen den Steinen wie ein Wimpernschlag vorkommen. Sie lagen da seit Millionen von Jahren und hatten die meiste Zeit wohl nur Fische, Himmel, das Wasser und Schildkröten gesehen. »Die Zeit, in der die Menschen diesen Platz bevölkerten, vielleicht haben die Steine es bislang gar nicht bemerkt und wenn die Menschen diesen Platz wieder verlassen haben werden, werden sie es auch nicht.«, dachte Onkel Gio. Als sie die Bucht verließen, legte Gio den Gashebel des Diesels nach vorn und das Fischerboot hob sich aus dem

Wasser. In den Wellen des offenen Ozeans, die von allen Seiten kreuz und quer das Boot trafen, tanzte das Schiff.

Je weiter sie sich von der Insel und dem geschützten Hafen entfernten, umso unruhiger wurde die See. Gio war mit all seinen Fahrkünsten gefordert und er beobachtete die Wellen rings um das Boot. Aju und David rutschten von der Bank in der Mitte auf den Boden des Bootes. Zu gefährlich war es draußen. Eine hohe Welle und sie wären über Bord gespült. Sie suchten Schutz unter der Sitzbank vor dem salzigen Wasser, das über das Boot spritzte. Bei der nächsten Welle hob sich das Boot soweit aus dem Wasser, dass der Motor in der Luft laut aufheulte. »Das ist das Meer, Aju.«, sagte Onkel Gio lachend.

Der Kahn steuerte durch den Ozean. Die Insel, von der Gio und die beiden Kinder gestartet waren, erschien kleiner und kleiner am Horizont. Der Himmel und das Meer verschmolzen und aus dem tiefblauen Ozean gesellten sich Delphine um das Boot. Gios Barke mit dem klapprigen Dieselmotor, der bei voller Fahrt am Heck hin und her wackelte, war für die wendigen Fische keine Herausforderung. »Schau David, wir haben Begleiter, Delphine.«, sagte Aju. »David weiß, was ein Delphin ist, er segelt mit einer Jacht über den Ozean. Er hat bestimmt schon mehr als einen Delphin gesehen, stimmts?« Onkel Gio klopfte David auf die Schultern. Aju rückte neben David auf die Bank vor dem lauten Motor. Das salzige Wasser war auf der Haut zu spüren. Onkel Gio taumelte über das Deck und spannte das Sonnendach aus Segeltuch über einigen Stangen aus Aluminium. David steuerte das Boot.

»Halte einfach auf die Insel zu.«, sagte er zu David und zeigte auf einen grauen Punkt am Horizont.

Der graue Punkt, der über dem Bug des kleinen Schiffes stand, wurde immer größer und größer. Der dunkle Ozean färbte sich grün und hellblau. Das tiefe Meer hatte das Wasserfahrzeug wieder in flachere Gefilde gespült. Gio ließ den Motor verschnaufen. Langsam fuhr er über unzählige Korallenriffe, die minütlich ihre Farbe änderten. Das Wasser war so klar, dass sich der Himmel darin spiegelte. Eine eigene Welt offenbarte sich. Die Wasseroberfläche war wie die Scheibe zu einem unbegrenzt großen Aquarium. Aju und David beugten sich über die Reling und schauten auf das Wasser. »Hier war noch nie ein Fremder, David. Das ist ein geheimer Platz und wenn die Schildkröten bemerken, dass wir hier sind, dann kommen sie für eine Weile nicht mehr. Sie sind sehr vorsichtig.« David entdeckte keine Schildkröten. Er sah Millionen von Fischen, die wie auf der Kreuzung in einer riesigen Stadt in Schwärmen in verschiedene Richtungen unterwegs waren. Als ob sie einem ganz bestimmten Auftrag folgten. »Wo schwimmen sie hin?«, fragte David Onkel Gio.

»Die Frage ist eher, vor was schwimmen sie davon?«, sagte Gio mit rauer Stimme.

»Irgendein Fisch hat immer Hunger, verstehst du?«

Aju beobachtete die Fische. Sie lag auf ihrer Blümchendecke, die sie auf die Bretter gelegt hatte und die den Bug des Bootes zusammenhielten. Ihre Beine blieben nicht ruhig. »Warst du schon einmal in einer Ausstellung?«, fragte Aju Onkel Gio. »Mit Bildern. Gibt es auf der Insel ein Museum?« Onkel Gio überlegte kurz und zupfte sich am Ohr. »Die Lehrerin hat gesagt, dass wir später einmal mit der Fähre auf das Festland fahren und dann ein Museum besuchen.«, erzählte Aju weiter. »Bestimmt, ich war noch nie in einem Museum. Das hier ist das einzige Museum, das ich jemals besucht habe.« Er breitete die Arme vor sich aus und zeigte auf die Korallenriffe, die sich so weit erstreckten wie die Augen von Aju und David sehen konnten.

»Aber hier sind ja gar keine Besucher.«, sagte David, der vorher unbeteiligt am Gespräch den Delphinen bei ihren Sprüngen zugeschaut hatte und die jetzt im flachen Wasser verschwunden waren. »In Frankreich haben wir viele Museen und dort ist es meistens voll, also am Wochenende, wenn ich mit meinen Eltern in der Schlange an der Kasse stand.« David verzog sein Gesicht und es machte den Anschein, dass ein Museumsbesuch nicht das war, was er sich so schnell wieder wünschte. »Das ist hier wie ein Museum Onkel Gio. Man kann alles beobachten und die Fische haben gar keine Angst.« Aju war beeindruckt von der Farbenpracht und der Lebendigkeit unter Wasser. Dagegen war ihre

Insel grau und langweilig. »Wer hat die Fische gemacht? Wer hat sich die Farben ausgedacht und die Formen?«, dachte Aju und ein blauer Fisch mit silbernen Schuppen, die in der Sonne schillerten, berührte Ajus Zeigefinger, den sie in das stille Wasser hielt.

Onkel Gio manövrierte das weiß-rote Boot aus Holz, welches schon seinem Vater gehörte, durch die Riffe. Sie hörten Stimmen über das Meer kommen. Dann sahen sie zwei Männer in langen, schmalen Kanus. Sie kamen auf sie zu. An der einen Seite hatten die Kanus Ausleger, damit sie in der Dünung nicht umkippten. Die beiden Männer hatten nur ein Tuch um ihre Hüften gebunden, welches bis über die Knie reichte. Ihre Haut war fast schwarz, von der Sonne gebräunt und ihre Gesichter waren mit roter Farbe bemalt. Gio stoppte das Boot über einem der Riffe. Ein kleiner Wimpel, ein weißes Stoffdreieck, steckte an einer Rute in dem Riff, und auf dem Riff war eine Öse aus glänzendem Stahl angebracht. Aju konnte das schillernde Stück Metall unter der Oberfläche erkennen. Onkel Gio machte das Boot daran fest. Es drehte sich in den Wind und zog am Seil. »Die Männer mögen keine Fremden, also benehmt euch und starrt sie nicht an.« Aju wurde es unheimlich. Die Männer hatten sich rote Farbe in einem Streifen über die Augen gemalt. Sie unterhielten sich in einer fremden Sprache und waren doch nur eine kurze Reise mit dem Boot von Ajus Insel entfernt.

Aju wurde schnell klar, mit den kleinen Kanus, die sie besaßen, konnten die Männer den Ozean nicht überwinden. Bestimmt waren sie noch nie von diesem Fleck weggekommen, so wie Aju noch nie ihrer Insel entkommen konnte. Aber wo lebten sie hier? Aju konnte nur Korallenriffe sehen und die Spitze einer kleinen Insel nicht weit entfernt. »Nehmt eure ganzen Dinge mit. Wir fahren mit den Männern weiter. Das Wasser ist flach und die Schildkröten und die Männer mögen keine Boote an ihrem Platz. Das verschreckt sie und dann kommen sie für eine Weile nicht mehr auf die Insel.«

Aju und David fanden Spaß an dem, was Onkel Gio sagte. Es war auf eine Art geheimnisvoll. Hier, mitten auf dem Ozean, gab es ja nichts, was sich vor Aju und David verstecken ließ. Deshalb wussten sie, dass

Gio sie nur unter Kontrolle halten wollte und keinen neuen Unfall mit Aju oder sogar David riskieren wollte, indem sie sich in einem unbeobachteten Augenblick entschieden, auf ein Riff zu hüpfen oder andere verrückte Dinge taten.

Aju und David waren die letzten Tage zu realistisch in Erinnerung und an diesem Tag suchten sie immer die Nähe zu Onkel Gio und wichen ihm nicht von der Seite. Die beiden Männer, die Davids weiße Haut betrachteten, mit ihren derben Blicken, taten ihr Übriges. Lautlos glitten die beiden Kanus durch das Wasser. Sie steuerten die Insel an. Steine, so wie auf Ajus Insel, ragten aus dem Wasser, je näher sie dem Land kamen. Eine starke Strömung spülte die Kanus schließlich an Land. Die Männer zogen die Holzkanus über den Sand und drehten sie auf den Rücken. Aju konnte den Strand entlang schauen. Jetzt erst bemerkte sie die Länge der Insel.

Sie war schmal, aber um ein Mehrfaches länger. Wie ein Handtuch, wie ein Wellenbrecher mitten im Ozean, lag sie dort vor Ajus Augen. Eine Art Brücke in das Nichts. Sie spürte den Wind, wie er nun die Insel direkt traf. Hier mitten im Meer, unweit ihrer Insel, lag ein anderes Paradies. Wie viele davon gab es noch? Bunte, schillernd grüne und blaue Papageien flogen zwischen den Palmen am Strand umher. Woher kamen sie? Unter ihnen lagen Kokosnüsse, aus denen zarte junge Triebe entwuchsen. Die Insel schien auf dem Meer zu schweben. Ringsherum war das Meer tiefblau, fast schwarz und hier, wie eine Lampe im endlosen Ozean, war alles durchflutet von Licht. Aufgebaut auf Pfeilern aus Korallenriffen, die das Leben über Wasser erst ermöglichten. Nur ein paar Meter über dem Meeresspiegel, so wunderschön und gleichzeitig so filigran und verletzlich erschien dieser Platz sofort. Alle spürten einen gewissen Respekt vor dem Leben, die Kinder, Onkel Gio und erst recht die beiden Männer in ihren Tüchern um den Leib. Sie waren die Wächter der Insel, wie die schwarzen Figuren vor den Pyramiden in Ägypten und die beiden Buddhas vor dem Hotel auf ihrer Insel. Onkel Gios Boot schaukelte draußen an einem der Riffe in der Dünung. »Hier bleiben wir und morgen früh fahren wir wieder zurück.«, sagte er und holte sein langes Messer aus einem der Kanus. Mit einem kurzen Stück Seil um die Hände und Füße gelegt, kletterte er eine sich im Wind wiegende Palme hinauf. Er hackte ein paar Kokosnüsse, die schon leicht gelb waren, aus der Krone ab, und warf sie in den Sand.

Onkel Gio hatte einige Kleinigkeiten für die beiden Männer mitgebracht. Feuerzeuge aus gelbem Plastik und ein Messer, zwei Becher und wenige Geldscheine und eine Laterne mit Kerze, so wie sie auch auf Davids Jacht zu finden war. Onkel Gio kam öfter hier her. Mindestens alle zwei Monate. Seine Frau stammte von einer der winzigen Inseln hier und wie sie den Weg zu Ajus Insel gefunden hatte, das konnte sich das Mädchen überhaupt nicht erklären. Gio erzählte den beiden, dass es nur eine Familie auf der Insel gab und die Eltern von Gios Frau die Insel noch nie verlassen hatten. Nur einmal vorher, vor langer Zeit, waren Fremde auf der Insel und hatten im Dorf übernachtet. Als sie wieder abreisten, bekamen einige der Kinder Fieber und Schnupfen und eines der Babys starb. Sie beschlossen, niemanden mehr auf die Insel zu lassen, zumindest nicht in das Dorf, welches strenggenommen kein richtiges Dorf war, sondern nur aus zwei Hütten mit einem Dach aus Bananenblättern bestand. Das einzige Stück, was von einer Art Zivilisation zeugte, war ein schwarzer Plastiktank, in dem Regenwasser aufbewahrt wurde und den Gio vor langer Zeit von der Insel mitgebracht hatte.

Gio und die Kinder saßen im Schatten der Palmen. Mit der breiten Klinge seines Messers schlug er Kerben in die Kokosnüsse und öffnete sie. Sie tranken das süße, milchige Wasser der Früchte und schauten auf den Ozean. Kein Schiff, kein Frachter, nichts war auf dem Meer zu sehen, der Himmel war klar und der Mond war schon zu sehen und wartete auf die Ablösung, um die Nacht zu übernehmen.

Aus dem Palmendickicht kamen zwei Frauen näher. Sie hatten gerade einmal Ajus Größe. Sie zupften an ihren Haaren und denen Davids. Onkel Gio sprach in einer unbekannten Sprache mit den beiden. Die Sonne wechselte die Farbe und berührte den Horizont. Der Himmel färbte sich purpur. Aju beobachtete die Sonne, die wie ein Stein in das Wasser fiel. Nach wenigen Minuten war die Insel nur noch grau. Die

Papageien sprachen weniger miteinander und hinter den Sträuchern begannen kleine Äffchen, die die Mittagssonne noch gemieden hatten, jetzt den Strand nach Treibgut abzusuchen. Onkel Gio breitete die mitgebrachten Decken aus und war noch dabei, ein Kopfkissen aus Sand unter Ajus Decke mit seinen Händen in den Sand zu drücken, da schaute der erste Panzer einer gewaltigen Schildkröte vorsichtig aus dem Wasser. Sie reckte ihren Kopf in die Höhe und öffnete wie in Zeitlupe ihren Mund. »Schau Aju, sie muss über einhundert Jahre alt sein. Ich habe sie schon hier auf die Insel kommen sehen, als ich so alt war wie du. Es ist Emma. Schau, siehst du das weiße Viereck auf ihrem Panzer, daran kannst du sie erkennen.«

Die Schildkröte war größer als Aju. Sie mühte sich aus dem Wasser, durch welches sie so schwerelos glitt. Aber an Land sah Aju ihr die Strapazen an, die sie hatte, um nur die wenigen Meter über den Strand bis zur Dünung zu laufen. Sie wartete neben David und Aju und ihr Panzer bewegte sich unter ihrem Atem, sie drehte den Kopf zur Seite und an der Düne, dem Übergang vom Strand zum Dickicht des Palmenwaldes hinter ihnen, blieb sie stehen. Sie grub ein Loch in den Sand. Mit ihrem Körper schob sie immer wieder nachrutschenden, feuchten Sand zur Seite. Aju und David standen daneben und beobachteten Emma, die keine Angst vor den Kindern hatte.

Es war ihr egal, was um sie herum passierte. Es war wie ein großer Auftrag, dem sie folgte. Eine Art Gedächtnis der Natur, denn Schildkröten hatte Aju noch nie sprechen gehört und von wem sollten sie wissen, dass sie immer wieder hierherkommen sollten? Onkel Gio kannte die Schildkröte schon seit einer Ewigkeit und wahrscheinlich auch die Mutter von Onkel Gio, wenn sie sich für Schildkröten interessierte. Aju konnte sich nicht erklären, wie die Tiere diesen Ort fanden und immer wieder hierher zurückkamen. Das Meer war so riesig, so weit und tief.

An jedem schönen Ort konnte man verweilen und nie mehr zurückkommen und es gab so viele davon und Emma konnte unter Wasser alles betrachten. Sie konnte die Luft viel länger anhalten als Aju. Emma wühlte sich durch den Sand und Aju meinte sogar ein Schnauben der

Schildkröte zu hören. »Was sie wohl schon alles gesehen hatte und wo sie schon überall gewesen sein muss?«, fragte sich Aju. Dann legte die große fette Schildkröte in die Kuhle, die sie mit ihrem Panzer freigeschoben hatte weiße Eier, so groß wie Tischtennisbälle, hinein, eins um das andere, drückte den Sand wieder über die empfindliche Brut und kroch zurück zum Wasser. Bevor sie das Wasser erreichte, machte sie Rast, als ob sie auf etwas wartete. Sie drehte ihren Kopf zu Onkel Gio und blinzelte ihn an.

Der Mond war hinter dem Ende der Insel zu sehen. Eine volle Scheibe in leuchtendem Orange. Mit der Flut kamen immer mehr Schildkröten aus dem Wasser. Einige so groß wie Emma, und sie kamen zu Hunderten. Sie bewegten sich in ihrem Tempo, manchmal kreuzten sich ihre Bahnen und sie robbten über eine andere Schildkröte hinweg. Alle in Richtung des ansteigenden Strandes. Sie buddelten Löcher und legten Eier hinein. Manche wirkten wie die Begleitung eines Freundes und folgten einander. Nach einer Stunde wohl war der ganze Strand, soweit Aju in der Dunkelheit sah, mit dem Mond als Lampe, von Schildkrötenpanzern bedeckt.

Die grün-braune Farbe der Panzer und die perlmuttfarbenen Ränder spiegelten sich im Licht des Mondes. »Es sind mehr Schildkröten hier, als eure Insel Bewohner hat.«, sagte David. Er lachte und hüpfte ein paar Meter im Kreis. Bis fast an die geblümte Decke kamen die neugierigen Tiere heran. »Wie kommen wir hier wieder weg?«, dachten sich Aju und David, denn alles um sie herum war voller Schildkröten.

Onkel Gio beeindruckte das Geschehen sehr. Wie beim ersten Mal, als er noch ein Kind war. Er konnte sich in dem Moment gut vorstellen, wie Aju und David sich jetzt fühlten, bei diesem Schauspiel. Sicher, er kannte, als er so alt wie Aju war, nur diese Insel. Sie hatten keinen Strom, kein Licht und ein Schiff hatte er vorher noch nie gesehen. Das hatte Aju schon, und sie wuchs in einer richtigen Stadt auf, mit einer Straße und einer Schule und einem richtigen, wenn auch kleinen Hafen.

Die zwei Frauen liefen zwischen den Schildkröten spazieren. Eine der Frauen sammelte ein paar Eier aus einer Kuhle ein und Aju meinte zu erkennen, dass der Schildkröte, die die Eier kurz zuvor abgelegt hatte, eine Träne aus dem Auge tropfte. Aju schaute sie lange an und verfolgte ihre Spur im Sand, bis sie in das dunkle Meer verschwand. So schnell wie das Spektakel anfing, so schnell war alles wieder vorbei. Wie auf ein geheimes Kommando, einige so schien es mit letzten Kräften, schleppten sich die Tiere zurück in das Meer. Sie krochen dem Ozean entgegen. Über dem Strand hörte Aju die Schreie von Möwen, die die Schildkröten noch bis in das Wasser verfolgten. Dann herrschte Ruhe.

Der Strand war durchfurcht und aufgewühlt und erst die nächste Flut oder eine große Welle verwischten die Spuren des Besuches am Strand der einsamen Insel. In einem metallenen Gefäß kochten die Frauen ein paar der Schildkröteneier und David und Aju probierten davon. Aju wusste, dass ihr die Fische und die Krabben, die Onkel Gio sonst mitbrachte, weitaus bekömmlicher waren, aber es war ja das erste Mal, dass sie diese Art von Essen probierte. Sie verzog das Gesicht, dachte an die Schildkröte mit dem weinenden Auge und trank das Wasser einer halben Kokosnuss mit einem Zug. Aus dem orangenen Mond wurde eine gelbe Scheibe, die die Sterne, die über den Himmel zogen, verblassen ließ.

»Warum kommen die Schildkröten zu dieser Insel und nicht zu uns?«, fragte Aju Onkel Gio. »Sie sind sehr scheu und wahrscheinlich kommen sie schon seit tausenden von Jahren hierher. Die Insel gefällt ihnen eben besser und sie können ihre Eier im Sand vergraben.«, sagte Gio. »Sand haben wir ja auch auf unserer Insel, aber Onkel Gio hat recht, auf unserer Insel würde Onkel Henky oder Onkel Gio bestimmt alle Eier einsammeln und essen.«, dachte Aju. David und Aju wanderten die Dünung auf und ab. Ihre Pupillen wurden in der Nacht größer und größer, wie die von grauen Katzen beim Jagen. »Lauft nicht so weit weg und bleibt in der Nähe.«, sagte Gio, rollte sich in eine der Decken ein und schnarchte eine Minute später. Hier auf der Insel konnte er ganz unbekümmert sein, hier gab es keine Felsen, keinen Wasserfall und keine Tiere, die größer als ein kleiner Affe waren.

Die Nacht war kurz und es wurde Sonnabend. Es war keine Schule heute. Keine Geräusche waren zu vernehmen, nichts. Kein Klingen von Metallösen an einem Segel oder das Schlagen eines Schiffsruders in der See. Aju öffnete die Augen. David und Onkel Gio lagen im Sand und schliefen. Sie vernahm nichts von all den Geräuschen, die sie sonst gewohnt war zu hören. Sie waren noch immer auf der Schildkröteninsel. Das Meer wirkte noch riesiger als auf ihrer Insel. Ein Streifen weißer Gischt, nicht weit vom Strand entfernt, füllte den ganzen Horizont. Die Wellen rannten in kurzen Abständen gegen die Insel an. Am Horizont war ein orangener Frachter zu erkennen, der weit aus dem Wasser ragte und irgendwohin mit leerem Bauch auf der Suche nach Ladung war.

Die warmen Strahlen der Sonne, die sich aus dem Meer erhob, ließ aus dem feuchten Sand eine Nebelwolke aufsteigen. Für ein paar Minuten schwebte ein kleiner Regenbogen über Aju. Der Schatten der Palmen, unter denen sie lagen, wurde schnell kürzer. Onkel Gio wachte auf. Er schlug einige Kokosnüsse vom Baum und gab sie den Kindern. »Ihr müsst viel trinken. Hier gibt es keine Klimaanlage.« Aju wusste das, denn selbst in Onkel Gios Haus gab es keine Klimaanlage und wenn die Sonne auf das Dach aus gewelltem Blech schien, knisterte es. Sie tranken jeder von ihnen das Wasser einer Kokosnuss und bereiteten das Kanu für die Heimfahrt vor. Die schmalen Boote lagen auf den Rücken gewendet am Strand und die Männer, die so groß wie Aju waren, packten allerlei Dinge wieder hinein. Am Ende verteilten sie sich auf die Boote und steuerten Onkel Gios Fischerboot an, welches draußen an einem der Riffe ruhig im Wasser lag. Sie erreichten das Boot nach wenigen Minuten und Gio sprang in das klare Wasser. Die Fische um ihn herum schien es nicht zu stören und Aju und David folgten ihm. Er tauchte zu dem schillernden Ring auf dem Riff und löste die Leine, an der das Boot befestigt war. Keine der Schildkröten, die die Nacht zuvor in so großer Zahl an den Strand kamen, war mehr zu sehen. Sie waren schon wieder in den Weiten des Ozeans unterwegs.

Aus dem Riff lösten sich Millionen von winzigen, hellroten Punkten, die durch das Wasser schwebten. Korallen, soweit das Auge reichte, wiegten sich unter Wasser in der Bewegung des Ozeans. Onkel Gio sprang auf sein Boot, ließ den Dieselmotor an, winkte zur Insel und den beiden Männern, die nach vorne gebeugt in ihren Kanus saßen und drehte das Boot mit dem Ruder zurück in Richtung der Heimat. Sie fuhren einmal um die Insel herum, so als ob Onkel Gio schauen wollte, ob sie noch vollständig vorhanden war. »Dort haben sie gewohnt, die Eltern meiner Frau.« Er zeigte auf die beiden Hütten am Ende der Insel. In weniger als zehn Minuten umrundeten sie das Stück Sand und Gio steuerte den Punkt am Horizont an. Zurück über das dunkelblaue Meer in den Hafen der kleinen Stadt.

Die Fischer

Als David schon fast die Jacht seiner Eltern im Hafen erkannte und das Wasser im Schutze der Insel ruhiger wurde, kam ihnen ein Boot entgegen. Es schob eine Welle vor sich her, war grau, wie die Häuser am Hafen, und die Motoren waren schon von weitem zu hören. Eine Sirene ertönte mehrmals und Gio drehte den Fischerkahn etwas zur Seite. Das Schiff passierte Onkel Gios Boot. Aju und David konnten die beiden Männer an Deck sehen. Es waren die gleichen Männer, die man mit gefesselten Händen vor ein paar Tagen vom Schiff geführt hatte. Die Männer, so sagte die Lehrerin in der Schule, die den Fisch gestohlen hatten. Vier Matrosen in Uniformen standen breitbeinig mit Gewehren auf dem Schiff und die Männer saßen auf dem Boden. Immer noch, oder schon wieder, mit auf dem Rücken zusammengebundenen Händen. Am Ende des Schiffes hing an einem langen Seil ein Fischerboot. Es war nicht viel größer wie das von Onkel Gio.

Die Scheiben der Kombüse an Deck waren eingeschlagen. Überhaupt war das Boot in einem üblen Zustand. Brandspuren und Flecken von schwarzem Rauch waren an der Seite zu sehen. Die Matrosen schauten zu Onkel Gio hinüber und grüßten ihn. Sie legten ihre Hand zum Gruß an die Stirn und zogen zum Schein, wie die Ritter vor fünfhundert Jahren, die sich zum Duell trafen, das Visier nach oben, um sich gegenseitig Respekt zu zollen. Onkel Gio erwiderte den Gruß. »Lass uns eine Weile hierbleiben.«, sagte Gio und stellte den knatternden Dieselmotor ab.

Die Bugwelle des Marineschiffes erfasste das Boot, auf dem Aju und David hin- und herschaukelten. Dahinter folgte das festgebundene Fischerboot der Männer, die Tage zuvor noch Strohhüte trugen und nun mit nacktem Oberkörper an Deck in der Sonne schmorten. Das Schiff zog an ihnen vorbei und gab Gas. Das Boot Onkel Gios schaukelte wie eine Nussschale im Ozean und mit den Augen folgte der Onkel dem Schiff, wendete das Boot und folgte langsam dem Konvoi, bis hinter die nächste Bucht. »Sie werden das Boot versenken, damit sie nicht wiederkommen. Es ist schade darum, schließlich ist es ein Boot und ich wäre froh, so eines zu besitzen, aber das haben wir nicht zu bestimmen.«, seufzte Gio. In gehörigem Abstand beobachteten die Kinder und der Mann das Treiben, nicht weit vom Hafen der Stadt entfernt.

Die Männer zogen das Boot, welches dem Untergang geweiht war, zu sich heran. Einer von ihnen goss aus einem Kanister Flüssigkeit auf das Boot. Zwei Matrosen zündeten Fackeln an, die in blauer und gelber Farbe in hohem Bogen auf dem Deck des Fischerbootes landeten. In Sekunden stand der Kahn in Flammen. Die Arbeit vermutlich eines Jahres, um dieses Boot zu bauen, wurde in Minuten zu Nichte gemacht. Die Matrosen ließen das Seil in das Wasser gleiten und der Abstand zwischen dem Schiff und dem brennenden Kahn wurde größer. Sie schossen mit ihren Gewehren in die Luft und jubelten. Die Fischdiebe schauten nur auf den Boden des Bootes, dessen unansehnliches Schauspiel sie beobachteten.

Hinter einer Wand aus Feuer sahen Aju und David, wie das Oberdeck des Bootes in sich zusammenstürzte. Niederstürzende Balken versprühten brennende Funken, wie ein Feuerwerk. Ein Holzstück verschwand zischend und dampfend in einer Welle. Dann folgte ein zweites. Die Holzbalken, die aus Bäumen gefertigt wurden, die Jahrzehnte alt waren, barsten mit einem lauten Knall. Sie lösten sich im Nichts auf. Der Mast klappte mit lautem Gedröhn um und schlug auf den Rest des Bootes auf. Der Schriftzug des Kahnes mit seinem Namen, den Aju nicht erkannte, schmorte in Blasen und die Farbe tropfte am Bug über die letzte weiße Bohle, die sichtbar war. Sie schauten gespannt auf das Boot. Obwohl Onkel Gio Abstand hielt, spürte Aju die Wärme des Feuers in ihrem Gesicht. Es war noch heißer als die Sonne, die bereit war, den Rest des Tages senkrecht über ihren Köpfen zu verbringen.

Grölende Männerstimmen waren zu hören. Das Holz knisterte, dampfte und brannte vor sich hin. Weißer Rauch stieg in einer schmalen

Wolke über dem Schiff auf und wehte in Richtung des Hafens, fast hinüber bis zu den offenstehenden Fenstern des Hotels, die im leichten Seewind klapperten. »Es ist kein Kokospalmenholz, dann wäre der Rauch schwarz. Zumindest das Holz haben sie uns nicht gestohlen.«, sagte Onkel Gio. Aju fiel die Art auf, wie der Onkel redete. Wenn er mit den anderen Männern an der Kaimauer des Hafens stand, redete er manchmal auch so. Er sagte eben solche Dinge, die die anderen sagten. Nicht, dass er eine andere Meinung hatte, aber es schien so, als ob er nicht immer einverstanden war mit dem, was die Fischerkollegen so von sich gaben. Trotzdem wiederholte er seine Worte immer wieder. So, als ob er zu sich selbst sagen wollte, »Wenn ich es nur oft genug wiederhole, werde ich schon daran glauben.«

Auf die Insel, von der seine Frau stammte und auf die meisten anderen Inseln hier, kam bis vor wenigen Jahren nie jemand auf solch großen Schiffen und erzählte den Einheimischen, bis zu welchem Gebiet sie fischen durften. »Der Fisch gehört uns allen, er ist eine Gabe Gottes. Es ist für uns alle genug da.«, sagte sein Vater einmal. Diesen Männern, den Matrosen von dem schnellen Schiff, mit Gewehren darauf, gehörte er mit Sicherheit nicht, auch wenn sie vorgaben, uns beschützen zu wollen. Onkel Gios Gesicht wurde etwas ernster. Aju erinnerte sich daran, wie Onkel Gio es gut fand die Fischer zu bestrafen, aber jetzt, als er das brennende Boot sah, wandte er sich ab. »Ob das alles so richtig ist?« Onkel Gio wendete das Boot, das Bild vor Augen was wohl als Nächstes passierte, wollte er David und Aju nicht zumuten.

Als Onkel Gios Fischerboot sich erneut in Richtung des Hafenbeckens drehte und die Kinder auf der hinteren Bank ihren Platz gefunden hatten, gab es einen lauten Knall. Sie wendeten ihren Blick und drehten sich zu dem Schiff. Der letzte Rest vom Diesel in den Tanks explodierte und riss ein Loch in den Rumpf. Der Rest von einem Schiff, welches nun an ein brennendes Floss erinnerte, legte sich mit einem Knarren auf die Seite. Die Luft strömte durch das Loch in Blasen hinaus und das Wasser hinein. Das Boot wollte sich seinem Schicksal nicht ergeben. Es erhob sich mit seinem Bug aus dem Wasser. Dann verharrte es für einen

Moment. Die Männer schossen mit ihren Gewehren in die Luft. So schnell wie die Eisblöcke die Rampe aus Holz von der Eisfabrik hinunter auf den Hof rutschten, so schnell verschwand das Fischerboot im Meer. Es gluckerte einige Male, das Wasser wurde kurz hellgrün und schlug dann über dem Boot zusammen. Nur eine Wolke aus weißem Rauch stand noch über dem Meer, dort wo das Schiff auf den Meeresboden hinab tauchte.

David stand mit erstauntem Blick am Bug von Onkel Gios Boot. »Ich hoffe, das passiert nicht einmal mit unserem Boot. Wir wollen noch nach Hause.«, sagte er in den Himmel. Aju schaute ihn an. »Hast du ein schönes zu Hause, David? So wie wir hier auf der Insel?«, fragte Aju. »Es ist viel größer. Auch unser Ort ist etwas größer, aber nicht viel. Aber wir haben ein Auto gehabt und jetzt steht es in Omas Garage. Wenn wir wieder zurück sind, und das werden wir ja irgendeinmal wieder sein, dann holt es Mama ab.«

Aju merkte, dass David die Insel, auf der Aju schon ihr ganzes Leben verbrachte und David nun schon einige Wochen, liebte. Nicht zuletzt wegen Aju. Aber sie merkte auch, dass wenn David über seine Heimat in Frankreich sprach, ihm ein Lächeln über das Gesicht huschte. Er sich an seine Zeit erinnerte, ohne Ozean und schaukelnden Brettern unter den Füßen. Der Tag war etwas sehr Besonderes, für beide. Aju dachte auf der Rückfahrt darüber nach, was die Zukunft für sie noch bereithielt. Ob sie David einmal heiraten würde? Ob sie ein Fischer würde, so wie Onkel Gio, oder Hähnchen verkaufen würde wie Onkel Henky, oder nur täglich das Geld zählen würde, wie Oma Helde und ihrem mit einer jüngeren Frau verschwundenen Ehemann hinterhertrauern würde? Oder ob sie überhaupt das nächste Jahr erleben würde und nicht wie Emmi Tod im Meer trieb?

Sie fühlte sich fest verbunden mit diesem Platz im Ozean. Mit dem Steg, den Korallenriffen und den Fischen, die sie vom Haus oder dem Boot aus anschauen konnte. Die so schön in allen Farben glänzten und die gleichzeitig wie ein unendlicher Vorrat an Nahrung vorhanden waren.

Die Fische schwammen umher, sie waren frei, aber Gio sagte, »Sie verlassen das Riff erst, wenn sie größer sind und die großen Fische ihnen nicht mehr gefährlich werden.« Diese Angst hatte Aju nicht. Von einem Fisch verschlungen zu werden. Aber sie hatte vor nicht einmal zwölf Stunden die riesigen Schildkröten gesehen, von denen man einigen davon das Alter ansah. Sie hatten sehr viel Erfahrung und waren wohl weit herumgekommen und sie hatten, so sagte Onkel Gio, tausende Kilometer zurückgelegt. Sie waren Reisende auf den Ozeanen und reisen wollte Aju später einmal auch. Auf jeden Fall wollte sie von der Insel weg, so schön sie auch war, so langweilig würde sie ihr werden, das wusste sie schon jetzt.

Sie achtete sehr, was Onkel Gio und Henky und Oma taten, schließlich teilten sie sich die Verantwortung für Aju. Aber niemand von ihnen hatte eine Schule besucht, jedenfalls nicht länger als zwei oder drei Jahre, und das wollte Aju anders machen. Zu Omas Zeiten gab es hier keine Schule. Aber dass Oma Helde Aju nach ein paar Tagen in der Schule fragte, was auf dem Zettel, den sie ihr zusteckte, stand und den Zettel anschließend ihr gleich wieder entzog, gab ihr zu denken. Oma Helde wusste auch nicht alles, sie tat nur so.

Als Aju sich an diesem Tag von David verabschiedete, war ihr bewusst, dass David die Insel wieder verlassen würde. Mit seinen Eltern zusammen. Wofür hatten sie sonst diese schöne Jacht. Er vermisste seine Heimat, das fühlte sie. Ihm gefiel die Zeit mit Aju, aber seine Gedanken waren manchmal woanders und auf Ajus Frage auf dem Boot antwortete er zu schnell, fand Aju, als dass er wirklich die Antwort tief aus seinem Gedächtnis hervorholte. Es war Sonnabendnachmittag und Aju saß eine Weile an der Hafenmauer. Sah zu, wie Onkel Gio wie jeden Tag das Boot für den nächsten Ausflug vorbereitete und wie Davids Mama Anna ihren Sohn nach einer Nacht auf einer fremden Insel in den Arm nahm, um ihn zu begrüßen.

Der Rauch des untergegangenen Bootes wehte in die Stadt. Es war Abend und nun drehte der Wind und ein kühler Hauch strömte die Berge hinab und rollte die Wolke aus Qualm zurück auf das Meer. Das Mädchen lief den Steg des Hauses entlang. Die mit Algen bewachsenen Pfeiler, auf denen das Haus stand, schrubbte ein Mann mit einer Bürste ab. Als Aju das Wohnzimmer betrat, saß Oma Helde an ihrem flachen Tisch aus dunklem, mahagonifarbigem Holz auf dem Boden. Ein Schmetterling ließ sich Wasser, das aus den Blättern der Pflanzen im Innenhof entwich, auf die Flügel tropfen. Bei jedem Tropfen, der seine Flügel berührte, schüttelte er sich und faltete sich einmal auf und zu. Oma Helde zählte ihre Tageseinnahmen aus dem Verkauf des Stromes. Die Eisfabrik gehörte ihr und dazu auch die Generatoren, die den Strom produzierten. Das verhalf ihr zu einigermaßen Wohlstand auf der Insel.

Sie war auf keinen Fall arm. Aber reich war sie auch nicht. Sie hatte ein gutes Auskommen und immer genug zu Essen und Kleidung um sich und ihre Brüder und auch Aju und die anderen, die gelegentlich kamen wenn es ihnen schlecht ging, zu unterstützen. Schwer konnte sie nein sagen, wenn jemand aus der Verwandtschaft oder einfach nur Nachbarn einen Wunsch äußerten, oder Hilfe benötigten.

Schon Oma Heldes Mutter hatte ein Goldgeschäft, dort wo sie herkamen. Vom Festland, von dem sie geflohen waren, als man anfing sie zu verfolgen, wegen ihres Aussehens, ihrer Sprache und ihrer Kultur. Mit kleinen Booten, so wie sie Onkel Gio heute immer noch fuhr, wagten sie das Risiko. Sie packten ihre wenigen Habseligkeiten in weiße Säcke und Koffer aus Bast und Pappe, so wie sie die Europäer benutzten, und begaben sich auf die Suche nach einer neuen Heimat.

Am Anfang der Reise lief der Motor, bis der Diesel aufgebraucht war. Dann ruderten die Männer weiter und wenn sie die eigene Grenzpatrouille nicht an der Weiterfahrt hinderte und sie das offene Meer erreichten, dann hissten sie ihre Segel und steuerten Richtung Süden. Sie wollten nur weg aus dem Land, wo sie wegen ihres Aussehens niemals eine Chance hatten auf ein Leben ohne Angst. Am Anfang stürmte die See und viele Boote erreichten nie mehr einen Hafen. Eine Unzahl von Holzplanken von Booten aller Größe lag schon auf dem Boden des Meeres, bevor sie die Straße von Malakka erreichten. Nicht nur die Kähne aus Holz lagen dort, auch die Erinnerungen, die in Koffern verpackt mitgenommen wurden. Medaillons mit Bildern von Kindern und Eltern. Haushaltswaren, Messer, Gold und Schmuck.

Wenn sie die Wirbelstürme der See überstanden hatten, niemand über Bord gefallen war oder verdurstete und noch jemand bei klarem Verstand war, um das Ruder hart an den Wind zu halten, dann sahen sie nach wochenlanger Reise Inseln. Wenn die Inseln felsig waren und flach, dann gab es meist auch kein Wasser und somit keine Lebensbedingung zum Bleiben für die Menschen. Diese Inseln waren wie eine Falle. Viele Boote zerschellten in der Brandung, schlugen auf die Felsen auf und die Haie drehten Kreise um den Rest der berstenden Boote. Die Natur hatte es schon so eingerichtet, dass sie auf jeder Insel, auf der es Süßwasser gab, auch Leben entstehen ließ. Die anderen Inseln waren unbrauchbar. Das erfuhren die Menschen vom Festland meist zu spät, denn die wenigsten hatten Erfahrung, was das Leben inmitten von Wasser bedeutete.

Der wunderbare, paradiesische Anblick dieser Inseln entpuppte sich als tödliche Falle. Wenn es gut ausging, kehrten sie um und setzten ihre Reise fort bis zur nächsten Insel. Gewitterwolken zwischen den Inseln, aus denen riesige, kalte Regentropfen fielen, spendeten Trinkwasser für einige Tage. Die Tage wurden wärmer, die Nächte auch. Sie erreichten fast den Äquator und der Wind wehte nur noch am Tage. Beim Versuch, die nächste Insel zu betreten, wurden sie von den Einheimischen meist unfreundlich begrüßt. Dennoch gaben sie ihnen Früchte und Werkzeug zum Angeln im Austausch mit ihren letzten Habseligkeiten.

Nach meist einer Woche verließen sie die Inseln wieder. Ausgesetzt auf dem Meer, begaben sie sich weiter auf die Suche nach einer neuen Heimat. Einem Platz, an dem sie bleiben konnten, von dem sie niemand fortjagte und an dem sie für sich selbst sorgen konnten, mit der Kraft ihrer eigenen Hände. So landeten sie irgendwann, als sie schon fast nichts mehr besaßen, an dem Archipel. Zwischen dem Indischen und Pazifischen Ozean. Es gab einen kleinen Hafen und die Menschen waren sehr gastfreundlich, nicht so wie auf den Inseln zuvor. Auch sahen einige der Bewohner den Reisenden ähnlich. Sie mussten wohl vor noch längerer Zeit angekommen sein. Anfangs bewegten sich die Bootsinsassen mit eingezogenen Köpfen zwischen ihren Schultern unsicher an Land hin und her. Niemand machte Anstalten, sie wieder zu vertreiben und es gab niemanden, der im Namen der Ureinwohner versuchte zu sprechen, um ihre Insel vermeintlich vor etwas beschützen zu wollen, und sie von hier verwies.

Wie die Schnecke einige Zeit benötigt, um aus ihrem Haus herauszuschauen, dauerte es eine Weile, bis die Menschen aus den Booten anfingen, über so etwas wie eine neue Heimat nachzudenken. Sie waren müde von der anstrengenden Reise und sie waren angekommen, egal wo. So waren sie bereit, alles zu akzeptieren, auch einen Platz, der ringsherum von Wasser umschlossen war. So wählten sie für ihr zukünftiges Leben eine dieser Inseln aus.

Die Frauen, die die Strapazen überlebten, waren zäh. Sie hielten sich aus den Rivalitäten der Männer heraus und versuchten, ihre Habseligkeiten zu retten. So wie Oma Heldes Mutter ihr Gold rettete, welches sie bis auf die kleine Insel brachte. Es war ihr Startkapital für ihr neues Leben hier. Es verschaffte ihr etwas Respekt und Unabhängigkeit und sie heuerte einige Einheimische an, die die Eisfabrik aus dem Nichts aufbauten. Aju konnte sich kaum noch an die Uroma erinnern. Nur ganz schwach. Sie saß im gemauerten Haus, meist im halbdunklen Foyer, neben breiten, handgemalten Ölgemälden von Szenen mit Bauern, Männern und Frauen, die auf einem riesigen Feld goldgelben Weizen ernteten.

Aju erinnerte sich, mehr auf das farbenfrohe Bild geschaut zu haben als auf Uroma. Sie saß in einem Schaukelstuhl, die Hände auf den Schoß gefaltet und ruhte in sich. Manchmal strich sie Aju durch die Haare und sagte, »Du bist ein schönes Mädchen.« Als Uroma starb, führte Oma Helde das Geschäft weiter. Jetzt war es das Einzige, was Oma Helde geblieben war.

Nun saß Oma Helde auf dem Boden in ihrem Haus. Alles, was sie hier umgab, hatte ihre Familie selbst aufgebaut. Sie ärgerte sich, manchmal vielleicht zu viel von ihrem Mann gefordert zu haben. Er kam von der Nachbarinsel und hier, nur wenige Meter entfernt am Hafen hatten sie sich kennengelernt, so wie Aju David an der gleichen Stelle kennengelernt hatte. Sie verliebten sich ineinander und es war eine der wenigen Ehen, die nicht arrangiert war, in dieser Zeit und an diesem Ort. Oma Heldes Mann hatte Muskeln, die so fest waren wie der Körper der kleinen schmalen Haie, die sich manchmal in den Fischernetzen verfingen. Er baute, was Oma Helde wollte, mit seinen Händen aus dem Holz der Insel und wenn das nicht reichte, besorgte er das Material mit einem der Schiffe vom Festland. Bis zu dem Tag, an dem er verschwand. Die Menschen auf der Insel hatten davor keinen Zeitplan, sie lebten, aber nicht so wie Oma Helde es von Kind an gewohnt war, mit strengen Regeln. Egal, was sie hier auf der Insel taten, es hatte doch so wenig Einfluss auf ihr Leben im Allgemeinen, dachten sie wohl. Die Natur stellte die Bedingungen ihres Zusammenlebens auf. Oma Helde war das manchmal zu wenig. Sie brachte ihre Vorstellungen aus einer anderen Kultur mit. Sie konnte sich damals nicht vorstellen, dass ihr Mann gar nicht wusste, von was sie überhaupt sprach. Vertrauen hatte er in sie, er spürte, sie war um einiges schlauer.

Heldes neuer Anfang

Oma Helde an ihrem Tisch sinnierte darüber, ob sie ihrem Mann damals zu viel abverlangte, ob es einfach zu viel für ihn war, ihrem Drang nach Perfektion und ihrer nie endenden Kreativität zu folgen.

Sie machte sich den Vorwurf, mit ihrer Neugier auf das Leben ihren Mann überfordert zu haben und so dachte sie, er war zu feige, ihr das zu sagen. Stattdessen lief er mit einer anderen Frau einfach weg. Auf eines der Schiffe und war verschwunden. Sie schwankte, ob sie ihm verzeihen sollte und ihn einfach in Erinnerung behalten sollte, so wie es zu ihren schönsten Zeiten gewesen war. Oder ob sie jeden Tag voller Gram an das Geschehene denken sollte und sich die Erkenntnis auch ihres eigenen Scheiterns so mit jedem Tag an dem sie daran dachte, mehr und mehr in ihr Gesicht zeichnete.

Heute hatte sie einen Mann am Hafen gesehen. Sie hatten das Boot hinausgebracht auf die offene See und es versenkt. In Brand gesteckt, das schöne Boot, und auf den Meeresgrund befördert. Er winkte ihr zu. Er sah sehr stattlich aus, so wie alle Matrosen und Offiziere. Auf den Schiffen wurden nur die größten Männer ausgesucht und das Leben auf dem Schiff gab ihnen diesen letzten Schliff, der sie so attraktiv erscheinen ließ, auf jeder Insel, die sie ansteuerten.

Oma Helde hatte ihre großen goldenen Ohrringe angesteckt und die Haare unter einem Tuch verborgen. Sie stolzierte in einem gelben Kleid die Kaimauer entlang, an der sie für gewöhnlich nichts zu suchen hatte und so kam es, dass einer der Männer Oma Helde ansprach. Aju wusste es noch nicht und Oma Helde wollte es auch niemandem sagen, nicht ihren Brüdern oder den Nachbarn. Das war nicht gut für sie.

Sie träumte in ihren Erinnerungen. Der Ort hier war ihre Heimat, obwohl sie nie eine Heimat besessen hatte. Mehr ein zu Hause, aber es konnte auch jeder andere Ort auf dieser Welt sein, wenn dort nur jemand war, der sie liebte und wenn sie nicht Verantwortung hatte für Aju. Helde schaute in den Garten, heute wollte sie allein sein. Kurz dachte sie an ihre Tochter und ihr Enkelkind Aju. Die Insel hielt sie wie ein Magnet fest und wenn man die Insel verlassen wollte, konnte es auch böse enden, so wie bei ihrer Tochter, der Mutter Ajus.

Aju kämmte sich die langen schwarzen Haare und verteilte nach Mandelblüten riechendes Öl darin. Oma Helde legte ein Kleid, welches sie aus einer Holzkiste nahm, fein säuberlich auf die Lehne des Stuhls in der Küche. Morgen hatte sie ein Rendezvous mit dem Offizier des Schiffes. Dem Mann, der ihr so freundlich von der Brücke zugewunken hatte.

Die Tage, Wochen und Monate vergingen auf der Insel. Die Ereignisse verliefen in geordneten Bahnen. Was verschoben werden konnte, wurde verschoben. Feste wurden nun selten gefeiert und das Wetter brachte jeden Tag Gewitter und Regen. Auch der trockenste Platz auf der Insel, zwischen den schwarzen Felsen, die wohl ein Riese hiergelassen haben musste, als ihm die Lust am Spielen damit vergangen war, färbte sich in ein sattes dunkelgrün. Die Bäume sogen das Wasser aus den Wolken, die manchmal wie dicke Schläuche bis an den Berg ragten, auf. Der Berg gab das Wasser gleichmäßig ab und es rann die Straße hinunter in den Ort, spülte über die Kanäle und Stege in das Meer. Der Wasserfall war nicht zu betreten. Links und rechts, wo die Leiter aus Holz den Weg nach oben ermöglichte, waren die Stufen glitschig und die Wassermassen rissen jeden von der Leiter, der nach oben wanderte.

Das Wasser schoss von dort oben in einem gewaltigen Bogen zu Tal und direkt in das Meer, wo die Raubfische die kleinen Fische im Trüben schwimmend verspeisten. Es gab kein Entrinnen von der Insel. Die Fähre hatte im Hafen festgemacht. Einmal beobachtete Aju das Schiff beim Auslaufen. An dem Tag war die See ruhig und glatt und am Morgen, sehr zeitig, drehte sie ihren Bug in Richtung Sonnenaufgang und verschwand hinter der Spitze der Bucht.

Es dauerte keine zwanzig Minuten und sie kam wieder hinter der Bucht hervor und kehrte zum Hafen zurück. Draußen auf dem offenen Meer, sobald das Schiff den schützenden Windschatten der Insel verlassen hatte, flogen die Passagiere von einer Wand an die andere. Der Kapitän steuerte das Schiff zurück. Er hatte es versucht und wäre gerne zurück auf das Land gereist, aber es war nicht möglich. Diesmal waren sie hier gefangen und erst wenn der Wind sich drehen würde und auch am Nachmittag der Himmel klar blieb, dann war es das Zeichen aufzubrechen. Zurück nach Hause zu kehren, für den Großteil der Besatzung und auch für die gestrandeten Passagiere.

Aju verbrachte die meiste Zeit in der Schule und lernte. Sie liebte die Fächer Biologie und Ethik. Seitdem sie mit David und Onkel Gio die Schildkröten besucht hatte, kam in ihr der Gedanke auf, später einmal Biologie zu studieren. Oma Helde sagte, dass sie schlau war, aber wohl nicht schlau genug, um später einmal ein Doktor oder Advokat werden zu können. Aber Biologie, das war etwas für Aju. Sie wusste auch nicht, was Oma Helde mit studieren meinte. Sie lernte jeden Tag in der Schule und wurde schnell die Beste in der Klasse, nicht nur in Biologie. Nur David war schlauer. Aber er war auch schon viel älter wie sie.

Sie hatte einmal ein Bild in einem Buch von Oma Helde gesehen und darauf war ein Mann, gezeichnet mit schwarzem Stift, der die Hand stützend unter sein Kinn hielt und darunter stand, »Der Studierende.« Vielleicht ist es das, was Oma Helde meinte, und sie würde auch ihre Hand unter das Kinn legen und so lange lernen, bis sie so alt war wie der Mann auf dem Bild.

Das Schiff im Hafen wurde so oft von den Matrosen gereinigt, dass das Metall fast durch die Farbe zu erkennen war. Die Männer hatten jeden Tag Ausgang und Oma Helde zählte immer weniger das Geld, welches sie verdiente, sondern gab es nun aus. Mit dem neuen Mann an ihrer Seite besuchte sie das kleine Café auf der Insel und die Restaurants rund um die Bucht. Sie war im siebten Himmel, sagte einmal die Lehrerin zu Aju, als Aju einen Test am nächsten Tag nicht von Oma Helde unterschrieben zurück in die Schule brachte. Für Aju fühlte sich alles besser an, da Oma nun fast jeden Tag mit dem neuen Mann die Insel erkundete. Sie verbrachte die Zeit mit David und musste Oma Helde nicht immer fragen, wenn sie gemeinsam etwas unternehmen wollten.

Draußen vor der Bucht, am anderen Ende der Insel war am Horizont viel Bewegung. Onkel Gio hatte davon berichtet. Männer, von ganz weit her, irgendwo aus dem Westen mit einer Muschel auf ihren Hemden und mit Helmen auf den Köpfen, hatten weit vor der Insel mit einem riesigen Schiff mitten auf dem Meer den Anker geworfen. Wenn der Wind frühmorgens von der See her wehte, hörte Aju manchmal Motorenlärm und das Schlagen von Metall auf Metall. Die Männer besaßen ein Schiff, so groß wie es hier noch nie jemand gesehen hatte, so wurde erzählt. Auch die Fähre durfte den Ort, an dem die Männer waren, nicht passieren, oder in die Nähe deren kommen.

Man sagte, sie hätten ein Stück der See dort gepachtet, um nach Öl und Gas zu suchen. Nach einem langen, reinigenden Gewitter, wenn die Luft klar war, sah man einen Punkt am Horizont, der dort vorher nicht war. Aju wusste, wenn es solche Männer waren wie die Matrosen auf dem Schiff, dann hatten sie keine Angst da draußen zu sein. Das Schiff besuchte auch nie den Hafen der kleinen Insel. Dazu war es viel zu groß. Es hätte nicht einmal in das Hafenbecken gepasst. Aber es kam auch nie nur in die Nähe der Insel. Es war so, als ob sie die Insel und deren Bewohner gar nicht brauchten, auf ihrem Schiff aus Stahl. Es war eben da, aber passte dort nicht hin und die meisten auf der Insel empfanden es mindestens als unhöflich, dass fremde Menschen hier nach etwas suchten und aus dem Meeresgrund pumpten, was ihnen gehörte.

Denn beim Fischen war es ja auch so, da wurden die Fremden dafür bestraft, wenn sie hier fischten. Für die Männer, die nach dem Öl und Gas bohrten, war das aber in Ordnung. Der Bürgermeister und ein Mann von der Regierung sagten das. Sie schüttelten oft und lange die Hände des einzigen Mannes von dem Schiff, der jemals die Insel von einem Beiboot aus betreten hatte und mit Blumenketten und allerlei Früchten und anderen Gaben willkommen geheißen wurde. Nachdem der Mann mit dem Cowboyhut verschwunden war, lachte der Bürgermeister eine ganze Woche über den verrückten Amerikaner, der der Insel Geld und Wohlstand versprach und dafür eine Insel aus Metall mitten im Meer baute.

Er versprach ihnen sogar, Geld für das Krankenhaus zu spenden, um es endlich fertig zu stellen. Und er versprach, ein Reservat für die Schildkröten einzurichten. Sogar einen Flughafen wollten sie bauen auf der Nachbarinsel. »Stell dir vor.«, sagte er zu seiner Frau, »dann könnte man in zwei Stunden auf das Festland fliegen, das wäre etwas.«

»Was machen diese Männer?«, wollten seine Frau und auch Aju wissen. »Sie bohren nach Öl, aber in der Hauptsache sind sie Philanthropen.«, sagte der Bürgermeister der Insel und lachte. Aju wusste nicht, dass die Insel und der Bürgermeister alle diese Dinge benötigten. Sicherlich, das Krankenhaus fertig zu stellen, das wäre schon gut. Dann musste Aju auch nicht so lange mit dem Fieber kämpfen, wenn sie wieder einmal krank war. Ein Doktor würde kommen und würde ihr Tabletten geben und wäre immer für die Inselbewohner da. Ein richtiger Doktor, nicht wie die Frau, die Aju kleine Figuren auf die Brust legte und mit ihrem Geschrei alles nur noch schlimmer machte.

David wuchs in der Zeit genauso schnell wie Aju. Der tägliche Regen ließ, so sah es aus, nicht nur die Bäume und Pflanzen prächtig gedeihen. Es gab Nahrung in Hülle und Fülle. Die Einwohner verkauften viel davon an die Matrosen und Offiziere auf dem Schiff. Mit dem Fisch sah es anders aus. Onkel Gio konnte immer weniger auf das Meer hinausfahren. Sie fischten mit den Harpunen um das Haus herum. Aber es ging ihm nicht gut. Für ihn war es eine schlechte Saison und zum Tauchen auf den Meeresboden war entweder das Wetter zu schlecht oder die Haie kamen mit dem kühleren Wasser in die Nähe der Insel und es war einfach zu gefährlich zum Tauchen. Onkel Gio ahnte und wusste, wenn er die Lage richtig einschätzte, dass er etwas ändern musste, um nicht noch eine Saison auf Hilfe und Unterstützung seiner Schwester angewiesen zu sein. Er hatte eine Frau und Kinder, die auch bald die Schule besuchten.

Onkel Gio hatte genau die Männer beobachtet, die das Schiff der Diebe weit draußen vor der Insel versenkt hatten. An einem Tag in dieser Zeit des langen Regens traf er sich mit dem hageren Mann an seiner Seite an den Mauern des Hafens. Sie hatten eine Verabredung mit einem der Matrosen. Einem merkwürdigen Mann mit finsterem Blick. Sie sprachen lange und Onkel Gio trat einen Schritt zurück, als der Mann lautstark redete. Gio drehte sich um, als ob er ausschließen wollte, dass jemand das Gespräch belauschte. Dann ging der Mann zurück auf das Schiff.

Am Abend darauf, im Schutze der Dunkelheit, als die Männer in ihren Kojen lagen oder im Ort die Kirche besuchten, schoben Onkel Gio und der hagere Mann eine Kiste auf einer Schubkarre mit Gummirädern zum Haus von Oma Helde. Sie hatten sie von dem finster aussehenden Mann erhalten und ihm etwas dafür gegeben, etwas, was Aju nicht sah. Sie war an diesem Abend auf der Jacht von Davids Eltern. Sie hörten Musik von einem Walkman. Ein gelber kleiner Kasten aus Plastik. Die neuste Technik, sagte Anna, die Mutter Davids. Sie steckten sich gegenseitig die kleinen Kopfhörer mit verschrumpeltem Schaumstoff in das Ohr und schlugen im Takt mit ihren Händen auf die Töpfe in der Kombüse.

Aju hatte Onkel Gio genau beobachtet und er verhielt sich anders als sonst, aber Aju hatte ein gutes Gefühl. So war es auch bei Oma Helde. Zu lange wohnten sie unter einem Dach und Aju sah für gewöhnlich jede Änderung an dem Verhalten von Helde oder Gio. Sie vergaß das Ereignis schnell wieder, es war nichts passiert. Erst später, als Männer in Uniformen die Kiste aus dem Haus von Oma Helde trugen, sollte sie sich wieder daran erinnern. Aber so weit war es noch nicht.

Weitere Monate vergingen und bald sollte die Trockenzeit zurück auf die Insel kehren. Aju und David waren beste Freunde. Aju lief täglich zu der Jacht der Eltern von David. Selbst Anna fand das Haus von Oma Helde nun leicht, wenn sie auf dem Rückweg vom Einkaufen einen Fisch oder Gebäck aus dem Café mitbrachte, welches Oma Helde so gerne aß. Die Verkaufsstände für Spielzeug, für Fisch, die Krabben und alles, was auf der Insel angeboten wurde, öffneten nun die meiste Zeit des Tages. Monate verkauften die Frauen die Waren nur sporadisch. Zwischen den Regenpausen verstauten sie die durchsichtigen Plastikfolien unter den Holztischen, große Tropfen von den Wellblechdächern fielen ihnen auf die Nase. Neben den Ständen lagen Haufen von Ananasfrüchten. Sie verströmten einen süßen Geruch.

Aju und David kauften nie etwas. Wenn sie nach der Schule Zeit hatten und es einmal gerade nicht regnete, dann liefen sie in Richtung der Hügel hinter der Eisfabrik. Oma Helde hatte dort einen großen Garten. Es gab keine Zäune und keine Mauern darum. Auf einer rechteckigen Lichtung stand ein Holzhaus auf vier Stelzen. Ein Podest, welches in der Nacht weggenommen werden konnte, verschaffte ihnen Zugang zu dem Haus, welches im Grunde genommen nicht mehr war als eine überdachte Terrasse. Das Dach bestand aus Bananenblättern. Fenster gab es keine. Ein umlaufendes Geländer aus quadratischen Holzbalken umgab die Plattform. In der Mitte lagen Decken mit braun-weißem Muster auf dem Boden. Zwei kleine Schemel aus Holz, ausgetretene Schuhe und ein paar Sandalen standen auf dem Podest. Um das Haus, welches aus demselben dunklen Holz bestand wie alle anderen Gebäude auf der Insel auch, war eine Palisade aus Bäumen errichtet.

Nicht so hoch wie der Dschungel rings um die Lichtung, aber so, dass man deutlich sehen konnte, hier wollten Menschen ungestört sein. Kokosnusspalmen standen abwechselnd mit Bananenbäumen vor dem Haus. Ein schmaler Weg führte vom Ende der Lichtung bis zu dem Haus. Links und rechts des Weges hingen in gewissen Abständen gebrauchte, schwarze, durch hunderttausende Kilometer abgefahrene Autoreifen auf Holzpfeilern befestigt. An dem Holz rankten sich Drachenfruchtpflanzen empor und auf dem alten, porösen Gummi der Reifen saßen wie auf einem Thron die rot-gelben Früchte. Fünf oder sechs der handgroßen Früchte ernteten Aju und David. Sie drehten sie mit einem Schwung von der Pflanze und brachten sie in das Haus. Legten sie dort auf den Boden. Dann warteten sie.

Oma Heldes Familie hatte das Land gekauft, nachdem sie beschlossen hatten, auf der Insel zu bleiben. Sie rodeten die Bäume mit einem großen Feuer ab und pflanzten alles darauf an, was man Essen konnte. Aus dem Garten wurde in kurzer Zeit wieder ein Wald. Die Natur war sadistisch. Sie hatte andere Interessen und wollte die Lichtung so schnell wie möglich wieder schließen. So gab Oma Helde, die den dauernden Kampf gegen die Pflanzen müde war, einer Familie von der Nachbarinsel die Gelegenheit hier zu wohnen.

Sie kamen von einer sehr kleinen Insel, auf der es kein Trinkwasser gab und niemand wusste, wie lange und warum die Menschen überhaupt auf dieser Insel vorher lebten. Schließlich überredeten einige der Stadtbewohner die Gruppe, auf die größere Insel zu ziehen. Oma Helde bot ihnen an, auf der Lichtung zu wohnen, wenn sie dafür den Garten in Ordnung hielten. Das war die Abmachung. Nun wohnte noch ein Pärchen auf der Plantage. Sie hatten sich hier eingerichtet.

Aju und David warteten vor dem Haus. Die Bewohner waren irgendwo da draußen, zwischen all den riesigen Blättern der Bananenbäume, die die Lichtung in ein Halbdunkel tauchten. Die Sonne schien matt durch die dicken Blätter. Schmetterlinge flogen von Autoreifen zu Autoreifen und besuchten die Drachenfrüchte und die dazugekommenen neuen Blüten. Zwei winzige Hühner pickten Würmer in der roten Erde auf. Ein Kessel aus Kupfer stand auf einem Holzrahmen. Unter dem Kessel rauchte der Rest von feuchtem Holz vor sich hin. Es raschelte in den Bäumen und die Frau und der Mann traten mit einem langen, stumpfen, verrosteten Messer aus der Lichtung.

Sie kannten Aju und David nun schon lange und übergaben ihnen bereitwillig alles, was sie abgepflückt hatten. Schließlich gehörte der Garten Oma Helde. Aus dem Wald heraus hing über ihren Köpfen ein langes schwarzes Kabel. Sogar Strom hatten sie hier für die Lampe, die nur für ein oder zwei Stunden am Abend brannte.

»Die Lampe zieht nur die Mücken an, wenn es dunkel ist. So etwas brauchen wir hier nicht.«, sagte die Frau, als David mit seinen Fingern die Lampe berührte, die über dem Eingang des Hauses pendelte. Auf einem der Schemel, der neben der Feuerstelle stand, stand ein pastellgrüner, elektrischer Mixer. Kaffeebohnen lagen auf dem Boden, genauso wie Drachenfrüchte, Limonen und Ananas und eine riesige Wassermelone.

Aju und David schlugen sich die Bäuche voll. Es gab alles im Überfluss und wenn sie Tage später wieder hier vorbeikamen, waren alle Vorräte an Früchten wieder aufgefüllt. Es schien wie ein endloses, nimmer versiegendes Reservoir an Nahrung. Das Pärchen kannte jeden Fleck auf der Lichtung, die so groß war wie die Insel, auf der sie vorher gelebt hatten. Sie verließen diesen Platz auch nicht, jedenfalls hatte Aju, sie noch nie außerhalb dieses Ortes gesehen. Es schien ihr, dass sie es gewohnt waren, auf engem Raum zu leben und sie nichts Nachteiliges daran empfanden. Auf der Insel umgab sie das Wasser des Ozeans. Hier gab es nur den Dschungel, aber sie hatten kein Verlangen, einen anderen Ort aufzusuchen und waren glücklich an diesem Fleck, ihrer persönlichen grünen Insel.

David erzählte Aju von seiner Heimat in Europa und Aju selbst brauchte nicht viel zu sagen. Hier erklärte sich alles von selbst. Der immer wiederkehrende Rhythmus des Insellebens, die pulsierende Zeit mit all den Neuankömmlingen, den Reisenden und dann die Ruhe der Insel, wie ein tiefer Schlaf, der ihr Kraft gab für das, was im nächsten Jahr folgen sollte. Aju rannte mit David die schwarzen Felsen hinauf und hinab. Sie sprangen von den Klippen und mit jedem Tag konnten sie etwas mehr von der Weite des Ozeans entdecken. Meter um Meter mehr von der Insel erkunden.

David sprach von den Vorbereitungen, die seine Eltern trafen. Sie kauften Proviant, mehr Wasserkanister und sogar eine Harpune von Onkel Gio, die er selbst geschnitzt hatte. Es war unausweichlich, aber Aju wusste, das David mit seiner Familie die Insel bald verlassen würde. Wenn Aju nun die Jacht von Davids Eltern betrat, wurde es enger und enger unter Deck. Davids Vater verzurrte allerlei Proviant in Plastiksäcken, getrocknetes Fleisch, Seife, kleine salzige Fische, ein Radio, welches er in der Schule von einem Lehrer gekauft hatte und reparierte. »Ob sie sich jemals wiedersehen würden?«, dachte Aju. Sie kannte den Namen der Stadt in Frankreich, in der Davids Eltern und er gewohnt hatten und sogar den Namen der Schule kannte sie. Aber ob David jemals an diesen Platz zurückkehren würde und wie sie ihn erreichen könnte, wie sollte das funktionieren?

In der Schule schrieben sich die Besten der Klasse mit Schülern anderer Schulen in fremden Ländern. Aju sah, wie das Mädchen vor ihr auf der kleinen Holzbank sitzend, mit krummen Rücken und mit einem Bleistift auf dünnes Papier kratzend, einen Brief verfasste. Wie sie dann ein Bild von sich in einen Umschlag mit roten und blauen Streifen steckte. Den Umschlag mit ihrer Zunge anfeuchtete und ihn zuklebte. Sie schlug mit der Faust auf den Umschlag, so dass der Tisch wackelte, und dann gab sie den Brief der Lehrerin. So wie viele. Aju hatte David. Sie konnten jeden Tag reden und David erzählte ihr von der großen weiten Welt da draußen. Dann saßen sie wieder an einem der Felsen und Aju hörte gespannt zu.

Die Mädchen in der Schule warteten dann auf eine Antwort. Sie kam manchmal Monate später, als sie schon lange vergessen hatten, was in ihrem Brief stand. Die Lehrerin warf einen Stapel von Post auf den Tisch und jeder suchte sich die Post heraus, die seinen Namen trug. Wenn sie Glück hatte, würde sie später auch von David einmal Post bekommen. Das wäre schön. Aber sie würden nicht mehr Rücken an Rücken auf den Felsen sitzen und gemeinsam auf das Meer schauen können. Aju würde Davids Stimme vermissen und die Farbe seiner Haut und Haare. So würde es sein. Aber vielleicht kämen seine Eltern noch einmal hierher auf die Insel. Vielleicht sogar jedes Jahr? Aju wünschte sich das und notfalls würde sie auch mit Davids Eltern auf der Jacht mitfahren und sie würde in Europa leben. Wenn Oma Helde nicht wäre. Sie war die meiste Zeit einsam hier, genau wie Aju die meiste Zeit einsam war, bevor sie David kennenlernte. Sie ließ Oma Helde nicht allein, sagte sie sich. Nicht so wie ihre Mutter sie allein gelassen hatte, als sie die Insel verließ und niemals wiederkehrte. Aju war noch jung, aber sie spürte, in nicht allzu ferner Zeit würde sie zum Hafen laufen wie gewohnt. Sie würde auf den Steg treten und auf das Hafenbecken schauen. Nach der Jacht von Davids Eltern Ausschau halten und dann wäre dort, wo das Boot fast ein halbes Jahr festgezurrt lag, nichts mehr. Keine Jacht, keine Stimmen, nur noch stilles Wasser.

Die Saison

Monate vergingen und Aju wurde immer größer und stärker. Die schwarzen Felsen in der Bucht wurden langsam grau. Das Wasser war aus den Steinen entwichen und nur noch gelegentlich, wenn eine große Welle die Steine überwand, dann änderte sich die Farbe zu Schwarz. Die Insel zeigte nun ihr freundliches Gesicht. Sie entschuldigte sich für die lange Zeit des Regens, so meinte man. Das Leben auf der Insel verzögerte sich. Wie an einem grünen Gummiseil hing die mit Wasser vollgesogene Insel tief herunter. Nun trocknete alles schlagartig ab, die Insel verlor ihren Ballast aus Wasser und alles begann zu leben.

Nach und nach begann das Treiben auf der Straße am Hafen und dauerte nun vom Morgen bis zum Abend ohne Unterbrechung. Die Plastikfolien, die die Waren vor Regen schützten, wurden nicht mehr ausgebreitet. Die Häuser ließen durch die weit offenstehenden Fenster und Türen die warme Sonne hinein und den müffelnden Geruch heraus.

Alter Hausrat wurde in der Strömung des Ozeans entsorgt. Hölzer verbrannt. Hühner geschlachtet und Fische gebraten. Feste vorbereitet. Es wurden neue Inselbewohner geboren, es wurde geheiratet und im Trubel der Vorbereitungen, die die Insel vereinnahmten, legte das große Schiff fast unbemerkt von den Kaimauern ab und verließ die Insel. Lange wartete die Besatzung und einige der Passagiere auf der Insel darauf. Die große Fähre konnte den Hafen im letzten Jahr nicht mehr rechtzeitig verlassen und lag nutzlos, ohne den Zweck, den sie eigentlich verrichten sollte, im Hafen. Oma Helde schaute hinaus auf das Meer, als das Schiff vollbeladen mit Besatzung und Passagieren mit einem dumpfen Klang der Sirene und schwarzem Rauch im Hafenbecken wendete. Hinter der Fähre verließ auch das Schiff der Marine den Hafen. Die Motoren klangen silbern und laut und hoffentlich hielten sie die lange Reise bis zum Festland durch.

Das Schiff der Marine, in einem schmutzigen Grau angestrichen, ließ die Sirene nicht erklingen. Alle Erinnerungen des letzten halben Jahres die Helde hatte, verschwanden mit dem Schiff am Horizont. In ihrem schönsten Kleid stand sie nun verlassen am Hafen und fühlte sich so sehr am falschen Ort zur falschen Zeit in diesem Moment. Mit diesem Kleid, welches sie aussehen ließ wie eine junge Dame mit attraktiver Figur, wenn nicht die Falten in ihrem Gesicht wären und der Ausdruck in ihren Augen, der so viel Leben abbildete.

Wie das Marineschiff sich leise und mit wenig Fahrt aus dem Hafen schlich, so schlich sie sich in ihrem Kleid, welches sie noch vor einer Woche mit Stolz trug, nun fast verlegen zurück zum Haus. Sie fühlte sich so fehl am Platz in diesem Moment. Eine Frau, die schon Enkelkinder hatte und verliebt war. Sie spazierte den Steg entlang zurück zum Haus. Die Frauen und Männer beobachteten sie und tuschelten über sie. Die dicke Frau, die billige Spielzeuge und Instant-Kaffee in kleinen, eingeschweißten Tüten verkaufte und an der sie vorbeilief, wünschte ihr einen schönen Tag. Dann kam sie zu Hause an, in das dunkle Haus mit zugezogenen Gardinen und dem muffigen Geruch. Sie hockte sich in die Ecke und fing zu heulen an, vor Glück, was sie erleben durfte und vor Trauer, die Gewissheit erlangt zu haben, dass kein Glück der Erde für immer war.

An diesem Abend saßen Onkel Henky und Onkel Gio mit Oma Helde zusammen. Aju spielte mit den Katzen und David half auf der Jacht seiner Eltern. Die Familie rückte zusammen, wenn ein Ereignis eine Lücke riss. Sie redeten über alte Zeiten. Über das vorherige Leben ihrer Eltern auf dem Festland und wohin es die Verwandtschaft verschlagen hatte. Sie sprachen in einer Selbstverständlichkeit über Orte, die tausende Kilometer entfernt waren, als ob sie hinter der nächsten Bucht liegen würden und jeder sie kannte.

Die Orte, über die sie sprachen, waren mit Menschen verbunden, deren Gesicht in ihrer Fantasie einen Abdruck hinterlassen hatte, und das ließ sie in ihren Gesprächen ganz nah sein. Aju wunderte sich über all die Namen und Inseln die Oma im Kopf hatte. »Wenn du mal groß bist, besuchst du alle. Ich komme da nicht mehr hin. Ich werde alt.«, sagte Oma Helde und lachte. Sie tranken Wein aus einer grünen Flasche, den Oma Heldes Freund an einem Abend hiergelassen hatte.

An einem der nächsten Tage rüsteten die Fischer sich für ihre großen Fänge. Die Frauen, die die Netze über die Regenzeit geflickt hatten, packten all das schwere Geflecht auf den Steg und die Sonne trocknete die Stricke. Jeder Fischer hatte seine speziellen Netze und Techniken und auch Plätze, an denen er fischte. Selbst zu der Zeit, als das Meer viel zu unruhig für die kleinen Fischerboote war, sahen sie dieses Jahr zum ersten Mal die riesigen Schiffe mit Flaggen eines anderen Landes weit vor den Inseln die Gewässer abfahren. »Sie stehlen uns unseren Fisch und wir können nichts tun.«, sagte der hagere Mann, der immer an der Seite von Onkel Gio war, wenn sie hinaus auf das Meer fuhren. »Sie fahren mit ihren riesigen Netzen unsere Inseln ab und fangen die jungen Fische. Dann haben wir nächstes Jahr nichts zu essen, wenn das so weiter geht.«, sagte der dünne Mann.

Onkel Gio packte seine Utensilien auf das frisch gestrichene Boot. Die Netze und ihre Harpunen. Für den Fall, dass das Wetter es erlaubte und sie tauchen konnten und keine Haie in der Nähe waren. Sie bereiteten sie auf eine längere Fahrt vor, denn sie mussten, um etwas zu fangen, nun weiter hinaus. Hinter die am Horizont fahrenden Schiffe. So war es geplant und dann hatten sie noch Dynamit mit an Bord gebracht. Sie hatten sich mit anderen Kollegen von der Insel unterhalten, die ob sie unerfahren oder schlechte Fischer waren, schon in der letzten Saison nicht viel Fisch nach Hause gebracht hatten. Dann kauften sie von einem Mann auf dem grauen Schiff der Marine Sprengstoff in kleinen Stangen. Dieser war ursprünglich zum Versenken der fremden Fischerboote vorgesehen und sie sparten ihn auf und versenkten die Schiffe, indem sie einfach ein Feuer legten.

Den übrig gebliebenen Sprengstoff verkauften sie unter der Hand an andere Fischer. Einige der Fischer dachten sich, wofür lange Nächte auf dem Meer verbringen und auf den Fisch warten. Sie fuhren hinaus, hinter die Inseln auf das offene Meer und das entfernteste Riff, welches sie erreichen konnten. Dort, wenn sie sich unbeobachtet fühlten, bauten sie Zünder an die Stangen aus Dynamit und warfen sie mit der brennenden Lunte in hohem Bogen in das Meer. Sie ließen den Motor laufen und suchten Abstand zwischen ihrem Boot und der Fontäne aus Wasser und dem laut blubbernden Geräusch und dem Knall, der ihnen fast das Trommelfell bersten ließ.

Dann warteten sie einfach und schauten auf den Ozean. Fische trieben an die Oberfläche, mehr und mehr, und die Männer sammelten den Fisch, der schon das Leben ausgehaucht hatte, nur noch ein. Das war nicht fair, aber es war effektiv, so dachten die Fischer. Sie wollten sich einen Vorsprung verschaffen, fühlten sich ungerecht behandelt, aber es half ihnen nicht. Für eine Woche hatten sie Fisch und mit jedem Wurf der kleinen Bomben in das Wasser töteten sie nicht nur den großen Fisch, sondern auch alle Nachkommen. Sie wussten nicht, dass sie mit ihrem Verhalten es nur noch schlimmer machten und, wenn es so weiterging, es hier bald überhaupt keinen Fisch mehr gab.

Onkel Gio und der hagere Mann waren noch nicht so weit. Sie hatten ihr Werkzeug dabei und fischten mit Netzen, wie immer. Sie wollten so etwas nicht in Erwägung ziehen und doch lag nun auch auf ihrem Boot eine kleine Kiste, mit in Plastik eingewickelten Stangen aus Dynamit. Aju stand auf dem Steg. Sie half Onkel Gio beim Einladen. Es war ein Montagmorgen und sie bereitete sich auf den Weg zur Schule vor und begleitete Onkel Gio bis zum Hafen an dem sie David, wie immer, von der Jacht abholte. »Bring uns einen großen Fisch mit, einen rosafarbenen bitte, der schmeckt so süß und das Fleisch ist so weiß.«, sagte Aju. Sie hatte in ihrem Kopf schon ein Bild vom Mittagessen gezaubert, von dem gegrillten Fisch mit dem Geschmack von Holzfeuer und Chili, von Reis und den Chips aus Krabben dazu und dem Wasser einer frisch gepflückten Kokosnuss oder etwas Ananas.

Für Aju fing die letzte Woche der Schule vor den Ferien an. Heute gab es den abschließenden Test und das Mädchen lief zur Jacht von Davids Eltern und murmelte Formeln aus dem Mathematikunterricht vor sich her. David stand mit gepackter Tasche auf dem Steg und wartete bereits auf Aju. Sie gingen Hand in Hand wie jeden Tag am Hotel vorbei. Die Frau, die Aju schon bei ihrem ersten Besuch im Hotel gesehen hatte und die die Zimmer reinigte, schaute aus dem Fenster und grüßte die beiden mit einem freundlichen Lächeln. Aju dachte an ihren Blick, als sie sie zum ersten Mal im Hotel auf der obersten Etage sah und an die Schnapsflasche, die neben ihr in einem Wäschekorb lag.

Sie spazierten zur Schule, durch die Straße mit den Kanälen links und rechts, mit Blick auf die Pontonbrücke und das kleine Café, das nicht größer war wie eine Garage aus Brettern, aber mit Blick auf das Meer. Der Weg war endlos, jeden Tag betraten sie ihn von neuem und doch würde sich bald alles ändern.

Onkel Gio stand die Entschlossenheit heute in das Gesicht gemeißelt. Er hatte die Zeit satt, auf dem Steg zu sitzen und anderen bei der Arbeit zuzuschauen. Wie die Frauen Früchte verkauften oder Gemüse. Am Hafen kauerten zwei Damen auf dem Boden. Aus Eimern nahmen sie Blumen in allen Farben, doch meistens rote und gelbe in die Hand. Sie schnitten die Stängel ab und flochten sie in ein feines Gewebe. Bilder aus Ornamenten und Texte entstanden. Sie stellten die fertigen Tafeln, die größer waren als sie selbst an der Hafenmauer auf. »Wir heißen unsere neuen Gäste willkommen. Willkommen im Paradies der Flamingos.« Jedem, der an den Tafeln aus frischen Blumen vorbeilief, strömte sofort der Blütenduft in die Nase. Er stand in der Luft über dem Hafen und mischte sich mit dem Geruch des grünen Tangs und den geölten Holzbohlen. Es roch nach Jasmin, grünen Bananen und Orchideen. Winzige Vögel mit glitzernden, blauen Bäuchen und unendlich flinken Flügelschlägen standen in der Luft über dem Kai.

Der Fang

Die Fischer hatten ihre Werkzeuge in das Boot geladen. Am Hafen war reges Treiben an diesem Morgen. Alles war im Aufbruch begriffen. Gio warf die Leinen vom Steg aus auf das Boot und sprang mit einem Satz zu seinem Freund hinüber. Mit leisem Tuckern verließen sie den Hafen. Sie folgten den anderen Booten, bis sie die schützende Bucht und den Hafen verlassen hatten. Dann verteilten sich die Boote in verschiedene Richtungen. Jeder hatte seine Lieblingsstellen und seinen speziellen Fisch, den er fing. Das größte Boot begab sich auf Thunfischjagd und wenn ein kleiner Hai in die Netze ging, war auch das nicht schlimm. Das Meer war glatt, nur eine gleichmäßige Dünung ließ das Boot in langen Abständen mal hochsteigen und mal in ein Tal aus Wasser fallen.

Der hagere Mann stand schon im Boot und wartete auf das Zeichen von Onkel Gio, die Netze zum Fang auszuwerfen. Aber Gio fuhr heute immer weiter, als ob er wissen wollte, ob das Meer noch so groß war wie bei seiner letzten Fahrt. Heute war der Weg das Ziel und er nahm sich alle Zeit der Welt. Mitten in dem dunkelblauen, fast schwarzen Nichts aus salzigem Wasser erschien ein Riff. Tausende Fische schwammen ohne Scheu, ohne jemals einen Menschen vorher gesehen zu haben, unter dem Boot hindurch. Keine Menschenseele hatte diesen Platz zuvor besucht. Das Meer war an dieser Stelle nur etwa vierzig Meter tief und es war einer der Kindergärten des Ozeans. Im Schutze der Korallen versammelten sie tausende von Fischen.

Onkel Gio stieg in das klare Wasser. Er nahm seine Harpune unter den Arm und einen Korb, mit Steinen beladen. Er ließ ihn auf den Meeresboden sinken. Das andere Ende des Seils, welches der hagere Mann an dem Korb befestigt hatte, lag im Boot, festgezurrt an einer der Sitzbänke. Er verfolgte den Korb aus rostigem Metall mit seinen Augen, bis er in der

Dunkelheit verschwunden war. Das Seil spannte sich, als das Boot, vom leichten Wind getrieben, über das Riff schwebte. Dann ruckte es und der Korb hatte zwischen Steinen auf dem Boden des Meeres halt gefunden, wie ein Anker. Die beiden Männer waren nach langer Pause wieder in ihrem Element. Sie taten, was sie tun mussten. Was sie am besten konnten. Aus dem unendlichen Angebot an Nahrung ein wenig für ihre Familien und sich selbst nehmen. Es mussten keine Felder bestellt werden, niemand musste mit seinen Beinen wochenlang im knietiefen Wasser stehen, wie die Reisbauern, oder auf die Bäume klettern, um Früchte oder Kokosnüsse aus großer Höhe zu ernten. Das Fischen war einfach. Es verlangte keine Gegenleistung. Das Meer hatte immer etwas im Angebot.

Gio vollführte eine halbe Rolle vorwärts in der Hocke, streckte seine Beine in die Länge und tauchte mit seiner Harpune abwärts. Jedes Mal, wenn er für einen kurzen Moment sich neu orientierte und nach dem Seil Ausschau hielt, wehten ihm seine Haare in das Gesicht. Das Wasser wurde schnell kälter und beim Blick nach oben war die Wasseroberfläche nur noch ein Spiegel. Gio tauchte mit langen Zügen und genoss den Anblick, den er die letzten Monate so vermisst hatte.

Vorbei an den Kaskaden aus blauen, weißen und pinkfarbenen Korallen und deren Bewohnern, den Fischen, die ihn von der Seite beobachteten, sank er auf den sandigen Boden mit leeren Lungen. Steine lagen sortiert, wie Schachfiguren auf einem Spielbrett, vor ihm auf dem Sand. Mit seiner Harpune visierte er einen olivgrünen, länglichen Stein an. Er schleuderte mit einem Impuls die Harpune durch das Wasser und traf. Sein geübter Blick hatte einen riesigen Lobster ausgemacht, der sich davonschlich. Er hatte seine Farbe den Steinen ringsherum angepasst. Gio packte ihn, schnürte etwas von seinem Band um ihn herum, das er in seiner Hose trug und legte das Tier in den rostigen Korb. Wohin das Auge sah, bemerkte Gio die riesigen Tiere vor sich, die zwischen Sand und Steinen am Boden langsam in alle Richtungen unterwegs waren. Ein Lobster wurde gut und gerne fünfzig Jahre alt und einige von denen hier hatten dieses Alter ihrer Größe nach bereits erreicht. Gio stand ein Lächeln im Gesicht.

Er kam zuerst hierher, an diesen alten geheimen Platz. An das Riff, das, wenn man den Einwohnern der Insel glaubte, hier schon seit tausenden von Jahren war. Generationen von Fischen und Lobster, Haien, Schildkröten und allem anderen Getier hier erinnerten sich an diesen Platz. Was war sein Leben dazu in diesem weiten Raum wert? Es musste das Gedächtnis der Natur sein, dachte Gio in diesem Augenblick. Etwas Übergreifendes, was alle diese Lebewesen verband. Schildkröten und Fische sprachen nicht und doch wusste jede einzelne Kreatur, es lohnte sich, hierher zurückzukehren, und irgendetwas zog sie immer wieder magisch an diesen Ort.

Gio füllte den Korb voll mit Lobster aller Farben. Von Pink bis Olivgrün. Er war so im Rausch der Tiefe gefangen, dass er anfangs nicht bemerkte, wie sein Blick sich verengte. Wie die Farben schwanden und alles nur grau wirkte. Er streckte den Kopf nach vorne und schaute nach unten. Er war immer noch am hellen Meeresboden. Aber sein Blick nach vorne sah in immer dunklere Gefilde. An den Rändern seiner Augen erschien es ihm, als ob er durch einen dunklen Tunnel sah.

Dann bemerkte er in der Mitte nur noch einen hellen Punkt, das Licht über ihm. Das Bild vor seinen Augen schloss sich, wie der Bühnenvorhang nach einem Schauspiel. Er hatte die Augen offen, darin war er sich sicher, aber alles war schwarz und er wusste, er musste nach oben, und zwar schnell. Wo war oben und wo war unten? Er wusste, jeden Moment konnte er das Bewusstsein verlieren und dann war er verloren.

Gio hatte gerade an der Leine gezogen und sein Freund oben im Boot wusste, alles war ok. Aber jetzt war nichts mehr in Ordnung. Sein Gehirn arbeitete im Zeitraffer. Ob schon feststand, dass er gleich starb? Seine Gedanken beschleunigten sich und Erinnerungen mit sämtlichen Farben und Gerüchen, die er jemals gesehen und gerochen hatte, rasten an seinem Auge vorbei. Als ob, bevor die Eingebungen Gio verlassen wollten, sich die Summe seiner Gedanken in ein Paket pressen wollte und es absenden wollte, an jemanden oder etwas, der seine Gedanken bewahren musste.

Aber Gio war ein Kämpfer und fast wie ein Fisch im Wasser. Seine Lungen waren leer und er fühlte, dass er auf dem Weg nach oben war.

Das Wasser drückte auf seinen Ohren und sein Kopf schmerzte. Das hatte keine Bedeutung, er wusste, dass er zu schnell war. Er hatte vielleicht noch zwanzig Sekunden, dann, so wusste er, hatte er verspielt. Sich zu viel zugemutet. Die lange Pause unterschätzt und das mangelnde Training seit dem letzten Tauchgang und auch womöglich das Alter. Die Gedanken in seinem Kopf stockten. Er spürte die Schwerelosigkeit und noch einen Schmerz an seinem Fuß. Freddi, der hagere Mann packte Gio am Arm. Es wäre fast zu spät gewesen. Der Diesel lief und der Propeller des Fischerbootes quirlte im Wasser des Korallenriffes.

Gio hatte nicht an der Leine gezogen und war schon mehr als sechs Minuten unter Wasser. Das schaffte er nicht, aber Gio war Profi und die Zeit war er nicht freiwillig dort unten, nach der langen Pause. Außer er hatte einen großen Fang vor sich oder eine Entdeckung gemacht, die ihn unvorsichtig werden ließ. Aber er vertraute Gio bedingungslos. Zu viel hatten sie schon gemeinsam erlebt. Als Freddi vergeblich auf das Ruckeln am Seil wartete, zog er den Korb nach oben. Das würde Gio bemerken. Nichts passierte jedoch, bis Freddi Gio leblos auf das Riff zutreiben sah. In wenigen Sekunden würde er gegen das Riff schlagen. Die abgestorbenen Korallen seine Brust oder den Bauch wie mit einem Messer aufritzen. Er ließ den Motor an und fuhr zwischen Gio und das Riff soweit er konnte, ohne das Boot auf dem harten Untergrund zu zerschlagen.

Gio hing mit seinen Armen leblos über den Planken des Bootes. Freddi zog ihn mit einem lauten Schrei Stück für Stück in das Boot. Er schnaufte vor Anstrengung. Am Oberarm und dem Fuß von Gio klaffte eine glatte Wunde. Der Propeller des kleinen Bootes mit seiner endlosen Kraft hatte das Fleisch und einen Teil seines Muskels am Arm durchtrennt. Sein Arm hing über seine Hüften und Gio öffnete die Augen. »Alles wird gut, Gio.«, sagt der hagere Freddi. Aus den Hosentaschen von Gio nahm er die abgeschnittenen, flachen Bastfäden, mit denen Gio sonst den Krebsen die Scheren zusammenband und wickelte sie Gio um die Verletzungen an Arm und Bein.

Die Männer waren verbunden auf immer und ewig und sie brauchten einander. Allein ließ sich das Boot nicht fahren und gleichzeitig fischen.

Wenn einer der Männer ausfiel, was wurde aus dem anderen? Freddi schaute auf den Arm und auf das Bein von Gio.»Warum? Das Jahr hatte gerade angefangen.«, fragte er sich und schüttelte mit dem Kopf. Er deckte eine Plane auf den Fang, den er nach oben gezogen hatte, und schob den Gashebel nach vorn. Das Boot flog mit harten Schlägen über das Wasser, bis sie den Hafen erreichten. Die Wellen des kleinen Fischerbootes ließen die restlichen Boote im Hafen an die Mauer schlagen, so schnell war Freddi unterwegs.

»Ich brauche deine Hilfe.«, sagte er mit flehendem Blick zu einem der Männer an der Kaimauer. Gio biss die Zähne zusammen. Es ging ihm gut, aber als er sich aufrichten wollte um das Boot zu verlassen, klappte sein Fuß einfach um.»Das sieht nicht gut aus.«, rief der Mann, auf den sich Gio nun stützte, während Freddi das Boot festmachte. Sie legten Gio auf eine Pritsche aus Holz und dann brachten sie ihn in das Krankenhaus. Es waren nur wenige Meter. Im Ort war alles eng beisammen. Die Größe der Bucht war begrenzt. Ajus Schule, der Hafen, in dem die Jacht von Davids Eltern lag, Oma Heldes Haus, die Stege aus Holz und die Straße entlang der Küste und die Straße, die über die Hügel führte.

Manche Orte waren trotzdem tabu. Wie zum Beispiel das Krankenhaus. Es stand dort, aber was sollte man dort, solange niemand krank war. Aju wusste, das Krankenhaus war nicht fertig und Emmi und sie saßen dort oft, weil sie im Schatten des großen Gebäudes das Meer beobachten konnten. Jetzt wurde Onkel Gio auf einer primitiven Trage dort abgeladen. Im Erdgeschoss waren Handwerker und verlegten Fliesen.

Unmöglich, dass hier ein Arzt war, dachte Aju, als sie vor dem Krankenhaus auf Emmi wartete. Im Inneren des Gebäudes war eine Säge zu hören. Feiner Staub formte sich zu Wolken und breitete sich auf dem Platz davor aus. Nun war Aju in der Schule. Heute war ihr letzter großer Test vor den Ferien und sie wusste noch nichts von Onkel Gios Unfall. Dass er dort in der Sonne auf dem Platz vor dem Krankenhaus lag. Auf einer Trage und Freddi, der hagere Mann an ein Fenster des Hauses klopfte und nach einem Doktor rief. Er umrundete das Gebäude, drückte seine Nase an die schmutzigen Scheiben und sah im Inneren nur Männer, die auf den Knien rutschten und mit kleinen Hämmern Fliesen bearbeiteten.

Eine Glastür öffnete sich und der Holzrahmen der Tür scheuerte über den Boden. Die Männer brachten Onkel Gio in einen leeren Raum. Eine Frau mit Stethoskop und einem riesigen Namenschild legte eine Manschette um den Oberarm von Onkel Gio. Die Männer warteten eine Weile vor der Tür im Schatten des Krankenhauses, so wie auch Aju an der gleichen Stelle immer auf Emmi gewartet hatte.

Als David und Aju an diesem Tag die Schule verließen, machte die Neuigkeit schnell die Runde unter den Kindern. Ihr letzter großer Test war schnell vergessen und David sollte seinen Eltern beim Vorbereiten der Jacht helfen. Sie verabschiedeten sich kurz und Aju versprach, am Abend David beim Packen zu helfen. Das Mädchen rannte über den Steg nach Hause. Mit polternden Schritten erreichte sie das Haus. Onkel Henky hatte ein Schild an die Tür seines Friseursalons angebracht. »Geschlossen.«, stand simpel mit Bleistift geschrieben darauf. Sie klopfte an die Tür und Oma Helde öffnete. »Aju, wie geht es dir?«, fragte Oma Helde, die sich sonst nie nach dem Wohl Ajus erkundigte. »Onkel Gio liegt oben im Bett. Lass ihn sich ausruhen. Er hat einen schlimmen Tag hinter sich.«, sagte Oma Helde.

Oma Helde betete auf dem Hof und rief etwas in den schwülwarmen Himmel des späten Nachmittags. Sie nahm ihre goldene Kette vom Hals und hielt das goldene, winzige Kreuz daran in den Himmel. Aju betrat die Treppe zum Obergeschoß. Sie ging nicht nach oben. Das hatte sie verstanden. Aber genauso, wie sie heimlich die Katzen und ihre Babys beobachtet hatte, so wollte sie zu Onkel Gio. Er hatte ihr das Schwimmen beigebracht und das Tauchen. Er lag jetzt da oben ganz allein und als Aju mit ihrem Kopf um die Ecke der Treppe schaute, drehte Onkel Gio den Kopf zu ihr und sagte, »Komm, ich schlafe nicht, der Schmerz pulsiert in meinem Körper. Ich lebe noch.«

Aju ging zum Bett, bestehend aus einer Matratze, hellblau und auf den Holzdielen liegend. Fliegen schwirrten umher und Onkel Gio hatte eine Fliegenklatsche in der linken Hand und haute damit ab und zu auf sein Bein, welches einen weißen Verband trug. Aju konnte sich noch sehr gut daran erinnern, dass vor einigen Monaten, wie sie von der Klippe in das Wasser sprang und auf den Felsen aufschlug, sie Schmerzen hatte. Onkel Gio ging es heute deutlich schlechter. Damals hatte sie nichts gespürt, abgesehen davon, dass sie keine genaue Erinnerung an das Geschehen hatte, ging es ihr gut. Sie hörte, wie Oma Helde und Onkel Henky sich über den Unfall unterhielten. »Wir brauchen einen, der fischen kann auf See. Mit Freddi allein wird es nichts werden.« »Ich kann so lange einspringen.«, sagte Onkel Henky darauf zu Oma. »Mach dir keine Gedanken, es wird schon wieder.« »Wir halten zusammen. Wir sind eine Familie. Das waren wir immer.« Aju und Onkel Gio, dessen Hand sie nun nahm, hörten zu.

Onkel Gio war alles peinlich. Er hatte Schmerzen und am Arm und am Bein eine Verletzung. Sie hörten, wie Oma Helde sagte, dass die Verletzung am Arm schwer war und Onkel Gio vielleicht nie mehr den Arm richtig bewegen konnte. »Was für ein Unglück.«, sagte sie, während Onkel Gio schon mit seinen Händen auf dem Bauch liegend eingeschlafen war. Aju beobachtete die schütteren, glatten, schwarzen Haare von Gio, seine flache Nase und die Muskeln an den Armen und die drahtigen Beine. Seine Haut war von der Sonne gegerbt und dunkelbraun, fast schwarz. An seinen Armen und Beinen waren überall helle Flecken. Narben von Verletzungen an den Korallenriffen, durch die Arbeit im Dschungel, beim Roden der Bäume oder von Holzsplittern aus den Planken der Fischerboote. Für Aju waren Oma Helde und ihre Geschwister die Familie. Die Familie legte ihre Hände schützend über Aju, wie der große Baum auf dem Weg zum Wasserfall, der ganz allein an der Spitze der Bucht stand und mit breiter ausladender Krone alle trocken hielt, die sich bei Regen darunter versammelten. Der Wind, der von der See kam, machte ihm nichts aus. Nur ein bisschen schief wuchs er in Richtung der Berge.

Heute hatte Aju das Gefühl, dass von diesem riesigen, stabilen Baum ein großer Ast abgebrochen war. Der Baum stand noch, aber er hatte etwas von seiner beeindruckenden Imposanz verloren. Auf Gio schauend schlief sie auf dem Obergeschoß neben ihrem Onkel liegend ein. »Wo ist Aju hingegangen?«, fragte Helde Onkel Henky. »Sie wollte zu David, sicher kommt sie bald zurück. Mach dir nicht immer so viele Gedanken. Sie ist kein Baby mehr.« Aju hörte das Gesagte nicht mehr. Es war ein aufregender Tag. Es war der letzte Schultag, mit dem wichtigen Test und danach ereilten sie die Neuigkeiten von Onkel Gio. Nun lag sie dort und der fehlende Schlaf der letzten Woche zollte seinen Tribut.

Später wachte Aju auf. Es war dunkel, wie immer, auf dem Dachboden. Nur eine Lampe ohne Schirm hing in der Mitte des Raumes von der Decke. Sie wusste nicht, ob es früh am Morgen oder spät am Abend war. Onkel Gio lag nicht mehr auf der Matratze. Sie stolperte die hölzerne Treppe hinunter in die Küche, nahm eine Dusche mit dem Wasser aus der Regentonne. Ein Fisch lag eingewickelt in Zeitungspapier auf dem Tisch. Von Gio konnte er diesmal nicht sein. Im Haus war es still. Durch den Eingang zum Hof schien warmes Licht der Morgensonne. Aju hatte lange geschlafen und goss die roten Blumen, die im Garten in gesprungenen Tongefäßen standen. Das Wasser rann aus den Ritzen säuselnd hinaus, bis heran an ihre nackten Füße. Heute trug sie keine Eisblöcke und keine Schultasche. Ein endloser Raum an Zeit erschien vor ihr. Auf dem Tisch lag ein Zettel. »Wir sind mit Onkel Gio zum Doktor gegangen.«, stand mit wackliger Handschrift darauf. Aju ließ ihre Haare in der Sonne trocknen. Sie schloss die Tür hinter sich, die zum Steg führte. Das Schild, »Geschlossen« baumelte noch immer zwischen der Glasscheibe der Tür und dem Vorhang dahinter hin und her.

Die Stände öffneten wie an jedem Tag und heute waren es mehr als gewöhnlich. Die erste Fähre mit Nachschub vom Festland wurde erwartet. Sie steuerte erst die Insel im Westen des Archipels an und um dann den Hafen der Stadt zu erreichen. Im Laufe des Nachmittags sollte der Trubel am Kai wieder beginnen und für die Saison anhalten. Aju betrat den Steg. Sie dachte an David und war, so fühlte sie, spät dran an diesem warmen Morgen. Die Schule begann für gewöhnlich sehr früh und die Aufregung gestern hatte sie doch mitgenommen. Besonders konnte sie die Schmerzen, die Onkel Gio fühlte, nachempfinden und hoffte, dass es ihm bald besser ging.

Sie bog um die Ecke, an der das Hotel stand und die Frauen begrüßten sie wie immer, »Guten Morgen Flamingo.« Sie schaute auf das Hafenbecken, auf den Platz, an dem die Segeljacht mit dem Holzdeck lag, doch der Platz war leer. Ein leichter Wind von den Bergen der Insel wehte ihr in das zarte Gesicht. In diesem Moment wusste sie, dass sie David verloren hatte. Sie schaute auf das Meer hinaus und am Ende der Bucht meinte sie das Segel des Schiffes zu erkennen, welches so lange Zeit, ohne zu segeln, hier bei Aju, auf ihrer Insel im Hafen lag. David, Anna und sein Vater waren abgereist, oder vielleicht machten sie nur eine Probetour, um die Jacht zu testen? Onkel Henky kam und legte seinen Arm auf Ajus Schultern. »Sie sind weg. Sie wollten schon vor langer Zeit nach Hause. Nun, wo das Wetter es erlaubt und die Wellen kleiner sind, haben sie es gewagt. Wünsche ihnen Glück bei ihrer Reise. Ich habe sie jeden Tag hier gesehen.«

Aju schossen die Tränen in die Augen. Sie hatte sich gestern mit David verabredet. Ihm versprochen zur Jacht am Hafen zu kommen. Dann war da die Aufregung mit Onkel Gio, sein Unfall und dann ist sie einfach eingeschlafen, wie eine der Katzen, die sie manchmal beobachtete. Von einer Minute auf die andere war sie in ihren Träumen. Sie drehte und bewegte sich im Schlaf. Sie redete mit Gio und dann wieder streckte sie ihre Beine in die Länge, wälzte sich auf den Bauch und auf die Seite, fand keine Ruhe. Schließlich erwachte sie und wusste nicht mehr, was Traum und Wirklichkeit war. Nur dass sie lange geschlafen hatte, das war ihr bewusst.

»Hoffentlich ist mir David nicht böse, dass ich nicht gekommen bin.« Ihr kam dieser Gedanke und ihr war in diesem Moment nicht klar, dass es überhaupt keine Rolle spielte, ob er ihr böse war oder nicht. Aller Wahrscheinlichkeit nach würde sie David nie wieder sehen. Sie war in David verliebt. Er war älter wie sie, größer und hatte blonde Haare. Er wusste viel und Aju hatte Mühe, ihm zu folgen, wenn er die Dünen hochrannte. Aber er wartete auf das Mädchen, jedes Mal, niemals ließ er sie allein.

Nicht bei dem Sprung von dem Felsen in das Wasser, nicht auf dem Schulhof, wenn die Mädchen begannen, sich über sie lustig zu machen, wegen ihrer nackten Füße, mit denen sie anfangs zur Schule kam. Auf ihn konnte sie sich verlassen. Er hielt ihre Hand, wenn sie den steilen Strand herunterrutschte und ihre Zehen sich im Sand versuchten festzuhalten. An den Händen haltend purzelten sie zusammen durch den feuchten Sand und standen wieder auf. Aber losgelassen hatte er sie nie. Sie lachten die meiste Zeit, in der sie zusammen waren und fühlten sich stark, machten ihre Witze über die Mädchen in der Klasse, von denen seit einiger Zeit immer mehr mit Kopftüchern in die Schule kamen. Dann war es ihnen wieder egal, was die anderen über sie dachten. Sie gehörten beide sowieso nicht dazu, so fühlten sie.

Aju stand an der Hafenmauer, das Beiboot und die Jacht waren verschwunden. Nur einige leere Körbe aus Plastik standen noch an dem Platz, wo das Boot sonst anlegte. Auf der obersten Kiste lag ein Zettel unter einem runden schwarzen Stein, ein kleines Stück Papier und Aju faltete es auseinander.

Abreise

David wartete an diesem Abend auf Aju, nachdem er seine Arbeiten erledigt hatte. Sie hatten Tabletten in ihre Wasserbehälter geschmissen. Batterien eingekauft für das Funkgerät und das Radio. Die Lampen am Schiff gewechselt und die Segel ausgebessert. Sein Vater packte seine Bücher in Folien ein und würde sie während der weiteren Reise nicht wieder in die Hand nehmen. Er hatte dieselben Bücher mehrmals gelesen und irgendwann war es genug. Er war dankbar für die Zeit auf der Insel, die ihn so viel lernen ließ, seinem Sohn einen Eindruck vermittelte, von dem Leben in Freiheit, wie er es einmal ausdrückte. Gleichzeitig waren Anna und er erleichtert, weiterziehen zu können. Sie hatte die Neugier wieder gepackt und es gab Richtung Osten, dem Wind folgend, so viel zu entdecken.

Sicher, so lange würde es nicht mehr dauern bis nach Hause und David musste nach der langen Zeit wieder, spätestens nächstes Jahr, eine Schule besuchen. Sie hatten sich die ganze Weltreise einfacher vorgestellt, waren aber nicht unzufrieden. Zu Hause in Frankreich hatten sie ihr zweites Refugium und das rannte ihnen nicht weg. Dorthin konnten sie jederzeit zurück und niemand wartete dort auf ihre Rückkehr. So hatten sie keine Eile, jedoch hatte das lange Warten auf der Insel den Rest der Planung in ihren Gedanken etwas gestaucht.

Sie folgten ihrem imaginären Plan und der sagte ihnen, jetzt schnell von hier weg. Anna hörte den Wetterbericht von einer weit entfernten Station. Dann ging alles schnell. Die Lehrerin hatte das Zeugnis nicht vorbeigebracht und Anna lief noch einmal in die Schule. Sie wartete, bis die Englischlehrerin, die niemals Englisch sprach, zurück im Klassenzimmer war. Sie tauschten ein paar Belanglosigkeiten aus und dann schnappte Anna das Papier, weswegen sie hergekommen war und verschwand.

Sie lief mit David bei Oma Heldes Haus vorbei. Nur ein Schild mit der Aufschrift »Geschlossen« hing an der Tür und die Tür war auch verschlossen, wie eigentlich noch nie zuvor. David saß dann den ganzen Abend am Hafen. Erst als der Mann, der sie zum Boot fuhr, mit den Schultern zuckte, betrat er das Gummiboot und setzte als Letzter über zur Jacht. Er klemmte seinen Brief unter den schwarzen Stein in der Plastikkiste am Hafen, den er aus der geheimen Bucht mitgenommen hatte und in der alle Steine so oder so ähnlich aussahen. Onkel Henky winkte ein letztes Mal zu ihm herüber, bevor David unter dem Deck verschwand. Am nächsten Morgen, noch vor Sonnenaufgang, verließ die Jacht mit ihren Gästen den Hafen und die Insel. David schaute sehnsuchtsvoll zurück auf die Häuser, die wie Bienenwaben an dem Hügel hingen, der sich vom Hafen aus erhob. Er sah den Wasserfall und die Klippen und die schwarzen riesigen Felsen der Insel ein letztes Mal. Sie kreuzten eine Weile am Wind, bis die konstante Strömung sie erfasste und die Jacht in Richtung Südosten auf das Meer hinausschob. Bald war die Insel nur noch ein winziger Punkt am Horizont.

Die Jahre

Auf der Insel verflog die Zeit. Für Aju, ihre Familie, Onkel Gio, Onkel Henky und Oma Helde. Sie hatte Freunde in der Schule gefunden und jedes Mal, wenn es Ärger gab, sie jemand hänselte, dann sagte sie, »David wird euch in das Wasser werfen, ihr werdet schon sehen.« Die Erinnerungen an ihn verblassten mit der Zeit. Sie konnte sich sein Gesicht nicht mehr richtig vorstellen und auch seine Stimme nicht. Sie wusste nicht, ob sie ihn wiedererkennen würde, nach so langer Zeit, wenn er plötzlich vor ihr stehen würde. Dann dachte sie jedoch daran, dass nur David anders aussah und weiße Haut und blonde Haare hatte und egal, wie er sich verändert haben sollte, sie würde ihn zweifelsfrei erkennen. Es waren Jahre vergangen. Jahre, in denen sie sich immer wieder an David erinnerte. Fast jeden Tag und wenn es einen Tag gab, an dem sie nicht an ihn dachte, dann gab es einen gewichtigen Grund dafür.

Sie spielte mit den Mädchen ihrer Klasse Volleyball. Jedes Kind, welches von der Lehrerin bestimmt wurde, die Spielerinnen ihrer Mannschaft auszuwählen, nahm zuerst Aju und stellte sie stolz neben sich. Nicht weniger stolz war Aju darauf und wollte alles David erzählen, wenn sie ihn wiedersah. Sie hatte den Brief, den David am Hafen hinterlassen hatte, in die leere Blumenvase auf dem Schrank im Wohnzimmer gesteckt. Den Text kannte sie sowieso auswendig. Dort oben auf den Schrank kam nicht einmal Onkel Henky ohne Stuhl heran und Onkel Gio konnte seit dem Unfall seinen Arm nicht mehr richtig bewegen. So brauchte sie nur auf die Vase oben auf den Schrank zu schauen und wurde sofort an David erinnert.

Ajus Beine waren lang und insgesamt schoss ihr Körper in die Länge. Flamingo, Flamingo, diese Worte begleiteten sie nun täglich, wenn sie auf dem Steg und an den Frauen mit ihren Ständen vorbeizog. Sie schaute sich Bilder von Flamingos in der Schule an. Sie hatten einen Gang, der Ajus Schritten ähnelte. Immer wieder hörte sie von den Frauen, »Pass auf dich auf. Bald werden sie dich verheiraten wollen und dann bleibst du für immer auf der Insel. Du bist so schlau und schön. Bleib nicht hier. Geh in die Stadt auf das Festland.« Aju konnte sich nichts darunter vorstellen, aber einige der Mädchen aus den Klassen über ihr, die schon zwei oder drei Jahre älter waren, waren nun schon verheiratet.

Dann waren sie von einem Tag auf den anderen verschwunden. Verließen das Haus nicht mehr und erschienen dann, als Aju sich schon kaum noch an sie erinnern konnte, mit einem Baby in ein Tuch um den Bauch gebunden auf der Straße mit ihren meist sehr viel älteren Männern. Aju konnte damit gar nichts anfangen, es widerstrebte ihr, sich vorzustellen, mit einem Mann, der so alt war wie Onkel Gio oder Onkel Henky, zusammenzuleben.

Die Männer waren langweilig, sie schlürften über die Straße, aßen mit den Händen und hatten auch sonst keine Manieren. Sie rülpsten laut auf der Straße und schauten Aju immer hinterher. Oma Helde hatte ihr andere Gepflogenheiten beigebracht und wofür, fragte sich Aju, wenn sie sich mit so einem Mann später ihr Leben teilen sollte.

Einmal hatte sie ein Erlebnis, als sie in den großen Garten von Oma Helde wollte. Sich und für die Familie ein paar Früchte holen. Ein Mann kreuzte ihren Weg und als Aju an ihm vorbeiging, drehte er sich in einem gewissen Abstand zu ihr um und lief Aju nach. Das Mädchen bemerkte schnell, dass sie verfolgt wurde, und wechselte das Tempo. Sie sprang in den Garten und versteckte sich hinter den riesigen Blättern eines Bananenbaumes.

Der Mann sah Aju nicht. Er renkte seinen Kopf nach vorne, schaute von einer Richtung in die andere, aber das Mädchen war verschwunden. Von einer Sekunde auf die andere. Aju fand das lustig, sie war viel schlauer als die meisten der Kinder und wartete, bis der Mann die Straße hinunterlief.

Später ging im Dorf das Gerücht herum, »Ein Mann hätte im Garten von Oma Helde einen Geist gesehen. Er sah aus wie eine wunderschöne junge Frau und als der Mann nochmals hinschaute, weil er solch eine schöne Frau noch niemals auf der Insel gesehen hatte, da war sie weg.« Er suchte sie, bekam es dann mit der Angst und verließ die Stelle und wollte niemals mehr in die Nähe des Gartens zurück. Dieser Ort konnte nur verflucht sein, so sagte er. Das war gut für Aju, denn von diesem Moment konnte sie unbehelligt und wann sie wollte die einsame Straße zum Garten von Oma Helde entlang laufen.

Oma Helde wurde älter und älter. Jedes Jahr kam der Offizier vom Schiff, den sie kennengelernt hatte, als David auf der Insel war und keines der Boote mehr den Hafen verließ. »Wir liebten uns richtig. Das verstehst du nicht. Du bist noch ein Kind.«, sagte einmal Oma Helde zu ihr, als Aju fragte, warum sie nicht zusammengezogen waren und er immer wieder mit dem Schiff wegmusste. Schließlich war er ein richtiger Mann, nicht ein Junge wie David der, wenn es seine Eltern nicht gegeben hätte, diese Insel niemals betreten hätte. Er konnte allein entscheiden, was er wollte und wenn er nicht auf der Insel blieb bei Oma Helde, dann wollte er es wahrscheinlich nicht, so dachte Aju und so musste es wohl auch gewesen sein.

In diesen Momenten dachte Aju an ihr eigenes Leben. Sie hatte keine Mutter mehr und auch über diesen Umstand zu sprechen war in diesem Haus ein Tabu. Nichts hatte sich daran geändert. Sobald Aju Oma Helde darauf ansprach, wurde sie wütend, obwohl das Mädchen ja nun wirklich nichts dazu konnte. Auch Onkel Henky und Onkel Gio schüttelten nur mit dem Kopf. Wenn sie später einmal auf das Festland fahren würde, denn das hatte sie sich in den Kopf gesetzt, dann würde sie nach dem Grab ihrer Mutter suchen, das war klar. Da verstand sie Oma Helde überhaupt nicht.

Eines Tages in einem neuen Jahr wechselte Aju dann die Schuluniform. Sie war nun fast eine junge Dame. Aus dem roten Rock wurde ein blauer. Onkel Gio hatte mehr und mehr Mühe, mit Freddi auf das Meer hinauszufahren und Fisch für die ganze Familie zu fangen und zusätzlich den Rest des Fanges zu verkaufen. Um so die Anschaffungen zu tätigen, die notwendig waren und um die Geschäfte der Familie aufrecht zu erhalten. Eine Kiste aus Holz stand seit Jahren auf dem Dachboden des Hauses. Onkel Gio hatte sie vom Schuppen mit dem Wellblechdach nach nebenan in das »richtige« Haus gebracht. »Es ist dort nicht so heiß.«, sagte er. Nur er hatte den Schlüssel für die Kiste und niemand erinnerte sich mehr über die Zeit an sie.

Schon damals, als der Unfall mit Onkel Gio passierte, lief das Geschäft nicht gut. Zu viele Schiffe mit großen Netzen kreuzten vor den Inseln. Keines der Fangschiffe war von hier, aber der Bürgermeister konnte nichts dagegen tun. Er bat die Marine um Hilfe, aber die See war riesig und wenn sie einige der Boote ausgemacht hatten und versenkten, kamen dafür zwei Neue und fischten umso mehr vor ihrer Insel.

Aju half Onkel Gio, wo sie konnte. Er bewegte seinen Arm mehr schlecht als recht. Die alte Wunde, die entstanden war, als er mit seinen Armen in den Propeller des Bootes geriet, hatte eine breite Narbe hinterlassen und er humpelte seitdem. Sie hörten von Fischerbooten, die draußen mit Sprengstoff fischten, wie schon damals vor einigen Jahren.

Nur damals, nach dem Unfall, verwarf Gio die Idee, dies auch zu tun. »Die Geister hatten etwas dagegen.«, sagte er zu Freddi und zu sich selbst. »Das ist meine Strafe.« Nun dachte er anders darüber. Die Männer draußen taten nichts weiter, als weit genug von der Insel weg sein. Dann zündeten sie die Lunten und warfen die Stangen aus Dynamit in hohem Bogen in das Wasser. Eine weiße Fontäne stieg auf und ließ die hölzernen Boote schaukeln. Fische klatschten auf das Wasser und dann kamen all die Meeresbewohner an die Oberfläche, die bei der Explosion auf dem Wasser getötet wurden.

Die Männer mussten den Fisch nur noch einsammeln. Gio war es leid, in die Tiefen zu tauchen, ohne Pressluft, ohne Maske. Seine Finger und Zehen kribbelten bei jedem Tauchgang und nach kurzer Zeit im Wasser wurden die bunten Fische grau vor seinen Augen. Es war nur eine Frage der Zeit, bis etwas passierte und Gio sich so verletzte, dass er gar nichts mehr zum Lebensunterhalt der Familie beitragen konnte.

So kam er zu dem Entschluss, an einem schönen Morgen, zusammen mit Freddi die Kiste aus Holz zu öffnen. Einige der Stangen Dynamit, die er vor Jahren von dem Matrosen auf dem Marineschiff gekauft hatte, in ein weißes Leinentuch zu packen. Ohne ihr sonst übliches Fangwerkzeug saßen die Männer verloren in dem Holzboot. Zu ihren Füßen das todbringende Material, das gefährlich für sie und tödlich für jedes Lebewesen im Umkreis von hundert Metern war, welches sich im Wasser befand. Sie mieden die Blicke der anderen Kollegen an der Hafenmauer und tuckerten hinaus auf das Meer. Sie waren so aufgeregt, dass sie fast das Netz vergessen hätten und die Käscher zum Fangen der Fische. Es lag noch der blaue Dunst der Nacht über dem spiegelglatten Ozean. Kein Windhauch würde den lauten Knall der Explosion bis zur Insel tragen können und Gio zündete eine Lunte an und warf die Stange aus Dynamit in die See.

Es zischte kurz und auf dem Wasser trieb die Papphülle und deren Enden lösten sich langsam auf. »Du musst sie richtig anzünden und dann warten bevor du sie in das Wasser schmeißt und weiter weg.«, sagte Freddi. Gio versuchte es ein zweites Mal und fast hätte es ihn den Arm abgerissen bei dem Versuch, die brennende Lunte rechtzeitig loszuwerden. Kaum auf dem Wasser aufgeschlagen, explodierte die Bombe. Stücke von Korallen, die tausende von Jahren alt waren, flogen durch den Himmel. Die Detonation hatte sie aus dem Riff gerissen. Gio und Freddi schauten sich um. Der Knall rollte über die See und dann war es still.

Fische über Fische kamen an die Oberfläche. Die Männer sammelten lautlos den Fisch mit ihren Käschern ein und verstauten die Ladung unter den Planen. Ein gutes Gefühl hatten sie nicht dabei. Die Fische hatten traurige Augen. Sie bluteten aus den Kiemen. Einige waren zerfetzt. Sie wollten den Tag so schnell wie möglich hinter sich bringen, denn es war für die beiden das erste Mal und sie wussten in diesem Augenblick noch nicht, dass es auch das letzte Mal sein sollte.

Am Horizont erschien mit schneller Fahrt ein Marineschiff. Es kam direkt auf das Boot der Fischer zu. Die Bugwelle war gewaltig, die Sirene ertönte und Männer sagten Unverständliches über einen Lautsprecher. Gio erkannte, es war das gleiche Schiff, von welchem der Matrose ihm damals das Dynamit verkauft hatte. Die Fischer fühlten, dass der Tag in einer Katastrophe endete. Sie waren hier auf der offenen See. Es gab keinen Platz zum Verstecken. Es war nicht wie in Heldes Garten, wo man eine Frucht stehlen konnte und sich hinter Bäumen versteckte. Hier gab es kein Entrinnen. Keiner der Fische unter der Plane zappelte mehr. Es war nicht wie sonst bei einem ihrer vielen Fänge draußen auf der See. Ein Mann mit einem Megafon in der Hand rief etwas zu den Fischern herüber. Sie warfen ein Seil auf das Boot, welches an Deck aufschlug.

Dann ging alles ganz schnell und Matrosen sprangen auf das Boot, legten die Arme der beiden Männer auf den Rücken und Handschellen klickten an ihren Händen. Sie brachten sie die steile Leiter hinauf zu dem grauen Stahlkoloss. Ihr schönes weißes Fischerboot mit dem roten Streifen wurde an das Heck gebunden und schaukelte hinter dem Schiff hin und her, als es in den Hafen der Insel einlief.

Aju war noch immer am Kai, als das Schiff mit Onkel Gio und Freddi an Bord in den Hafen einlief. Sie konnte auch das Boot von Gio erkennen, welches im Schlepptau hinterherkam. »Was ist passiert? Hatte Onkel Gio einen Unfall?«, überlegte Aju. Sie sah Gio an Deck des Schiffes. Er winkte ihr nicht zu. Er schaute nur zu Boden. Aju trat einen Schritt zurück, versteckte sich hinter einer Kiste vollgepackt mit Fischernetzen. Ihre Hände zitterten. Sie hatte ein ungutes Gefühl, denn wenn Fischer auf einem Marineschiff waren, bedeutete das meist nichts Gutes, das wusste sie. Der Offizier des Schiffes schritt voran, die schmale Treppe hinab und verließ mit Gio und Freddi, deren Hände auf den Rücken gebunden waren, und gefolgt von vier weiteren Männern das Schiff. Sie liefen den kurzen Weg zum Hotel und Onkel Gio schaute nur einmal kurz zu Aju und erhaschte ihren Blick.

Das Mädchen, welches nun schon eine junge Dame war, wollte nach Hause rennen, zu Oma Helde, und ihr erzählen, was sie gesehen hatte. Die Frauen auf dem Steg beobachteten sie und sahen ihre Nervosität. Sie versuchte so ruhig wie möglich, aber mit schnellen Schritten zurück zum Haus zu laufen und möglichst unauffällig, um Oma Helde von den

Vorkommnissen berichten zu können. Nur selten erschienen ihr die wenigen Schritte, der Weg zurück, so lang. Außer damals, als sie von dem Felsen in der Bucht in den Ozean sprang. Da kam ihr die Zeit auch so ewig vor. Sie flog durch die Luft, spreizte ihre Arme und dachte, wann bin ich endlich im Wasser?

Als Aju die Tür zum Haus mit ihren Schultern aufstieß, war Oma Helde nicht zu Hause. Nur Onkel Henky schnitt einem Kunden im Halbdunkel des Vorraumes die Haare. »Onkel Henky, sie haben Gio in das Hotel gebracht. Er kam von dem großen grauen Schiff mit den Matrosen. Gios Boot haben sie hinter sich hergezogen.« »Oh, mein Gott, auch das noch.«, sagte Henky. Er schaute sich im Raum um und war sich für einen Moment uneinig, ob er dem alten Mann auf dem abgenutzten Friseurstuhl vor ihm die Haare zu Ende schneiden oder gleich wegrennen wollte.

»Ich glaube es ist besser, wenn du zum Hotel gehst und schaust, ob du Onkel Gio helfen kannst.«, sagte Aju im Tonfall, wie sonst nur Oma Helde sprach. Sie nahm den Besen aus Reisig in die Hand und kehrte zwischen ihren Füßen und dem cremefarbenen Stuhl, auf dem der Gast saß, einen Berg schwarzer Haare zusammen. Dann nahm sie die rosa Kehrschaufel aus dem Schirmständer und entsorgte den Berg voller Haare am Steg vor dem Haus. Sie strich sich durch ihre schwarzen Haare und dachte sich, »Für was braucht man einen Friseur?« Sie hatte ihre Haare, soweit sie sich erinnern konnte, noch nie von Onkel Henky schneiden lassen. Sie kämmte sie jeden Tag, manchmal tat sie etwas duftendes Öl in das Haar und die einzigen Haare, die sie abgab, waren die Büschel in ihrer Haarbürste aus hellem Holz.

Onkel Henky entließ den Kunden, nachdem ihm dieser einige grüne Geldscheine in die Hand gedrückt hatte. Er war sich nicht sicher, ob er zum Hotel am Hafen gehen sollte oder nicht. »Es ist dein Bruder, du kannst ihn dort nicht allein lassen.«, sprach Aju und schaute ihm lange in die Augen. Sie drückte mit ihrer Hand seinen Arm ganz fest, so dass er schon weiße Druckstellen bekam. Dann warf sie ihm die Sandalen vor die Füße. »Los, wir müssen gehen, beeile dich.« Aju nahm ihre ganze Kraft zusammen und wenn sie so sprach wie Oma Helde, machte das auf Henky Eindruck. Aju stolzierte vorne weg und Henky hinterher. Er konnte Hähnchen zubereiten und Haare schneiden, die er sich nun raufte. Aber wie konnte er Gio helfen, denn Hilfe brauchte er, das war klar. In das Hotel brachten sie sonst nur Verbrecher und Diebe.

Vor dem ockerfarbenen Hotel standen, seit dem Aju denken konnte, im Eingang die beiden Buddhafiguren zur Begrüßung. Sie lief schnell daran vorbei und dahinter folgte ihr, etwas unwillig, Henky. »Was ist passiert? Ist mein Onkel Gio bei ihnen?«, wollte Aju von dem Mann mit einem Gewehr quer über die Brust wissen. Der Mann in grauer Uniform und schiefer Mütze auf dem Kopf trug eine weiße Schärpe über der Brust. Er schaute geradeaus, fast durch Aju hindurch. »Komm mal mit, du bist doch die Kleine, die bei Helde wohnt.«, sagte ein Mann in Offiziersuniform, klopfte ihr auf die Schulter und zog sie in das Zimmer nebenan.

Es war der gleiche Raum, indem Aju vor Jahren schon einmal war. Die Frau, die die meiste Zeit am Tresen des Hotels stand, packte damals schmutzige Wäsche in einen Korb und Aju konnte sich noch daran erinnern und an die Schnapsflasche, die sie vor ihr zu verstecken suchte. Der Raum war im selben Zustand wie damals. Aus der Klimaanlage an der Wand tropfte Wasser auf das Linoleum. Nur vor dem Bett stand jetzt ein Tisch aus Holz. Der Offizier hatte einen Stapel Papiere darauf ausgebreitet. Ordner aus pinkfarbenem Papier mit Löchern zum Abheften darin.

»Weißt du, was dein Onkel auf See getan hat?«, wollte er von Aju wissen. »Er wollte fischen fahren, wie immer, sonst weiß ich nichts.«, sagte das Mädchen in Erwartung schon der nächsten Frage. Sie versuchte, so glaubwürdig wie möglich zu wirken, und legte ihre Hände flach auf den Tisch, als der Mann ihr einen Platz anbot.

Sie dachte an die Kiste auf dem Dachboden und daran, dass sie vor langer Zeit einmal in die Kiste geschaut hatte. Als David noch da war. Er sagte ihr, in der Kiste wäre Sprengstoff und dass das gefährlich wäre. Er hätte so etwas schon früher einmal gesehen. Sie wusste, dass Onkel

Gio regelmäßig danach schaute und etliche von den Stangen, die in der Kiste lagen, herausgenommen hatte. Aju wusste, je weniger sie sagte, umso besser für sie und erst recht für Gio, der noch nie jemandem weh getan hatte und mit Sicherheit kein Verbrecher war.

»Weißt du Aju, ich kenne dich. Du bist die Enkeltochter von Oma Helde und mein Freund kennt Oma Helde sehr gut. Vielleicht heiraten sie sogar.« Aju schaute erstaunt. »Aber Gesetz ist Gesetz und ich kann deinen Onkel beim besten Willen nicht laufen lassen. Alle haben gesehen, was sie getan haben und das ist verboten.« Aju nickte die ganze Zeit, während der Mann sprach. »Ich verstehe, ich verstehe. Aber was hat er denn getan?«, fragte Aju. »Er hat das Riff in die Luft gesprengt, um Fische zu fangen, das hat er getan. Darauf steht Gefängnis. Die Regierung ist sehr hart und fünf Jahre werden es werden, wenn wir ihn auf das Festland bringen und er verurteilt wird.« Aju dachte kurz nach. Fünf Jahre, das ist ungefähr so lange, wie sie David kannte, und an sein Gesicht konnte sie sich kaum noch erinnern, aber er war noch da, in ihren Erinnerungen.

Noch einmal fünf Jahre und sie würde schon verheiratet sein, wenn sie auf der Insel bliebe. Wer wäre dann auf ihrer Hochzeit, wenn Onkel Gio nicht da wäre? Nur Onkel Henky, wenn ihm bis dahin nicht sämtliche Haare ausgefallen waren? Dass Oma Helde heiraten wollte, erfuhr sie auch erst gerade. Sie sorgte sich um Gio, aber im selben Moment dachte sie auch wieder an sich. An dieses nicht endend wollende Gefühl, ganz allein zu sein. Zusammenzuleben mit der Familie, unter einem Dach, in einem Haus, aber immer mit dem Gefühl, alles könnte jederzeit ein bitteres Ende finden und jemand wichtiges in ihrem Leben könnte sie verlassen.

»Onkel Gio hatte vor langer Zeit einen Unfall und kann seinen Arm seitdem nicht mehr richtig bewegen und tauchen kann er schon gar nicht mehr. Von was sollen wir, seine Familie leben, wenn er im Gefängnis ist, Herr Offizier? Die anderen Diebe, die unser Meer plündern, kommen zur Belohnung für ein Jahr auf eine Insel und müssen dann zurück in ihre Heimat und Onkel Gio soll für fünf Jahre in das Gefängnis?« Aju redete sich den Ärger von der Seele und ein wenig Wahrheit war in dem, was sie sagte, enthalten. Es war keine Ausrede oder Entschuldigung. Der Gedanke drängte sich für Aju in diesem Moment nur auf. Der Offizier sah aus dem Fenster. Die Fensterläden, die noch nie in diesem Hotel geschlossen wurden, klapperten an der Hauswand. »Wie kann man bei dem Lärm schlafen?«, sagte der Offizier zu Aju.

»Ich verstehe dich, Aju und ich kenne deine Familie. Ich kann nicht anders, aber ich werde ein gutes Wort für deinen Onkel einlegen und vielleicht ist er in einem Jahr wieder hier bei euch. Das ist alles was ich tun kann. Es tut mir leid.« Aju verstand, dass es für Gio an diesem Tag kein Entkommen gab. Es war ein schrecklicher Tag. Nicht nur für Gio, auch für den Rest der Familie.

Von nun an beobachteten unsichtbare Augen jeden Schritt von Aju auf ein mögliches Fehlverhalten. Ressentiments tauchten gegenüber ihrer Familie auf, die sie so noch nie gehört hatte. Von niemandem auf der Insel. Sie kamen nicht von hier, sagte man. Menschen von der Insel tun so etwas nicht. Dabei waren Oma Helde und ihre Brüder doch schon fast ihr ganzes Leben hier. Sie sprachen den Dialekt der Insel, den auf der nächsten Insel schon niemand mehr verstand. Sie taten all das, was die Ureinwohner taten, aber nun sollten sie auf einmal plötzlich nicht mehr dazugehören.

Aju bedankte sich bei dem Offizier für seine Hilfe. Sie wirkte gefasst und nicht überrascht. Nicht, dass sie erwartet hatte, dass Gio Fisch fangen wollte, indem er Bomben auf das Wasser warf, aber sie konnte es nachvollziehen. Sie sah Onkel Gio fast jeden Tag und fühlte mit ihm, wie er mit der linken Hand seinen rechten Arm stützte, selbst bei einfachen Dingen, die er verrichtete. Wie sollte er vierzig Meter tief tauchen und dazu noch eine Harpune in der Hand halten, oder sich über die Planken des Fischerbootes ziehen? Das war einfach nicht mehr möglich und jeder wusste es und zuallererst Aju. Aber niemand dachte bislang wohl darüber nach und bat Onkel Gio Unterstützung an. Jeder dachte nur an sich, so musste Gio eine Lösung für das Problem finden. Nun war es leicht, alle Schuld auf Gio abzuwälzen. Warum er das getan hat?

War er zu gierig oder zu faul, wie die anderen die Netze auszuwerfen und zu warten bis sich der Fisch darin verfängt?

Aju wollte Onkel Gio nur helfen. So lange stand er an ihrer Seite, ohne jemals ein böses Wort zu ihr gesagt zu haben. Das würde sie ihm ewig danken und sie fühlte mit ihm. Wie es ihm jetzt wohl erging? In dem Raum neben ihr, den sie nicht mehr betreten durfte? Sie würde Gio für eine Weile nicht sehen. Aber sie bewahrte Fassung. Sie ließ sich nichts anmerken von den Gefühlen, die sie überwältigten, von dem tiefen Verlust, den sie in diesem Moment spürte. Sie trat vor die Tür, folgte dem Offizier, der die Tür zu dem Zimmer von Onkel Gio öffnete und folgte ihm in den Raum. Am Tisch saß Gio. Nach vorn gebeugt saß er da, mit dem Rücken zum Fenster. Gegen die Sonne schienen seine Augen matt und müde. Alle Qualen lagen noch vor ihm und er wusste davon. Hoffentlich würde er die Zeit überstehen. Das wünschte Aju sich von Herzen.

Aju stellte sich vor den Tisch und Gio stand auf. Erst jetzt bemerkte Aju, dass sie schon fast so groß wie ihr Onkel war, und es war nicht nur ihre Größe, die sie so verändert hatte. Sie umarmte Gio lange und drückte ihn fest an sich. Sie konnte seine knöchernen Beine spüren und die Rippen bei jedem Atemzug, den er tat. Sie hielt ihn im Arm und er flüsterte ihr etwas in das Ohr. »Pass auf Oma Helde und Onkel Henky auf. Ich komme bald wieder zurück. Das Boot lassen sie euch. Zieh es an Land und stell es in den Garten. Für später.«

Aju wusste nicht, wie sie das Boot aus dem Wasser bekommen sollte, aber Onkel Henky würde ihr helfen können, das würde sie regeln. »Du kannst dich auf mich verlassen.«, sagte das Mädchen wieder im Tonfall von Oma Helde. Dann führten sie Gio aus dem Raum. Die beiden Männer, die vor der Tür Wache standen, verloren ihre steife Haltung, packten ihre Gewehre auf den Rücken und zogen davon, zurück zu ihrem Schiff. Sie brachten Gio zum Boot. Dort würde er unter Deck auf seinen Weitertransport warten. In der Hitze des Kolosses aus Stahl. Aju schlich den Männern hinterher. Sie versteckte sich hinter der Ecke des Hotels, bis sie sich etwas kindisch dabei vorkam, sich hinter Paletten aus Holz und

Fischernetzen verbergen zu müssen. Sie winkte Onkel Gio noch einmal zu. Dann verschwand der Onkel auf dem Deck des Schiffes.

Die Motoren des Schnellbootes sprangen an. Eine schwarze Wolke drückte sich aus dem Schornstein und das Boot verschwand, mit all den Kommandos und dem Stimmengewirr, was im Hafen noch vom Deck zu hören war. Die Fischer am Hafen schauten teils ehrfürchtig, teils verächtlich auf das auslaufende Schiff. »Jetzt hat es sogar einen von uns erwischt. Ich dachte, die stehen auf unserer Seite.«, sagte einer der wenigen Männer, die einen Bart auf der Insel trugen, zu Aju. »Wo war nur Onkel Henky geblieben?«, dachte das Mädchen in diesem Moment. Gerade als sie im Hotel waren, war er noch bei ihr. Sie hatte ihn gar nicht beachtet und nun war er verschwunden. Sie sprang über den hölzernen Steg zurück zum Haus.

Oma Helde stand im Garten zusammen mit Onkel Henky und sie diskutierten und gestikulierten mit ihren Händen. Aju hatte getan, was notwendig war, und sie wünschte sich, dass Onkel Gio bald zurückkehrte. Es war so lange still auf der Insel und nun, als das Leben endlich wieder Fahrt aufnahm und jeder auf der Insel Pläne machte, wieder reisen konnte, da musste so etwas passieren. Sie fühlte sich fehl am Platz, lief zurück in Richtung zum Hafen, die einzige Straße des Ortes entlang.

Davids Reise

Onkel Henky arbeitete heute nicht. Seine Hütte war verwaist und wie selbstverständlich kauften die Menschen, die zum Hafen strömten, beim Stand nebenan frittierte Bananen und Nudeln. Heute nach langer Zeit würde das erste Fährschiff anlegen, welches Gäste, die zuvor in der Hauptstadt umgestiegen waren, zur Insel brachten. Handwerker, Material zum Bauen, Ersatzteile, Medikamente, eine neue Lehrerin. Alles, was die Insel und ihre Bewohner brauchten, musste mit dem Schiff die Insel erreichen. Jahre waren mittlerweile vergangen, seit Aju David an derselben Stelle zum letzten Mal hier gesehen hatte, aber sie hatte die Hoffnung nicht aufgegeben, ihn wiederzusehen. In letzter Zeit hatte er wenig geschrieben.

Noch bevor Gio seinen Motor reparieren konnte, der mehr und mehr unruhig lief, hatte er nun unfreiwillig die Insel verlassen müssen. Was würde aus dem Fischerboot werden? Würde Aju nun die Schule verlassen müssen, um die Familie zu ernähren, und jede Woche auf das Meer hinausfahren müssen?

Es war schon fast Abend, als am Horizont, neben der tiefstehenden Sonne, die Fähre auftauchte. Die Passagiere standen auf dem Deck versammelt. Einige schauten in die untergehende Sonne. Andere suchten mit ihrem Blick im Hafen nach ihren Verwandten oder Freunden. Menschen riefen durcheinander und winkten. Junge Männer standen an der Hafenmauer. Sie fingen die Taue auf, die vom Schiff hinüber geworfen wurden und legten sie um die großen Poller. Dann rutschte das Schiff ein Stück an der Mauer entlang, bis der große Propeller am Heck sich noch einmal aufbäumte und das Schiff mit einem lauten Vibrieren zum Stillstand brachte. Die Matrosen auf der Fähre legten Eisenplatten mit gestanztem Muster darauf, hinüber zur Mauer. Dann stellten sie sich links und rechts der provisorischen Brücke auf und die Passagiere verließen das Schiff.

Sie hatten ungewaschene Haare, manche sahen bleich aus, von den Strapazen des Seeganges. Eine kleine Frau rollte einen Sack vor sich her. Allerlei Kisten mit Stricken zusammengebunden wurden herausgereicht. Die Passagiere betraten nach Tagen der Reise das erste Mal festen Boden unter den Füßen und einige schauten ungläubig auf die Stahlplatte, bevor sie den ersten Schritt darauf taten. Ein muffiger Geruch wehte aus dem Inneren des Schiffes. Dieselgestank lag in der Luft. Eine Maus verließ das Schiff genauso über den Steg wie die Passagiere. Aju saß auf dem Tresen von Onkel Henkys Hähnchenstand. Aju ließ sich den Wind, der noch von der See herkam, in ihr Gesicht wehen. Die Sonne tropfte in das Meer.

Ein junger Mann, der so ganz anders aussah als die restlichen Passagiere, hüpfte mit einem Sprung über die Stahlplatte auf die Hafenmauer. Er war viel größer und hatte eine Baseballmütze auf dem Kopf. Der Gang des Mannes kam Aju vertraut vor. Er trug einen schwarzen Rucksack und eine weiße, große Tasche aus Segeltuch. Auf der Tasche waren Buchstaben in schwarzer Farbe zu sehen. AN, so wie der Name von Davids Mutter Anna, dachte Aju und so wie die Jacht hieß, auf der David hier so viel Zeit verbrachte. Sie schloss ihre Augen und summte ein Lied, welches Oma Helde häufig an ihrem Bett sang.

Aju spürte eine Hand auf ihrer Schulter. Sie blinzelte in die Sonne. Vor ihr stand der junge Mann mit der Baseballmütze. »Aju? Der junge Mann nahm die Mütze vom Kopf und nun erkannte Aju David. Er war es wirklich. Aju meinte zu träumen, aber er war hier, egal wie das geschehen konnte, aber es war Realität. Sie rutschte von Onkel Henkys Tresen, ließ sich in Davids Arme fallen und ihre beiden Körper schmiegten sich aneinander und bebten. Die Sonne tropfte ihr letztes Licht in den Ozean.

Aju verlor in einem Moment ihre ganze Anspannung. Ihre Muskeln und ihr ganzer Körper gaben nach und wenn David sie nicht fest im Arm gehalten hätte, dann wäre sie vermutlich zu Boden gefallen. Tränen standen ihr in den Augen und erst zitterten ihre Hände und dann ihre

Arme. Sie ließ sich einfach nach vorne fallen und wünschte, dass dieser Moment nie mehr aufhörte. David berührte ihr Gesicht. Sie bewegte sich nicht und das erste Mal in ihrem Leben fühlte sie, dass ein Mensch sie liebte. Es war anders als wenn Oma Helde sie am Abend zu Bett brachte und ihr eine gute Nacht wünschte und sie drückte.

Sie standen dort am Hafen und die Dämmerung hatte schon den Vorhang des heutigen Tages zugezogen. Aju und David war das egal. Irgendwann schob sie David von sich weg. Er war immer noch größer als sie. Sein Gesicht war länger, als sie es in Erinnerung hatte, aber nicht härter. Das Kinn schmal und die Haut so weiß wie zuvor. Die blonden Haare waren noch weißer. »Ich habe dich an deiner Tasche erkannt. Das ist doch ein Stück von eurem Segel. Eine originelle Idee, daraus eine Tasche zu machen. Aber was ist aus der Jacht geworden? Haben deine Eltern jetzt einen Taschenladen?«, fragte Aju und lachte.

In Sekunden waren ihre Gefühle auf den Kopf gestellt. Die Glücksgefühle hatten sie übermannt. Sie lachte bei jedem Satz, den sie beendete und David auch. »Nein, das nicht, aber das ist eine lange Geschichte. Ich erzähle sie dir später.«, sagte David.

»Wie lange bleibst du hier, für immer?«, fragte Aju scherzend. »Ich weiß es noch nicht. Wenn die Schule beginnt, muss ich zurück sein.« »Zurück sein, wohin?«, fragte Aju. »In Montpellier an meine Schule natürlich und wenn ich fertig bin, werde ich studieren.« Aju war mit einem Schlag glücklich wie noch nie. Sie vergaß die Schule, Oma Helde und auch Onkel Gio.

Sie würde David folgen, irgendwann, egal wohin. Er liebte sie, obwohl sie nicht genau wusste, was das bedeutete und sie liebte ihn auch. Das war klar, denn warum sollte er sonst hierhergekommen sein. Der Junge aus der verblassten Vergangenheit war wieder Realität geworden und dazu noch ein junger Mann. Er hatte all die Strapazen auf sich genommen, nur um mich zu sehen, er musste verrückt sein. Sie konnte es immer noch nicht fassen, dass David wirklich hier vor ihr stand und wie das möglich war, obwohl sie es doch schon so oft in ihren Gedanken in Erwägung gezogen hatte.

»Er war wirklich anders, als all die anderen Jungs in der Schule.«, wurde Aju bewusst und es war ein Glück, ihn kennengelernt zu haben. Er wusste, was er wollte. Das war ihr klar und es gab keinen Grund, daran zu zweifeln, dass er es auch erreichte. Und wenn es um sie ging, dann wusste Aju schon die Antwort auf seine Frage, falls er sie jemals stellen würde.

David kam mit dem Flugzeug aus Frankreich, war auf die Fähre umgestiegen und nun hier. Seine Eltern hatten ihm ein Ticket zum sechzehnten Geburtstag geschenkt.

»Wir wissen, wohin du willst. Zu deiner Aju. Andere Jungs in deinem Alter wünschen sich ein Moped. Aber wenn du sie nicht vergessen kannst, dann legen wir dir keine Steine in den Weg. Nächstes Mal musst dir dann dein Ticket alleine kaufen. Denk daran.« So sprachen Anna und Davids Vater und brachten ihn zum Flughafen, winkten ihm zu und waren verschwunden. »Er ist schon ein eigenartiges Kind.«, sagte Anna zu ihrem Mann und sie brausten mit ihrem Auto nach Hause. »Als ob es hier keine Mädchen gäbe. Er ist fast so verrückt wie du.«

David hatte seinen ganzen Mut zusammengenommen. Aber wer mit seinen Eltern in einer Nussschale über den Ozean schipperte, für den war eine Reise in einem Flugzeug und auf einer Fähre ein Kinderspiel. Es war auch nicht wirklich mutig von ihm, eher für seine Eltern, die sich wohl mehr Sorgen machten als er selbst. Nun war er hier. »Hast du im Hotel ein Zimmer reserviert?«, fragte Aju. »Nein, noch nicht. Ich konnte das Hotel nicht im Telefonbuch finden. Aber ich kann überall schlafen. Ich habe einen Schlafsack mitgebracht und es macht mir nichts aus, auf dem Boden zu schlafen. Kannst du Oma Helde fragen, ob ich bei euch schlafen kann?«

Aju überlegte keine Sekunde. Sie liefen Hand in Hand wie vor Jahren den Steg entlang. Der Hafen erschien mit einem Male viel kleiner. Der Weg zum Haus kurz und auch, als sie das Haus betraten, sah Oma Helde viel kleiner aus, als noch am Morgen.

Oma Helde erkannte David sofort. Nicht unbedingt an seinem Gesicht und an seiner Größe. Er überragte Helde schon um einen Kopf.

Aber die Vertrautheit, mit der Aju an der Hand von David durch die Tür schritt, ließ für Oma Helde nur den einen Schluss zu. »Dein David hat zurück zu uns gefunden.« Sie erkundigte sich nach seinen Eltern und nickte nach jedem Satz, so wie es ihre Art war.

»Wo kommst du unter, solange du hier bist?«, fragte sie David, während er sich am Waschbecken in der Küche die Hände wusch. »Darf ich hierbleiben? Ich habe zwar etwas Geld für das Hotel, aber hier bei euch ist es schöner. Ich störe auch nicht.«, sagte David und legte eine Pause ein. »Du kannst im Garten schlafen unter dem Dach. Onkel Gio ist nicht hier und Onkel Henky wird nichts dagegen haben, solange du uns etwas helfen kannst. Es gibt einige Veränderungen bei uns. Gerade heute ist viel passiert.« Oma Helde blickte auf den Boden und wich Ajus Augen aus.

Aju konnte ihre Freude nur schwer unterdrücken. Ihr geliebter Freund war zurück und er schlief in ihrem Haus, jedenfalls im Garten, nur zwei Türen entfernt von ihrem Schlafplatz und sie konnten die ganze Zeit miteinander verbringen, so viel Zeit wie noch niemals zuvor. »Hat dir Aju schon erzählt, was mit Gio passiert ist?«, wandte sie sich an David. Aju schüttelt mit dem Kopf. Sie wollte nicht darüber sprechen und der Tag hatte so ein schönes Ende gefunden, mit dieser großen Überraschung. David packte seinen zusammengerollten Schlafsack aus und legte sich in den Garten, unter das Dach des Hauses. Nur der Sternenhimmel war über ihm zu sehen.

»Ich habe alle deine Briefe bei mir, die du mir geschrieben hast. Willst du sie sehen? Stimmt das alles, was du geschrieben hast?« Sie sprintete die Treppe hinauf zum Dachboden, nahm die Briefe mit den rot-blauen Streifen am Rand aus der einzigen Schublade ihrer Kommode aus hellgelbem Holz und lief zurück in den Garten. David lag auf dem Schlafsack, die Beine zusammengezogen und seine Augen waren geschlossen. »David, David.«, rief sie und berührte seine Schultern. Doch David schlief tief und fest. Die lange Reise zollte ihren Tribut und David konnte dem Gefühl der Müdigkeit an diesem Abend nichts mehr entgegensetzen.

Am nächsten Morgen vermisste Aju den in Zeitungspapier eingewickelten Fisch auf dem Küchentisch. Im Haus von Oma Helde war der Fisch ausgegangen und es gab auch kein altes Zeitungspapier mehr. Das Mädchen lebte für eine kurze Zeit weder in Erinnerungen, noch in der Zukunft. David nahm eine Dusche und schüttete sich das Regenwasser aus der schwarzen Tonne über seine weiße Haut. Dann liefen die beiden zum Café am Hafen neben dem Krankenhaus. Jeder hatte seine Gedanken an ihr letztes Zusammensein auf der Insel im Kopf und doch war alles anders. Aju war nun selbständig und David reiste über zwei Kontinente, was mit sechzehn Jahren doch ungewöhnlich war zu dieser Zeit.

Sie verbrachten Tage am Wasserfall, ganze Tage an den schwarzen Felsen und im geheimen Garten von Oma Helde. Aju vergaß, dass es um sie herum auf der Insel ihre Freundinnen gab und die Schule und Onkel Gio, der im Gefängnis saß. Oma Helde erzählte, dass er mindestens ein Jahr dortblieb und dann, bei guter Führung, nach Hause durfte.

Wo das war und wie weit entfernt von der Insel, all das erfasste sie nicht. Sie wusste nicht, was es bedeutete, die Insel zu verlassen und auf eine lange Reise zu gehen. Die Frauen vom Steg sahen Aju mit David Hand in Hand gehen. »Lass sie nur, die anderen sind in dem Alter schon verheiratet.«, sagte eine der Jüngeren mit einem Kopftuch. »Sie hat Glück gehabt. Was sollte sie auch sonst mit ihren langen Beinen, wie die eines Flamingos machen. Es musste ja so kommen, einen von hier hätte sie nicht bekommen.«, lachten die Frauen, die Ajus Größe hier auf der Insel als Heiratshindernis ansahen.

David erzählte von seinen Eltern. Sie hatten ihre Jacht verkauft und von dem Geld ein Jahr lang gelebt. Papa arbeitete wieder als Lehrer und war so wortkarg wie zuvor. Sie wohnten immer noch in Montpellier.

Sie hatten sich durch den Kauf der Jacht und der unternommenen Weltreise frei machen wollen und nun steckten sie wieder im Rad des Alltages. Wie ein Hamster in seinem Laufrad. Mit dem Haus der Eltern war es genauso wie vorher. Es gab immer etwas zu tun und Freiheit bedeutete für sie etwas anderes. Sie konnten sich jedoch nicht loslösen von ihrem sicheren Platz, so viel war für David klar. So versuchte er, dem Trott zu entkommen, der unweigerlich auf ihn abfärbte, ob er wollte oder nicht. »Nur weg von hier und gleich, wenn die Schule vorbei ist. Das halte ich nicht noch ein Jahr aus.«, sagte er zu sich und setzte seinen Traum in die Tat um. Auf die ferne Insel zu Aju zu reisen. Den Versuch zu wagen. Herauszufinden, ob sie ihn noch erkannte und ihm zugewandt war. Oder ob sie schon verheiratet, mit zwei Babys auf dem Arm und einem Kopftuch, den Kopf zur Seite drehen würde, wenn sie ihn sah und er die ganze Reise umsonst unternommen hatte.

Ganz anders war es bei Aju. Sie hatte von dem ersten Gedanken, an den sie sich erinnerte, Verantwortung. Die Eisblöcke zum Hafen zu tragen. Oma Helde nicht allein zu lassen. Onkel Gio auf dem Boot zu helfen und das Wasser zu beobachten, um nach Haiflossen Ausschau zu halten, wenn Gio fischte. In der Schule zu lernen, um später einmal Biologie studieren zu können. All das prägte ihren Alltag, nur jetzt, da David da war, trat alles in den Hintergrund. Es waren außerdem Ferien und es gab nichts, was unbedingt heute oder diesen Monat erledigt werden musste und nicht bis nächsten Monat warten konnte.

Oma Helde sagte an einem Morgen, »Wenn ihr mal Zeit habt, Ihr Turteltauben, dann zieht das Boot aus dem Wasser und baut den Motor ab. Macht es dicht und legt eine Plane darüber. Onkel Gio wird sich freuen, wenn er den Kahn benutzen kann, sollte er jemals zurückkehren.« So liefen die beiden zum Hafen, an dem die Matrosen und Freddi das Boot festgebunden hatten, bevor sie Onkel Gio und Freddi abführten und weg von der Insel in das Gefängnis brachten. David schaute sich um, nahm einige runde Hölzer aus einer der umstehenden Kisten. Er suchte nach dem Haken, an dem sie das Boot befestigten. Alle Männer an der Mauer des Hafens kamen zu Hilfe und mit vielen Händen und lauten Kommandos schoben sie Onkel Gios Boot ein Stück zu seinem Stellplatz. Sie hoben es mit vereinten Kräften an, drehten es auf den Rücken und legten es auf Holzböcken ab. Am Himmel zog nach langer Zeit eine große Gewitterwolke auf und türmte sich über der Insel in den blauen Himmel. Jede Sekunde die Aju in den Himmel schaute, änderten die Wolken, die wie weiße Wattebüschel dort oben hingen, ihre Form und ragten immer weiter in die Höhe.

Das alte Boot, auf dem Aju und David vor Jahren mit Gio gemeinsam die Schildkröteninsel besucht hatten, erschien ihnen nun so klein wie eine Nussschale. Sicher, es hatte stabile Planken, ein rustikales, etwas grob zugeschnittenes Werkzeug für die See, mit dickem Bauch, das war das Boot. Keine Segeljacht und auch kein Schnellboot zum Fangen der Diebe wollte der Konstrukteur bauen. »Mit diesem Boot waren wir auf der Schildkröteninsel.«, sagte David. »Wow, das war gewagt.«, schob er hinterher. »Onkel Gio weiß was er tut.«, sagte Aju. »Er kennt jede Welle und jedes Riff hier und wenn ich so alt wie er werde, werde ich auch hier sein. Es reicht für jeden hier zum Leben. Wofür brauchen wir ein großes Schiff zum Fische fangen? Um den Fisch anderen zu stehlen?« »Nein, so war es nicht gemeint, ich dachte heute, es war gefährlich, was wir taten. Nur so.«, erwiderte David.

»Oma Helde sagt, das ganze Leben ist gefährlich.«, sprach Aju und zog die graue Plane mit David zusammen über das Boot. Sie hakten gemeinsam die Ösen der Plane in das Boot ein. Ein kalter Wind aus der Höhe fegte auf den Hafen herunter. Die beiden suchten Schutz unter dem Boot und setzten sich auf eine der Holzpaletten. In Sekunden verdunkelte sich der Himmel, als ob es Nacht werden wollte. Große Tropfen prasselten auf das Boot, erst zögernd, dann ohne Unterlass, in Fäden aus Wasser zerplatzten die Tropfen auf der roten Erde. Ein Donner rollte über die Insel. Aju beugte sich zu David und spürte den Duft von Limonen und Zimt in ihrer Nase. Dann küsste sie David auf seine vom Meer ausgetrockneten Lippen.

Am Hafen bot die Natur ihr allwöchentliches Schauspiel, das Inselgewitter. Der Wasserfall bekam die nächsten Tage neue Energie und der Wald und die wenigen Plantagen auf der Insel warteten weniger lange auf die nächste Regenzeit. Aju und David verließen den geschützten Platz nicht. Sie hatten sich und das Boot über ihnen war ihr Dach, solange bis die Sonne unterging und der Regen aufhörte.

Die Zeit verging für Aju die nächsten Wochen viel zu schnell. Zuerst hatte sie immer gehofft, dass David ihr antworten, ihr schreiben würde. Dann, als die Briefe kamen, hoffte sie auf ein Wiedersehen. Sie zählte Tage, Wochen und Monate. Eine endlose Zeit. Jetzt, da sie zusammen waren, flog die Zeit plötzlich. Wie ungerecht war das?

An einem Morgen im Haus von Oma Helde lag ein Brief auf dem Tisch im Wohnzimmer. Onkel Gio hat aus dem Gefängnis geschrieben. In einem Jahr, so sagt er, durfte er wieder nach Hause. Er konnte seinen Arm und sein Bein nur noch schlecht bewegen. Er arbeitete in der Gefängnisküche und sonst ging es ihm, den Umständen entsprechend gut. Nur die Insel vermisste er, den frischen Fisch, denn dort wo er war, gab es nur Nudeln und trockenen Reis. Oma Helde las den Brief laut vor. Henky und Aju lauschten ihrer Stimme, in der am heutigen Tag ein leichtes Vibrato mitschwang. Ihre Aufregung konnte sie nicht verbergen, als sie den Brief in der Hand hielt und das Papier in ihren Händen zitterte.

Die meiste Zeit hatte Oma Helde in ihrem Leben auf irgendetwas gewartet, wahrscheinlich genauso, wie es Aju bisher tat. Sie hatte das Gold ihrer Eltern aus dem Geschäft, welches sie besaßen, aufbewahrt. Nichts davon hatte sie ausgegeben. Nicht wie die anderen unnütze Dinge davon gekauft, wie ein Moped oder sogar ein Auto. Sie war auch nicht, wie einmal Onkel Gio, auf das Festland in das Spielcasino gefahren und hatte dort ihr Geld beim Glücksspiel verloren. Alles, was sie wollte, war dieses Haus am Leben zu halten. So lange wie möglich. Sie wollte sich um ihre Kinder kümmern, die die meiste Zeit im großen Haus verbrachten und nun aber mehr und mehr ihre eigenen Wege gingen. Oma Helde war ein wenig die Enttäuschung darüber anzumerken, dass Mira, die älteste, nicht mehr in die Kirche zum Gottesdienst mitkam, daran dachte sie auch, in diesem Moment.

Aber auch das vermochte Oma Helde nicht zu ändern, oder sie hatte keine Kraft mehr, sich dem Lauf der Zeit entgegenzustemmen. Als sie auf die Insel kam, gab es keine Kirchen und keine Moscheen. Die Einheimischen hatten nur vor ihren Geistern Ehrfurcht. Dann kamen mit ihnen die Menschen ihresgleichen und die Buddhisten. Viele konvertierten zum Christentum. Das war die Zeit, in der alle miteinander friedlich lebten. Manche in der Stadt und auf der Insel wechselten die Religion so schnell wie eine neue Hose. Nun änderte sich das Bild für Oma Helde auf der Straße. Mit der letzten Fähre kamen eine Menge von Frauen mit Kopftüchern. Eine zweite Moschee wurde gebaut und selbst die Kinder vom Pfarrer überlegten, ob sie zum Islam konvertieren sollten. »Wenn du auf der Insel bleibst, dann wirst du früher oder später einmal einen Moslem heiraten.«, erinnerte sich Aju an die Worte von Emmis Vater, dem Pfarrer, während Oma Helde Gios Brief in der Hand hielt.

Aju begann zu begreifen, dass es ernstgemeint war, dass Emmis Vater ihr keine Angst damit machen wollte. Es war einfach die Wahrheit und er wusste um Ajus Talent und ihren guten Charakter und ihre Zielstrebigkeit und wollte nicht, dass sie auf der Insel ein unglückliches Leben führen musste. Es war nicht mehr als eine Vorhersage des Wetters von morgen. Es konnte so sein, musste es aber nicht.

Aju lauschte weiter der zittrigen Stimme von Oma Helde und schmiedete ihre Pläne. Sie wollte die Insel auf jeden Fall verlassen. Ihr Paradies für einen Flamingo. Aber was ist ein Paradies schon wert, wenn man allein ist? Nur Oma Helde tat ihr leid. Jetzt hatte sie nach ihrem Mann auch noch ihren Bruder verloren und die Aussichten waren nicht rosig, dass Oma Helde hier nochmal einen Mann wie den Offizier finden würde, der gerade wieder abgereist war. Einen Mann, der etwas darstellt, wollte sie, und nicht einen, den sie mit ihrem Geld durchfüttern musste und der die meiste Zeit auf dem Sofa verbrachte, oder auf dem Steg saß und rauchte. So einen wollte sie nicht haben, das wusste Aju.

Oma Heldes Kinder hatten kaum Interesse an ihrer Mutter. Sie waren viel jünger als Ajus Mutter. Sie gingen sowohl Aju und Oma Helde aus dem Weg und hatten jeder ein großes Zimmer im Haupthaus in Besitz genommen. So als ob es für sie vorherbestimmt war. Auch kam Aju niemals auf den Gedanken, in das gemauerte Haus zu ziehen. Sie blieb mit Oma Helde im Anbau mit dem Wellblechdach wohnen und hatte dafür einen freien Blick in den Innenhof mit seinen roten Blumen und lief vom Haus direkt auf den Steg. Dort war das Meer und ein Stück Freiheit.

Aju hatte jetzt David an ihrer Seite. Sie unternahmen jeden Tag Ausflüge auf die Insel. Sie besuchten jeden Tag den Stand von Onkel Henky, der sein Geschäft ausbaute und von früh bis in den späten Nachmittag Essen aus seinem Stand heraus an die Gäste, die auf die Fähre warteten oder mit ihr ankamen, verkaufte. Manchmal halfen Aju und David im Geschäft aus. Sie drehten die Nudelmasse durch die Maschine und schnitten den Teig in feine Streifen. Die Nudeln waren ein Geheimrezept von Onkel Henkys Frau und wenn die zweihundert Portionen, die sie jeden Tag zubereiteten verkauft waren, dann liefen sie nach Hause. Onkel Henky klopfte dann seine staubigen Hände ineinander und schlief tief und fest für zwei Stunden, während von seinen Händen der getrocknete Nudelteig auf den Holzboden fiel.

Am nächsten Tag begann die gleiche Routine, so wie jeden Tag, außer Sonntag. Dann gingen alle gemeinsam in die Kirche. Alle aus dem Dorf strömten wie die Ameisen zum Hause Gottes, wenn die Glocke schlug. Die Mädchen und Frauen trugen farbenfrohe Kleider, die Männer meist weiße Hemden und hatten sich die Haare frisiert. Der Pfarrer zeigte Dias von Formularen und neuartigen Anträgen auf einer Leinwand. Die hatte der Pfarrer vor dem Holzkreuz aufgebaut, die der Bürgermeister vom Festland mitgebracht hatte. Er gab Hilfestellungen beim Ausfüllen von Anträgen für die Anmeldung einer Geburt oder einer Hochzeit. Es wurde natürlich auch über den Glauben geredet, gebetet und gesungen. Aber die Kirche war nicht nur Kirche. Es war ein Platz, an dem sich die Menschen gegenseitig Zuspruch bekundeten, sich unterstützten und halfen. Seitdem die Tochter des Pfarrers verschwunden war, redete dieser auch weniger über den Glauben. Er war oft nachdenklich und sprach mit langen Pausen, bevor er Fragen aus der Gemeinde beantwortete, das fiel Aju auf.

Aju wunderte sich manchmal und dachte, dass Pfarrer Rudi nicht wirklich alles selbst glaubte, was er sagte und fragte sich, warum das wohl so war? Sie saß meist in der ersten Reihe. Oma Helde gab Pfarrer Rudi jeden Sonntag einen verschlossenen Umschlag in die Hand. »Das ist für die Gemeinde, Pfarrer Rudi. Gott segne sie.«, sagte sie jedes Mal und bekreuzigte sich. Nicht mehr und nicht weniger. Nicht alle, die die Gemeinde besuchten taten das, aber Oma Helde sagte einmal als Aju sie fragte, warum sie Pfarrer Rudi den Umschlag geben würde, »Die Kirche steht auf einem Fundament und jeder von uns kann ein Pfeiler dieses Fundamentes sein.«

Wenn Aju und David an Onkel Henkys Stand Essen zubereiteten und sie sich einen Proviant der leckeren Nudeln in Davids Tasche packten, dachte Aju fortwährend an Oma Helde. Dass sie nun fast ganz allein war in dem Haus. Sie vermisste die Nähe zu ihr, auch wenn sie nur kurz das Haus verließ. David packte seine Tasche voller Essen und wusch sich die Hände am einzigen Wasserhahn am Hafen. Aju und David hatten in der Bucht ein kleines Kanu entdeckt, das herrenlos am Strand lag und welches offensichtlich niemand vermisste. Vielleicht hatte es auch der Wind von einer der benachbarten Inseln herübergeweht und nun gehörte es dem, der es in Beschlag nahm.

Sie liefen zu Fuß über den Berg. Es war einer ihrer letzten Tage gemeinsam auf der Insel. Sie lachten die meiste Zeit und redeten darüber, dass sie sich Briefe und Karten schreiben würden. Jede Woche, so lange bis sie sich wieder sahen und heirateten. David war sechzehn und in weniger als zwei Jahren würde er studieren und das würde zusammen mit Aju sein. Sie würde ihm folgen, auf das Festland und in die Stadt an eine Universität. Manchmal, so soll es im Leben vorkommen, braucht man nicht viel zu wissen, um zu begreifen, dass alles gut wird.

David sagte Aju, was er auf seine Postkarte schreiben würde, die er ihr gleich schicken wollte, sobald er zu Hause ankam. Auch Aju kannte schon in ihren Gedanken, den Text ihres ersten Briefes und flüsterte ihn David in das Ohr. Dann sahen sie vor sich die Bucht, befreiten das Kanu vom darinstehenden Regenwasser und schoben es in den Ozean.

Aju stellte ein Bein vor das andere. Das knietiefe, salzige Wasser umströmte ihre schlanken Beine. Mit einem Satz sprang sie in das Kanu und stützte ihre Hände auf das dunkelgrüne Moos, welches sich auf dem gelben Holz gebildet hatte. Das Wasser unter dem Boot war klar wie die Glasscheibe im Friseurladen von Onkel Henky. Das Leben in dem fremden Medium des Ozeans offenbarte seine ganze Schönheit. Sie beugte sich über den Rand des schlanken Holzbootes und war dem Wasser so nah wie niemals zuvor. David paddelte vornweg und sie konnte die Kraft seiner Züge an ihrer Hand spüren, die sie im Wasser hin- und herdrehte.

Manchmal schrammte das Kanu auf einer Koralle entlang, manchmal durchquerten sie riesige Teppiche von sattgrünen Algen, die sich in der ablaufenden Ebbe zur Insel ausrichteten. Die Algenteppiche formten sich im Ozean, wie Bilder riesiger Bäume, die einsam über den Wald hinausragten. Krabben zogen sich unter die Steine zurück. Bunte Fische sprangen von einem See zum anderen. Das Wasser verschwand schnell und dann lagen sie auf dem Trockenen. Die Ebbe hatte das Kanu hinausgetragen, weit weg vom Ufer, fast bis zur nächsten Insel. Sie liefen dorthin, zu der kleinen runden Insel, mit nichts mehr als ein paar Palmen darauf und einer Hütte aus Holzbrettern, einer Feuerstelle und einem leeren Wasserkanister.

Die Insel war verlassen. Niemand lebte mehr dort. Es war die alte Heimat von Emmis Vorfahren, die vor langer Zeit schon diesen winzigen Fleck im Nichts verlassen hatten, der nicht mehr Platz zum Leben als für eine Familie bot. Hier also kamen Emmis Großeltern her, dachte Aju. Es waren keine Menschen mehr auf der Insel. Nur die Dinge, die zurückgelassen wurden, zeugten noch von der Vergangenheit und dass einmal über hunderte oder tausende von Jahren Menschen diese Insel bewohnten. So könnte es auch mit Ajus Insel einmal enden.

Wenn alle Menschen in die Städte auf dem Festland zogen und alle Fische gefangen worden waren und kein Riff den kleinen Fischen mehr Schutz bieten konnte, um einmal ein großer Fisch zu werden, dann konnte auch ihre Insel nicht mehr existieren. Aju und David ließen sich vor der Hütte nieder und David zündete ein Feuer an. Sie grillten zwei kleine Fische und mit der Harpune spießten sie Krabben auf, die zwischen den Steinen im abgelaufenen Wasser gefangen waren. Der frische Geruch des Meeres und seiner Früchte war Aju vertraut. Mit David zusammen dachte sie an ein Leben in der Stadt. An die Dinge, die ihr bester Freund erzählte, von den breiten Straßen mit vielen Cafés und nicht nur einem wie auf Ajus Insel, indem es sowieso nur Croissants zu kaufen gab, die wie Schuhsohle schmeckten, so sagte David. Dort, in der großen Stadt spielte an den Wochenenden eine Band auf Gitarren, mit Schlagzeug, einem Bass und Trompeten. Eine Gitarre hatte Onkel Henky zwar auch, aber sie hatte nur noch fünf Saiten und Henky spielte nur manchmal in seinem Friseurgeschäft in den Pausen, während er auf neue Kundschaft wartete. »Auf der Insel hier kann man nicht einmal eine Gitarrensaite bekommen.«, sagte Oma Helde einmal zu Henky.

Aju und David zertraten das Feuer, als ein Fischerboot auf dem offenen Meer vorbeizog. Sie legten sich in den warmen Sand und schauten in den Himmel. »Wohin die Wolken wohl ziehen?«, sagte Aju mehr, als sie eine Frage stellte. Die Zeit hielt für immer an in diesem Moment.

Es war schon gegen fünf Uhr nachmittags an diesem Tag, als die Gezeiten das Kanu wieder in das flache Wasser entließen. In einer Stunde würden sie zurück auf der Insel sein. Der Ausleger des Bootes ragte in die Luft und die beiden schoben das Boot mehr durch das Meer, als dass sie im Boot saßen und paddelten. Nur die letzten Minuten saß Aju in der Mitte des Kanus und David schob sie so lange, bis der Sand der weißen Bucht unter dem Rumpf des Bootes knirschte. Sie deckten das Kanu mit den großen Wedeln einer Kokosnusspalme ab und mit frischen Beinen aber schweren Armen liefen sie zurück nach Hause.

Sie lehnten sich an die warme Wand aus Brettern und ließen ihre Hosen und Hemden an der Wand trocknen. Durch die offene Tür und den zugezogenen Vorhang hörten sie Oma Helde. Sie sprach mit Onkel Henky. »Ich will den Mann heiraten. Wir kennen uns nun schon lange, aber ich kann dich hier nicht allein lassen und die Kinder.«

»Um mich brauchst du dir keine Sorgen machen, Schwester. Ich bin schon groß.« Onkel Henky lachte laut und derb. »Um dich mach ich mir auch keine Sorgen, du kannst besser kochen als ich. Ich denke an Aju und Raja und Mila. Wer wird für sie sorgen?« »Raja und Mila gehen ihre eigenen Wege. Darauf hast du keinen Einfluss, du siehst es. Sie werden irgendwann heiraten und du kannst auch nichts dagegen tun.

Nicht jeder ist wie du und hat große Pläne. Das musst du akzeptieren.«, sagte Henky. »Das habe ich schon längst akzeptiert. Ich möchte nur, dass sie glücklich sind.«, sagte Helde.

»... und Aju, was ist mit ihr?«, fragte Henky mit derselben dunklen Stimme, mit der er zuvor so grell lachte. »Das ist der Grund. Ich kann sie nicht allein lassen. Nicht nachdem was passiert ist. Ich habe schon einen großen Fehler gemacht und ich werde ihn nicht ein zweites Mal tun.«

»Das musst du selbst wissen, Schwester. Auch Aju wird eines Tages, wenn sie nicht hier einen Mann heiratet, die Insel verlassen. Sie hat etwas Besseres verdient und schau sie dir an. Was soll sie hier?« Onkel Henky zog den Vorhang zum Steg auf. Es war schon dunkel und die Sonne längst verschwunden. Unter dem Fenster, neben der Tür zum Steg, saßen Aju und David. Onkel Henky schaute kurz aus dem Fenster und überlegte, einen Schritt nach draußen zu gehen, die Tür zu öffnen und etwas frische Seeluft in den Salon zu lassen. Aju drehte sich zu David, legte ihren Kopf auf die Schulter und ihren Zeigefinger auf Davids Lippen.

Die beiden warteten, ohne sich zu regen, angelehnt an die Bretterwand und fast mit ihr verschmolzen, eine gefühlte Ewigkeit. Vor einem der Häuser nebenan spielte jemand auf dem Steg mit einem Ball und ließ ihn in gleichmäßigen Abständen auf dem Boden aufkommen. Holzdielen klapperten aneinander und der Boden vibrierte. Eine Frau schob einen Handwagen am Haus vorbei zum Hafen. Nach einer Zeit flüsterten David und Aju. »Siehst du David. Ich bin nur eine Last. Oma könnte glücklich sein, wenn ich nicht wäre.« David nahm Ajus Hand. »Sag so etwas nie wieder. Du bist so stark wie sie und das weiß Oma Helde. Sie gibt dir Zeit, das ist etwas anderes. Sie meint es nicht so.« Die beiden sprangen auf, rannten ein um das andere Mal zum Hafen, die paar Meter hinaus, die Hafenmauer entlang und es war ein schöner Tag. Das Leben konnte so schön sein.

Die Tage flogen dahin, bis die Stunde gekommen war, an der Aju und David voneinander Abschied nehmen mussten. Es war ein Glück gewesen, dass sie sich kennenlernen durften, hier nur hundert Meter entfernt von dem Ort, an dem die beiden sich bald verabschiedeten. An dem Tag waren sie sehr schweigsam, weil sie wussten, dass es unausweichlich war. Aber beim nächsten Mal, so waren sie fest davon überzeugt, würden sie sich nicht wieder trennen. Dann waren sie schon erwachsen und Aju konnte die Insel verlassen und den Rest ihres Lebens mit David verbringen. Dessen waren sie sich sicher. David packte seine Tasche aus weißem Segeltuch. Onkel Henky gab ihm eine Dose mit Nudeln und Chili, in Papier eingewickelt. Oma Helde kam mit zum Hafen und trug David die Tasche hinterher, obwohl David schon einen Kopf größer als Helde war und wirklich keine Hilfe benötigte. Aju und David liefen fast feierlich die Hafenmauer entlang. Das Licht des kleinen Leuchtturmes am Hafen drehte sich in der untergehenden Sonne. Aju wollte den Abschied kurz und schmerzlos erleben. Sie hatte so viele Reisende, die mit den Fischerbooten oder anderen kleinen Booten auf die Insel kommen sehen. Die dann hier auf die Fähre umstiegen und sich von ihren Angehörigen verabschiedeten. Es gab meist Tränen und das wollte Aju nicht. Die Zeit war so schön gewesen und Aju wollte das freundliche Gesicht von David in Erinnerung behalten. Sein positives Grundgefühl, das er ausstrahlte und die Gewissheit, die er verbreitete, dass kein Problem unlösbar war, und keine Entfernung sie jemals auseinanderbringen konnte.

Sie würde vielleicht bereuen, was ihr Vorhaben war und hatte David ihr Verhalten auch nicht angekündigt. Sie wollte David und sich selbst den Abschiedsschmerz ersparen. Das war ihr einziger Wunsch. Und dass das Leiden schnell vorbeiging und die Zeit zwischen dem Abschied und ihrem nächsten Wiedersehen kurz blieb.

Sie stand da, fühlte sich hilflos und ohne Stütze und dann überkam es sie doch und sie schluchzte vor sich hin und rieb sich die Augen. Bis sie David, der schon auf dem Deck der Fähre stand, nur noch wie durch einen Nebel sehen konnte. Das Schiff legte schon ab und David rief ihr die Worte zu, die er ihr jeden Tag, seit seiner Ankunft in das Ohr geflüstert hatte, »Ich liebe dich.« Dann verschwand ihre Zukunft irgendwo da draußen auf dem Meer.

Warten

Aju begann, die nächsten Wochen und Monate noch zielstrebiger an ihrem Zukunftsplan zu arbeiten. Sie übersprang nach einem halben Jahr ein ganzes Schuljahr. Im zweiten Halbjahr lernte sie den gesamten Stoff des nächsten Jahres. Die Englischlehrerin, die kein Englisch sprach, sagte drei Monate nachdem die Schule wieder begonnen hatte, »Was soll ich mit dir machen? Du würdest dich langweilen und das wäre noch schlechter für dich. Dann würdest du auf der letzten Bank einschlafen, wie die Kinder von Oma Helde.«

Aju lernte und lernte, immer wieder legte sie das dicke Biologiebuch auf ihren kleinen Tisch neben dem Bett und studierte die Bilder und die Texte von Fischen und Korallen, Säugetieren und Darwin. Alles, was darin geschrieben war, konnte sie schon auswendig, sollte sie jemals jemand danach fragen.

Das Jahr verging und die Ferienzeit kam näher und näher. Die Insel wurde für das Mädchen kleiner und kleiner. Sie kannte alle Stege, jeden Nachbarn in ihrer Straße und den Weg zur Eisfabrik lief sie nun zweimal so schnell wie noch vor Jahren. Der Wasserfall führte die letzten Jahre selbst zur Regenzeit, die oft von einer trockenen Woche unterbrochen wurde, nur noch wenig Wasser. Die Felsen hoch oben auf dem Berg, aus dem das Wasser sich ergoss und über zwei Kaskaden in das Meer stürzte, waren nicht mehr schwarz vom aufgesogenen Wasser, sondern meist grau.

Wenn Aju im Schatten der Krankenhausruine saß, das Gebäude war immer noch nicht fertig, dann hörte sie nun einige Autos über die Pontonbrücke fahren. Erst mit den Vorderreifen, dann mit den Hinterreifen, ganz langsam, tasteten sich die Fahrer der meist neuen Autos über die Brücke aus Stahl. Noch vor Jahren gab es auf der Insel nicht ein einziges Auto, nur Fahrräder und wenige Mopeds. An jedem Tag in der Woche war die Straße, die zwischen den Bergen und dem Hafen verlief, leer. Die Kinder in ihren weiß-roten oder weiß-blauen Schuluniformen liefen in der Mitte der Straße.

Nun musste Aju, obwohl sie sechzig Zentimeter gewachsen war und ihre Beine sie schnell überall hinbringen konnten, manchmal zur Seite springen, wenn ein dröhnendes Moped an ihr vorbeifuhr. Sie konnte die heißen Abgase und den warmen Auspuff spüren, wenn die Mopeds an ihr vorbeifuhren. Einmal hatte sie ein Nachbar von der Schule mit nach Hause genommen. Aju hielt sich mit beiden Händen an den Griffen hinter ihrem Rücken fest. Als sie in der Mitte des Weges vom Moped sprang, da es einfach nicht mehr weiterfuhr, der Mann war durch eine große Pfütze gefahren und damit beschäftigt, Kabel und Stecker zu trocknen, spürte sie, wie ihre Haut brannte. Sie hatte sich mit ihren zarten Beinen am Auspuff verbrannt und das war das erste und letzte Mal, dass sie ein Moped benutzte.

Nun, jedes Mal wenn sie die knarrenden, stinkenden Maschinen auf der Straße sah, dachte sie daran. Es wurden immer mehr und mit jedem Schiff und jeder Fähre wurde ein neues Moped auf die Insel gebracht. Dann kamen die Autos, anfangs waren es nur zwei. Das gelbe vom Bürgermeister und ein graues von der Marine. Damit brachten sie nun die Fischdiebe, die es immer noch gab, nicht mehr in das Hotel, sondern in ein gemauertes Haus mit Stahltür, oben, mitten auf dem Berg.

Aus dem Vorfall mit Onkel Gio hatten die Fischer gelernt. Niemand traute sich mehr mit Dynamit zu fischen. Statt dessen wurden die Schiffe der Fischdiebe vom Festland, die eine andere Sprache sprachen, immer größer. Gegen diese Stahlkolosse konnte selbst die Marine mit ihren Schnellbooten nichts ausrichten, oder wollte es nicht. Man flüsterte sich auf der Insel zu, dass die Männer von der Marine sogar mit ihnen zusammenarbeiteten. Es gäbe dort viel Geld zu verdienen, so hörte Aju.

So blieb alles beim Alten. Die Stände mit frischen Früchten, Gemüse, Reis und Nudeln waren immer noch dieselben. Die Autos kamen hinzu und die Mopeds, welche vom Reichtum einiger weniger auf der

Insel zeugten, die Aju aber meist nie arbeiten sah. Nicht wie zum Beispiel Onkel Gio und Onkel Henky, oder den Pfarrer oder ihre Lieblingslehrerin oder die Frau im Hotel, die täglich die Fenster öffnete und die Betten der ausgezogenen Gäste neu bezog.

Mit ihrer Hände Arbeit, egal wie hart ihre Familie arbeitete und wie lange, konnte man nicht den Reichtum erlangen, den der Bürgermeister oder die Offiziere des Schiffes an sich gezogen hatten, das wurde Aju sehr schnell bewusst. Jeden Tag lief sie den Weg von Oma Heldes Haus in die Schule und zurück. Die Männer riefen ihr oft Komplimente hinterher. Die jungen Burschen in ihrem Alter besaßen nichts und schliefen meist auf festgetretener, roter Erde auf dem Boden ihrer primitiven Häuser.

»Wie sollte ihr Leben aussehen, wenn Oma Helde sie eines Tages bitten würde, so einen Mann zu heiraten?«, fragte sich Aju. Dann waren da noch die Männer mit den Mopeds und nun sogar mit Autos, die hupten, wenn sie an ihr vorbeifuhren.

Sie waren alt, hatten verschrumpelte Haut und dicke Bäuche. Aju schüttelte sich, wenn sie einen Gedanken daran verschwendete, wie ihr Leben wohl verlaufen würde, wenn Oma Helde ihr einen dieser Männer vorstellte, die so alt wie Onkel Henky waren.

Sie schaute meist in die Ferne, träumte von der Stadt auf dem Festland, die sie noch nie gesehen hatte. In ihrer Nase spürte sie die salzige See, den Geruch nach geöltem Holz, den restlichen Fisch, der vom Fang übriggeblieben war und auf den die Möwen im Hafen warteten. Sie reckten ihre Köpfe mit den gelben Schnäbeln hinunter zu Aju und riefen ihr etwas zu. Das Wasser zog sich zurück, dann kam es wieder. Die See lag spiegelglatt vor ihr.

Aus dem Schatten des Krankenhauses sprang Aju auf und umrundete den Hafen, entlang der Kaimauern. Betonstücke bröselten aus der Mauer und Schwalben hatte sich ein Nest hinein geklebt. Eilig schnappten sie, während sie durch den Hafen segelten, Mücken und Fliegen auf und lieferten sie im Nest bei ihrem Nachwuchs ab. Am Ende der Hafenmauer stand der Leuchtturm. Grünweiß gestreift mit der Lampe, die sich Tag und Nacht im Kreis drehte und den Schiffen und der Fähre die Einfahrt zum Hafen zeigte. Zwei Gäste des Hotels saßen auf der Mauer und hatten sich Essen an Onkel Henkys Stand gekauft. Eine dicke Möwe, so groß wie Ajus Kopf, stand einbeinig auf dem hölzernen Geländer. Aju schlenderte zum Hotel.

Sie ging zwischen den beiden Buddhafiguren hindurch, die im Eingang des Hotels standen. Irgendetwas führte sie an diesem Tag zu dem Hotel und sie konnte nicht genau sagen, warum sie überhaupt hier war. Ob es die Erinnerung an die Frau mit der Schnapsflasche auf dem Bett war, als sie das erste Mal hier gewesen war? Oder ob sie sich an das Ereignis mit Onkel Gio erinnerte, der hinter einer der Türen gefangen gehalten wurde, bevor man ihn von der Insel brachte?

Am Tresen der Rezeption stand eine ältere Frau, die, eine Hand aufgestützt, mit der anderen Hand etwas in ein Buch schrieb. »Du bist Aju, stimmts? Du bist groß geworden.« Nun erkannte Aju die Frau. Sie war etwas rundlich und hatte die Haare braun gefärbt. Es war die gleiche Frau, die sie gesehen hatte, als sie das Hotel vor Jahren das erste Mal betrat. Das Bild aus frühen Erinnerungen zog an Ajus Augen vorbei. Sie sah das Bett mit der Flasche und dem Alkohol darin und dem verlegenen Blick der Frau von damals.

»Ja, ich bin Aju. Ich kenne sie.« »Das ist schön, wenn du mich kennst. Ich bin ja auch die Besitzerin und wenn du ein Zimmer buchen möchtest, sag Bescheid. Kommt denn dein Onkel bald wieder zurück?«, fragte die Frau. »Ich weiß es nicht, ich habe nichts von ihm gehört.«, sagte Aju und war etwas verlegen. Sie ertappte sich gerade dabei, lange Zeit nicht an Onkel Gio gedacht zu haben, dem sie doch so viel zu verdanken hatte und von dem sie so viel gelernt hatte.

»Ja, ich verstehe. Er hat ja nicht mehr getan, als all die anderen hier. Die Welt ist schon ungerecht, die Kleinen fängt man und die Großen lässt man laufen. Gehst du denn bald in die Stadt zur Schule?«, fragte die Frau. Sie reichte Aju die Hand und sagte, »Ich heiße Mirinda. Du bist ein schlaues Kind. Ich habe gehört, wie du dich mit dem Offizier unterhalten hast, als dein Onkel hier war.«, sagte Mirinda und zeigte mit dem Kopf auf eine der Zimmertüren. Aju war erstaunt und hatte nicht erwartet, dass die Frau die Besitzerin des Hotels war. Sie putzte die Zimmer und nun stand sie am Tresen. »Haben sie keine Angestellten?«, fragte Aju. Sie hatte für einen Moment die Idee, Mirinda zu fragen, ob sie etwas im Hotel helfen konnte. Sie würde die Zimmer reinigen und sich mit den Gästen unterhalten und ihr Englisch verbessern, denn die Lehrerin war bei diesem Vorhaben nicht sehr hilfreich.

»Es ist nicht so einfach. Aju. Nicht jeder Gast reserviert vorher und wenn die Fähre nicht fahren kann, dann ist das Hotel voll. So bin ich die meiste Zeit allein. Du wolltest mir wohl helfen?« Aju überlegte nicht lange. »Ich kann fast alles. Ich kann arbeiten.«, sagte Aju zu Mirinda. Die Frau drehte sich mit dem Rücken zur Tür, zwischen deren beiden Flügeln aus Holz die Buddhafiguren standen und schloss sie mit einem lauten Knarren. »Ich glaube, das würde deiner Mutter nicht gefallen. Sie wäre nicht einverstanden, wenn wir miteinander reden.« »Meine Mutter ist tot. Oma Helde kümmert sich um mich.«, sagte Aju. Jeder im Ort wusste das, nur Mirinda nicht, kam Aju in den Kopf. Sie war beschäftigt und was spielte es auch für eine Rolle. Es änderte nichts an der Tatsache, dass ihre Mutter nicht mehr lebte. Mirinda lief die Treppe hinauf zum ersten Stock. »Komm mit Aju, ich will dir etwas zeigen.« Aju trottete der Frau hinterher. Sie war fast wütend. Immer die gleichen Fragen, nach so langer Zeit, schwebte ihre Mutter immer noch irgendwo da draußen in den Gedanken mancher auf dieser Insel. Oma Helde und Onkel Henky wollten nicht darüber sprechen und Mirinda brachte nun von selbst ihre Mutter in das Spiel. Was sollte sie dazu noch sagen? Über was sollte sie reden?

»Schau aus dem Fenster. Dort ist die Freiheit. Dort wo das Meer zu Ende ist. Du kannst es nicht sehen, es ist so weit entfernt. Aber dort ist sie, die Freiheit. Ich habe genauso davon geträumt wie deine Mutter von hier zu verschwinden, und deine Mutter und ich wir waren Freundinnen. Sie war sehr, sehr jung, als sie mit dir schwanger war, und vielleicht ist das auch der Grund, warum ich es nie geworden bin. Dann war sie verschwunden. Oma Helde hatte sie sehr unter Druck gesetzt. Sie sollte heiraten, doch der Mann wollte nicht, er hatte schon eine Frau und Kinder und deine Mutter wollte auch nicht. Noch bevor Oma Helde merkte, dass sie ihrer Tochter wohl zu sehr zugesetzt hatte, war deine Mutter verschwunden.

Siehst du die Fähre? Sie hat sich auf der Fähre versteckt und ist geflohen. Nicht vor Dir und sie hätte dich bestimmt nicht allein gelassen, wenn Oma Helde nicht so vernarrt in ihre Prinzipien gewesen wäre. Aber dann war es zu spät.«

»Für was war es zu spät?« »Um zurückzukehren, sie hatten sich so gestritten und Oma Helde hatte ihr die Türe vor der Nase zugeschlagen. Deine Mutter habe ich seitdem nicht mehr gesehen, aber es geht ihr gut. Sie ist verheiratet, hat zwei Kinder mit einem anderen Mann und lebt in der Stadt. Sie hat es Oma Helde bis heute nicht verziehen, dass sie nicht zu ihr gehalten hat. Als Kind, verstehst du?«

Aju verstand überhaupt nichts. Die Frau, die neben ihr aus dem Fenster schaute, nach Spülmittel roch und aufgeweichte Hände hatte, erzählte ihr gerade, dass ihre tote Mutter in der Stadt mit einem Mann eine Familie besaß und dort glücklich war. Mirinda drehte sich mit dem Rücken zum Fenster und verschränkte die Arme vor sich. »Wusstest du das nicht?«, sagte sie überrascht. »Nein. Ist das wirklich wahr?«, fragte das Mädchen Mirinda und schaute sehr traurig. Ihr Blick war entrückt und sie suchte nach etwas draußen auf dem Meer, auf was sie schauen konnte. Nur wollte sie in diesem Moment nicht die fremde Frau anschauen, die ihr die wichtigste Botschaft in ihrem bisherigen Leben gerade eben, beiläufig mit den Armen auf den Bauch gestützt, überbrachte. Aju konnte das Gesagte nicht einordnen. Erlaubte sich die Frau einen Scherz mit ihr? Was wollte sie von ihr? »Warte einen Moment, Aju. Ich werde nach ihrer Adresse suchen. Dann kannst du ihr schreiben.«

Sie nahm zwei Stufen mit einem Satz und schritt in das kleine Büro neben dem Eingang des Hotels. Aju stand wie angewurzelt vor dem Fenster mit Blick auf das Meer. Ihre nervösen Finger kratzten den Fensterkitt aus dem Rahmen. »Bestell ihr Grüße von mir.«, hallte es aus dem Erdgeschoss bis zu Aju hinauf. »Das musst du erst einmal verdauen,

Aju. Tut mir leid, dass du es nicht wusstest. Ich dachte, deine Oma hat es dir erzählt. Ich hatte mich schon gewundert, dass du mit deinem Freund nicht auf das Festland in die Hauptstadt gereist bist und deine Mutter besucht hast.«.

Aju nahm den Zettel aus kariertem Papier in die Hand, auf dem in blauer Schrift der Name ihrer Mutter und eine Adresse in der Hauptstadt geschrieben standen. »Das ist also der Name meiner Mutter.«, sagte Aju zu sich selbst, während Mirinda wieder hinunter zur Tür lief, an der die beiden Hotelgäste klopften, die draußen in der Abendsonne, vorher noch auf den Kaimauern gesessen hatten.

Aju war sich von einer Sekunde auf die andere wieder sich selbst überlassen. Mirinda bediente die Gäste, gab ihnen Plastikflaschen mit Wasser mit auf die Zimmer. Die Gäste liefen den Flur entlang und mit einem lauten Lachen ließen sie hinter sich die Tür zu ihrem Zimmer in das Schloss fallen. »Meine Mutter lebt. Warum hat sie mich nicht besucht? Warum will sie mich nicht bei sich haben? Ob sie überhaupt weiß, dass es mich noch gibt?« Tausend Fragen kreisten Aju durch den Kopf, aber auf keine der Fragen hatte sie eine Antwort parat. Sie knüllte den Zettel mit der Adresse ihrer Mutter zusammen und ließ ihn in ihrer Hosentasche verschwinden. Sie musterte Mirinda von der Seite, als sie an den Buddhafiguren vorbei auf die Straße lief. Sie fragte sich: »Aber welchen Grund sollte Mirinda haben, sie anzulügen? Es gab keinen. Sie war sehr freundlich und hatte gesagt, Ich soll ihr Grüße bestellen, ihr,... meiner Mutter.«

Wie benebelt, ihre Gedanken konnte sie nicht ordnen, erreichte sie das Haus von Oma Helde. Von diesem Moment an war alles anders im Umgang mit Helde. Ihr ganzes Leben ging sie in diesem Haus ein und aus. Oma Helde hatte sich um sie gekümmert, seitdem sie denken konnte, genauso wie es Onkel Henky und Onkel Gio getan hatten. Sie vertrauten einander und Oma Helde musste wissen, dass ihre Tochter, Ajus Mutter, noch lebte. Darin bestand für Aju kein Zweifel. Sie erinnerte sich an das unausgesprochene Tabu im Haus auf dem Steg. Über Ajus Mutter sprach nie jemand in der sonst äußerst mitteilsamen Familie, in der über jeden

Nachbarn und Familienangehörigen jedes Detail bekannt war und Aju auch Dinge wusste, die sie nun überhaupt nicht interessierten. Aber ausgerechnet über ihre Mutter wusste sie nichts. Auf dem Küchentisch lag ein Fisch. Onkel Henky hatte ihn von einem Nachbarn in Empfang genommen und ihn dort abgelegt. Er schnitt einem Kunden die Haare und würde ihn bestimmt später auseinandernehmen und eine Suppe mit kleinen Frikadellen aus Fisch kochen. Oma Helde saß am Tisch. Sie zählte Geldscheine und packte sie in ihre Dose für die Anschaffungen des täglichen Bedarfes und stellte sie dann auf die Kommode in der Küche. Aju schaute böse. »Was hast du? Ist dir eine Laus über die Leber gelaufen?«, fragte Oma Helde. Aju wollte sich nicht unterhalten.

Sie wollte und konnte Oma nicht erzählen, was sie heute erlebt hatte. Für die vielen Fragen, die in ihr aufkamen, hatte sie an diesem Tag keine Kraft mehr. Nicht sie zu stellen und schon gar nicht, die Antworten zu ertragen, die in irgendeiner Form eine Lüge beinhalteten. Das war Aju klar. Denn wie konnte man sein eigenes Kind vergessen. Es einfach aus seinen Erinnerungen löschen und in einer anderen Stadt leben, fern von der Familie und alle glauben lassen, dass es tot war? Oder hatte Oma gelogen und sie wusste, dass ihre Tochter noch lebte?

Die nächsten Tage schaute Aju, wenn sie aufwachte, als Erstes in die Vase auf dem Wohnzimmerschrank. Dort hatte sie den zerknüllten Zettel hineingelegt, den ihr die Eigentümerin des Hotels, Mirinda, gegeben hatte. Jedes Mal, wenn Onkel Henky einem Kunden die Haare schnitt und Oma Helde sich mit den Nachbarn vor der Tür auf dem Steg unterhielt, faltete sie den Zettel auseinander. Strich ihn mit den Händen glatt und las den Namen ihrer Mutter und die Adresse laut vor. Dann knüllte sie den Zettel wieder zusammen, steckte ihn zurück in die Vase und lief den Steg auf und ab. Eine Woche erschien ihr wie eine schier endlose Zeit, bis sie eines Tages Oma Helde ansprach. »Lebt meine Mutter noch, Oma Helde?« Es wurde still an diesem Abend im Raum. Onkel Henky schaute Oma Helde an. Raja und Mila rannten auf den Hof. »Lebt meine Mutter noch?«, schrie Aju in das Gesicht Heldes, so dass diese den heißen Atem von Aju spüren konnte.

Oma Helde wusste, dass sie nicht mehr darum herumkam, Aju reinen Wein einzuschenken. Sie konnte auch nicht länger so tun, als ob sie die Frage nicht gehört hätte, oder mit Aju umgehen, als ob sie ein kleines Kind wäre. Die Situation würde nur eskalieren und das wollte Helde nun auch nicht. »Ja.«, sagte Helde und schluckte einmal lauter, als das Wort ja aus ihrem Munde kam. Aber was hatte sie erwartet, was darauffolgen sollte, auf diese simple, für Aju vollkommen ungenügende Antwort? Dachte sie, Aju würde es auf sich bewenden lassen?

»Wo ist meine Mutter? Warum hast du mir das nicht gesagt? Wie konntest du das tun? Es ist meine Mutter. Hatte sie nie den Wunsch, mich zu sehen?«. Die Fragen überschlugen sich und Oma Helde hatte für jede Frage eine Antwort bereit. Schon seit Jahren hatte sie sich vorgestellt, was sie sagen würde, wenn Aju sie jemals danach fragte. Doch nun war alles weg. Oma Helde fühlte sich leer. Ein Ballast fiel von ihr ab. Aber es war ihr trotzdem nicht leichter um das Herz. Sie wusste, dass sie nicht alles richtig gemacht hatte und dass sie nun die Vergangenheit eingeholt hatte. Sie hatte sich mit ihrer Tochter gestritten. Sie war gerade dreizehn und schon schwanger und Oma Helde machte ihr Vorwürfe, aber eigentlich war es ja ihre Schuld, wenn man es überhaupt so sagen konnte.

Es war einfach so passiert und Oma Helde sagte, das Kind dürfte niemals auf die Welt kommen. Sie war viel zu jung für ein Kind und eine Ehe und die Leute würden schlecht über sie sprechen. Dass sie als Mutter versagt hätte und ihrer Tochter zu viel Freiheit gelassen hätte. Diese Szene spielte sich, als ob es gestern war, vor Oma Heldes Augen ab. Aber das konnte sie unmöglich Aju sagen. Sie konnte ihr nicht sagen, dass sie es war, die das bezaubernde, kluge, so intelligente Mädchen am liebsten vom Steg in das Wasser geschmissen hätte, nur um in der kleinen Stadt, wo jeder jeden kannte, nicht als Rabenmutter dazustehen.

Es war allen verborgen geblieben, dass ihre Tochter schwanger war und dann, als Aju auf die Welt kam, lachte das Mädchen sofort. Oma Helde verabscheute sich selbst und die Gedanken, die sie vorher gehegt hatte, aber ihre Tochter hatte sich nun mit dem Gedanken angefreundet und Oma Helde dachte, »Was habe ich getan?« Niemals hätte ich so etwas sagen dürfen. Ajus Mutter konnte den Sinneswandel von Oma Helde gar nicht verstehen. Nach einer Weile versteckte sie sich auf einer der Fähren und war verschwunden.

Sie kam bei einem Onkel in der Stadt unter und Oma Helde bekam manchmal eine Nachricht ihres Onkels. »Wenn Helde meine Tochter so liebt, dann kann sie sich um sie kümmern.«, dachte Ajus Mutter. Sie wollte von ihrer Mutter nichts mehr wissen und nie mehr auf die Insel zurück. Sie fand nach Jahren dort einen Mann, der für sie sorgte, und sie hatten Kinder. All das wollte Oma Helde Aju nicht sagen. Sie beließ es bei Oberflächlichkeiten.

»Wenn du größer bist, besuch sie einfach, dann wirst du sehen, was deine Mutter tut. Egal, was passiert. Ich liebe dich und hier ist dein zu Hause, denke daran.«, sagte Oma Helde und nahm Aju in den Arm und drückte sie ganz fest an sich heran.

Aju beobachtete die Menschen in der Stadt. An einem Morgen spazierte sie zum Hafen. Noch niemals zuvor hatte sie in den Kasten, hinter der Glasscheibe, der am Hafen stand, geschaut. Tabellen und Namen von Orten, weit entfernt, hingen dort. Die Fähre auf das Festland fuhr von hier ab. Ihr kam der Gedanke, zu ihrer Mutter zu reisen. Sie zu besuchen und sie zu fragen, ob sie sie liebt? Ob sie jemals Sehnsucht nach ihr gehabt hatte? Ob sie wusste, wie sie aussah, die ganzen Jahre über?

Vielleicht konnte ihre Mutter sie auch unterstützen bei der Suche nach einer Universität. Für eine Reise, sollte Aju sie antreten wollen, benötigte sie Geld und außerdem, wie sollte sie von der Insel verreisen können, ohne Mutter, ohne Vater? Sicher, sie war mittlerweile größer als die meisten Erwachsenen auf der Insel, aber streng genommen war sie noch ein Kind. Sie würde auffallen und jeder würde sie fragen, wohin sie wolle und ehe das Schiff ablegen könnte, hätte sie Oma Helde schon vom Schiff gezogen. Denn Oma Helde würde ihr nie erlauben, einfach so davon zu ziehen von dieser Insel.

Sie hatte Briefe an David geschrieben. Im Haus von Oma Helde hinter der Vase auf der Kommode, wo so viel Staub lag, wie auf der Straße vor dem Hafen, hatte sie Davids Briefe versteckt, jeden Einzelnen. Es war ein großer Stapel, der dort im Trockenen auf dem Schrank lag. An einem Tag suchte sie einige Münzen zusammen. Sie lief zur kleinen Post, die nicht mehr als aus einer Ecke, vollgestellt mit Kartons aller Größen, im Erdgeschoß der Krankenhausruine bestand. Der Raum war voller Staub. Die Männer, die vor Jahren Fliesen auf dem Boden mit der Hand geschnitten hatten, nahmen damals nicht einmal ihr Werkzeug mit. So blieb es über die Jahre in dem Gebäude liegen. Es war die einzige Baustelle auf der Insel und wer wollte hier schon Fliesen in seinem Haus? Die Inselbewohner waren froh, wenn sie einige Holzbohlen zwischen sich und der roten Erde legen konnten.

Das Holz wuchs in den Wäldern der Insel und ein Baum, der in Europa fünfzig Jahre brauchte, um eine Höhe von dreißig Metern zu erreichen, war hier, an diesem tropischen Platz, nach acht Jahren so groß. Es gab einfach alles im Überfluss und es kam niemand der Bewohner auf die Idee, dass es an einem anderen Ort der Welt nicht so sein könnte. Aju nahm ihre Münzen aus der Tasche und betrat den riesigen, leeren Raum mit blinden Fenstern. Niemand hatte das Krankenhaus das letzte Jahr wohl benutzt. Es gab keinen Doktor, keine Schwestern und keine Patienten.

Ein Hammer lag im weißen Staub auf den weißen Fliesen. Sie klangen hohl, als das Mädchen darüber lief. Am Ende des Raumes, der eher einer Fabrikhalle glich, hinter Kartons versteckt, saß eine Frau vor einem Ordner. »Hallo Aju, hast du wieder einen Brief? Wie immer? Für dich ist auch etwas angekommen.« Das Mädchen streckte die Hand aus und nahm einen Brief mit blauweißem Rand aus dünnem seidigen Papier in die Hand. Sie hielt ihn in das Licht und konnte durch den fast durchsichtigen Umschlag Davids Schrift erkennen. Auf dem runden, hellblauen Stempel, der die zwei bunten Briefmarken auf dem Umschlag verband, war die Farbe verwaschen. Ein großer Fingerabdruck, rötlich und ganz deutlich zu erkennen, war auf der Rückseite und dazu Davids Absender. Sie steckte den Brief in ihre Hosentasche.

»Ist sonst noch etwas, Aju?« »Kann ich ein Telegramm senden, wie lange dauert es?«, antwortete Aju so schnell, wie sie es selbst nicht erwartet hatte.

»Dafür bin ich da. Wo soll es denn hingehen? Hast du denn so viel Geld? Es kostet viel mehr als ein Brief, weißt du das?« Aju nickte. Sie hatte Oma Helde dabei beobachtet, als sie einmal ein Telegramm aufgegeben hatte, an ihren Freund auf dem Marineschiff. Er konnte es sogar auf einem Schiff empfangen und so durfte es auch kein Problem sein, wenn sie ein Telegramm an ihre Mutter sandte. Der Text war auch nicht lang, nur ein paar Worte: »Hier ist Aju, bitte hole mich von der Insel ab.« Aju zog den zerknüllten Zettel aus der Tasche, den ihr Mirinda gegeben hatte und auf der die Adresse ihrer Mutter stand. Sie reichte ihn der Frau, die sich hinter den Kartons versteckte. »Gut, was möchtest du schreiben?«, sagte die Dame, die einen blauen Hosenanzug mit einem breiten, weißen Gürtel trug und auf deren Füßen der weiße Staub des schmutzigen Bodens haftete.

»Liebe Mama, hier ist Aju. Bitte hole mich von der Insel ab. Oma Helde will mich verheiraten.« Die Frau tippte den Text in eine Maschine, sagte am Ende »stopp« und druckte einen schmalen Streifen gelben Papiers aus. Sie gab ihn Aju und das Mädchen legte ihre gesammelten Münzen auf den Tisch. Mit einer Bewegung wischte die Frau die Münzen vom Tisch und ließ sie in eine Dose fallen. »Das ist schon gut, Aju. Ich sende es gleich heute auf das Festland. Viel Glück.« »Es bleibt unser Geheimnis, Aju ja?« »Selbstverständlich Frau Yeni«, sagte Aju und wiederholte den Namen der Frau, der auf ihrem kleinen goldenen Schild über der Brusttasche ihres Anzuges befestigt war.

Selbstverständlich bleibt es unser Geheimnis, aber es würde auch niemanden interessieren, dachte sich Aju. Sie hatte den Versuch gewagt. Wenn ihre Mutter wirklich noch lebte, dann würde sie ihre Nachricht bekommen und vielleicht sogar antworten.

Denn es gab keinen Grund, der Frau vom Hotel nicht zu glauben. Sie war sehr freundlich und sie kannte ihre Mutter und es war die einzige Person, die jemals auf der Insel bisher von ihrer Mutter gesprochen hatte.

Aju verließ das kahle Gebäude, lief den Hügel hinter der Schule hinauf und setzte sich irgendwo auf den Hügel neben der Kirche. Von hier aus konnte sie die ganze Stadt überblicken und ihr bisheriges Leben. Es kreiste wie ein endloser Zirkel zwischen Oma Heldes Haus, der Eisfabrik und dem Hafen, der Schule und der Kirche. Zwischen dem Platz, an dem die Jacht von Davids Eltern lag und dem ockerfarbenen Hotel und den Ständen mit Reis, Bananenblättern und frischen Kokosnüssen.

Alles, was sie jemals erlebt hatte, hatte hier seinen Ursprung. Ein Ausflug auf die Schildkröteninsel und einige Erkundungen auf die kleinen Inseln der Umgebung, waren die einzigen Momente in ihrem Leben, an dem sie die Insel zuvor verlassen hatte. Von dem Hügel beobachtete sie die Menschenströme, die die Straße hinunter zum Hafen liefen, um auf die Fähre zu gelangen. Die Insel war heute besonders klein, so erschien es Aju.

Zuhause angekommen öffnete Aju den Brief, den sie von David erhalten hatte. Sie antwortete ihm gleich. Sie wusste nicht, wie lange sie noch auf dieser Insel, ihrer Heimat, blieb. Es konnte für immer sein, aber auch ganz anders kommen. Sie erzählte David von den Neuigkeiten. Sie wollte David unbedingt so schnell wie möglich wiedersehen und ihm alles berichten.

Dita und die Flucht

Es war an einem Nachmittag im Juni, die Hitze lag über der Stadt und eine Glocke aus gelbem Nebel. Autos und Mopeds fuhren hupend in Schlangenlinien durch die Straßen. Große Lastkraftwagen, blaue Taxis, Männer, die Holzwagen auf Gummireifen hinter sich herzogen, streunende Hunde und Katzen. Jeder wollte der Erste sein, auf dem Weg, wer weiß wohin.

Häuser mit zwei Geschossen, soweit das Auge reichte, standen auf quadratischen Parzellen. Dazwischen verliefen Straßen mit hohen Bordsteinkanten. Wenn es hier regnete, dann gewaltig. Die Straßen wurden zu Kanälen und alles wurde weggespült. Vor den Häusern waren Spielplätze, eine Schule und eine Kirche um die Ecke, ein kleiner Supermarkt und jedes Haus hatte eine Terrasse mit drei Stufen vor dem Haus. Ein gediegener Vorort in der Hauptstadt, mit Menschen, die aus allen Teilen des Landes kamen. Die hierhergekommen waren, auf der Suche nach einem besseren Leben, oder um hier zu studieren, oder weil sie einfach hier gestrandet waren, auf ihrem Weg in die große weite Welt. Hier in einem kleinen Refugium, nur eine halbe Stunde entfernt von den Hochhäusern, die am Horizont mehr und mehr wurden, lebte Ajus Mutter.

Dort wo die gelben Kräne in den Himmel ragten und wenn ein Kran verschwunden war, dafür hundert Meter weiter zwei neue zu sehen waren. Ajus Mutter stand in der Tür und hatte einen kleinen Zettel in der Hand, den ihr der Postmann in die Hand gedrückt hatte. Sie schaute in den Himmel. Dann setzte sie sich auf die Stufen vor ihrem Haus und konnte für einen Moment ihre Beine nicht mehr bewegen. Das Wasser des letzten Regens, den die Stufen in sich aufgesogen hatten, klebte an ihrem Kleid.

Auf Ajus Insel war kaum eine Woche vergangen. Aju brachte den Brief, der für David bestimmt war, zur Post. Sie gab ihn Frau Yeni. Die klebte zwei Briefmarken darauf und stempelte den Brief mit einer Kraft, als ob sie eine Kokosnuss zerquetschen wollte. Wenn David den Brief rechtzeitig erhielt bevor seine Ferien begannen, dann wusste er schon die Neuigkeiten, die sich bei Aju ereignet hatten. Frau Yeni gab Aju einen gelben, schmalen Zettel. »Du hast eine Antwort bekommen. Ich glaube, sie ist von deiner Mutter.«, sagte Yeni. Das Mädchen faltete den Zettel auseinander, »Ich hole dich in einer Woche mit der Fähre ab. Komm am Dienstag um vier zum Hafen. STOP.« Aju lächelte. Sie wusste nicht, was sie erwartete und wie sie es anstellen sollte, die Insel zu verlassen, aber ihre Mutter würde sie abholen.

Ihr wurde mit einem Schlag bewusst, dass sich ihr ganzes Leben änderte. Dass sie die Insel vielleicht niemals wieder sah. Den Wasserfall, die bunten Fische und die Korallenriffe und Oma Helde.

Aber Oma Helde war ein wenig selbst daran schuld, sollte es so kommen. Sicher, sie hatte sich immer um Aju gesorgt. Aber die Tatsache, dass sie Aju die wichtigste Information in ihrem Leben, nämlich dass ihre Mutter noch lebte, vorenthalten hat, das war für Aju unverzeihlich. Sie würde die Insel bald verlassen und Oma Helde würde fühlen, was es bedeutete, wenn man allein gelassen wurde. Diese Gedanken kamen Aju, doch dann verwarf sie sogleich das Gedachte. Vor ihren Augen liefen die Bilder ab, von Oma Helde, wie sie im Garten des Innenhofes saß, in dem Licht der untergehenden Sonne und Aju durch ihr schwarzes Haar strich.

Wenn Oma Helde so eine gütige Frau war, wie konnte es ihre Mutter nicht sein? Sie freute sich auf die Reise, von deren Verlauf und Dauer sie trotzdem nicht die geringste Vorstellung haben sollte in diesem Moment.

Die Tage vergingen schnell, dann wieder hielt die Zeit an. Sie hatte sich von ihrem gesparten kleinen Schatz an Münzen in einem unbemerkten Augenblick eine schwarze Tasche aus Leinentuch gekauft. Sie war recht groß und das Mädchen rollte sie zusammen. Zu Hause angekommen legte sie als Erstes alle Briefe von David in die Tasche. Dann packte sie ihr gelbes Kleid ein. Einen Kamm und eine Creme für ihr Gesicht und trockene Früchte. Ein paar Sandalen und ein Bild von Oma Helde, aufgeleimt auf braunem Karton, nicht größer wie ihre Hand. Sie verstaute alles hinter der Vase auf der Kommode. Dann saß sie meist vor der Kommode am Tisch und schaute hinauf. Sie fühlte, dass die Zeit gekommen war, die Insel zu verlassen.

Onkel Henky schnitt einem Mann die Haare. Aju kehrte den Boden vor dem Friseurstuhl, öffnete die Tür zum Steg und ein Berg von Haaren flog davon, in den Ozean. Onkel Henky unterhielt sich mit dem Herrn, der auf dem abgescheuerten Stuhl aus Leder saß. »Wie lange fährt man mit der Fähre auf das Festland in die Stadt?«, wollte Aju wissen. »Mit dem Schiff zwei Tage. Es ist weit und anstrengend und die Wellen machen mich verrückt. Es ist nichts für mich. Ich habe die Reise nur einmal unternommen und Ware eingekauft für das Friseurgeschäft, als ich noch jung war. In meinem Alter ist das nichts mehr für mich. Was sollte ich in der Stadt?«

Aju konnte Onkel Henkys Frage nicht beantworten. Sie fühlte sich wie eine Wanderin zwischen zwei Welten, von denen sie im Moment doch nur die eine kannte. An diesem Tag, an dem alles wie immer war. Die Generatoren der Eisfabrik ratterten, Fischer ihren gefangenen Fisch in Schichten zwischen Eis in Plastikkisten packten und der Schornstein der Fähre im Hafen rauchte. An diesem Tag wusste Aju, dass ihre Tage auf der Insel gezählt waren.

Es wurde Dienstag und Oma Helde und Onkel Henky aßen zu Mittag. Onkel Henky hatte einen Fisch in der Mitte geteilt, in einen Metallbügel eingespannt und über dem offenen Feuer im Innenhof gebraten. Es gab Reis dazu, der auf einem Bananenblatt lag und Oma Helde schnitt eine Ananas in Würfel. Onkel Henky saß mit gekreuzten Beinen auf dem Boden und knetete mit den Händen den Reis zu kleinen Klumpen und steckte sie in den Mund. Oma Helde aß mit Gabel und Löffel und schüttelte mit dem Kopf. »Was ist?«, sagte er und schaute zu Oma Helde. »Was regst du dich auf? So essen wir. Das ist unsere Tradition.

Das solltest du wissen.« »Ich habe gar nichts gesagt.«, erwiderte Oma Helde, faltete ihre weiße Serviette aus feinem Tuch zusammen und legte sie vor sich auf den Tisch.

»Ich gehe in den Garten und hole Obst.«, sagte Aju, stand mit einem Male auf und drückte Onkel Henky und Helde. Sie schaute Oma Helde in die Augen und es kam ihr in den Sinn, ihr alles zu erzählen und sie zu fragen, ob sie mit ihrer Mutter in die Stadt ziehen dürfte. Nur für eine Weile. Dann nahm sie ihre schwarze Tasche, die sie auf den Stuhl vor dem Ausgang zum Steg gelegt hatte, drehte sich um und verschwand auf dem langen Steg, hinter der nächsten Biegung. Sie lief die Straße entlang zum Garten, die nach kurzer Zeit endete und durch den schmalen Weg aus roter Erde abgelöst wurde. Ein Äffchen zog sich an seinen langen Armen von einem Ast zum nächsten. Ein letztes Mal wollte Aju einige Früchte aus dem Garten mitnehmen. Sie konnte sie ihrer Mutter bei der Ankunft geben. Sie pflückte einige Drachenfrüchte und winzige Bananen aus einer Staude. Zwei Mangos dazu und ihre Tasche trug schon schwer. Dann erkannte sie auf dem Rückweg zum Hafen kurz die Felsen des Wasserfalles aus der Ferne. Sie lagen trocken auf dem Plateau des Hügels und waren verlassen.

Am Horizont weit draußen auf dem Meer war schwarzer Rauch aus einem Schornstein zu sehen. Als Aju den Hafen erreichte, dauerte es nicht lange und die ankommende Fähre wendete im Hafen, ließ das Wasser hellgrün aufbrausen und legte mit einem Quietschen an der Hafenmauer an.

Die Passagiere strömten aus dem Schiff. Menschen drängelten sich zwischen übergroßen Ballen aus grauem Garn. Zum Verladen bereit standen sie an der Kaimauer. Sie drängelten sich weiter vorbei zwischen den Gästen durch, die schon in einer langen Schlange vor der Fähre auf die Abfahrt warteten. Aju stand neben einem Poller. Ein Matrose zog ein Tau fest. Der Schornstein des Schiffes rauchte und ein Mann auf dem Deck mit einer Kochmütze schmiss Bananenschalen und Essensreste in hohem Bogen in das Wasser. Eine Möwe fing eine der grünen Schalen und ließ sie in den Ozean fallen.

Hinter den Scheiben der Kabine im untersten Deck schrieb eine Frau mit dem Finger etwas an das beschlagene Fenster. Das Mädchen erkannte nur eine Frau mit langen, schwarzen Haaren schemenhaft hinter dem Fenster in einem türkisblauen Sitz mit Kopfstütze. Ein Matrose kam aus der Fähre und lief schnurstracks auf Aju zu. In der Hand hielt er eine Fahrkarte der Fähre. »Ein Passagier. Freie Platzwahl. Erscheinen sie rechtzeitig.«, stand darauf. »Du bist Aju?« Die Frau hinter der Scheibe, die eben noch zu dem Mädchen geschaut hatte, war verschwunden. Nur auf dem Fenster stand in großen Buchstaben AJU. Das Wasser auf der feuchten Scheibe bildete kleine Tropfen und lief herunter. »Ja, ich bin es.«, sagte das Mädchen und schaute den Matrosen an und dann nochmals auf das Fenster. Niemand war mehr dort. Das Schiff war leer.

Alle Passagiere waren von Bord. Der Matrose ließ das Ticket los. »Warte noch einen Moment. Deine Mutter möchte nicht hinaus gehen. Sie setzt kein Fuß auf die Insel, hat sie mir gesagt. Wenn der Kapitän das Signal gibt, kannst du an Bord.« Dann drehte der schlanke Mann mit der weißen Mütze sich herum und verschwand auf der Fähre. Er streckte einen Daumen hoch und schaute in den dunklen großen Raum auf dem Unterdeck.

Aju reihte sich in die Schlange der Wartenden ein. Sie setzte eine Baseballmütze auf, die David ihr geschenkt hatte. Montpellier stand in Regenbogenfarben darauf. Sie zog sie tief in ihr Gesicht. Dann war sie plötzlich auf dem schwankenden Steg, nur noch zwei Meter vom Schiff entfernt. Graue Fische schwammen unter der kleinen Brücke aus Stahl hindurch. Zwei Männer links und rechts hatten Stapel von Tickets in der Hand. Aju reichte einem Mann mit Bart ihren Fahrschein und hüpfte über den Steg auf die Fähre. Koffer lagen übereinandergestapelt zwischen den Stufen am Eingang. Stufen führten nach oben und unten. Ein Geruch von Diesel und Suppe lag in der Luft. Im vorderen Teil waren bequeme Sitze mit hellblau gemusterten Bezügen, so blau wie das Wasser um die Korallenriffe vor der Insel. Hinten im Schiff saßen Frauen auf mit glänzender Farbe lackierten Holzbänken. Ein halber Rettungsring in orangefarbenem Rot hing an der Wand vor der Toilette.

Ein Mann, der hinter ihr drängelte, trat ihr auf die Ferse und sagte, »Entschuldigung.« Dann schob er einen karierten Koffer schnaufend an Aju vorbei und legte ihn auf ein Regal vor ihr. Die Passagiere schubsten sich gegenseitig in verschiedene Richtungen und Aju wunderte sich über die Rastlosigkeit der Menschen. Schließlich sollten sie doch alle fast zwei Tage auf dem Schiff gemeinsam verbringen. Was für eine Rolle spielte es, ob einer von ihnen seinen Platz fünf Minuten später oder früher erreichen würde.

Durch das Fenster konnte Aju den leeren Hafen sehen. Es wurde Abend und das Schiff würde bald ablegen. Nur noch einige Minuten. Männer in blauen Uniformen schoben den Steg aus Stahl zurück auf die Hafenmauer. Sie rannten vom Bug zum Heck und zogen die nassen Leinen ein. Aju stand verlassen im Eingang des Schiffes, auf dem Weg nach nirgendwo. Eine Frau legte ihre Hand auf ihre Schultern und drehte sich zu ihr herum. »Aju, du musst Aju sein. Ich bin es.« Eine fremde Frau berührte sie ganz sanft und nahm ihr die Tasche ab, deren Riemen sich schon in ihre Schultern gedrückt hatten. Die Frau war jung und schlank und gut gekleidet. Sie trug ein langes Kleid aus pastellgrüner und hellblauer Seide. Sie hatte ein Tuch umhängen und an den Füßen trug sie richtige Schuhe. Schwarze, knöchelhohe und sehr schmale Schuhe mit feinen Riemchen. Ihre Haare waren so schwarz, wie die von Aju und auch ihre Augenbrauen waren die Gleichen wie die von Aju. Ihre Augen waren schwarz, wie ihre Haare. Ein Blumenmuster aus grünen, gelben und zwei roten Klecksen zierte den pastellenen Untergrund ihres Kleides. Man sah der Frau ihre Herkunft an. Auf ihrem Kleid waren dieselben Farben zu finden, die Aju bislang auf der Insel ihr ganzes Leben begleiteten. Die Liebe zur Farbe hatte die Frau auch nach Jahren in der Stadt wohl nicht verlassen.

Aju sah in ihre müden Augen. Sie roch nach Orangen und Limonen und ihre Hände waren gepflegt und nicht von Arbeit auf dem Feld oder im Hafen zerschunden. Sie hatte lange, weiße Fingernägel und passend zum Kleid eine gelbe Blume an einem Gummiband in ihr Haar gesteckt. Auf dem Kopf über der Stirn trug sie eine überdimensional große Sonnenbrille aus braunem Horn, mit Gläsern, die an die Augen einer Biene erinnerten. Ihre Haut war makellos, nur am Arm war ein weißer Fleck, eine kleine Narbe, zu sehen und an den Knien auch.

Die Dame zog Aju in das Unterdeck. Fast bis nach vorne zum Bug, Aju folgte ihr. Die Dame rempelte die Passagiere, die schon auf ihren Sitzen platzgenommen hatten, mit Ajus Tasche an. »Passen sie doch auf.«, sagte sie zu einem Mann, der ihr Chips auf das Kleid krümelte, während sie sich mit Aju an ihm vorbeischob.

Die Frau hatte etwas, was sie an Oma Helde erinnerte. Sie war sehr bestimmt in ihrem Auftreten und fast ein wenig grob, aber zu Aju sehr freundlich. Als sie in der ersten Reihe angekommen waren, nahm die Frau in dem Gang in der Mitte Platz.

»Ich habe die ganze Reihe reserviert. Es wird eine lange Reise. Hier können wir etwas schlafen. Ich bin total müde. Aber erzähl mal, du bist Aju?« Die Frau saß am Mittelgang. Die zwei Plätze am Fenster waren frei. »Das sind deine Plätze am Fenster.«, sagte sie zu Aju.

Aju blieb wie angewurzelt stehen. Als die Frau aufstand und einen Mann vorbeilassen wollte, der den falschen Gang entlanggelaufen war und zurück zu seinem Platz wollte, drückte sich Aju ganz fest an die Frau heran. Sie umarmte sie, so doll sie konnte, drückte ihre Fingerknöchel gegen die Rippen der schlanken Frau und sagte, »Mama? Bist du meine Mama?« Die Frau schaute sich verlegen um. Sie stand ganz vorne in der Fähre. Einige Passagiere beobachteten sie, ob der ungewöhnlichen Frage, die das Mädchen, das fast genauso groß war wie die Dame selbst, stellte. Andere waren noch mit dem Einladen ihrer Koffer beschäftigt.

»Ja, ich bin deine Mama. Du bist so wunderschön, lass dich ansehen. Was für eine schöne Tochter ich habe.« Sie drehte Aju vor sich einmal, zweimal herum und Aju hatte das Gefühl Karussell zu fahren. Für einen Augenblick war sie sehr stolz. Das Mädchen vergaß alles, was sie zuvor erlebt hatte. Sie vergaß, dass sie fast sechzehn Jahre alt war und, das erste Mal in ihrem Leben, ihre richtige Mutter sie an die Hand nahm, im Kreis herumdrehte, bis ihr schwindlig wurde und zu ihr sagte, wie schön sie war.

Sie erinnerte sich an all die Tage, Wochen und Monate, an denen sie die anderen Kinder in der Schule oder in der Kirche mit ihren Eltern beobachtet hatte. Manchmal war sie neidisch auf so viel Glück, aber meist freute sie sich für die Kinder und sie gönnte es ihnen von Herzen. Denn nichts war für die Ewigkeit. Das wurde ihr spätestens klar, als sie ihre Freundin Emmi verloren hatte.

Mamas Hände rochen nach Seife und Aju schwitzte. Hinter dem schönen Kleid und der schicken Sonnenbrille bemerkte Aju, dass ihre Mutter müde und ausgelaugt von der Reise war. Sie hatte keinen Fuß an Land gesetzt. »Wie lange fahren wir und wohin? In die Stadt?«, fragte Aju. »Ja, genau. Die Fähre benötigt einen Tag und mein Mann holt uns vom Hafen ab. Bis nach Hause ist es nicht weit. Wir haben dir ein Zimmer vorbereitet. Du wirst es mögen und du kannst so lange bleiben, wie du möchtest.«, sagte Ajus Mutter. »Was ist passiert. Solltest du wirklich heiraten und wen?« Mama lachte. »So ist das auf der Insel, Aju. Es hat sich nichts geändert. Als ich zur Schule ging, hatten alle Mädchen schicke Blusen und kurze Röcke. Das war normal. Wir haben Musik gehört, die neueste Musik aus dem Radio. Aber jetzt habe ich nur noch Mädchen mit Kopftüchern gesehen. Das ist schon komisch.«, sagte Mama. »Ich wollte dort auch nicht bleiben.« Sie zeigte mit dem Kopf hinüber auf die leere Sitzreihe am Fenster.

Die Fähre stieß schwarzen Rauch aus dem Schornstein. Das erste Mal fühlte Aju, wie starke Motoren ein ganzes Schiff vibrieren ließen. Sie schaute aus dem runden Fenster auf die Kaimauern. Ihre Mutter reihte Satz an Satz aneinander und erzählte ohne Punkt und Komma. Aju blickte auf Onkel Henkys Hähnchenstand, auf den leeren Liegeplatz, an dem die Jacht von Davids Eltern so lange festgebunden war. Sie sah das ockerfarbene Hotel, mit der Frau am Fenster. Der Hafen wurde kleiner und kleiner. Zwei Autos fuhren über die Pontonbrücke, die die Stadt mit der Straße zum Wasserfall verband. Dann verließ das Schiff die langgezogene Bucht, in der das Wasser meist spiegelglatt war. Die Berge und Hügel links und rechts beschützten die Insel vor dem offenen Ozean.

Die Fähre erreichte das offene Meer und Aju konnte die schwarzen Felsen sehen, von denen sie mit David in den Ozean gesprungen war. Sie sah den Wasserfall auf der gegenüberliegenden Seite und in den Baumkronen bewegten sich die Blätter.

»Ob es das kleine Äffchen ist, was sich von Ast zu Ast schwingt?«, dachte Aju.

Ob sie diese Insel, ihre Heimat, wiedersehen würde, das wusste sie in diesem Moment nicht und war es ein Abschied für immer oder nur für kurze Zeit? Sie dachte an Oma Helde und an Onkel Henky, die jetzt im Haus auf dem Steg sitzen würden oder schon nach ihr suchen. Bald würden sie feststellen, dass Aju nicht mehr auf der Insel war. Ob sie auch mit Stöckern und bei Kerzenlicht auf den Stegen suchten und ihren Namen in den Nachthimmel schrien? Das fiel Aju jetzt ein, aber nun war es zu spät, sie konnte es nicht mehr ändern. Sie hatte Oma Helde keine Nachricht hinterlassen. Bis zuletzt hatte sie gehofft, aber nicht wirklich daran geglaubt, dass ihre Mutter sie von hier abholte.

Sicher, ihre Mutter hatte ihr geantwortet, aber es hätte auch ein böser Scherz sein können und auch wenn es nicht so gewesen wäre. Sie hatte ihre Mutter noch nie vorher gesehen und warum sollte Aju sich nun auf sie verlassen können? Alles wäre möglich gewesen.

»Hast du Oma Helde Bescheid gesagt, dass du mich abgeholt hast? Sie wird sich Sorgen machen.« »Sich Sorgen machen?«, fragte Mama. »Auf jeden Fall, sie wird explodieren und um sich schlagen. Ihre Tochter hat ihre Tochter entführt. Sie wird mich schlecht machen, wie immer. Dabei war es ihre... « Ajus Mutter redete nicht weiter, sie kniff sich auf die Lippen. »Ich habe Mirinda Bescheid gesagt. Sie ist eingeweiht. Sie wird heute Abend zu Oma gehen und ihr sagen, dass du bei mir bleibst. Dass du auf der Fähre bist. Mach dir keine Sorgen. Jedenfalls werde ich nicht zulassen, dass du auf der Insel einen alten Mann heiratest und dort versauerst. Dann ist dein Leben vorbei.«

Aju wollte nichts dazu sagen. Ihre Mutter hatte recht, aber sie hatte sowieso nicht vor, auf der Insel zu heiraten und wenn, dann gab es nur einen Mann, den sie heiraten wollte. Mit der Abendsonne verschwanden auch die letzten Umrisse der Insel am Horizont. Die Fähre schipperte über hohe Wellen in Richtung Süden und überquerte den Äquator. Ajus Mutter erzählte von sich und ihrer Kindheit und wie Oma ihr ihren Namen gab. Oma Helde hatte für ihre Mutter den Namen Dita gewählt. »Die Kämpfende.« Vorbei an der letzten Insel des Archipels, die sich nur hinter dunklen Umrissen und einigen Lichtern auf den Hügeln vermuten ließ, nahm das Schiff Kurs auf die Hauptstadt. Mutter und Tochter überließen die zwei Sitze am Fenster Ajus Tasche. Sie kauerten sich zusammen und Aju schlief in den Armen ihrer Mutter ein. Das Schiff schaukelte in den Wellen und fuhr vom Wind getrieben auf die Neue Welt zu.

Dita schaute aus dem Fenster. Die Nacht war schwarz. Dita hatte nach Jahren der Abstinenz von ihrer Heimat, der Insel mitten im Ozean, noch den Geruch von Tang und Fisch, dem mit Öl getränkten Holz am Hafen und den Geruch der großen roten Blüten in der Nase. Nur für einen Moment hatte sie sich aus dem Unterdeck bis zum Eingang des Schiffes bewegt, das im Hafen anlegte. Aber den Geruch vergaß sie nie, auch wenn er nur für einige Sekunden ihre Nase streifte.

Sie hätte gerne ihre Füße auf die Insel gesetzt, etwas Fisch gegessen, so wie ihn Onkel Henky zubereiten konnte, aber dann hatte sie es sich anders überlegt. Sie war nicht auf die Insel gekommen, um Ärger zu verursachen. Um die Vergangenheit zu diskutieren oder ihrer Mutter Vorwürfe zu machen. Das würde zu nichts führen und es war zu spät. Sie wollte nur ihre Tochter holen die nun in ihren Armen lag und wohl einen konkreteren Plan von ihrem Leben hatte. Konkreter als sie ihn in diesem Alter hatte.

Damals war sie verliebt in den Mann, der von dem Schiff kam. Er war Offizier und sie viel zu früh schwanger und war selbst noch ein Kind. Dann, als ihre Mutter davon erfuhr, war es zu spät. Sie wollten das ungeborene Baby nicht und Helde und ihr Mann legten ihr heiße Steine auf den Bauch. Dita schloss die Augen. Sie wollte nicht mehr daran denken. Aber es kam in ihr hoch, ob sie wollte oder nicht. Der Mann hatte eine Frau auf dem Land und wollte und konnte Dita nicht mitnehmen. So floh sie zu ihrem Onkel. Die ganze Familie stritt sich. Dita wollte sich nicht mehr daran erinnern und sie hatte einen Mann in der Stadt gefunden. Sie lebten in auskömmlichen Verhältnissen und Dita hatte zwei Kinder mit ihrem Mann. Aju war viel schlauer, das bemerkte sie sofort. Ihr Vater war Offizier und wahrscheinlich hatte sie doch etwas von ihm geerbt.

»Das Aussehen hat sie von mir. Das lässt sich nicht verleugnen.«, dachte Dita. Sie schloss die Augen, roch an Ajus Haaren und verfiel in einen tiefen Schlaf. Zwei Tage Strapazen auf einer Fähre, die sich stetig von einer Seite auf die andere wälzte, hatten ihre Spuren hinterlassen.

Aju schlief tief und fest auf den harten Sitzen bis zum Morgen. Ihr Ellbogen schmerzte beim Aufwachen. Auch auf der Insel spürte sie ihre Knochen jeden Morgen nach dem Aufstehen. Es war für sie nichts Neues. Auf der Fähre schien ihr von einem Moment auf den anderen nun die Sonne in das Gesicht und lärmendes Treiben begann im Inneren des Schiffes. Männer und Frauen stampften an Deck, putzten ihre Zähne und wuschen sich ihre Gesichter und Füße mit Wasser, welches in einem dünnen Rinnsal aus einem Gummischlauch auf dem Deck floss.

Aju vermisste die morgendliche Dusche aus kaltem Regenwasser. Sie suchte nach ihrer Mutter, die am Heck des Schiffes stand und über die Reling schaute. Dita unterhielt sich mit einer kleinen Frau und sie fanden heraus, dass sie gemeinsame Freunde hatten. Bis auf einige wollten alle Passagiere in die Hauptstadt. Nur wenige hatten große Pläne und eine weite Reise geplant. »Guten Morgen Aju, wie geht es Dir? Noch ein paar Stunden und wir sind da. Ich kann schon die Inseln erkennen und die Schiffe werden immer mehr und das Wasser schmutziger.«, sagte Dita.

Ein Mann mit einem Kasten aus Holz vor der Brust verkaufte daraus gebratenen Reis und Nudeln, eingewickelt in Bananenblätter und Wasser aus Plastikflaschen. Kuchen, geleeartig wie Pudding, mit grünen und braunen Streifen gab es dazu und schwarzen Kaffee. »Haben sie auch Cappuccino?«, fragte Ajus Mutter den Matrosen, der für eine Stunde in die Rolle des Kellners schlüpfte.

Er schüttelte verlegen den Kopf, »Nein, das tut mir sehr leid. Wir haben nur Café oder Tee.« Dita ließ sich und Aju schwarzen Café eingießen. Sie nahmen sich an die Hand und drehten eine Runde auf dem Deck des Schiffes nach der anderen. Sie sahen, wie Stelzen aus riesigen Stahlröhren aus dem Meer ragten. Auf ihnen waren Inseln aus Stahl errichtet und Lichter brannten hinter Fenstern in Containern aus olivgrünem Metall. Mehr und mehr der Plattformen zogen an Ajus und Ditas Augen vorbei. »Das gab es früher nicht. Früher waren hier Korallenriffe. Siehst du, dort vor der Insel? Dort war das Wasser hellblau und türkis. Mein Onkel war dort und hatte nach einer Frau Ausschau gehalten. Jetzt sind hier nur noch die Fremden und bohren nach Öl. Nicht mal den Fisch kann man mehr hier essen.« An einer der Bohrinseln lag ein Tanker mit rostrotem Bauch. Seine Sirene ertönte, als die Fähre das Wasser darum passierte, aber niemand antwortete. Der Kapitän, der vor ihnen auf der Brücke in einem Stuhl saß und im Rhythmus der Wellen mit seiner Rückenlehne gegen die Wand schlug, hatte Mühe, das Schiff auf Kurs zu halten.

Aju hatte trockene Lippen von der salzigen Luft und dem Wind auf dem Oberdeck. Ihre Haare wehten zu einem Knäuel zusammen und ihre Mutter zog einen Kamm aus der Tasche. »Wir machen uns schön. Bald sind wir da.«, sagte sie und rieb duftendes Öl in Ajus Haare, so wie es auch Oma Helde früher tat.

Am Horizont erschienen graue, sich in der Sonne spiegelnde Türme. Sie standen dicht beieinander und die Fähre verlor an Geschwindigkeit. Zwischen riesigen Schiffen, sie waren größer als der Hafen auf Ajus Insel, und roten Bojen manövrierte der Kapitän das Schiff näher und näher an die Stadt heran. Je dichter sie an den Hafen herankamen, umso deutlicher konnte Aju die riesigen Hochhäuser erkennen. Sie zählte an einem der Türme bis fünfzig und hatte dabei das oberste Stockwerk noch nicht erreicht. Vor der Einfahrt zum Hafen lagen die Schiffe mit Containern beladen, in einer Reihe wartend. Sie richteten sich in der Strömung und dem Wind aus und zeigten alle mit dem Bug zur Stadt. Zwischen den Booten schwammen Familien von riesigen Ottern und reckten ihre Köpfe aus dem Wasser. Sie schnappten nach Abfällen, die zwischen den Schiffen, von der Stadt herkommend, auf das Meer hinaustrieben. Riesige Kräne nahmen Container in die Luft und stapelten sie am Hafen übereinander. Eine Fähre kam ihnen entgegen und fuhr über einen kleinen Baumstamm, der im Wasser trieb.

Sie fuhren schon zwanzig Minuten entlang der Küste und soweit Aju sehen konnte waren nichts als Schiffe. In allen Farben mit Flaggen an deren Heck, die sie noch nie zuvor gesehen hatte und die alle einen Grund hatten, in diese Stadt zu kommen, genauso wie Aju einen Grund hatte. Es war ein Moloch einer Stadt, riesig, und Aju hatte in diesem einen Wimpernschlag ihres Lebens schon mehr Schiffe und Menschen gesehen wie in ihrem gesamten Leben zuvor.

Verlust und Freiheit

Im Norden der Stadt erreichten Aju und Ajus Mutter Dita den Hafen. Die Fähre bäumte sich kurz vor der Anlegestelle auf und rutschte an der Hafenmauer entlang, bis alte Autoreifen, die am Beton über der Mauer herunterhingen, das Boot abrupt stoppten. Ein Pulk von Menschen verließ das Schiff in alle Richtungen. Aju kamen die Passagiere von ihrem Aussehen und ihrer Kleidung vertraut vor. Die Fähre hatte unterwegs nur zweimal gestoppt und neue Gäste hinzugeladen. Nun, hier in der riesigen Stadt mit den Hochhäusern, verteilten sich die bekannten Gesichter in Windeseile. Plötzlich stand sie mit ihrer Mutter allein vor der leeren Fähre.

Die Matrosen stapelten Säcke voller Abfall vor dem Steg auf und luden Reissäcke und Paletten mit Wasserflaschen auf das Schiff. Es war ein Hafen wie jeder andere, mit Frachtern, Containerschiffen und vor allem vielen Menschen. Aju sah kein Ende. Die Mauer zog sich bis zum Horizont. Ein Pier folgte auf den nächsten. Das Mädchen, gerade sechzehn Jahre alt geworden, lief ihrer Mutter hinterher, die sie vor gerade einmal einem Tag das erste Mal in ihrem Leben gesehen hatte, blind durch die Menge.

Die Gerüche wechselten im Sekundenabstand zwischen frischem Fisch und stinkendem Abfall. Ein Mann hockte in der Ecke. Er saß auf dem Asphalt mit angezogenen Beinen, die so dünn waren wie Ajus Arme. Seine großen blauen Augen passten nicht zu seinem ausgedörrten Schädel. Neben ihm stand ein Netz aus feinem, durchsichtigen Geflecht. Hunderte leere Plastikflaschen hatte der Mann gesammelt und wartete nun wohl auf einen Ankäufer. Er hielt Aju die offene Hand entgegen. »Bitte, haben sie eine Spende für mich?« Dita schaute in die andere Richtung und Aju hielt ihre Hand ganz fest. Hier wollte sie auf keinen

Fall verlorengehen. »Bleib einfach bei mir. Unser Fahrer wartet draußen. Alfred arbeitet schon lange für uns und ich kenne ihn schon, seit ich Budi das erste Mal gesehen habe.«

Das Mädchen blieb dicht hinter der Frau. Sie entledigte sich ihrer Früchte, die sie von ihrer Insel mitgebracht hatte und deren Saft schon aus ihrer Tasche tropfte. Trauben von Menschen bewegten sie in alle Richtungen auf dem Weg zu ihren Schiffen.

Alfred lehnte mit seinem Rücken an einer schwarzen Limousine. Er trug eine Schirmmütze, ein langes weißes Hemd und schwarze Hosen und schwarze Schuhe. Er war besser gekleidet wie die Offiziere auf dem Marineschiff, die Onkel Henky abgeführt hatten. Nur sein brauner, abgewetzter Gürtel, der zwei Löcher zu groß war, passte nicht zu dem sonst eleganten Auftreten von Alfred. Er hatte keinen Bauch, versuchte jedoch, seiner Position angemessen, etwas dicker wirken zu wollen, und streckte seine Brust heraus, die eher wie ein Luftballon wirkte, aus dem die Luft schon halb entwichen war.

Als er Aju sah, stützte er die Arme in die Hüften um noch größer zu erscheinen. Er hatte keine Chance. Aju war größer als ihre Mutter und erst recht als Alfred. Nicht umsonst nannte sie jeder auf der Insel Flamingo. »Du wirst mal keinen Mann finden mit deinen langen Beinen.«, daran erinnerte sich Aju, als Alfred sagte, »Du bist ja schon größer als deine Mutter.« Das Mädchen lächelte freundlich. Alfred packte Ditas Koffer und Ajus Tasche in den Kofferraum und lief einmal um das Auto, öffnete die Türen im Fond und bei der zweiten Umrundung schloss er sie wieder. Dita und Aju saßen hinten und Alfred fragte, »Wie war ihre Reise Frau Dita?«

Aju spürte nichts von der Fahrt. Sie saß noch nie in einem Auto und es war nicht wie auf dem Moped. Man konnte den Wind nicht spüren und sie musste nicht mit den Augen blinzeln. Das Auto hatte ein Radio und als Dita von der Reise erzählte, stellte Alfred die Musik leiser. »Du weißt, dass ich die Insel nie mehr betrete. Ich habe meine Tochter mitgebracht. Ist das nicht ein Glück? Ich habe sie so vermisst. Aju, meine Aju.« Das Mädchen war irritiert. Sie kannte ihre Mutter nun ganze vierundzwanzig Stunden ihres Lebens. Dita, die eine fremde Frau für sie war, sprach von ihr, als ob sie sie schon ewig kannte und Aju gerade einmal fünf Minuten zum Hafen geschickt hatte, um eine Besorgung zu erledigen. Dita legte den Arm um sie und sagte zu Aju, »Was hast du zu Hause bei Oma Helde gemacht? Was macht die Schule? Bist du fertig mit ihr? Wie geht es Onkel Gio und Onkel Henky?«

Aju berichtete, dass Onkel Gio schon eine Weile im Gefängnis war, da er mit den Wasserbomben Fisch fangen wollte. Dita schaute zum Fahrer, aber Alfred vermied es, sie im Rückspiegel anzuschauen und konzentrierte sich auf seine Fahrt. Er rutschte an jeder Kurve ein Stück aus seinem Sitz, als ob er die richtige Position suchen würde. Es war ihm etwas unbehaglich. »Ja, die Familie. Ich bin froh, dass ich nicht dort bin. Das Leben ist hart auf der Insel und ungerecht sowieso. Die Großen lässt man laufen und die Kleinen fängt man.« Dita schob sich ihre Sonnenbrille vor das Gesicht. »Ich brauche dringend eine Dusche. Ich rieche wie ein alter Fisch.« Das Auto fuhr sanft schaukelnd vom Hafen durch die Stadt. Die Sonne würde in einer Stunde verschwinden, nur wo war sie? Auf der Insel konnte Aju den Sonnenuntergang jeden Tag über dem Hafen beobachten.

Alfred steuerte das Auto schon seit langer Zeit eine breite Straße entlang. Links und rechts wurden die Häuser immer größer, bis Aju die Dächer der Gebäude nicht mehr sah. Der Hals schmerzte ihr, wenn sie versuchte ihren Kopf, an die Scheibe gedrückt, nach oben zu drehen. »Mir ist schlecht.«, sagte das Mädchen zu Dita. Dita beugte sich über Aju und kurbelte mit ihrer Hand das Fenster herunter. »Frische Luft tut dir gut. Wir sind bald da.« Der Fahrtwind wehte dem Mädchen in das Gesicht und die Straßen waren voller Autos. Aus ihren Scheinwerfern entstanden endlose Lichterketten. »Was sind das für Gebäude? Leben Menschen darin?«, wollte Aju wissen.

»Das sind alles Büros. Banken, Versicherungen, Ölfirmen, die Börse, Hotels. Hier findest du alles, Aju. Schau dir nur die Gebäude an. Ist das nicht großartig? Siehst du dort das Hochhaus? Da ist das Büro von Budi.« Das Mädchen sah nur Hochhäuser mit verspiegeltem Glas. Eine riesige Leuchtreklame mit Zigarettenwerbung strahlte in ihr Gesicht. Alfred fuhr in einem Kreisverkehr zweimal eine Runde. Er war stolz auf seine Stadt und wollte Aju die Aussicht zeigen, aber Aju war müde. Es waren zu viele Eindrücke und das geordnete, simple Leben auf der Insel stand in Kontrast zu der Hektik, den vielen Informationen und den tausenden Gesichtern von Menschen, die sie, seit ihrer Ankunft hier, bisher gesehen hatte.

Sie schloss ihre Augen und träumte vom Wasserfall. Als Alfred die Autotür öffnete und Ajus Kopf nach vorne kippte, wachte das Mädchen wieder auf. Vogelgezwitscher war zu hören. Kleine blaue Vögel fingen die letzten Insekten aus der Luft, die sich unter der Straßenlaterne vor dem Haus versammelt hatten. Sie hatten den ruhigen Teil der Stadt erreicht. Zweigeschossige Häuser mit roten Dächern standen auf großen Grundstücken mit alten Bäumen und gelben Mauern darum. Die Häuser hatten einen großen Eingang, mit Türen, durch die Riesen schreiten konnten. Sie waren aus dunklem Holz, mit doppelten Flügeln und goldfarbenen Ringen. Auf den gelben Mauern hatten die ängstlichen Bewohner schwarz lackierte Eisenzäune mit goldenen Pfeilspitzen angebracht, um Einbrecher abzuschrecken. Eine Katze saß auf der Mauer, vor der Alfred das Auto abstellte.

Der Fahrer stellte Ditas Koffer und Ajus Tasche vor die Tür und fuhr davon. »Für heute benötige ich dich nicht mehr, Alfred.«, hatte Dita ihm zugerufen. Vor der zweiflügeligen Tür stand ein Mann in Uniform. Aju und Dita betraten durch einen Seiteneingang das Haus. Fässer, gefüllt mit Regenwasser, lagen im Hof. Hinter den beiden schloss jemand das Tor aus Stahl. Auf dem kahlen Hof standen in Plastiksäcken Kokospalmen und Bananenbäumchen und allerlei blühende Pflanzen in nackten Wurzelballen auf dem Zement. Moskitos schwirrten über dem abgestandenen Wasser der Tonnen.

Ein Mann bat Aju in das Haus. Sie sah nur eine große Halle mit zwei Treppen, die links und rechtsherum irgendwohin auf das Obergeschoss führten. Niemand war hier. An der Decke hing ein riesiger Kronleuchter. Spinnweben prangten darüber und auf den elektrischen Kerzen war dicker Staub zu sehen. »Arbeiten die Männer alle hier?«, fragte Aju Dita. »Ja, Alfred kennst du ja schon. Vor der Tür ist ein Wachmann. Wenn du in die Stadt willst, dann frag ihn zuerst. Er ruft dir den Fahrer. Die anderen Männer sind mal hier und mal nicht. Sie kümmern sich um den Garten und das Haus, wenn sie in der Firma nichts zu tun haben.«»... und was machst du Mama?«, fragte Aju. »Ich warte auf Budi.«, sagte Dita und lachte.

»Ich zeige dir dein Zimmer. Wir haben so viel Platz. Ruhe dich erst einmal aus und morgen sehen wir weiter, was wir mit dir machen. Es ist schön, dass du da bist und kein Problem sollte so groß sein, dass es eine Familie nicht lösen könnte.« Sie lachte und die Worte klangen nicht, wie die ihrer Mutter, aber Aju gefielen sie. Sie lief die linke Treppe hinauf und die rechte Treppe wieder hinunter. So viel Platz war vorhanden, aber es war niemand hier, niemand außer ihr. Dita zeigte ihr ein Zimmer. »Hier wohnst du, vorerst. Richte es dir ein, wie du möchtest.«

Aju packte ihre Tasche auf ein samtrotes Sofa mit harten Sitzen. In dem Raum war nur ein großes Bett und ein Schrank und vor dem Fenster standen eine Straßenlaterne und ein Baum davor. Dita öffnete die beiden Fensterflügel und zog die Vorhänge zu. »Pass auf mit den Mücken hier, sie stechen.« Dita drückte Aju und sagte: »Du kannst dich duschen und dann komm herunter. Budi wird bald da sein und er möchte dich auch kennenlernen.« Aju setzte sich auf das große Bett mit einem Bezug aus Seide und Blümchenmuster. Sie hatte ein eigenes Zimmer. Niemand störte sie. Der Raum hatte eine Tür zum Abschließen, ein Fenster, aus dem man hinuntersah, und nicht nur ein dunkles Dachgeschoss wie auf der Insel, wo das Wellblech in der Hitze der Sonne knarrte.

Aju fand das Bad aus rotem Marmor und mit Wasserhähnen, die aus der Wand kamen und einer Dusche. Sie hatte nicht die geringste Idee, wie sie hier duschen sollte. Es gab weder eine Wassertonne, noch eine Schöpfkelle und wo sollte das Wasser hinfließen, wenn es auf den Boden lief? Aju suchte den Mann, der bei ihrer Ankunft vor der Tür stand. Dita kam ihr entgegen und fragte, »Weißt du wie die Toilette funktioniert, Aju?« Das Mädchen schüttelte verlegen den Kopf. »Komm mit, ich erkläre dir alles. Es tut mir leid. Ich hatte das vergessen.« Aju folgte Ditas schnellen Schritten und ihren klappernden Absätzen. »Dort musst du drücken, dort drehen. Pass auf es ist heiß.« Aju hörte zu, aber ob sie sich das alles merkte?

Dann stand Aju unter der großen Regendusche. Das Wasser prasselte auf sie herab, wie ein warmer Gewitterregen auf der Insel. Sie musste sich kein Wasser über den Kopf gießen. Das Glas der Dusche beschlug vom Dampf des warmen Wassers. Aju stand wohl zwanzig Minuten in dem roten Bad unter der Dusche, bis ihre Finger und Zehen vom Wasser weich wurden und die Haut Rillen auf den Fingern bildete. Sie nahm ein weißes, riesiges Handtuch aus dem dunklen Holzregal und trocknete ihre Haut. Ihr einziges Kleid, welches sie von der Insel mitgenommen hatte, breitete sie auf dem Bett aus. »Was ziehe ich morgen an«, fragte sie sich selbst laut. Ihre Stimme schallte in dem Raum, wie die Ansage der Frau im Hafen, die die Abfahrt der nächsten Fähre angekündigt hatte. Dann hüpfte sie die Treppen hinab. Lief noch einmal nach oben und rutschte auf dem hölzernen Geländer den geschwungenen Handlauf hinunter. Sie spürte die Wärme der Reibung auf ihrem Bauch, sprang herunter und betrat durch den Flur, der lang und dunkel war, den nächsten Raum. Ein Kronleuchter aus goldenen Blättern und elektrischen Kerzen hing über dem runden Esstisch. Dita und Budi saßen daran und hatten schon begonnen zu essen. Ajus Mutter stand auf und stellte dem Mädchen ihren Mann vor. »Das ist Aju. Endlich lernst du sie kennen.« Wie Aju es gewöhnt war, faltete sie ihre Hände vor der Brust zusammen und begrüßte den Mann. Budi war wesentlich älter als Dita. Er mochte schon so viele Jahre seines Lebens hinter sich haben, wie Onkel Gio. Er kam aus dem Büro und trug ein Hemd mit rotgelbem Batikmuster und eine schwarze Hose aus dünnem Stoff, ohne Form und mit ausgebeulten Knien.

Oma Helde redete mit Onkel Henky im Friseursalon. Die Sirene der ablegenden Fähre aus dem Hafen war zu hören. Henky hatte all seine Utensilien vor dem kleinen Schaufenster seines Friseurladens abgestellt.

Jeden Tag zog er einen winzigen Karren mit Gummirädern und langen Holzgriffen den Steg entlang zum Hafen. Dann bereitete er die Speisen vor, die er den Tag über verkaufte. Präsentierte er das von Oma Helde oder seiner Frau geschnittene Gemüse in dem Glaskasten. Mit einem Gaskocher erhitzte er Wasser und kochte Nudeln, steckte Hähnchenfleisch auf Holzspieße oder grillte kleine Krabben. Nun am Abend, roch sein Körper und seine Haare nach all den Dämpfen und dem Rauch des offenen Feuers. Mit einer fettigen Drahtbürste kratzte er Ruß und Fleischreste von dem Rost aus Eisen.

Plötzlich stand Mirinda in der Tür. Sie kannte Onkel Henky. Oft hatte sie ihre Gäste zum Stand von Henky geschickt, wenn diese nach einem leckeren Essen außerhalb des Hotels fragten. Dann zeigte sie hinüber zu Henkys Stand in der Mitte des Hafens. »Wir bieten leider nichts an im Hotel, außer Frühstück. Ich habe nicht das Personal und den Platz dafür. Wenn ich einen großen Raum für das Restaurant haben wollte, hätte ich drei Zimmer weniger zum Vermieten und wer weiß, ob sie dann heute ein Zimmer gefunden hätten.«, antwortete Mirinda meist.

Heute sagte sie nicht viel zu Henky. Sie drückte Henky nur einen Zettel in die Hand.

»Hast du Aju gesehen?«, fragte er. »Ich habe sie gesehen, sie ist auf der Fähre, auf dem Weg in die Hauptstadt.« »Was sagst du da Mirinda? Hör auf mit den Scherzen. Darüber macht man keine Witze. Wo sollte sie hin? Sie wäre verloren und wir würden sie nie wieder finden.«, sagte Henky. Er stellte den geputzten Rost in die Ecke. Mit einem Besen aus Reisig kehrte er den Schmutz auf dem Holzsteg in das Meer. »Gib den Zettel Helde. Er ist von ihrer Tochter.« »Von Dita, von ihrer Tochter?« Henky ahnte, es gab Neuigkeiten und die würden nicht erfreulich sein, wenn es sich um Dita handelte. »Ich will euch nicht weiter stören. Wir sehen uns morgen. Vergiss nicht, ihr die Nachricht zu geben. Es ist wichtig. Gute Nacht Herr Henky.«, sagte sie und verschwand, spürbar erleichtert, über den Steg.

Henky wartete eine Weile. Er war sich sicher, das konnte nichts Gutes bedeuten. Mirinda war noch niemals hier. Helde mochte sie nicht leiden. Sie war früher Ditas Freundin und wenn Mirinda nicht dauernd mit ihr zusammen gewesen wäre, wer weiß, vielleicht wäre dann Dita noch hier. Gemeinsam mit Aju, wie eine richtige Familie. Er legte den Zettel auf Heldes Tisch und setzte sich in den Garten. Er nahm eine der Gießkannen, die über den Wasserhahn hingen, und goss die Blumen mit den roten Blüten.

Helde kam vom Eintreiben der Stromrechnungen zurück. Einen Nachbarn nach dem anderen lief sie ab, hörte den neusten Tratsch in der Stadt und zählte dann ihre Geldscheine, bevor sie alle Münzen und Scheine in ihrer Holzschatulle verstaute.

»Lies den Zettel, Helde!«, sagte Henky ungeduldig. »Er ist von deiner Tochter.« Helde schaute auf den Tisch, auf dem der Brief lag. Sie nickte zweimal und setze ihre Brille auf. Meistens addierte sie nur Zahlen ihrer Kunden zusammen, oder las in der Kirche die Texte der Lieder, die der Pfarrer mit Kreide zuvor an die Tafel geschrieben hatte. Langsam kam ihr der Text über die Lippen, den Dita mit schwarzem Stift zu Papier gebracht hatte. Es war kein langer Brief, eher eine Mitteilung, ohne einen Gruß und ohne sie beim Namen zu nennen, aber die Botschaft verstand Helde sehr deutlich. Aju würde nicht mehr zurückkommen.

Aju hatte sich heimlich, ohne Oma Helde etwas davon erzählt zu haben, an ihre Mutter gewandt. Sie erzählte ihr, dass Oma sie verheiraten wollte und sie von der Insel müsste. »Wie kommt das Kind nur darauf?«, schluchzte Helde. Dita hatte sie auf die Fähre gebracht, heute, gerade eben. Jetzt, in diesem Moment waren ihre Tochter und Aju auf dem Rückweg in die Stadt. Sie schaute auf die Uhr an der Wand. Es war schon zu spät. Aju war nicht mehr hier. Das Kind, um das sie sich seit ihrer Geburt gekümmert hatte, war nicht mehr auf ihrer Insel. Henky lief aufgeregt den Friseursalon auf und ab. »Was machen wir jetzt?«, rief er in das Wohnzimmer.

»Nichts, wir haben genug getan. Wenn es ihr Wille war, dann soll es so sein.« Helde kamen die Tränen. Sie rieb sich die Ecke ihrer Kittelschürze in die Augen, die immer röter wurden. Sie brauchte lange, um sich zu beruhigen. Ihr Oberkörper bebte vor Aufregung.

»Was hat sich Aju nur ausgedacht? Sie wollte von hier weg, Henky. Sie hat nie etwas gesagt.« »Du hast immer davon gesprochen und deine Freundinnen auch und ihr eingeredet, dass sie einen Moslem heiraten müsste, wenn sie auf der Insel bleibt.« Fast stritten sich Henky und Helde, aber irgendwie wussten beide auch, es traf sie wie die meisten auf der Insel. Die Jugend verlässt den Ort. Ob nun früher oder später, das war egal. »Ich habe doch alles für das Mädchen getan, oder nicht?«, sagte Helde. »Das mag sein, trotzdem. Sie hat eine Mutter. Egal, was du auch getan hast um sie das vergessen zu lassen, du kannst diese Gedanken nicht auslöschen, du hast auch nicht das Recht dazu. Lass sie ihre Erfahrungen selbst machen. Sie ist stark genug und das Gute ist, sie ist bei ihrer Mutter und nicht allein unterwegs.«

Helde lief die Stufen nach oben unter das Dachgeschoss. Sie schaute auf den Kleiderständer. An ihm hingen Ajus Blusen, die Schuluniform vom vergangenen Jahr und ein Kamm an einem Strick an einem der Haken. Ihre Schuhe standen vor dem Abtreter aus Kokosfasern. »Das ist von Aju übrig. Ob ich sie wohl je wiedersehen werde? Wir sind mitten im Ozean. Wer wird schon zu uns kommen wollen und wofür?«, sprach sie zu sich selbst. »Aju ist so ein fröhliches Kind, sie lacht immer und ist so schlau. Viel schlauer als ich. Schau, jetzt ist dieses Haus leer.«

»Du hast zwei Kinder. Du kannst dich glücklich schätzen und bestimmt bekommst du bald einmal Enkelkinder.«, sagte Henky. »Ja, aber das ist nicht dasselbe. Aju ist anders. Sie ist etwas Besonderes.« Das erste Mal seit Jahren schaute Helde am Abend vor die Tür. Normalerweise half sie Aju bei den Hausaufgaben, zählte die Tageseinnahmen und dann saßen sie im Garten zusammen. Heute trat sie vor die Tür auf den Steg. »Helde, was ist los?«, schallte es von den Holzterrassen auf den Stegen von nebenan. »Eine lange Geschichte.«, rief sie hinüber. Der Wind drehte und ein kühler Hauch kam über die Berge hinunter. Henky blieb in seinem Salon. Es gab nichts zu tun, außer Berge von Haaren zusammenzukehren und im Meer zu entsorgen.

Nichts änderte sich auf der Insel, nicht das Wetter und nicht der Wind. Die Zeit des Aufbruches auf der Insel war vorbei. In den letzten

Jahren kamen keine Menschen mehr vom Festland und zogen auf die Insel. Nun gingen die Menschen fort. Ihre Generation war wohl die letzte, denen das Leben, so wie es hier war, genügte. Was hatte Aju sonst bewogen, dieses Paradies zu verlassen? Henky war etwas traurig an diesem Tag, aber er hatte auch die Hoffnung, dass Aju etwas aus ihrem Leben machen könnte. Vor allem, dass sie einmal glücklich wurde und dass ihr freundliches, optimistisches Wesen und ihre natürliche Art anderen Menschen immer ein Lächeln auf das Gesicht zauberte, egal wo sie sich befand.

Dita nahm die weiße Serviette von ihrem Schoß, tupfte sich den Mund ab und zeigte Aju ihren Platz am Tisch. Ihre Mutter und ihr Mann Budi saßen sich gegenüber. Der Esstisch war so groß wie Onkel Henkys Friseursalon. Nur Aju kam noch dazu. In der Mitte an der langen Seite des Tisches kam sie sich etwas verloren vor. Mimi, die Haushälterin, servierte gebratenen Reis. Budi schmatzte am Tisch und knetete den Reis wie Onkel Henky mit den Händen zusammen. »Du hast Geld, aber es wäre schöner, wenn du auch Manieren hättest.«, sagte Dita. »Wir haben einen Gast.«

»Ja, du hast recht. Ich gebe mir Mühe.«, antwortete Budi. Es war ihm sichtlich unangenehm. »Du kannst mit Messer und Gabel essen, so wie es alle tun.«, sagte Dita.

»Ich nehme Gabel und Löffel, einverstanden? Mit dem Messer habe ich so meine Schwierigkeiten.«, sagte Budi und lachte. Aju beobachtete Budi, der sehr beschäftigt mit der Essensaufnahme war. Das Mädchen aß immer mit Besteck, nie mit den Händen und manchmal benutzten sie Stäbchen, wenn entferntere Verwandte sie besuchten. Aber Budi wollte mit einem Löffel das Fleisch zerteilen und Aju nahm, wie alle anderen, die sie kannte, nur den Löffel, wenn sie Suppe essen wollte.

»Lass es uns so wie immer tun. Ich kann das nicht und habe Hunger.« Er schaute zu seiner Frau hinüber. Er legte das Besteck auf die gefaltete Serviette neben sich und stopfte den Reis in sich hinein. Ajus Mutter und Budi wollten sich Aju gegenüber von ihrer besten Seite zeigen. Sie wohnten in einem stattlichen, geräumigen Haus und hatten ein

Auto mit Fahrer und allerlei Angestellte unter ihrem Dach. Dita passte mehr in das Haus als Budi, obwohl er das Geschäft hatte, gut verdiente und alles bezahlte.

Dita hatte dagegen die Auswahl getroffen, welche Möbel, Bettwäsche und Küchenutensilien sie sich zulegten, so schien es. Dita hatte Geschmack. Das sah Aju an der Art, wie sie sich kleidete, ihre Haare zusammensteckte und an der Farbe ihrer Fingernägel und ihres Lippenstiftes. Manche Kleinigkeiten an dem Verhalten ihrer Mutter erinnerten Aju an Oma Helde. Die Sache mit dem Besteck zum Beispiel. Onkel Henky hatte sie einmal so angefahren. Danach wollte er nie wieder das silberne Besteck in die Hand nehmen, welches Oma Helde vor und nach dem Essen polieren musste und einen eigenartigen Geschmack im Mund hinterließ.

Ohne Frage hatte Aju schnell verstanden, dass ihre Mutter hier das Kommando hatte und Budi ein lieber Kerl war, aber etwas zu weich, für ihr Gefühl. Sicher, er kam Aju schon viel älter vor und war es auch. Bestimmt hatte er schon viele Erfahrungen mit Frauen und musste nicht alles ausdiskutieren und hatte eine Gelassenheit, die auch Aju schnell das anfängliche Unbehagen nahm. Das große Haus und die vielen Menschen, die bei jeder Gelegenheit dreimal Danke sagten, flößten Aju schon Respekt ein, bevor sie Budi überhaupt das erste Mal gesehen hatte. Doch nun war es anders. Er war ein Mann wie Onkel Henky, ruhig, mit einem Schnauzbart und nach hinten gekämmten schwarzen Haaren. Seine Augen hatten einen klaren Blick. Sein Körper war nicht der kraftvollste, was ihn jedoch für Aju in diesem Moment etwas menschlicher werden ließ. Ein kleiner Makel sozusagen, der die äußere Perfektion weniger künstlich wirken ließ.

»Wie war dein Tag, Geliebter?«, fragte ihre Mutter Budi. Sie zog einen kleinen runden Spiegel aus ihrer Handtasche, die über der Stuhllehne hing und zog mit einem pinken Lippenstift die Konturen ihrer Lippen nach. »Die Firma hat eine neue Quelle entdeckt, nicht wirklich neu, aber es lohnt sich wohl, sie zu erschließen. Wir brauchen vierzig Mann dort. Es ist nicht weit von eurer Insel, weißt du? Irgendwann werden wir einen Flugplatz dort oder auf der Nachbarinsel bauen. Dann könnten die Arbeiter am Wochenende nach Hause fliegen zu ihren Familien.« »Das wäre toll. Können wir dann auch dort hinfliegen? Mit der Fähre ist es eine Zumutung. Die Reise ist zu lang. Andere Inseln haben schon Schnellboote.«, sagte Ajus Mutter. »Wir werden sehen. Stück für Stück. Du weißt, hier laufen die Uhren langsamer und jeder möchte mitreden und mitverdienen.« Dita nickte. »Klar verstehe ich das. Mach was du für richtig hältst. Hauptsache es ist gut für das Land und für uns.«

Aju schaute ihre Mutter an. Sie sah so ganz anders aus als Oma Helde. Nur die Augen waren dieselben und ihre langen schwarzen Haare. Sonst hatten sie wohl nichts gemeinsam. Dita kümmerte sich bislang fürsorglich um Aju, aber sie war auch eine Geschäftsfrau im Verborgenen. Es war der erste Tag in einer anderen Welt und was sollte Aju sonst erwarten? Sie hatte ein Dach über dem Kopf, ein sehr schönes sogar. Sie konnte für sich sein, wann immer sie wollte und gleich morgen würde sie die Stadt erkunden, um nach einer Universität zu suchen. Sie wird studieren. Das hatte sie sich mit David zusammen vorgenommen. Sie wollte sich all die Fragen beantworten, auf die ihr Oma Helde und Henky keine Antworten geben konnten. Denn Antworten gab es, auf die meisten Fragen. Man musste sich nur die Zeit nehmen, sie herauszufinden.

Aju erwachte an ihrem ersten Morgen in der für sie neuen Welt, als die Sonne durch die Blätter des Baumes vor dem Haus blinzelte. Sie hatte geschlafen wie ein Stein. Ihre Haare waren feucht und auf ihrer Haut klebte ihr Nachthemd, welches ihr Dita am Abend zuvor gegeben hatte. Als sie das Licht über ihrem Bett ausschaltete, drehte sich der große schwarze Ventilator über ihrem Kopf an der Decke. Ein leichter Windzug wehte durch ihre Haare. Sie schaute aus dem Fenster. Blumenkästen mit roten Blumen standen auf Metallgestellen rund um die Mauer, die das Grundstück einzäunte. Ein Mann in schwarzer Uniform schob die metallene Schiebetür zum Grundstück auf und Palmen in Töpfen wurden in den Garten gekarrt.

Gegenüber, auf der anderen Seite der Straße, stand ein Haus. Ganz in weiß gestrichen, mit einem Balkon, von weißen Säulen aus Marmor getragen. Ein Mädchen spielte mit einem Ball gegen die Wand. Ein

Mann saß auf der gebogenen Bordsteinkante, die um das Eckhaus herumführte. Ein anderer hielt einen Wasserschlauch in der Hand und säuberte die Straße. Er schaute zu Aju hinauf, als er das Knarren des Fensters hörte und winkte zu ihr hinauf. Ein grüner Frosch hüpfte aus der Regenwassertonne in das Gras des Vorgartens und verschwand.

Aju lief durch das Haus. Niemand war zu sehen. Sie ging die Galerie entlang, an den vielen Türen vorbei, hinunter in die Küche. An den Wänden hingen Bratpfannen mit kupferfarbenen Böden. Brettchen in allen Größen, eine Schere und ein Sack Reis lagen auf dem Boden. »Du kannst mir helfen und mit anheben. Er ist schwer.«, sagte eine Dame mit Kopftuch. Sie lief barfuß durch die Küche und ihre Zehen spreizten sich, wie die eines Huhnes in sämtliche Richtungen. »Ich bin Aju. Ditas Tochter.«, sagte Aju. »Ich weiß. Keine Angst, du musst hier nicht arbeiten. Ich weiß, wer du bist. Aber Essen willst du doch auch, oder? Also pack mit an. Ich weiß nicht, warum Dita immer zwanzig Kilogramm schwere Säcke mit Reis bestellt. Fünf Kilogramm würden es auch tun. Dann könnte ich mir die Schlepperei sparen. Aber sie denkt wohl, sie muss verhungern, wenn nicht genug im Haus ist. Wir sind hier nicht auf der Insel und der Laden um die Ecke hat Tag und Nacht auf. Aber wem sage ich das?«

Die Frau wischte sich den Schweiß von der Stirn. »Kann ich etwas Wasser bekommen?« »Hier Aju, schau, hier ist alles, was du brauchst.« Sie öffnete eine schmale Tür zu dem Raum neben der Küche. Regale aus dunkelbraunem Holz standen bis unter die Decke, vollgepackt mit Vorräten aller Art. Säcke voller Reis mit goldenen Stempeln darauf. Kaffeebohnen und getrocknetes Fleisch. Nudeln in bunten Verpackungen und in der Ecke stand ein Fahrrad mit hohem Lenker. Schwarz und schwer. Aju stellte sich neben das Rad und hob es in die Höhe. »Niemand benutzt es, Aju. Frag doch Mama, du kannst es bestimmt lernen, darauf zu fahren. Es ist nicht schwer.« Aju schaute auf die platten Reifen und drückte auf die Klingel. Ein heller schriller Klang drang durch den Raum. »Das ist schön.«, sagte das Mädchen und strich mit ihrer Hand über den breiten, hellbraunen Sattel.

Aju rannte wieder nach oben, zurück in ihr Zimmer, duschte lange und wartete im Esszimmer auf ihre Mutter. »Deine Tochter sieht aus wie du.«, sagte Budi, der mit Ajus Mutter im Nachbarzimmer sprach. Durch die angelehnten großen Flügeltüren konnte Aju alles hören. »Hast du an ihrer Kleidung gerochen? Alles riecht wie vermodert. So kann sie hier nirgendwo hin. Alle werden denken, sie ist unsere Nanny, aber nicht deine Tochter.«, sagte Budi. »Ich habe auch nicht gerade nach frischer Seife gerochen, gestern. Wir waren lange auf dem Schiff. Ich weiß, was du meinst. Du musst das verstehen. Du warst noch nie auf der Insel. Wir hatten keine Waschmaschine und das Haus ist immer feucht und die Wände modrig. Aju lebt praktisch auf dem Wasser.« Budi nickte. »Ja, ja ich verstehe. Es war auch kein Vorwurf oder eine Kritik. Kleide sie einfach neu ein. Etwas Modernes, und geht zum Friseur und lass ihr die Nägel schneiden und kauf ihr Schuhe.« Dita lächelte. »Na klar, wir machen uns einen schönen Tag. Danke Budi für alles. Es ist nicht selbstverständlich.« »Doch, das ist es. Kein Problem sollte so groß sein, dass es eine Familie nicht lösen könnte und wir sind eine Familie.« Budi ging zum Fenster, suchte mit seinem Blick die laut quakenden Frösche im Gras, konnte sie aber nicht entdecken.

Dita öffnete die beiden Flügel der Tür des Esszimmers und begrüßte Aju. »Guten Morgen, wie war deine erste Nacht? Hast du etwas geträumt? Man sagt, was man in der ersten Nacht in einem neuen Bett träumt, das geht in Erfüllung.« Aju war einfach zu müde, um sich an ihren Traum in diesem Moment zu erinnern. Die Strapazen der Reise wirkten nach und vor allem die vielen Gedanken, die in ihrem Kopf um Oma Helde kreisten. Wie sie die Nachricht von Ajus Verschwinden wohl aufgenommen hatte und ob sie ihr böse war? Denn das wollte Aju nicht. Es brauchte etwas, was sie jetzt die Gegenwart in all ihren Farben erleben lassen konnte. Dann wäre die Vergangenheit irgendwann nur noch schwarz-weiß und die Sehnsucht, die sie in diesem Moment nach ihrer Insel verspürte, wohl nicht mehr so groß.

Mit Alfred, der an diesem Morgen ebenso müde wie Aju war und dauernd in den Spiegel gähnte, am Radio nach einem Sender suchte, der keine Werbung für Autos und Versicherungen anbot, fuhren Dita und das Mädchen in das Zentrum der großen Stadt.

Ditas Haus lag in einer Straße mit großen Bäumen an der Ecke einer Allee. Ein sehr ruhiger Platz mit breitem Bürgersteig. Alle Häuser waren im Kolonialstil der Holländer errichtet, die die Stadt vor langer Zeit einmal angelegt hatte. Außer den Häusern, die mit ihren Ornamenten und verzierten Dächern, den rustikalen Fenstern und Türen an die ehemaligen Kolonialherren erinnerten, waren es noch einige wenige Laternen aus Gusseisen, die einen europäischen Stil erkennen ließen. Als Alfred die schwarze Limousine an der Kreuzung abbiegen ließ und die schattige Straße unter den riesigen Bäumen nur noch im Rückspiegel zu sehen war, brannte das gleißende Licht der frühen Sonne in Ajus Augen.

Den Horizont versperrte kein Baum mehr. Riesige Türme von Hochhäusern, zusammengepfercht auf einer winzigen Fläche, ragten in den Himmel. Die Sonne brach sich in all den verspiegelten Scheiben und die Blicke prallten an den Fassaden aus Glas und Beton ab. Neben der Autobahn, auf die Alfred fuhr, nachdem er eine Handvoll Münzen in einen Korb geworfen hatte und sich anschließend eine gelbe Schranke öffnete, bauten Arbeiter an einer Hochbahn. Alfred schaltete die Limousine einen Gang herunter und der Motor heulte auf. Er fuhr auf die rechte Spur und zog in atemberaubendem Tempo an all den dicken Autos vorbei, die Dinge in die Stadt transportierten. Aju hielt sich an den Griffen der Tür fest. Dita legt ihre Hand auf Ajus Arm.

Alfred nahm die nächste Ausfahrt. Er wendete das Auto einmal, kurbelte die Scheibe hinunter und drückte dem Mann, der mitten auf der Straße den Verkehr für ihn für einen Moment stoppte, einen Geldschein in die Hand. »Danke, Herr.«, bedankte sich der Mann und trillerte laut auf einer Pfeife, die er im Mund stecken hatte. Unter langen Arkaden parkte er das schwarze Auto und Aju und Dita rannten zwischen hupenden Autos wie junge Rehe über die Straße, hinein in ein neues Kaufhaus. So wie der Hafen war auch das Kaufhaus riesig. Ihre ganze Stadt auf der Insel, von der sie gestern kam, passte in dieses Gebäude. Das Dach bestand aus hellgrünem Glas und ein gläserner Fahrstuhl, voll mit Menschen, fuhr an einer der Wände hoch und runter. Aju folgte Dita auf eine summende Rolltreppe und sprang einen halben Meter vor Erreichen der nächsten Etage ab. Eine Katze stand am Rand der Treppe und miaute.

Soweit Aju sah, waren Geschäfte hinter Glasscheiben und Neonleuchten. Die Auslagen in den Schaufenstern glitzerten und funkelten. Nie hatte das Mädchen in ihrem bisherigen Leben eine derartige Fülle von Dingen gesehen, die man kaufen konnte und von denen die meisten Sachen doch vollkommen unnütz waren. Sie folgte ihrer Mutter und es benötigte eine Zeit, bis Aju die Scheu abgelegt hatte und anfing, eine Bluse aus dem schier endlosen Angebot auszuwählen. Sie verschwand damit hinter einem Vorhang. Vor einem Spiegel stehend zog sie ihr Kleid aus, welches ihr einziges Kleidungsstück war, das sie aus ihrer Heimat mitgebracht hatte. Sie schaute ihren nackten Körper an. Selbst unter dem grellen Neonlicht, welches die quadratische Lampe unter der Decke abgab, erschien ihr Körper sehr braun. Die Menschen in der Stadt hatten eine viel hellere Haut, das war ihr aufgefallen. »Sicher verbringen sie nicht so viel Zeit im Freien. Es sind ja überall Häuser.«, dachte Aju.

Dita wartete vor der Umkleidekabine während das Mädchen Blusen, Kleider und Schuhe probierte . Der Stapel an Stoff, der sich auf dem Hocker in der Kabine stapelte, wurde höher und höher. »Probiere, was dir gefällt. Du magst Blumen und Orange. Hahaha.«

Das Mädchen fühlte sich ertappt und packte ein schwarzes ärmelloses Top auf den Stapel ganz nach oben. »Das ist alles. Ich bin fertig.« Dita nahm den Berg aus Stoff über den Arm. Aju folgte ihr zur Kasse. Alles war hell erleuchtet, trotzdem sah sie die Sonne nicht und das Kunstlicht machte sie müde an diesem Tag. Sie liefen von Geschäft zu Geschäft und kauften alles, was Dita meinte, dass das Mädchen in der Stadt brauchte. Für Aju war alles neu und aufregend. Auf der Insel gab es nur ein Gebäude, das Krankenhaus, welches große Glasscheiben hatte, aber wohl niemals fertig werden würde. Hier war alles aus Glas und neu und fertig. Die Augen des Mädchens wussten nicht, wo sie zuerst hinschauen sollten. »Wer kauft all diese Dinge und wofür?«, fragte sich Aju.

Die Stunden vergingen, bis Dita dann in jeder Hand drei Tragetaschen aus Papier und Beutel mit großer Schrift aus dem Einkaufszentrum trug. »Das hätten wir geschafft.«, sagte Dita. »Hast du auch solchen Hunger?« Aju nickte. Sie folgte ihrer Mutter zu dem überdachten Eingang aus Glas. Regentropfen fielen auf das Dach über ihnen.

In einem Restaurant mit einer dicken Ente auf der grünen Speisekarte bestellte Dita knusprige Ente mit grünen Bohnen und Reis. Der Kellner brachte dazu mit dem Messer zerteilte kleine grüne Chilischoten in winzigen Schälchen und Tee mit Eiswürfeln darin und einem Strohhalm aus Plastik mit bunten Streifen darauf. »Wo kommen die Enten her, die es hier zu essen gibt? Ich habe hier noch keine gesehen.« Aju wollte es genau wissen, dachte Dita. »Das kann ich dir leider nicht sagen. Irgendwo aus der Nähe werden sie sein.«, erwiderte sie. »Zu Hause auf der Insel haben nur wenige Enten oder Hühner und wenn, dann laufen sie frei auf der Straße herum.«, dachte das Mädchen. Es ist Essen für besondere Anlässe. Meistens gab es Fisch. Der war fast immer reichlich vorhanden, zumindest in Oma Heldes Haus. Aju und ihre Mutter blieben nicht lange. Das Leben hatte hier in der Stadt eine höhere Geschwindigkeit. Es war nicht so, dass Dita keine Zeit hatte, aber sie schaute immer auf ihre Uhr und Aju hatte das Gefühl, dass ihre Mutter, seitdem sie hier war, von irgendetwas getrieben wurde. Sie konnte sich einfach nicht entspannen. So war das Leben in der Stadt wohl. Am späten Nachmittag bog Alfred mit dem Auto von der Stadtautobahn ab und fünf Minuten später standen sie vor dem grauen Stahltor, hinter dem das Mädchen im ersten Stock das Fenster ihres neuen Zuhauses sah.

Sie hatte die Stadt gesehen, oder zumindest eines der unzähligen Einkaufszentren der Millionenmetropole. Sie war müde von den vielen Menschen, die den ganzen Tag an ihr vorbeigelaufen waren. Der ein oder andere hatte sie an den Schultern berührt, unabsichtlich die meisten, aber einige kamen auch auf sie zu, und wenn sie nicht im letzten Moment zur Seite gegangen wäre, dann wäre sie mit den Fremden bestimmt zusammengestoßen. Die Menschen hier waren ganz anders, freundlich, aber auch in einer gewissen Art und Weise rücksichtslos und getrieben. Sie rannten mehr, als sie liefen, und Aju kannte diese Hektik von ihrer Insel nicht. Dort liefen die Frauen vorsichtig über den Steg. Sie setzten ruhig einen Schritt vor den anderen und erzählten mit den Händen. Es gab dort nicht diese Eile wie hier. Vielleicht war ja heute auch nur ein besonderer Tag, von dem Aju nichts wusste und morgen würde es schon ganz anders zugehen. Aju war gespannt und neugierig auf das Leben in der Stadt. So hatte sie es sich nicht vorgestellt.

Ditas Mann Budi kam an diesem Abend nicht mehr in das Haus. Er arbeitete für eine ausländische Ölfirma und sein Arbeitstag war selten kürzer als zwölf Stunden. Dita war noch sehr jung, als sie ihren Mann kennenlernte. Nach ihrem Fortgang, ihrer Flucht von der Insel, kam sie für eine Weile bei ihrem Onkel unter. Sie wohnte dort fast zwei Jahre. Er nahm sie jeden Sonntag mit in den Gottesdienst der kleinen Kirche, nicht weit von der kleinen Vorortsiedlung. Dort lernte sie Budi kennen, der schon fast ein alter Mann war. Er war sehr schlank und schmächtig und lebte spartanisch. »Bevor ich sterbe musst du heiraten.«, sagte seine Mutter einmal zu ihm. Dann stellte ihm ein Kollege in der Kirche Dita vor.

Ajus Mutter konnte sich erst nicht vorstellen, mit einem Mann in Budis Alter zusammenzuleben, doch es gab Schlimmeres. Auf der Insel hatte sie die Schule nur wenige Jahre besucht. Oma Helde hatte sie früh, genauso wie Aju, für alle möglichen Arbeiten eingespannt. »Für was willst du in die Schule gehen? Das kostet nur Geld und du verdienst nichts. Es wird Zeit, dass du dir eine Arbeit suchst.«, sagte ihre Mutter Helde einmal zu ihr. Da war sie gerade einmal dreizehn Jahre alt. Der Wert der Mädchen wurde nur daran gemessen, wie viel Geld sie nach Hause brachten. Brachten sie kein Geld nach Hause, waren sie nutzlos. Dann wurden sie verheiratet.

Hauptsache, sie verließen das Haus zeitig und lagen der Familie nicht zu lange auf der Tasche. Ob sie glücklich wurden, das war im besten Falle Nebensache, im Normalfall nie eine Frage.

Es kam ohnehin so, wie es kommen musste und sollte. Es war Karma, der Wille der Geister, oder vorherbestimmt. Alles war nur eine charmante Umschreibung dafür, dass die Mädchen ihr Leben so akzeptieren mussten, wie es kam. Dita hatte das Beste daraus gemacht. Sie sagte ja zu Budis Heiratsantrag. Der wohl mehr aus dem Wunsch von Budis Mutter herrührte und dem Mitleid seiner Kollegen. Die es einfach nicht länger ertragen konnten, dass ihr so fleißiger und zuverlässiger, aber etwas schüchterner Kollege jeden Abend allein an einem großen Tisch in der Kantine saß. Ewig in seinem Reis herumstocherte, weil er einfach nicht zurück in sein Zuhause kehren wollte.

Nun lebte er mit Dita zusammen, schon seit einigen Jahren hatten sie das Haus umgebaut und modernisiert. Die alten Vorhänge und Tapeten entfernt. Die feuchten Schränke auf den Müll geworfen und eine neue Küche gekauft. Sie hatten auch neues Personal eingestellt. Nur Alfred gehörte noch zum lebenden Inventar und war schon im Haus der Familie beschäftigt, als Budi gerade anfing zu studieren. Dita hatte alles neu eingerichtet und dann kam das Thema mit dem Kinderwunsch auf.

Budi war schon alt und Dita hatte eine Tochter, um die sie sich nicht kümmern konnte. Die sie notgedrungen bei ihrer Mutter auf der Insel zurückgelassen hatte. Sie war einfach im Streit zu ihrem Onkel in die Stadt geflohen. Der Onkel war damals ihr Ziel. Sie hatte sich so mit ihrer Mutter Helde gestritten. Helde hatte ihr einen Vortrag über Verantwortung gehalten. Was es bedeutete, im Leben Verantwortung zu übernehmen.

Aber sie sprach nie darüber, dass ihre Mutter auch Verantwortung hatte. Sie sprach gegenüber Helde nie aus, dass sie es ihr nicht verzeihen würde, dass sie sie einfach mit zwölf Jahren sich selbst überlassen hatte. Dass es ihr egal war, wo sie sich den ganzen Tag auf der Insel herumtrieb und ob sie in die Schule besuchte oder nicht.

Dita folgte dem Trägheitsprinzip. Sie machte sich die mangelnde Aufmerksamkeit ihrer Mutter zu Nutze. Sie verschaffte sich Freiheit, oder das, was sie dafür hielt. Das glaubte sie zumindest, als sie anfing, die Schule zu schwänzen und nur noch mit ihren Freunden einen Tag nach dem anderen vergeudete, solange bis sie schwanger war. Da war sie gerade einmal dreizehn und dann kam ihre Mutter Helde und machte ihr Vorwürfe. Aber eigentlich war es ihre Schuld, die Schuld von Helde. Sie hatte sie weder aufgeklärt noch gewarnt noch jemals über das Kinderkriegen mit ihr gesprochen, was die größten Konsequenzen im Leben einer Frau hatte und im Leben eines jungen Mädchens erst recht.

Vielleicht war das auch ein Grund, warum Dita mit einem Grollen im Bauch auf ihre Mutter Helde die Insel ohne ein richtig schlechtes Gewissen verließ. Sie fühlte sich nicht schuldig, sie wusste doch gar nicht, was Schuld bedeutete, und wenn das auf sie zutraf, was Helde über sie dachte, dann hatte Oma Helde ja sie zu dem Menschen gemacht, der sie nun einmal war. Also war Ihre Mutter Helde auch nicht besser als sie.

Dita ging von der Insel weg. Wenn Helde sich das Recht herausnahm, über ihre Tochter Aju zu bestimmen, weil sie ihrer eigenen Tochter nicht beigebracht hatte, was Verantwortung bedeutete, ja dann konnte sie es ja mit Aju nochmal versuchen.

Das alles war nun schon so viele Jahre her und Dita hatte es insgeheim ihrer Mutter Helde verziehen, aber es spielte keine Rolle mehr. Es war keine Bindung mehr da. Selbst als sie vor zwei Tagen in der Fähre saß und durch das Fenster die Insel sah, auf der sie einen Großteil ihres Lebens verbracht hatte, fiel es ihr nicht schwer, auf der Fähre unter Deck einfach sitzen zu bleiben. Sie hatte keine Sehnsucht nach der alten Familie. Die Gefühle waren erloschen, oder zumindest tief unten in ihrem Inneren vergraben. So tief wie das dunkelblaue Wasser, in das sich die riesigen Schildkröten sinken ließen, wenn ihnen die Beobachter auf dem Korallenriff zu aufdringlich wurden. Sie hatte wohl ihrer Mutter verziehen. Aber sich ihr oder einem anderen Menschen nochmal so zu öffnen wie damals, als sie dreizehn war und von ihrer Mutter nur ein wenig Zuspruch benötigte und stattdessen nur Verurteilung erfuhr, das hatte sie nie mehr tun können. Sie hatte sich in einen Schildkrötenpanzer zurückgezogen, zumindest was ihre Mutter betraf.

Nun saß sie mit Aju am Tisch. Budi war noch im Büro. »Was hat Aju wohl bewogen, die Insel zu verlassen? Hatte sie sich auch mit meiner Mutter Helde zerstritten, so wie ich? Sie war ruhiger, ausgeglichener und auch intelligenter als ich und sie war auch nicht schwanger, zumindest sah sie nicht danach aus.« Aju konnte hierbleiben, in ihrem Haus und dem von Budi. Sie würde alles tun, um das zu ermöglichen, und Budi war ein Mann, der nicht nein sagen konnte, wenn man wusste, wie man ihn anpackte. So viel Erfahrung hatte Dita. Sie hatte nicht das Gefühl, dass sie es ihrer Mutter Helde in irgendeiner Weise heimzahlen wollte, mit den Umständen, die entstanden waren und an denen sie nicht unbeteiligt war, aber eine gewisse Genugtuung war ihr anzumerken. Sie wusste, es gab kein Patentrezept für Erziehung und Verantwortung. Jeder hatte seine persönlichen Grenzen und es war für jede Frau wohl nur eine Frage der Zeit, bis man seine eigenen Grenzen aufgezeigt bekam.

»Aju war so ein glückliches Kind, eine junge Frau fast. Sie lächelte immer und ist so verbunden mit allem. Sie schnuppert an den Pflanzen und spricht mit ihnen, genau wie mit den Katzen und wenn ich manchmal über die Insel spreche, von meiner Kindheit, dann beginnt sie auch von der Insel zu sprechen.«, dachte Dita und beobachtete Aju, wie sie am Esstisch ihre neuen Kleider sortierte und mit einer Schere die Etiketten abschnitt.

»Aber sie spricht ganz anders über die Insel. Nicht wie von einer Insel unter vielen. Oder von einem Ort unter vielen. Es klingt bei allem, was sie sagt, als ob dieser Ort der Mittelpunkt der Welt war, dort für immer seinen Platz hatte und alle, mit denen sie sprach und jemals sprechen würde, diesen Ort selbstverständlich kennen müssten. Als ob an dem Umstand, dass es ihre Insel gibt, kein Weg vorbeiführt. Die Insel und die Menschen darauf sind der Grund für alles, was auf dem Rest des runden Balles auf dem wir Leben, passiert.«, so könnte Dita vermuten, wenn sie Aju reden hörte.

Die nächsten Tage erkundete Aju das Haus ihrer neuen Gastgeber und die nähere Umgebung. Budi hatte ihr geholfen, das schwarze Fahrrad mit dem hohen Lenker instand zu setzen. Den Reifen fehlte nur Luft und den Sattel stellte er für sie etwas höher. Im Schatten der Bäume vor dem Haus radelte sie die Straße auf und ab. Mit dem alten Rad war sie schnell einige Straßenzüge weiter. Jeden Morgen, kurz vor Sonnenaufgang, wenn noch der blaue Dunst über der Stadt lag, radelte sie die Straßen um das Haus ihrer Mutter und deren Mann Budi entlang. So lang, bis die gusseisernen Laternen erloschen und die Sonne über den Dächern emporstieg.

Dann wurde es schnell heiß und das Radfahren wurde eine Qual. Auf der Insel wehte den Tag über ein kühlender Wind. Hier in der Stadt atmete der Beton noch am frühen Morgen die letzte Hitze des vorhergehenden Tages aus. Nur kurz vor Sonnenaufgang war es erträglich. Wenn doch einmal ein Gewitter über der Stadt niederging, dann kam der Verkehr zum Erliegen und die Stadt ähnelte einem verstopften Abfluss.

»Guten Morgen Aju.«, schallte es aus jedem Vorgarten schon nach einer Woche, wenn das Mädchen kerzengerade, auf dem Fahrrad mit dem hohen Lenker, den sie wie die Zügel eines Pferdes in der Hand hielt, durch das Viertel fuhr. Sie trug meist ihre weiße Bluse mit langem Arm und einen bordeaux-farbigen Rock, der ihr bis über die Knie reichte.

Am frühen Morgen waren die Moskitos hungrig und nach einem Gewitter noch mehr. Dann war es etwas kühler, aber die Insekten eine lästige Plage. Sie band dann ihre Haare zusammen und trug ihr gelbes Stirnband mit den Blumen ihrer Insel darauf. Das Haarband und ihr Kleid, das waren die einzigen Stücke, die sie nach einer Woche noch an ihre alte Heimat erinnerten. Die Nachbarn lernten Aju schnell kennen. Eine junge Frau, die das Fahrradfahren erlernte. Mit ihrem Lenker an den alten Bäumen entlang kratzte. Das ein oder andere Mal mit einem lauten, grellen Schrei langsam seitwärts vom stehenden Fahrrad fiel, wenn ihr ein Auto entgegenkam und sie das Rad nicht schnell genug zum Stehen bringen konnte. So behielten sie Aju schnell in Erinnerung.

Am Wochenende nahmen ihre Mutter Dita und ihr Mann Budi sie mit in die Kirche. Um sechs Uhr morgens, wie an jedem Tag, stand sie auf, genoss die Ruhe ihres eigenen Zimmers mit eigenem Bad und dem täglichen morgendlichen Blick auf die Straße. Junge Mädchen, halb so alt wie Aju, führten weiße kleine Hunde mit dickem Fell aus. Die rosarote Zunge eines der kleinen Hündchen versuchte, die Körperhitze loszuwerden. Aber es war aussichtslos. Für die Hunde war es eine noch größere Quälerei als für die Menschen. Sie hatten sich selbst weder diesen Ort zum Leben ausgesucht, noch hatten sie das passende Fellkleid für fünfunddreißig Grad im Schatten. Es war wohl der Eitelkeit der Besitzer geschuldet, in einer heißen Stadt mit dem Klima eines Regenwaldes einen Hund zu halten, der in diesem Moment lieber gerne mit seinem dicken weißen Fell durch den Schnee gelaufen wäre.

Anders als an den anderen Wochentagen sammelten sich Ströme von Menschen an der nächsten Straßenkreuzung. Sie liefen zur Kirche, einem flachen Gebäude, das nach außen hin nicht den Anschein eines Gotteshauses vermittelte. Nur ein kupferfarbenes großes Kreuz über dem Eingang zeugte davon und die vielen Menschen, die an jedem Sonntag in das Haus hineinströmten. Am Eingang standen Kinder und sammelten Spenden ein. Manche warfen Münzen in einen Korb aus Bast, andere gaben dem Pfarrer weiße oder rote Umschläge in die Hand. Zweitausend Gäste passten in den Raum und wenn der Gottesdienst, der eine Mischung zwischen Popkonzert und Lebensberatung war, endete, standen die nächsten zweitausend Gläubigen schon vor der Tür. Zu einem der Ausgänge strömten die Massen hinaus, nicht ohne nochmals an einem Spendenkorb vorbeigeleitet zu werden und gleichzeitig strömten auf der anderen Seite die nächsten Gäste hinein. Glaube im Schichtbetrieb. Eine Musikband spielte auf der Bühne und die Mädchen und Jungen sangen dreistimmig dazu. Blumen lagen fein arrangiert auf dem Holzboden der schlichten Bühne. Der Pfarrer sprach in ein dickes rundes Mikrofon und zwischen seinen Worten hielt er lange inne. Legte große Pausen ein, während die Besucher auf den wie in einem Vortragsraum ineinandergesteckten, zu Reihen formierten Stühlen unruhig wurden. Dann gab es wieder Musik und alle klatschten und sangen mit.

Drei Stunden saß Aju mit ihrer Mutter und Budi jeden Sonntag über in der Kirche. Es war eine gewaltige Zusammenkunft aller der Menschen, die an Gott glaubten in dieser schnell wachsenden, modernen Stadt, wo Aju bislang bei den meisten Menschen nur die Suche nach

Glück und Reichtum bemerkt hatte. Hier war jeder für den anderen da, so schien es Aju. An einem Tag hatte sie so viele Gespräche geführt, wie auf ihrer Insel in einem Jahr. Dort hatte sich niemand so sehr für sie interessiert, wie das hier der Fall war. Alle waren so freundlich und gar nicht unaufgeschlossen gegenüber Fremden. Es lag bestimmt auch daran, dass die meisten Menschen selbst Fremde waren, in dieser gewaltigen Stadt.

Die jungen Männer, die mit ihren Familien kamen, strahlten Aju an. Sie bekam von einem Jungen die Adresse des Universitätsbüros. Von den Mädchen bekam sie die Anschriften der Orte, wo sie für ihre Auftritte in der Kirche ihre Lieder einstudierten. Denn hier, in diese improvisierte Kirche, durften sie nur sonntags hinein. Die fast schon erwachsenen Mädchen, die so alt wie Aju waren, hakten ihre Arme bei Aju unter und zogen sie weg von Budi und Dita. »Können wir Aju etwas zeigen?«, fragten sie Dita anschauend und verschwanden mit dem Mädchen hinter dem Vorhang der Bühne, als der zweite Gottesdienst vorbei war.

Die Mädchen kicherten hinter der Bühne mit Aju, zupften an ihren langen Haaren und schauten auf ihre langen Beine. »Ist dein Vater auch so groß?«, fragte eines der Mädchen. Aju wusste es nicht, sagte aber, »Ja gewiss, er ist noch größer, was denkst du denn?« Einige der Mädchen prahlten mit dem Status ihrer Eltern. Aju wusste nicht, was sie dazu beitragen sollte. Denn ihre Mutter, die nun einige Meter von ihr entfernt, gemeinsam mit ihrem Mann darauf wartete, dass der Pulk von Menschen sich vor dem Ausgang auflöste, und sie das Haus verlassen konnten, waren ihr nicht wirklich vertraut. Ihre Mutter kannte sie gerade einmal eine Woche und sie wollte nichts sagen, was sie später einmal bereuen würde.

So schwieg sie lieber zu diesem Thema. Über lange Beine und ihren großen imaginären Vater zu sprechen, war viel unverfänglicher und es stillte den Informationsbedarf ihrer neuen Freundinnen. Zum nächsten Sonntag wurde kurzerhand beschlossen, das Mädchen in den Chor aufzunehmen. »Mit dem Mikrofon kann jeder singen, selbst wenn du eine

Mäusestimme hast.«, sagte eines der Mädchen, welches eine gewisse Ähnlichkeit mit Emmi hatte. Aju war beruhigt. Sie konnte singen, das tat sie auf ihrer Insel ja auch in der Kirche und hier waren nur mehr Menschen, das war alles. Gegen die Bühne hatte sie nichts, im Gegenteil, von hier oben konnte sie alles gut beobachten und gerade liefen Dita und Budi zum Ausgang.

Sie verabschiedete sich freundlich und rannte ihrer Mutter hinterher, die in einer Gruppe vor der Kirche stand, als Aju eintraf, und die aufhörten zu sprechen, als das Mädchen die Hand auf Ditas Schultern legte. »Es sind so viele Menschen hier. Ich habe auch schon Freunde gefunden.«

Die nächsten Wochen vergingen für Aju in einer vollkommen ungewohnten Geschwindigkeit. Ihr Leben verlief wie im Zeitraffer. Budis und Ditas Haus wurden ihr neues Zuhause. Sie dachte jeden Tag an die Insel und die Felsen, den Wasserfall und den Hafen und an Onkel Henky und Oma Helde, aber es tat nicht mehr so weh.

Sie erforschte die Stadt und selbst der lauteste Ort und die längste Straße wurden ihr schnell vertraut. Sie hatte die Kinder ihrer Mutter kennengelernt. Nur einmal, für etwas mehr als eine Woche, sah sie sie. Sie lebten in einem Internat in der Schweiz und waren zu Besuch in den Ferien. Budi ließ ihnen die beste Erziehung angedeihen, wie er sagte, und Dita trennte sich schweren Herzens von ihren Kindern.

Ihnen bekam die trübe gelbe Luft voller Abgase in der Stadt nicht, aus der Budi wegen seiner Arbeit nicht fortzog. Die Kinder waren noch so jung, halb so alt wie Aju. Sie sprachen mit Budi nur in englischer Sprache und hatte keine Freunde in der Straße. Dita nahm es hin. »Ihren Kindern sollte es einmal besser gehen als ihr und nichts war umsonst.«, so sagte Dita und selbst als die beiden Mädchen im Haus waren, zog sie es vor, mit ihrem Fahrer Alfred in die Stadt zu fahren und sich in den großen Einkaufszentren ihre Einsamkeit wegzukaufen. Sie tat Aju fast leid. Aber so war es offensichtlich, das Leben in der Stadt. Es war die Suche nach der Freiheit, die die Menschen wie die Fliegen anzog, aber aus der Freiheit wurde für die meisten schnell ein Zwang. Zu ihren Kindern war sie so hart, wie sie es zu sich selbst war und so wie die anderen sie die meiste Zeit ihres Lebens behandelt hatten. Was sollte sie auch anderes tun?

Für Aju war dieser Umstand gerade in diesem Moment ihr Glück. Ihr Telegramm kam damals zur rechten Zeit. Ihr Hilfegesuch erreichte Dita in einer Zeit, in der Dita sich die Zeit nehmen konnte. Über die Neuigkeit gründlich nachzudenken und nicht aus einem Grund der Überlastung durch die Kindererziehung, den Gedanken an eine mögliche Aufnahme Ajus in ihrem Haus, sofort zu verwerfen.

Sie hatte nicht lange gebraucht, um die Entscheidung zu Gunsten ihrer Tochter zu treffen. Sie kannte das Ergebnis allen Abschätzens schon von dem Augenblick an, an dem sie damals den Umschlag mit Ajus Telegramm in der Hand gehalten hatte. Ajus Anwesenheit hatte ihr eine Weile geholfen. Die Aufgabe mit Aju, sie einkleiden, ihr die Gepflogenheiten in der Stadt erklären und sie bekannt zu machen, mit ihrem schönen neuen Leben hier in der Stadt.

Nun ging Aju fast ihre eigenen Wege, unter ihrem Dach. Sie hatte den Aufnahmetest an der Universität absolviert und bestanden. Sie studierte Biologie. »Etwas mit Tieren eben, was gibt es da zu studieren. Wir haben alle möglichen Tiere auf der Insel gehabt und die meisten davon gegessen. Aber studieren? Wofür? Hier gab es richtig gute Arbeit in der Stadt, mit der man richtig gut verdienen konnte, später einmal. Medizin oder Recht oder einen Ingenieurberuf.«, davon redete Budi den ganzen Tag, wenn es um seine Kinder und deren Zukunftsplanung ging, die ja auch die Kinder von Dita waren. Aber Aju hatte ihre eigenen, ganz konkreten Vorstellungen und es war ihr in diesem Fall egal, was Budi, den sie sehr schätzte, dazu sagte.

An einem Tag im Herbst fing für Aju der bisher wichtigste Abschnitt in ihrem jungen Leben an. Sie war an diesem Tag zu spät. Sie nahm das Fahrrad für den Weg in die Universität. Der Campus lag nur wenige Minuten entfernt von der Straße. Dann regnete es und sie konnte ihren Rucksack mit all den neuen Büchern, die sie zuvor in der Buchhandlung bestellt und abgeholt hatte, so nicht trocken in die Uni bringen. Also wartete sie auf Alfred und der steckte an diesem Morgen im Verkehr fest, so wie es meist war, wenn es in der Stadt regnete.

Sie betrat die neue Klasse. Alle Studenten und Studentinnen hatten sich schon einander vorgestellt und schauten auf Aju. Sie war die Letzte, die hinzukam. Der kurze Weg vom Auto zum langen Dach, das durch den Campus führte, hatte ihre Haare nass werden lassen. Sie saß auf ebenso kleinen Stühlen wie in der Schule auf ihrer Insel in der Universität und war noch völlig außer Atem. Sie vertiefte sich in die erste Vorlesung und wartete, bis die Blicke der Studenten um sie herum sich beruhigten.

Gio kehrt heim

Oma Helde und Onkel Henky waren heute gemeinsam am Hafen der Insel verabredet. Am Morgen, etwas ungewöhnlich, traf das Schiff der Marine ein. Es kam aus der Hauptstadt und über zwei Zwischenstopps erreichte es den Hafen heute nach gut einer Woche Fahrt. »Einige der Fischer, die die Marine auf dem Meer aufgegriffen hatte, sollen zurück auf die Insel entlassen werden.«, sagte Onkel Henky. Überall im Land wurde ein neuer Präsident gewählt und er hatte wie immer, wie es vor Wahlen so war, viele Versprechungen abgegeben. Eine davon war, alle Fischer und sonstige »Kriminelle« zu amnestieren, ihnen sozusagen ihre Fehlbarkeit zu vergeben, die bei Onkel Gio und seinem Freund darin bestanden hatte, Fisch aus dem Meer zu fangen, der eigentlich niemanden und zugleich allen gehört.

Sie standen dort nun am Hafen und schauten wie neugierige Kinder, was normalerweise so nicht ihre Art war, auf das ankommende Schiff. Es dauerte nicht lange, bis Onkel Gio und sein Freund Freddi aus der langen Schlange über den Bootssteg getrottet kamen. Diesmal trugen sie keine Handschellen und man hatte sie wohl noch rechtzeitig vor Ankunft im Hafen frisch frisiert. Jedenfalls sahen Onkel Gios Haare gepflegt aus und sein Körper wirkte sportlicher und durchtrainierter als vor der Abreise. Nur an seinem Arm sah Helde noch deutlich die alte Verletzung ihres Bruders, die von dem Unfall beim Fischen herrührte. »Schau, wie dünn sie sind und Gio war vorher schon nur Haut und Knochen.«, sagte Helde aufgeregt und hielt sich die Hand vor den Mund.

Onkel Henky sagte, »Ich weiß, das wird schon wieder. In ein paar Monaten ist er wieder ganz der Alte.« Onkel Henky wunderte sich mehr über die Masse an Männern, die von dem Schiff kamen. Es waren nicht nur Onkel Gio und Freddi, auch noch andere Männer kamen auf die Insel zurück, die er nicht persönlich kannte, die noch nie in seinem Friseurgeschäft waren, deren Familien er aber schon einmal gesehen hatte. Auch von benachbarten Inseln wurden einige Männer hier abgeladen, die dann mit ihren kleinen Booten auf ihre Inseln weiterreisten. Erst jetzt wurde ihm bewusst, welches Ausmaß ihre Lage, die man zeitweise mit bedrohlich hätte beschreiben können, in der Zwischenzeit angenommen hatte.

Onkel Gio war auf der verzweifelten Suche nach Fisch, Hummer und Krabben gezwungen, immer weiter hinaus auf das Meer zu fahren. Weit außerhalb der sicheren Gewässer, dort wo gut zehn bis fünfzehn Meter hohe Wellen jedes Fischerboot zum Kentern brachten. Also fischten sie mit Bomben oder holten aus der Tiefe in waghalsigen Tauchgängen ohne Pressluft, Flossen, ja sogar ohne Brille, Nahrung vom Meeresboden hinauf in das Boot.

Dazu kamen die großen Schiffe, von denen eines die Maße einer ganzen Stadt auf der Insel erreichte und die, wenn ihre Netze alle Fische aus dem Wasser zogen, nichts Brauchbares mehr zurückließen. Noch nicht einmal die kleinen Fische, der Nachwuchs, wurde verschont. Wo sollte also die nächste Generation an Fischen für die Bewohner herkommen? Den Kapitänen auf den großen Schiffen war das egal. Sie zogen einfach weiter und stahlen den Fisch in einem anderen Gewässer. Sie waren hier nicht zu Hause. Selbst wenn sie nichts fingen, zerstörten ihre über den Boden gleitenden Netze die Korallenriffe derart, dass an einigen Stellen vor der Insel nur noch grauer Sand den Boden bedeckte und abgestorbene Korallenblöcke, in denen kein Leben mehr war.

Onkel Henky hielt seine Hand nach oben und rief mit dunkler Stimme Gio entgegen.

»Hier sind wir.«. Wo sollten sie auch anderes sein? Helde, Henky und Gio nahmen sich in den Arm. Freddi natürlich auch. Sie zogen über die Stege nach Hause und Gio goss sich mit der Schöpfkelle Wasser über seinen Körper und wusch sich den beißenden Geruch des Unterdeckes auf dem Marineschiff von seiner Haut. »Wo ist Aju?«, fragte er, als er mit ihrem Handtuch, was neben der Regenwassertonne lag, in die Küche kam.

Gio stand in der Küche, an demselben Platz, an dem er sonst den frischen Fisch ablegte und dann meist wortlos das Haus verließ. »Aju ist nicht mehr bei uns.«

»Nicht mehr bei uns? Was meinst du Helde?« »Nicht was du denkst. Sie ist bei ihrer Mutter, in der Stadt.« Gio rieb sich die Hände in Ajus Handtuch trocken. »Hast du es ihr gesagt? Es wurde ja auch Zeit.« »Nein, das nicht. Sie hatte es von Mirinda erfahren. Der Eigentümerin des Hotels. Du weißt, es war Ditas Freundin und sie hatte ihre Adresse und du wirst es nicht glauben, Aju hatte ihrer Mutter ein Telegramm geschickt. Ganz allein. Ich wusste von nichts und plötzlich war sie weg.«, sagte Helde. »Kannst du dir das vorstellen?« »Gewiss kann ich das.«, sagte Gio.

»Es war doch abzusehen. Was sollte sie hier? Du hast ihr doch immer gesagt, was sie hier erwarten würde und dann stellst du mir so eine Frage?« Helde hatte verstanden. Es war nicht die einzige Neuigkeit, die sie Gio und bei der Gelegenheit und auch Henky mitteilte. Lange hatte sie mit der Sache und ihrer Entscheidung gehadert. Jetzt war die Zeit gekommen, und apropos Zeit, niemand wusste, wie viel Zeit sie noch in ihrem Leben hatte und es gab so keinen Grund mehr für sie, die Neuigkeiten für sich zu behalten. Sie betrafen ja auch Henky und Gio.

Gio war körperlich angeschlagen. Sein rechter Arm, den er sich beim Auftauchen am Bootspropeller aufgerissen hatte, war merklich dünner. Ein Muskel war gerissen und nicht wieder zusammengewachsen. Die Monate im Gefängnis setzten im zusätzlich zu. »Erst einmal richtig essen und schlafen und dann werden wir sehen.«, verkündete er auf Henkys Frage, was seine nächsten Pläne sind. »Natürlich werde ich fischen, ich versuche es jedenfalls, Freddi ist dabei.«, sagte Gio. »Aju hatte sich mit David um dein Boot gekümmert. Sie haben es aus dem Wasser gezogen und auf dem Stellplatz abgestellt. Es ist etwas viel für Dich Gio, aber ich sage es dir trotzdem und Henky, dir auch. Ich habe mich entschieden, die Insel zu verlassen. Ich ziehe zu Bobbi.« Helde schaute Henky an, als ob sie ihm gerade einen Mord gestanden hatte, oder besser zwei Morde. Jedes Wort drückte sie sich über ihre Lippen und aus dem fast geschlossenen Mund kamen doch für alle verständlich die gesagten Sätze heraus.

»Bobbi wohnt nicht hier.«, sagte Gio. »Du ziehst zu ihm auf die Insel?« Die Frage hatte Helde schon beantwortet, aber Gio glaubte es nicht. »Ja, ich hatte es nicht vor. Doch nun ist Aju weg und ich bin frei. Frei zu gehen, wohin ich will und hier gibt es nichts, was ich tun kann, außer mich um die Kinder zu kümmern und die brauchen meine Hilfe nicht mehr. Bobbi liebt mich und ich ihn auch.« »Hast du dir das auch gut überlegt? Bobbi lebt die meiste Zeit auf dem Schiff. Er ist heute hier und morgen dort. Du kennst die Seeleute. Sie machen viele Versprechungen, doch dann sind sie meist so schnell verschwunden, wie sie gekommen sind.« »Ich weiß. Aber es ist meine Entscheidung. Es ist unvernünftig, aber was habe ich zu verlieren?«

Gio und Henky schauen sich an. »Das Haus unserer Mutter ist hier und wir haben hier alles aufgebaut. Egal, was er sagt und was er auch verspricht. Bringe deine Gefühle nicht mit dem Geschäft in Verbindung. Wenn er etwas von dir will, ich meine Geld oder etwas von deinem Gold, sei vorsichtig. Es ist nur die pure Vorsicht. Es freut uns, wenn du glücklich bist, aber wirf deinen Verstand nicht über Bord. Du bist keine achtzehn Jahre alt und du siehst auch nicht mehr aus wie Aju, also frage dich, was der Mann wirklich von dir will.«, sagte Gio, den die letzten Monate noch misstrauischer gemacht hatten, ja der fast schon verbittert war. »Lass Helde ihr Glück. Sie weiß schon was sie tut.«, Henky klopfe Gio auf die Schultern. »Lass uns den Abend feiern. Vergessen wir was passiert ist und denken wir an die Zukunft.«

Gio, mit einer großen Müdigkeit in den Beinen, lief mit Henky und Helde an dem Abend zum Restaurant hinter dem Krankenhaus. Sie schauten auf das Wasser, so wie es ihre Mutter schon getan hatte, während sie auf zwei gegrillte Fische warteten und bald würden auch ihre Wege sich trennen.

Der Campus

Aju hatte ihre erste Pause. Ihre Haare trockneten auf ihrer Bluse. Die Universität war wie eine große Familie. Ein eigenes Leben wohnte ihr inne. Sechs Gebäude waren um den großen Hof verteilt. Rote Dächer auf Holzsäulen, mit dunkelgrünem Moos bewachsen, hielten den Regen und die Sonne fern, wenn die Studenten und Studentinnen in den Pausen auf dem Hof durcheinanderliefen. Jeder war sich allein überlassen und an der Universität wurden Sprachen gesprochen, die Aju noch nie zuvor gehört hatte. Ihr Land hatte tausende von Inseln und die Bewohner der Inseln konkurrierten mit den Nachbarinseln um Fisch, Wasser und Land. So entstand die ungeheure Vielfalt. Eine Einheit entstand, die erst durch die Vielfalt und Einzigartigkeit jeder Insel möglich war.

Tausende Dialekte waren entstanden. Die Menschen verließen Inseln, um sich an einem anderen Ort wieder niederzulassen. Es war kein vorgeschriebener oder geplanter Prozess. Es war die Möglichkeit, die Gott dem Menschen in diesem Moment zur Verfügung stellte und von dem die Bewohner, der eine mehr, der andere weniger, Gebrauch machten.

Manche Inseln lagen weit auseinander und trotzdem verstanden die Menschen einander. Andere wiederum konnten sich nur mit Zeichen und ihren Händen und Füssen mitteilen. Die Kolonialherren kamen auf die Idee, eine einfache Sprache zu etablieren. Nicht, damit die Menschen besser und mehr voneinander lernen konnten und sich ihrer unterschiedlichen Kultur einander näherbringen konnten, sondern lediglich damit das Staatsgebilde die Steuern und Abgaben einfacher eintreiben konnte.

Es gab keine Mehrzahl in ihrer künstlichen Sprache. Wenn etwas mehr als einmal existierte, dann sagten sie nicht mehr ein Salat, sondern Salat, Salat. Es gab kein Vielfaches von einem Salat wie in der Sprache der Europäer.

Zwei Salate waren nun einmal hier Salat, Salat. So einfach war das und es ging nicht nur um die Sprache an sich. Es war die Art, wie die Inselbewohner lebten. Wie sollte man etwas beschreiben, was es mehr als zweimal gab? Mussten sie das, um glücklich zu leben? Brauchte man mehr als zwei Fische, wenn man nur einen essen konnte und morgen ein frischer Fisch gefangen wurde?

Musste man sich einen Fisch auf Lager legen oder verkaufen? Es ergab einfach keine Notwendigkeit und es gab keinen Grund, etwas zu beschreiben, was vollkommen unnütz war und so verwendete niemand eine Idee darauf, an dieser Sprache etwas zu ändern. Solange es die Inseln gab, die intakte Natur, den natürlichen Überfluss, warum sollte die Gier nach mehr sich an diesem Fleck der Erde ausbreiten sollen?

So waren die Menschen es gewöhnt. Sie waren gastfreundlich und voller Demut vor den Launen der Natur. Alles, was passierte, hatte einen tieferen Sinn, und wenn der Sinn doch einmal nicht erkennbar war, dann würde ihnen der Glaube dabei helfen, dass ihre Seele im Körper eines anderen Tieres, einer Pflanze oder Menschen wiedergeboren werden konnte. In einer Katze, einem Kaninchen oder einem Kormoran.

Nun war Aju am Ziel ihrer Träume angelangt, und sie studierte an der riesigen Universität mit seinem von Bäumen bewachsenen Innenhof Biologie. Aju und ihre Kommilitonen liefen nach einer Stunde in einen riesigen Hörsaal, der so groß wie die Kirche war, in die Aju jeden Sonntag zum Gottesdienst kam. Alle Studenten nahmen an Tischen Platz, unter denen man nicht einmal die Füße stellen konnte, so klein waren sie. Der Hörsaal hatte den Charakter einer Schaubühne mit einem steilen Gang und vielen Stufen.

Aju schaute auf den Professor hinunter, der, wie am Ende eines Trichters, dort auf der Bühne stand. Wenn man ihn etwas fragte und damit seinen abschweifenden Gedanken zu nahekam, dann hatte Aju das Gefühl, dass sich ihre Gedanken derart beschleunigten, wie ein Wasserstrudel, dessen Wasser jeden Moment in einem Loch verschwand. Seine Stimme klang blechern und hohl, wenn er zu reden anfing. Er verteilte sein Wissen im ganzen Raum mit lauter und deutlicher Stimme und das Echo seiner Stimme hallte in dem Hörsaal nach.

Dann war es wieder ganz still und man hätte eine Stecknadel auf den Boden fallen hören. Aju liebte den Raum mit seinen alten Pulten aus dunklem Holz, in den so mancher Student seine Initialen und Sprüche hineingeschnitzt hatte. Es war ihr erster Tag von insgesamt drei Jahren, die sie hier lernte. Und es dauerte nicht lange, bis sie begriff, dass nicht nur die Professoren, wie durch einen Äther, ihr Wissen versuchten unter ihre Schüler zu bringen, sondern dass auch ein umgekehrter Prozess stattfand.

Mit der Zeit offenbarte jeder Student etwas von sich. Die Erinnerungen von ihrer weit entfernten Heimat tropften manchmal, aber nicht immer, wie eine zähe Masse an der sich zuspitzenden Trichterwand hinab bis auf die Bühne zu den Professoren. Manchmal gab es diese Tage und sie konnte spüren, dass die Lehrer mit ihren Schülern in einem Austausch waren. Aber meistens saßen sie im halbdunklen Saal und schauten auf die Bühne, drehten ihre Stifte hin und her und schrieben Notizen in Hefte mit liniertem Papier.

Aju war neugierig auf die Professoren und neugierig auf ihr so interessantes Fach Biologie. Das Meer und alles was sich darin bewegte faszinierte sie am meisten. Denn alles Leben hatte seinen Ursprung wohl darin. Sie konnte stundenlang die Fische auf dem Steg vor dem Haus beobachten oder den Schildkröten bei ihrer Wanderung über den Sandstrand zuschauen. Oder sich mit einem Stein um die Hüfte, beim Tauchen, auf den Meeresboden fallen lassen. Das Leben im Meer war so vielfältig und viel spannender als an Land. »Ich bin Aju und studiere hier.«, sprach sie ihre Nachbarin im ersten Hörsaal an. Die junge Frau lachte, »Ach wirklich?«, antwortete sie schnippisch. »Was denkst du denn, was ich hier mache?«, antwortete die junge Frau mit einer überdimensional großen Brille mit runden Gläsern und schwarzem Rahmen.

Aju wollte nur freundlich sein, aber sie hatte das Gefühl, das die Freundlichkeit hier in der Stadt eher als ein Zeichen von Naivität angesehen wurde. Sie beließ es dabei und am nächsten Tag fragte sie die junge Frau nach ihrem Namen. Sie saß wieder neben ihr und war etwa gleichgroß wie Aju, schlank, fast zierlich, und trug Kleider wie Aju. Sie hatte Locken in den Haaren. Sie kam irgendwo aus dem Osten des Archipels. Solche dunkle Haut und die gekrausten Haare hatte sonst niemand hier.

Aju fühlte eine Art Seelenverwandtschaft zu dem Mädchen, aber die war sehr reserviert ihr gegenüber. Wenn sie das Mädchen von der Seite beobachtete sah sie, wie eifrig sie Notizen anfertigte und Zeichnungen von Fischen mit einem Bleistift zu Papier brachte. Am nächsten Tag sprach Aju sie wieder an und streckte ihr die Hand entgegen. »Wo kommst du her? Du kannst so schön zeichnen. Wo hast du das gelernt?« Das Mädchen fühlte sich geschmeichelt. »Entschuldige für gestern. Es ist sonst nicht meine Art, aber ich hatte einen schlechten Tag. Ich bin Mila.« Sie drückte ihre Hand kräftig und lange. Dann lauschten sie der Vorlesung. Am Ende fragte Mila, »Wenn ich einmal nicht da bin, könntest du für mich mitschreiben? Ich habe eine Arbeit nebenbei und ich weiß nicht, ob ich es immer schaffe, rechtzeitig hier zu sein.«

Aju erwiderte, »Ja klar, das ist gar kein Problem. Was arbeitest du denn?« Mila schaute sie von oben bis unten an. »Nichts Besonderes. Ich stehe nur im Laden meines Onkels und verkaufe Blusen, sonst nichts. Das musst du bestimmt nicht tun, so wie du aussiehst.« Aju wunderte sich über Milas Aussage. Ihre Oma hatte ihr einmal gesagt, »Alles was du anziehst, sieht gut aus. Als ob es für dich angefertigt wurde.« Jetzt dachte Aju daran. Dabei hatte sie nur ein einfaches schwarzes T-Shirt an und eine Jeans und ihre Kette aus weißem Gold mit dem Kreuz als Anhänger, welche sie von Oma Helde zum vierzehnten Geburtstag geschenkt bekommen hatte.

Sonst trug sie keinen Schmuck, hatte sich die Fingernägel nicht lackiert und ihre Haare waren so, wie sie gewachsen waren. Einen Friseur hatte sie nicht mehr gesehen, seitdem sie das Haus von Oma Helde und Onkel Henky verlassen hatte. Nur ihr ebenmäßiges Gesicht und ihr stolzer Blick versprühten einen Hauch von Exklusivität und natürlichem Luxus.

»Nein, so ist es nicht. Ich weiß, was Arbeit bedeutet. Wollen wir nach der Vorlesung zusammen in die Mensa gehen?«, fragte Aju. Sie wollte Anschluss finden und die Zeit der langen Ferien war endlich vorbei. Die Zeit in der Stadt war schön, zum Eingewöhnen. Aber all die Dinge, die sie sonst auf der Insel tat, gab es hier nicht, und sie war sich des Hauses ihrer Mutter und Budi überdrüssig und froh, nun den nächsten Schritt zu gehen. Hier gab es keine Korallen, keinen Sandstrand, keinen Sonnenuntergang und keinen frischen Fisch, der über Holzkohle gegrillt wurde. Das Inselleben fehlte ihr mit den kurzen Wegen, der Übersichtlichkeit und Entspanntheit.

»Was hältst du davon, wenn wir zum Hafen fahren und uns an den Strand setzen? Dort gibt es Fisch, so wie wir ihn bei uns zu Hause zubereiten.«, fragte Mila. Aju lachte. Ihr Instinkt hatte sie nicht in die Irre geführt. Bestimmt war Mila auch, wie sie, von einem Fleck irgendwo mitten im Ozean aufgebrochen und bis hierher in die Hauptstadt gekommen, um zu studieren.

Davids Rückkehr

David schaffte es gerade noch auf die Fähre zur Insel. Seine Ferien hatten begonnen und die Antwort auf seinen letzten Brief an Aju hatte er nicht mehr erhalten. Seine Eltern hatten ihn am Flughafen abgesetzt und waren wie immer froh, ihn für ein paar Wochen los zu sein. Er freute sich auf Aju und auf die Insel, an die er so viele Erinnerungen hatte. Aju wartete bestimmt schon auf ihn und es tat ihm leid, dass er schon so viel gesehen hatte im Leben und Aju, außer ihrer Insel, gar nichts. Aber das würde sich bald ändern. Er hatte mit Aju Pläne gemacht. Sie würde nach Europa kommen, mit ihm, um zu studieren, und dann würden sie dort eine Familie gründen und für immer zusammenleben. Nun hastete er vom Flughafen zum Terminal des Fährhafens und bekam gerade noch ein Ticket auf dem fast vollen Schiff. Sei es drum, wenn ich da bin, bin ich da, dachte er sich. Die Fähre legte zehn Minuten nach seiner Ankunft ab und langsam nahm er wieder, wie im vergangenen Jahr, das Tempo der See an. Er spürte die lange Dünung, in der das Schiff sich bewegte und die harten Ruderausschläge des Kapitäns, wenn eine Welle die Fähre von der Seite traf. Am nächsten Morgen erreichte er die kleine Bucht mit dem Hafen, der im so vertraut war.

Er nahm sein weniges Gepäck in die Hand, welches aus drei kurzen Hosen und T-Shirts bestand und einer neuen Baseballmütze sowie seiner Sonnenbrille. Er steckte seinen nagelneuen Reisepass in eine Hülle aus Plastik. Er war jetzt achtzehn Jahre alt und erwachsen und es waren die letzten Ferien. »Jetzt würde ihn der Ernst des Lebens einholen.«, sagte seine Mutter zu ihm am letzten Schultag. Nun holte ihn erst einmal wieder die Insel ein und in ein paar Augenblicken würde er Aju wiedersehen. Er betrat die Kaimauer des Hafens, lief am Hotel entlang und schaute auf die Stelle, an dem die Jacht seiner Eltern für ein halbes Jahr festgemacht hatte. Eine weiße Jacht lag wieder dort vor Anker. Etwas größer als ihre es damals gewesen war, vielleicht fünfundvierzig Fuß lang. Ein Pärchen älterer Herrschaften kam ihm entgegen, auf dem Weg zur Fähre und für einen Moment dachte er, Oma Helde an der Seite eines alten Mannes wiedererkannt zu haben. Aber sie war es wohl nicht.

Noch den Geruch von geöltem Holz in der Nase klopfte er an die Glastür von Onkel Henkys Friseursalon. Als er an dem Türknauf drehte, merkte er, dass die Tür verschlossen war. »Wissen sie, wo Oma Helde ist?«, fragte David einen jungen Mann, der gerade seine Nase an die Scheibe von Onkel Henkys Schaufenster drückte. In dem Raum war es dunkel und weder David noch der Herr sahen etwas darin. David wartete eine Weile vor dem Haus. Der Steg schaukelte leicht und er beschloss, zurück zum Hafen zu laufen und am Stand von Onkel Henky eine Portion seiner leckeren Nudeln zu kaufen.

Die Fähre verließ gerade den Hafen, als der junge Mann um die Ecke des letzten Steges bog und auf die Kaimauer sprang. Nur das Hotel strahlte noch in warmem Licht der untergehenden Sonne. Die Kaimauer war verlassen. Die meisten Stände waren geschlossen. Die Kundschaft bereits versorgt und entweder auf der Fähre oder hatte wieder ihr Haus auf der Insel erreicht. David suchte nach dem Stand von Onkel Henky und er wusste, dass er immer hier war, genau an diesem Ort, wo er stand. Aber da war nichts mehr. Nur ein Vorhängeschloss aus gelbgrünem Aluminium hing an der Tür zu dem Stand aus Holz mit der Glasauslage. Aju und ihre Familie waren nicht hier. Die Tür des Hauses, die noch nie verschlossen war, ließ sich nicht öffnen und auch Henkys Stand war zu. Gios Fischerboot lag auch nicht im Hafen. David bekam das erste Mal ein Gefühl der Unsicherheit. »Was ist hier passiert?«, fragte er sich. Er wartete am Hafen, was sollte er auch anderes tun. Er war auf eigene Faust hierhergereist und hatte von Aju schon eine Weile nichts mehr gehört. Das war nicht ungewöhnlich, sie lebte ja nicht um die Ecke.

Er zählte sein Reisegeld. Wenn niemand von der Familie mehr hier war, konnte es ein Problem für ihn werden. Wo sollte er hier übernachten und wo war seine geliebte Aju überhaupt?

David wartete eine Weile. Die Sonne war schon halb in das Meer eingetaucht. Ein großer Seeadler mit weißem Kopf kreiste über dem Hafen. Hatte der Vogel schon das Fischerboot von Onkel Gio gesehen, der auf dem Rückweg mit einem großen Fang an Bord zum Hafen war und in einigen Minuten die kleinen Fische wieder über Bord werfen würde? Der Junge lief zurück zu Oma Heldes Haus. Er musste nicht bis an die Tür herantreten, um zu wissen, dass niemand im Haus war. Alles war dunkel und verriegelt. Etwas musste passiert sein.

Der junge Mann verließ den Steg, an dessen Ende Oma Heldes Haus stand, in dem er so oft ein und aus gegangen war. Er erinnerte sich an Ajus weiche Haut, den Geruch von Jasmin, der aus dem Innenhof strömte und er lächelte einen Moment. Er lief über den Steg, das dritte Mal an diesem Tag, über die Kaimauer zum Hafen und zum einzigen möglichen Platz, an dem er diese Nacht verbringen konnte, so wie es aussah. Zwischen den beiden Buddhafiguren, die im Eingang des Hotels standen, betrat er das Hotel mit der ockerfarbenen Fassade und den wie immer offenstehenden Fenstern.

Er schlug mit der flachen Hand auf den Klingelknopf, der auf dem hölzernen Tresen des Hotelempfanges stand. Aus dem Hinterzimmer erschien Mirinda. David erinnerte sich gleich an sie. Als er sie vor zwei Jahren das letzte Mal gesehen hatte, war sie eine attraktive Frau, so wie seine Mutter. Sie legte Wert auf ihr Äußeres. Schließlich stand sie am Empfang ihres Hotels und begrüßte täglich neue Gäste. Aju hatte ihm erzählt, dass sie eine Schnapsflasche bei ihr gesehen hatte. In einem Wäschekorb, in dem Mirinda die schmutzigen Laken der Hotelgäste hinunter in die Wäscherei brachte und der Frau war es damals peinlich, dass Aju es bemerkt hatte.

In diesem Moment dachte David an diese Erzählung. Mirinda hatte tiefe Augenringe und ihr Make-up konnte die Müdigkeit, die ihr in das Gesicht geschrieben stand, nicht verbergen. Sie wirkte um einige Jahre gealtert und David war erschrocken über den glasigen Blick in ihren Augen. »Guten Abend Mirinda, wie geht es ihnen?« »Bist du etwa David? Was machst du hier? Du bist groß geworden. Wo willst du nur hinwachsen? Du passt bald nicht mehr durch die Tür.« Mirinda lächelte und ihre Stimme wurde warm und familiär. Sie zog sich eine weiße Bluse über ihr schwarzes T-Shirt und reichte David die Hand. Als David ihr seine Hand entgegenstreckte, drückte Mirinda ihn mit einem Male fest an sich heran. »Lass dich einmal umarmen.

Schön, dass du hier bist. Du willst bestimmt zu Aju.« Sie hielt in fest im Arm und dachte, »Liebe ist etwas Wunderbares.« Je länger Mirinda David im Arm hielt, desto mehr fühlte er, dass etwas passiert war, und die Frau wusste allem Anschein nach davon. »Brauchst du eine Übernachtung? Alle meine Gäste haben heute das Hotel verlassen. Du weißt, wie es ist. Sie sind alle auf der Fähre und das nächste Schiff kommt erst übermorgen.« Der junge Mann konnte seine Neugier nicht länger zurückhalten. Es war etwas unhöflich, aber er konnte nicht länger warten. »Wissen sie, wo Aju ist? Ich war schon zweimal am Haus, aber es ist verschlossen.«

»Sie ist auf dem Festland bei ihrer Mutter. Schon ein paar Monate. Ihre Mutter hat sie hier abgeholt. Ich kann mich noch genau an den Tag erinnern. Ich hatte Aju gesehen, wie sie vor der Fähre gewartet hatte und ein Matrose ihr ein Ticket für die Fähre zugesteckt hatte.« »Aber Aju hat keine Mutter.«, stotterte David ein wenig vor sich hin. »Sie hatte mir gesagt, ihre Mutter wäre tot. Sie ist doch bei Oma Helde aufgewachsen.«

»Es war meine Schuld. Ich habe ihr von ihrer Mutter erzählt. Weißt du, ihre Mutter und ich waren Freundinnen. Beste Freundinnen. Bis sie die Insel verließ, kurz nachdem Aju auf die Welt kam. Sie ist nicht tot. Deine liebe Freundin wusste es nicht, ihr ganzes Leben lang wusste sie es nicht. Ich habe es ihr gesagt und ich hätte es schon viel früher tun sollen. Sie hatte so ein Strahlen in den Augen, als sie von hier fortging.« Mirinda war völlig aufgelöst und David mehr als überrascht.

»Ich glaube, ihre Mutter hatte sie abgeholt. Sie war bestimmt auf der Fähre, als Aju an Bord ging. Aber es war so viel passiert in ihrem Leben und sie wollte die Insel nie mehr betreten, noch nicht einmal mir hat sie guten Tag gesagt. Ich kann es ihr nicht verübeln. Jeder hat seine Schatten, über die er nicht springen kann.«, sagte Mirinda.

»Du kannst dir ein Zimmer aussuchen. Oben mit Blick auf den Hafen. Es ist umsonst für dich. Oma Helde ist mit Henky heute abgereist. Du hättest sie sehen müssen. Oma Helde will zu ihrem Freund ziehen und Onkel Henky begleitet sie und kommt dann wieder zurück. So ist das Leben, David. Es gibt eine Menge Veränderungen in Ajus Familie. Wo Onkel Gio ist, weiß ich nicht, vielleicht ist er auch mitgefahren, oder mit dem Boot draußen auf dem Meer.«

»Haben sie denn die Adresse von Aju? Können sie mir sagen, wo ich sie finden kann?« »Natürlich David, ich schreibe dir die Adresse auf, verliere sie nicht. Sie ist in der Hauptstadt und ich glaube sie studiert schon. Wenn du die Fähre übermorgen nimmst, siehst du sie bald wieder und kannst sie in den Arm nehmen. Hab keine Sorge und wenn ihr wollt kommt zurück auf die Insel. Das ist unser kleines Paradies hier. Glaub mir, ich habe mein ganzes Leben hier verbracht und so viele kommen und gehen sehen, aber niemals würde ich diesen Platz verlassen, nur wenn der liebe Gott mich zu sich ruft.« David schaute in Mirindas Augen und er wusste, dass sie ihm etwas sagen wollte. »Wenn du Aju und ihre Mutter triffst, kannst du ihr Grüße von mir bestellen, bitte. Ich bin schon länger krank und wenn ich mal nicht mehr so kann, wie ich will, was wird dann aus dem Hotel? Es wäre so schade darum. Hier hängt mein ganzes Herz daran. Die Dinge sind alt und einiges könnte erneuert werden. Jeder Stuhl, jeder Schrank hier hat seine Geschichte. Ich weiß noch ganz genau, bei wem und wann ich die Dinge gekauft habe, und sieh nur die Aussicht, die ist einmalig.«

In Mirindas Kopf kreisten die letzten Wochen all diese Gedanken kreuz und quer und nun war zufällig David hier. Ein junger Mann, der nicht zur Insel gehörte und dem sie in wenigen Minuten ihr ganzes Herz ausschüttete. Er würde es für sich behalten. Kein Gerede würde sich im Ort über sie verbreiten, denn David hatte nur den Wunsch, so schnell wie möglich zu seiner geliebten Aju zu kommen und Liebe konnte manchmal Berge versetzen, das wusste Mirinda.

David quartierte sich für zwei Nächte im Hotel ein. Er begann Mirinda dabei zu helfen, ein paar Dinge im Hotel reparieren. Er fügte ein neues Fenster in einen Rahmen. Er half, die Wäsche zu waschen und strich die Tür des Hoteleinganges neu. Auf dem Dach des Hauses rollte er Teerpappe aus und nagelte sie auf die Holzlatten. Am nächsten Morgen, als er auf dem Dach des Hauses mit dem Hammer hantierte, sah er die Fähre den Hafen verlassen. Er erschrak und bemerkte erst jetzt, dass es seine Fähre war, die er in die Stadt nehmen wollte. Die Zeit war wie im Fluge vergangen. Er hatte sich mit kleinen Details beschäftigt und mit Mirinda in zwei Tagen fast ein neues Hotel zum Spaß in seinen Vorstellungen geplant. Die Frau hörte David aufmerksam zu.

Sie wusste, dass ihr für all die Ideen, die David hatte, die Zeit davonlief. Sie wollte nur mit sich im Reinen sein. Sie war sehr krank, das hatte sie schon erfahren, bevor sie Aju erzählte, dass ihre Mutter noch lebte.

Der einzige Doktor, der ab und an in der trockenen Jahreszeit mit dem Schiff auf die Insel kam und sich für eine Weile in der nie fertig werdenden Krankenhausruine einmietete, um einige Behandlungen durchzuführen, hatte ihr die traurige Botschaft, schon vor einigen Wochen übermittelt. Damals ging es ihr gut, aber nun fühlte sie, wie ihr Körper sich veränderte. Wie etwas in ihrem Bauch manchmal zwickte und es ihr manchmal übel wurde und sie sich an der Flurwand abstützen musste, um nicht das Gleichgewicht zu verlieren. Nun lief die Zeit für sie rückwärts.

All die Dinge, die sie sich wünschte und für die sie dieses Hotel am Leben hielt, wurden an dem Tag, an dem sie die schreckliche Nachricht bekam, unwichtig. Die Idee, sich später einmal all ihre Träume zu erfüllen, die sie noch in ihrem Inneren bewahrt hatte, wurden an diesem Tag Makulatur. Sie hatte ihr ganzes Leben hier verbracht und nur für das Hotel gelebt. Nicht bemerkt und nicht wahrhaben wollen, dass je mehr Zeit sie mit der Arbeit verbrachte, umso weniger Zeit ihr dafür zur Verfügung stand, ihre Träume zu verwirklichen.

Sie nannte das Optimismus. Nun war die Zeit verschwunden. Die Uhr tickte rückwärts und die verlorene Zeit war nicht wieder zurückzuholen. Nur die eine Erkenntnis wollte sie David mitgeben. »Macht es anders. Wenn ihr euch liebt. Lebt euer Leben.« Sie konnte es nicht mehr, denn der Rest ihres Lebens lief, wie der Sand aus einer Sanduhr, die in der Mitte gebrochen war, heraus. Egal wie aussichtslos ein schönes Ende von Anfang an für sie vorstellbar war, so lag es doch an jedem selbst, das Glück im Leben zu finden, denn nur selten besuchte es einen von allein. In einem tiefen Ozean mit schwarzen Wellen reichte manchmal ein kleiner Rettungsring, um zu überleben.

David wusste von alldem nichts. Er sah die Fähre, auf dem Dach des Hotels sitzend, mit einem Hammer in der Hand, davonfahren. Er dachte an Aju und dass er, seitdem er hier auf der Insel war, mit gesenktem Kopf die Straßen auf und ablief. Er brauchte sich nicht umzuschauen. In seinen Gedanken war immer und überall Aju, selbst wenn er die Augen schloss und nur so vor sich hinträumte. Nun sah er vom Dach des Hauses über die See und den Hafen. Er konnte die Kaimauer von oben sehen und den Leuchtturm. Kein Schiff, kein Boot war in der Bucht und er bewunderte seine Eltern. Sie hatten diese ganze unendliche Strecke mit ihm zusammen bis hierhin zurückgelegt, diesen Platz im nirgendwo gefunden.

Mirinda begrüßte neue Gäste im Hotel. Durch das Dach aus Teerpappe hörte der junge Mann jedes Wort. Eine graue Maus rannte auf die Spitze des Daches und hielt ihre Nase in den Wind. Als sie die Stimmen aus dem Erdgeschoß vernahm, verschwand sie in einem Spalt. »Kannst du mir ein paar Rupiah geben, Mirinda? Ich wollte ein paar Haken für die Fenster kaufen. Sie schlagen im Wind und könnten kaputt gehen.«, sprach David, als er wieder an der Rezeption vorbeikam. Mirinda ließ von ihren Gästen ab und steckte David ein paar Geldscheine in die Tasche seiner kurzen Hose. »Das ist lieb von dir. Mir ist das gar nicht aufgefallen. Du bist eben schon ein Mann. Wie schön. So einen wie dich bräuchte ich hier.« Der junge Mann lief durch den Ort. Vielleicht würde er doch noch Onkel Gio oder Onkel Henky treffen, zusammen mit Aju an der Hand. Er suchte ein paar metallene Haken für das Haus an einem Stand aus und lief auf dem Rückweg nochmal am Haus von Oma Helde vorbei. Es war verlassen und Staub hatte sich schon auf den Scheiben des Friseursalons abgesetzt. Er wusste, dass er Aju dieses Jahr, hier auf der Insel, nicht mehr sehen würde. Das erste Semester hatte schon begonnen und wenn Aju ihren Traum, der auch Davids Traum war, in die Tat umsetzen wollte, dann ergab es keinen Sinn, hier auf sie zu warten. Die nächste Fähre würde er ganz bestimmt nehmen und diesmal auch nicht verpassen.

An diesem letzten Abend vor seiner Abreise waren seine wenigen Sachen schon gepackt. Morgen in aller Frühe wird die Insel der Vergangenheit angehören. Alles war möglich. Vielleicht sah er die Insel und Aju nie wieder, oder er nahm sie in zwei Tagen in den Arm und roch an ihren Haaren, an deren Jasmin und Duft von Limonen er gerade dachte.

Mirinda und er saßen in der einsetzenden Dämmerung auf dem hölzernen Steg des Hotels. Das Holz hatte sich gewellt. An einigen Stellen waren Bohlen weggebrochen, wenn die Motorboote oder Jachten nicht rechtzeitig beidrehten oder der Wind, der von der See kam, sie mit Gewalt gegen den Steg drückte. Die Sonne funkelte ein letztes Mal orange für diesen Tag und fiel dann wie ein Stein in das dunkelblaue Meer. Mirinda holte eine Flasche rosafarbenen Wein aus dem einzigen Kühlschrank der ganzen Insel. Sie haute mit dem Absatz ihres Schuhs auf den Boden der Weinflasche, solange bis der Korken sich aus der Flasche schob.

Ein Gast aus Europa hatte die Flasche hier vergessen und nun stellte Mirinda sie auf den Tisch. In der Hitze der Insel entstanden feine Wassertropfen auf dem Glas und tropften auf die Blümchentischdecke. »Zum Wohl. So sagt man doch bei euch.« Mirinda fasste ihr Glas an dem langen Stiel an und stieß es an das Glas von David.

»Zum Wohl Frau Mirinda. Danke, dass ich hier sein darf. Ich werde es Aju erzählen. Sie sind sehr hilfsbereit. Brauchen sie etwas aus der Stadt? Aju kann es ihnen bestimmt mitbringen, wenn sie zurückkommt? Auf Besuch.«, schob er nach, als Mirinda ihn anschaute. Der Wein schmeckte nach seiner Heimat, nach Rosen, Lavendel und den anderen Kräutern, die bei ihm zu Hause am Straßenrand wuchsen. Er schaute die Frau von der Insel an, die hier ganz allein das Hotel führte und bewunderte sie, ja beneidete sie fast etwas dafür. »Was für ein wunderbarer Ort zum Leben«, dachte David.

Keiner von ihnen ahnte, dass sie sich nie wieder sehen würden. Am nächsten Morgen verschwand der junge Mann in aller Frühe. Das Schiff wartete nicht auf einzelne Gäste, die zu spät kamen, denn es sollte seinen Bestimmungsort vor Einbruch der Nacht auf jeden Fall erreichen. Das Aufstehen fiel ihm an diesem Tag nicht mehr schwer. Seine innere Uhr hatte sich an die neue Zeit gewöhnt und mit großer Vorfreude bestieg er die Fähre in Richtung Hauptstadt. Morgen Abend wird er in der Stadt eintreffen und sich auf die Suche nach Aju begeben, die nichts von seiner Ankunft wusste.

Mit Mila

Aju lief hinter Mila den schmalen Fußweg einer Straße, von denen es tausende hier gibt, entlang. Die Bordsteinkanten waren so hoch, dass sie ihren Rock bei jedem Sprung auf den nächsten Bürgersteig danach geradeziehen musste. Mila legte ein forsches Tempo vor. Sie kannte sich aus und lebte schon Jahre hier. Dafür hustete sie mehrmals, eigentlich immer, solange Aju sie nun schon kannte. Über der Stadt hing an diesem Nachmittag eine gelbe Glocke aus Abgasen und Straßenstaub. So war fast jeder Tag hier. Aju sah die Sonne nicht. Nur an wenigen Tagen im Jahr, nach einem heftigen Gewitter, wenn der Regen die Luft reingewaschen hatte und aller Unrat die Straßen entlanggespült wurde, in den Fluss, der durch die Stadt verlief, dann war der Himmel für einige Stunden klar. Dann schwoll der Fluss an. Seine Farbe wechselte von Silbergrau zu einem matschigen Braun und der ganze Abfall, der auf den Straßen sorglos liegengelassen wurde, trat seine Reise in das Meer an.

Spätestens am nächsten Morgen war alles wie vorher. Das Wasser war weg und der Himmel wieder diesig und die Sonne nur eine diffuse Lampe hinter einem riesigen Schleier am Himmel. Es war wie eine Art Betäubung, wenn Aju in den Himmel schaute. Sie wusste, die Sonne war dort irgendwo, aber sie konnte sie nicht sehen. Aber sie war erst kurze Zeit hier und sie gab nicht auf, nach ihr zu suchen. Wenn sie die Männer und Frauen beobachtete, die ihr auf dem schmalen Bürgersteig entgegenkamen, schauten diese meist nur auf den Boden. Zwischen wackelnden Gehwegplatten, aus denen bei einem falschen Schritt das Wasser spritzte und Gullydeckeln, aus denen Ratten wie Katzen so groß aus der Unterwelt herauskrabbelten, war die volle Aufmerksamkeit gefragt. Autos rasten, ohne sich um die Fußgänger zu kümmern, um die Ecken und Mopedfahrer standen zu hunderten an den Kreuzungen und boten ihre Fahrdienste für die Frauen an, die in Massen zum Feierabend aus den Bürotürmen strömten. Mila und Aju warteten schließlich an einer Busstation auf den Bus zum Hafen im Norden der Stadt. Auf einer Plattform stoppte ein Bus, dessen Türen weit oberhalb der Räder, sich öffnen. »Ein Bus wie auf Stelzen.«, dachte Aju. »Halte deinen Rucksack fest, Aju.

Am besten du bindest ihn dir auf deinen Bauch. Hier wird viel gestohlen. Sie nehmen dir alles weg. Du musst sehr aufpassen.« Aju wusste nicht, was Mila genau meinte.

Auf der Insel war noch nie etwa verschwunden, was dem Mädchen gehörte. Insgesamt besaß sie auch fast nichts, aber sie hatte auch noch nie gehört, dass jemandem etwas gestohlen wurde. Oma Heldes Haus war immer offen. Die Türen nie verschlossen und wenn Onkel Gio einen Fisch brachte, oder einer der anderen Männer, dann betraten sie das Haus, nach einem kurzen Klopfen.

In dem Bus war ein großes Gedränge und Mila hielt Ajus Hand. Sie durften sich nicht verlieren, denn wie sollte Aju sonst wieder zurückfinden. Die Stadt war so ungeheuerlich groß. Von allen Seiten wurden sie geschupst und mit jeder Station, an der der Bus hielt, weiter nach hinten geschoben, bis es nicht mehr weiter ging und sie an der letzten Bank, die etwas höher war, angekommen waren. Ein Mann mit Strohhut stand auf und drängelte sich zum Ausgang. Die beiden Mädchen teilten sich den einen Sitz am Fenster und zogen an einem kleinen schwarzen Knopf aus Plastik das Fenster etwas nach unten. Nur einen Spalt. Sie hörten den lauten Dieselmotor rattern und bei jedem Schlagloch den Auspuff auf die Straße aufschlagen.

Je länger sie in Richtung Norden fuhren, umso ärmer wirkten die Menschen am Straßenrand. Viele saßen auf den Bordsteinen oder hockten, wie die Äffchen auf Ajus Insel, einfach am Boden. An den Kreuzungen liefen junge Mädchen, nicht älter als Aju damals war, als sie den Rucksack mit Eis gefüllt von der Fabrik zum Hafen trug, zwischen Autos entlang. Sie versuchten, Snacks in Tüten verpackt oder einfach nur gefüllte Wasserflaschen zu verkaufen. Manchmal kurbelte einer der Fahrer seine Scheibe herunter und reichte ein paar Münzen heraus, drückte sie den Kindern in die Hand, die eigentlich in eine Schule gehörten und nicht auf die Straßenkreuzung einer sechsspurigen Straße. Manche Jungen gossen gelbes Wasser über die Autoscheiben und reinigten sie dann mit einem Schwamm, bevor die riesige Ampel mit der roten Lampe wieder auf Grün umsprang. Dann rannten sie zu dem Ampelmast und strömten erneut auf die Straße, wenn der ganze Konvoi an Autos wieder zum Stillstand kam. In der Luft war ein permanenter Gestank von Abgasen.

Die Straßen wurden schmaler und der Bus rollte jedes Mal über den Fußweg, wenn ihm einer seiner Kollegen entgegenkam. Dann verschwanden auch die Fußwege und die Geschäfte reichten bis an die Straße heran. Aju beobachtete am Straßenrand Männer, die mit Meißeln in der einen Hand und Gummihämmern in der anderen, Ornamente in Steintafeln schlugen. Stühle aus gebogenem Holz, dazwischen Spiegel in goldenen Rahmen und Toilettenschüsseln wurden, genauso wie Autoreifen am Rand der Straße zum Verkauf angeboten.

An der Ecke einer Straße liefen Mönche in gelben Gewändern und warteten auf eine günstige Gelegenheit, die Kreuzung zu überqueren. Die Ampeln waren nur noch zier. Hier stoppte niemand mehr bei Rot. Nur die Masse der Autos und Mopeds bestimmte, wer hier Vorfahrt hatte. Aju sah einen Vater und eine Mutter auf einem schwarzen Moped, dazwischen ihre drei Kinder geklemmt, die Straße bergab entlangrasen. Das Leben war gefährlich hier, das war zu sehen.

Hinter einer langen Kurve sahen Mila und Aju den Hafen mit seinen riesigen Kränen, davor standen eine Achterbahn und ein Riesenrad. Aju hatte davon an der Universität gehört, aber noch nie Derartiges gesehen. Die ganze Bucht bestand aus Containern, Kränen und allerlei anderen Konstruktionen aus Stahl, die manchmal in Farben, die nicht zueinander passten lackiert waren und manchmal einfach nur vor sich hin rosteten.

Der Bus hielt an und alle Gäste stiegen aus. Aju rückte ihren Rucksack zurecht.

»Trink etwas Aju. Du musst hier viel trinken. Die Luft ist nicht gut. Sonst wirst du krank.« Mila reichte ihr die Wasserflasche. Sie packte zwei Strohhüte aus und gab einen davon Aju. Die beiden jungen Frauen spazierten entlang des kurvigen Fußweges zu einem aufgeschütteten Strand. Unter mit Palmwedeln bedeckten Dächern am Strand, in feinem Sandboden, fanden sie einen Platz. Draußen auf einem Grill brannte Holzkohle.

In Aquarienbecken mit fettigen Glasscheiben lagen mit Stricken zusammengebundene Krabben und schauten Aju von der Seite an. Luftblasen stiegen in den Becken empor. Vor dem Strand schaukelten einige Boote, die im schmutzigen, stinkenden Wasser des Hafens verloren wirkten. Nur verlassene Kähne waren zu sehen. Mit aufgeschlitzten Planken und ohne schützende Fender an den Seiten. Sie waren in schlechtem Zustand, voller Wasser und die Besitzer hatten sie wohl aufgegeben. Die Menschen, die um Aju herum teilweise auf Stühlen, teilweise auf dem nackten Sand saßen, störten sich nicht daran. Hier, am Ende der Stadt, waren die Leute um sich zu vergnügen. Um ihr lokales Essen zu genießen, mit dem Riesenrad zu fahren, oder auf einer der Wasserrutschen sich in das nach Chlor stinkende Wasser gleiten zu lassen. Nichts von alledem konnte Aju begeistern und sie hatte das Gefühl, bei Mila war es nicht anders.

»Gefällt es dir hier?«, frage Mila. »Das ist der schönste Platz, sagen die anderen. Aber das Wasser ist schmutzig.« Aju schaute auf halbe braune Kokosnüsse und Plastiktüten und Bananenschalen, die im Wasser schwappten. »Da wo ich herkomme ist das Wasser glasklar. Ich kann die Fische sehen, jeden Tag, in allen Farben die du dir vorstellen kannst, Mila.« Das Mädchen schaute auf den Horizont. Neben ihr stieg schwarzer Rauch auf, der von den Restaurants kam, die sich nun schnell füllten. Menschen standen in Schlangen und drückten ihre Finger an die Glasscheiben der Aquarien. Sie wählten ihr Essen für den Abend aus. Der Kellner packte die Fische und Krebstiere auf einen Tisch und schnitt sie in wenigen Sekunden auf. Er entfernte ihre Innereien und würzte sie mit Kräutern. Dann legte er sie auf den riesigen Grill und redete mit den Fischen, bis die glasigen Augen der Schuppentiere durch das Feuer ihren Glanz verloren. Zierliche Frauen liefen mit riesigen

Tabletts auf den Händen den Strand hinunter und servierten den Fisch mit vielen kleinen Schälchen, gefüllt mit Chillies und Sojasoße, Reis in verschiedenen Farben und gegartem grünen Seegras mit langen Stängeln.

Mila bestellte eine Flasche Wein. Aju schaute sie an, denn sie hatte noch nie in ihrem Leben Alkohol getrunken. Sie hatte Onkel Henky einmal dabei beobachtet, wie er aus winzigen Flaschen Alkohol genippt hatte, der nach Anis roch. Er fühlte sich von Aju damals ertappt und sagte nur, »Das ist Medizin. Es ist gut für die Verdauung.« Danach ging es ihm richtig schlecht und Aju wusste nicht so richtig, was sie davon halten sollte. Onkel Henky ließ sie an der Flasche riechen und Aju verlor das Interesse schlagartig, davon kosten zu wollen. Es roch wie die Reiniger, mit dem sie den Teer von Onkel Gios Boot entfernten und so etwas konnte man unmöglich trinken.

Mila schien wesentlich robuster. Sie war so groß wie Aju, fast ebenso schön und ihre Augen verrieten ein gewisses Etwas. Die Männer beobachteten sie im Vorbeigehen und Aju war fast jedes Mal etwas eifersüchtig auf ihre Blicke. Sie schaute dann von der Seite auf Mila. Sie war eine wirklich schöne Frau. Nur die Haut war etwas zu dunkel, was bedeutete, dass sie wohl aus armen Verhältnissen kommen musste und viel im Freien gearbeitet hatte. Wahrscheinlich hatten ihr ihre Eltern die Schule mit ihren Einnahmen aus den Reisfeldern in ihrer Heimat finanziert, oder sie verkauften Kaffeebohnen oder Tabak. Jedenfalls merkte sie schnell, dass Mila ein Mädchen war, das weder zu viel noch zu wenig redete. Sie konnte im richtigen Moment eine Pause machen oder zeigte mit ihrem Kopf in eine Richtung und Aju wusste meist sofort, um was es ging, wenn sie andere beobachteten und anfingen, sich über sie zu amüsieren.

»Kommst du aus Papua?«, fragte Aju. »Ja, ich weiß. Das denkst du wegen der Haare. Wir haben alle Locken, deswegen?«, sagte Mila, noch bevor Aju ihren Satz beendet hatte. Aju schaute beschämt. Sie wollte ihre Freundin nicht verletzten. So war es nicht gemeint. »Meine Oma sagte, alle auf Papua haben die Haare wie du? Stimmt das?« Mila lachte laut. »Ja, alle. Nur die Holländer nicht und die Franzosen auch nicht, aber wir schon. Ich hab zwar die Haare, aber mein Name passt nicht zu der Insel, von der ich komme. Mein Vater war aus Holland. Er hat ihn ausgesucht, aber ich habe ihn nie kennengelernt.«

Aju konnte sich denken, von was ihre Freundin Mila sprach. Sie stießen mit einem Glas Wein in der Hand auf ihre Freundschaft an. Dann wurden sie beide still. Der Kellner stellte eine kleine Kerze auf den Tisch. Sie rieben ihre Hände mit dem Saft geteilter Limonen ein, die in einem der Schälchen lagen.

»Vermisst du Papua?«, fragte Aju nach einer Weile. Die beiden Frauen schauten auf das Meer. Öltanker mit schwarzen Ankern ließen braunes Wasser in das Meer.

»Mein Vater meinte, es sei besser für mich, in der Stadt zu studieren. Auf Papua gibt es so viel Wald, eigentlich nur Wald und Wasser. Wir haben nur eine Straße im Ort und es gibt keine Arbeit. Entweder du arbeitest im Hafen, so wie die Menschen hier, oder du bist arm.« Aju schaute Mila an. Sie sah sehr gepflegt aus und ihre Haare hatte sie zu kleinen Zöpfen geflochten, so ganz anders, wie es die Frauen hier auf Java sonst tun, mit ihren glatten und langen Haaren.

»Es gibt noch eine Silbermine in den Bergen, aber die Arbeit dort ist gefährlich. Die Menschen auf den Hügeln haben noch nicht einmal Kleidung. Sie kochen am offenen Feuer, mit Holz, welches sie aus dem Wald holen. Es qualmt und stinkt und wenn die Männer im Wald kein Tier erjagen können, essen sie auch manchmal die eigenen Kinder, ob du es glaubst oder nicht, und Fremde mögen sie überhaupt nicht. Sie würden nicht zulassen, dass du in ihren Ort kommst. Sie würden dich töten, ob du es glaubst oder nicht.« Aju schaute Mila lange an. Ihre Hände zitterten. Mila log nicht. Mit ihren Worten sprudelten auch ihre Gefühle aus ihr heraus und Aju hatte keinen Zweifel daran, dass die junge Frau ihre Geschichte für wahr hielt.

»Jetzt bin ich hier in Jakarta und ich bleibe auch hier. Nach Papua gehe ich auf keinen Fall zurück. Mein Opa hat in der Mine gearbeitet und wurde gerade einmal vierzig Jahre alt, als ihm ein Holzbalken den

Schädel zertrümmerte. Der Besitzer der Silbermine hat letztes Jahr einen Flugplatz bauen lassen und kommt nur noch manchmal mit seinem neuen Flugzeug, um die Mitarbeiter zu bezahlen und Gold abzuholen. Er hat jetzt eine Villa mit Schwimmbecken in Los Angeles, wo immer das auch ist. Warst du schon einmal in Los Angeles?«, fragte Mila.

»Nein. Ich komme aus Anambas. Außer auf der Insel und in Jakarta war ich noch nirgendwo. Sehen alle Städte so aus wie diese hier?«, wollte Aju wissen.

»Ich weiß es nicht, Aju. Die Lehrerin hat erzählt, hier war vor zwanzig Jahren Wald. Ein riesiger Dschungel mit Bäumen voller Äffchen und im Fluss lebten große Otterfamilien. Es gab Warane überall und die Seeadler kreisten über dem Meer und am Ufer des Flusses lagen Krokodile. Das Wasser war hellblau, türkis und smaragdgrün. Es gab Fisch hier und überall Korallenriffe, bis die Anker der Schiffe alles zerschlagen haben. Nun gibt es kein einziges Riff mehr hier, dafür eine Achterbahn.«

Genauso war es, stellte Aju fest. Es war das gleiche Wasser wie auf Anambas, welches an den Strand schwappte, aber hier in der Stadt war alles unnatürlich und die riesigen Schiffe waren sogar schon am Horizont ihrer Insel zu sehen gewesen.

Die Mädchen schauten in die Abendsonne, die nur am späten Nachmittag einmal den gelben Horizont durchbrechen konnte und dann hinter Kränen und Containern verschwand. Sie schlenderten die Promenade entlang. »Dort draußen sind die schönen Inseln. Irgendwann am Wochenende fahren wir mal hinaus, ok?«, sagte Mila.

An jedem Freitag änderte sich der Rhythmus der Stadt ein wenig. Oma Helde hatte manchmal vom Leben in der Stadt erzählt. Oma lief mit ihrer Schuluniform, einem weißen Rock und roter Bluse in die Schule. Genauso wie es Aju auf der Insel tat. Doch nun entstanden mehr und mehr Moscheen, an jedem Platz in der Stadt. An diesem Wochentag waren die Gesänge aus den Moscheen noch lauter zu hören, als für gewöhnlich. Die Mädchen liefen nicht mehr entspannt durch die Straßen. Ganze Klassen von Schülerinnen bildeten sich, die ihre Körper hinter dicken Gewändern verbargen und wie aus einer vollkommen anderen

Zeit entsprungen, in der sich entwickelnden modernen Stadt, wie Relikte aus einer vergangenen Zeit wirkten. Wenn Aju und Mila die Straße entlangliefen und ihnen eine Gruppe von Mädchen mit verschleierten Gesichtern entgegenkam, schauten sie manchmal unsicher den Kindern hinterher. Manchmal fühlten sie sich fast beschämt, weil sie der Dynamik dieser sich mehr und mehr das Stadtbild prägenden Gruppen nichts entgegenzusetzen hatten. Sie waren zusammen, aber wenige und fühlten sich klein und unbeholfen und ihrer Sicherheit beraubt, inmitten dieser Massen und ihrem zielgerichteten Weg, den die Gruppen nahmen, wenn sich ihre Bahnen kreuzten.

Mila meinte, dass der Fortschritt ganz natürlich sei, dass die Hochhäuser immer höher würden, die Straßen breiter und in drei Jahren sie mit einem Zug hier, in dieser Stadt, unter der Erde entlangfahren würden. Es würde alles immer besser werden. »Du kannst es ja hier sehen, in der Hauptstadt.«, sagte Mila.

Aju dachte dann nur an die Fische im Wasser und die zerstörten Korallen, in denen die kleinen Fische sonst ihre Kindheit verbrachten. »Was sollte das für ein Fortschritt sein? Ein Leben ohne Natur, ohne Grün und ohne den Wald mit all seinen Bewohnern?« Das ergab für Aju keinen Sinn. Der große Zeiger ihrer Lebensuhr, so hatte sie das Gefühl, lief in die andere Richtung. Die vielen verschleierten Mädchen und Frauen auf den Straßen waren ihr fremd. Die Menschen lebten in Hochhäusern und arbeiteten darin. Wenn sie vor einer der riesigen Baustellen stand und an den Kränen nach oben schaute, sah sie die halbfertigen Etagen, gegossen aus Beton, noch ohne Fenster vor sich. Später einmal, in wenigen Monaten, arbeiteten und lebten darin Menschen, wie die Bienen in den Waben eines Bienenstockes.

Zu den Bienen kam dann der Mann, der neben Oma Heldes Haus wohnte, und nahm die Waben aus dem Bienenstock. Steckte sie in einen großen Topf aus Aluminium. Mit dem Fuß betätigte er einen Schalter, um die Waben in Drehung zu versetzen. Dann floss der Honig heraus und die Bienen fingen wieder von vorne an, Honig herzustellen.

So war es hier wohl auch. Die Menschen arbeiteten zu tausenden zwischen den Platten aus Beton. Nur wer nahm den Honig am Ende des Tages mit, denn ohne Frage leisteten die Menschen in diesen Gebäuden schier Unmenschliches. Bei abgedunkelten Fenstern im hellen künstlichen Licht der riesigen Lampenpaneele an den Decken ließen die Erschaffer dieser Welt den Arbeitenden das Gefühl für Raum und Zeit vollkommen abhandenkommen. Für Aju war das nichts, was etwas mit Fortschritt zu tun hatte. Das war ihr sehr schnell bewusst. Sie konnte sich nicht vorstellen, auch nur einen Tag ihres Lebens an solch einem Platz zu verbringen.

An diesem Abend, an einem Freitag, ging sie wie so oft mit Mila und Freunden aus. Sie liefen unter Arkaden aus gegossenem Beton entlang, die an das alte Rom erinnerten. Sie trafen sich wie fast jedes Wochenende entweder vor dem Kino mit den riesigen Lautsprechern vor der Karaokebar, die in einem flachen Gebäude, am Ende der Säulenhalle lag. Sie bestellten Eistee, schraubten die silbernen Stative, an denen ein Mikrofon mit lilafarbenem Fell befestigt war, nach oben und sangen. Auf den Tischen, die nur knapp über den Boden ragten, lagen Ordner mit bunten Fotos von Eiscreme, Donuts und Fertigpizzen. Dazwischen Ringordner mit den Texten der Lieder und die Namen ihrer Interpreten. Mila hatte eine neue Freundin mitgebracht.

»Möchtest du eine Tablette haben?«, fragte sie Aju, als Mila gerade schräge Töne in das Mikrofon schrie. »Ich bin nicht krank.«, sagte Aju und schaute die junge Frau an. Sie trug eine teure Handtasche mit großen goldenen Initialen auf dem Verschluss.

»Die kannst du auch nehmen, wenn du gesund bist.«, sagte die Frau. »Für was soll ich sie nehmen, ich brauche sie nicht.« Die Frau ließ nicht locker. »Es kostet nichts. Es ist umsonst.« Aju stieß die Hand der Frau von sich. Eine Menge allermöglicher Pillen in verschiedenen Farben fielen zu Boden und Aju sah die Frau durch den dunklen Raum kriechen, auf der Suche nach ihren Tabletten. Der junge Mann neben ihr hielt seine flache Hand über sein Glas mit Eistee. »Pass auf, die Frau will dir etwas verkaufen und sie arbeiten zusammen mit den Männern hier. Lass dir nichts in dein Glas tun. Das ist gefährliches Zeug. Wir wollen nur unseren Spaß hier haben.« Als die Frau ihre Pillen eingesammelt hatte, stand sie wieder neben Aju und ließ sich auf den letzten freien Platz in ihrer Sitzecke fallen. »Du kannst länger tanzen, wenn du sie nimmst.« Es war ein letzter Versuch der Frau, von deren Penetranz Aju nun sichtlich genervt war. »Was solls, ich nehme eine.«, sagte eine ihrer Freundinnen eine Reihe weiter. Sie nahm die Pille in die Hand und einige Minuten später sah Aju, wie die Frau die sich zerbröselnde Masse von der Hand wischte und in der Erde eines Blumentopfes entsorgte. Sie lächelte Aju an. »Die denken, wir sind dumm.«, sagte sie und lief zur Bühne und lachte.

Aju liebte die Musik, auch wenn die Töne, die ihre Freundinnen herauspressten, nicht so klangen, wie die Titel im Radio. Sie waren am Ende alle heiser und das war bei einigen Mädchen ein Vorteil, sie sprachen dann nicht mehr unentwegt von ihren Freunden, Exfreunden oder zukünftigen Exfreunden. Am Ende des Abends suchte Aju ihr Fahrrad und fand es an einer der dorischen Säulen aus Beton angelehnt. Mila und ihre Freunde brachten sie nach Hause, unter der Autobahnbrücke hindurch, hinein in »die bessere Gegend«, wie Mila sagte.

Wiedersehen

Für Aju verging das Leben in der Stadt wie im Fluge. Sie war die vielen Eindrücke nicht gewöhnt und schloss ihre Augen manchmal mitten am Tag, legte ihren Kopf in den Nacken und vergaß die Welt um sich herum. Dann, wenn sie die Augen wieder öffnete, hatte sie nicht mehr dieses rote Flimmern vor den Augen, wie früher, wenn sie in Anambas lange in den grünen Wald starrte und anschließend vor ihren Augen alles rot war. Hier war alles nur grau. Mausgrau, wie die Farbe der Tiere, die in der Kanalisation lebten oder das Grau der endlosen Wolkenkratzer aus Beton. Nur am Abend gegen sechs, wenn die bunten Neonreklamen die Wände erleuchteten, kehrte die Farbe zurück.

Dem Lärm, der Tag wie Nacht die Stadt durchdrang, konnte sie nicht entfliehen. Die Ohren hörten alles mit. Ob sie wollte oder nicht und genauso war es auch mit den Gerüchen. Sie waren die jeden Tag wiederkehrende Erinnerung daran, dass in dieser Stadt hunderte, wenn nicht sogar tausende Kulturen aller möglichen Inseln ihre Rezepte von Fischgerichten, Hähnchen und trockenem Rindfleisch miteinander verschmelzen ließen und jeden Tag neu erfanden.

Aju öffnete ihr Fenster und sah durch die Äste des Baumes mit seinen spärlichen Blättern. Sie schaute auf den Hof zur Straße. Der Hausmeister hatte mit dem gelben Wasserschlauch schon die Palmen gewässert, die noch in schwarzen Plastiksäcken und nackten Wurzeln auf dem Betonboden des Hofes standen. Unter dem Dachvorsprung stand die lange Holzbank mit geschwungenen Armlehnen, die vor langer Zeit einmal jemand weiß lackiert hatte. Etwas lag auf der Bank, das sah Aju. Ein langer Körper, wie ein Krokodil in Schwarz und Grün, wie die Farbe von Oliven. Dann erkannte sie einen menschlichen Körper, wie er da auf der Bank lag, mit angezogenen Beinen, und wohl schlief. Eine seiner Hände schlug nach einem laut summenden Moskito. Hatte Alfred das Tor zur Straße offengelassen und die Bettler waren auf das Grundstück gelangt?

Aju zog sich ihr Kleid vom gestrigen Tag an, welches in einem Knäuel vor ihrem Bett lag. Sie hüpfte die Stufen nach unten und riss die zweiflügelige Tür zum Garten auf. Neben dem Mann, der unter einem Dach großer Bananenblätter auf der Bank lag, hing eine Tasche über die Rückenlehne. Die Tasche kannte Aju. Es war die Gleiche, die Davids Mutter aus dem Segeltuch der Jacht genäht hatte, mit den drei Buchstaben darauf. Aju hörte ihr Herz plötzlich schlagen und an ihrem Hals fühlte sie, wie das Blut sich durch ihren Körper bewegte.

Sie hob mit zwei Fingern die olivgrüne Jacke an, die der Mann sich, zum Schutz vor den Mücken, über das Gesicht gezogen hatte. Sofort wusste sie: »Das ist David. Wie hat er mich gefunden?« Sie ließ die Jacke wieder fallen. David drehte sich zur Seite. Die frühe Sonne schien auf seine goldenen Haare. Aju legte ihre Hand auf seinen Kopf. Er war warm und roch, wie Aju damals, als sie in die Stadt kam, nach Diesel und Tang. Aus seiner Hosentasche schaute der Rest des Fährtickets, Anambas- Jakarta. Er schlief tief und fest und Aju ruckelte an ihm, so dass er fast von der schmalen Holzbank fiel. Dann richtete er sich plötzlich auf, drehte seine Beine von der Bank und stand vor ihr. »Aju, ich liebe dich. Ich bin es. Weißt du wer ich bin.?«

Die junge Frau fing zu lachen an. »Ich würde sagen, du bist David und du siehst furchtbar aus und stinkst wie ein Riesenotter. Ich liebe dich auch. Was für eine Überraschung. Schön, dass du meinen Brief bekommen hast. Ich war mir nicht sicher, ob er dich noch rechtzeitig erreicht.« Dann legte Aju ihre beiden Hände auf Davids Brust. Sie spürte seine Rippen. Sein Gesicht war etwas schmaler, als sie ihn in Erinnerung hatte. Dafür war er noch etwas größer, obwohl Aju in der Zwischenzeit auch gewachsen war und Dita ihr schon zweimal neue Schuhe kaufte, weil sie in den »alten« Schuhen am Abend, wenn sie mit ihren Freundinnen durch die Stadt lief, ihre Fußnägel in den Schuhen spürte.

David zog Aju an sich heran und sie küssten sich. Nie mehr wollte er die junge Frau loslassen. Um die halbe Welt war er gereist, um das große Mädchen wiederzusehen. Er wusste nicht, was ihn erwartete, ob Aju in der Zwischenzeit schon verheiratet war, aber das war ihm entweder egal, oder er hatte darüber überhaupt noch nicht nachgedacht. Es gab einfach nur diesen einen Weg für ihn, er lief ihn und nun war er hier und für alles andere gab es eine Lösung. Seine Reise hatte ein Ende. Er hatte das Mädchen seiner Träume, die nun eine Frau war, gefunden. Er war schon vor dem Aufwachen müde gewesen. Die lange Reise hatte ihren Tribut gefordert. Er war dünn und seine Jugend hatte ihn vergessen lassen, regelmäßig zu essen. Sein Geist dachte in Monaten voraus, aber sein Körper lebte von einem Tag zum nächsten. Nun war er hier in Indonesien. Zwölftausend Kilometer vom Haus seiner Eltern entfernt und er hatte das Gefühl, sein neues Leben fing genau jetzt an.

Aju dachte an die Karaokebar des vergangenen Abends und an ihre Freundinnen. Wie konnte sie David nur für einen Tag vergessen. Gerade gestern konnte sie sich nicht mehr an ihren Freund erinnern und nun lag er vor ihrem Fenster auf einer Holzbank in ihrem Vorgarten. »Komm herein. Du musst total fertig sein. Komm.« Sie lief vorneweg und zog David an der Hand hinter sich her. Die Stufen hinauf, bis in ihr Zimmer mit den großen Fenstern und dem Baum davor, durch den die Sonne blinzelte.

David zog seine stinkende feuchte Kleidung aus und duschte. Weißer Dampf zog durch den Raum und setzte sich auf dem rosafarbenen Marmorboden ab. Aju hüpfte hin und her. So wie damals auf dem Wasserfall auf der Insel. Es dauerte eine Weile, bis sie realisierte, dass ihr geliebter Freund direkt neben ihr im Bad stand. In Jakarta, und er diese weite Strecke auf sich genommen hatte, nur um sie zu sehen.

Sie fühlte, wie ihr Wert in das Unermessliche stieg in diesem Moment. Jemand liebte sie, so wie sie war und ohne Wenn und Aber und das war David und ihm war kein Weg zu lang und zu beschwerlich gewesen, um sie zu finden. »Hattest du meinen Brief bekommen? Ich war mir nicht sicher, ob er dich rechtzeitig erreicht. Es gibt so viel Neuigkeiten. Ich habe eine Mutter. Ist das nicht großartig und jetzt habe ich dich auch. Ich bin so glücklich.«, sprach Aju in den Raum, während David unter der Dusche stand. Der junge Mann öffnete die Holztür zum Bad. »Weißt du, wo ich herkomme? Aus Anambas, von deinem Zuhause.« »Ach, du Armer. Das tut mir leid. Dann hattest du meinen Brief nicht bekommen?«

Aju verlor kurz ihre spontane unbekümmerte Art, dann fasste sie sich wieder. »Na, dann kommst du ja frisch aus den Ferien. Die Luft ist auf Anambas auf jeden Fall besser als hier. Hast du Oma Helde und meine Familie besucht? Waren sie gut zu dir?«

»Oma Heldes Haus war verschlossen. Ich war einige Nächte bei Frau Mirinda im Hotel und soll dir Grüße ausrichten, ganz liebe Grüße.« »Wo deine Familie ist, weiß ich nicht. Ich war jeden Tag dort und dachte nur, wo ist Aju, meine geliebte Aju, bis mir Mirinda, die Eigentümerin des Hotel sagte, du bist bei deiner Mutter.«

»Ja, das ist richtig. Mirinda gab mir die Adresse meiner Mutter und ich musste wissen, ob es stimmt, ob ich wirklich eine Mutter habe, die noch lebt und du siehst, nun bin ich hier. Ich bin sogar schon an der Universität, David. Alles ging so unkompliziert und die Zeit vergeht hier viel schneller als auf Anambas.«

»Das ist so schön für dich. Das ist das, was du wolltest.«, sagte David. »Ich liebe deine Insel. Du warst nicht da, aber so konnte ich das erste Mal die Insel wirklich erleben und war nicht immer von dir abgelenkt.« David lachte, seine Stimme war viel tiefer, als Aju sie vom letzten Jahr in Erinnerung hatte. »Aha, dann hast du dir die schönen Mädchen ohne mich angeschaut?« Davids Freundin sagte das so, aber er wusste, dass sie überhaupt nicht eifersüchtig war und dass nichts zwischen sie kommen könnte.

»Ich habe von Mirindas Hotel aus auf die Insel geschaut. Es ist so ein schöner Platz zum Leben, weißt du das?« »Seitdem ich hier bin, weiß ich es auch, David. Erst wenn man etwas nicht mehr hat, weiß man es zu schätzen. Ich kannte mein Leben lang nichts anderes. Jeden Tag habe ich das Meer gesehen, wie in einem Kino, in dem jeden Tag derselbe

Film gezeigt wird. Die saubere Luft, das klare Wasser, die Fische, endlos Fisch essen, ohne dafür bezahlen zu müssen. Onkel Gio zog das Essen einfach aus dem Wasser. In den Bergen wuchs das Obst und Gemüse von allein. Wie kann ich das vergessen? Hier muss ich jeden Tag husten. Die Luft ist schlecht und meine Nase jeden Morgen verstopft. Das Wasser aus der Leitung ist komfortabel, aber es stinkt. Du wirst sehen, die Stadt bietet eine Menge, aber sie nimmt auch. Du kannst den ganzen Tag in den Einkaufszentren verbringen, wenn es dir gefällt und irgendwann weißt du nicht mehr, wann Tag und wann Nacht ist. Ich weiß nicht, ob ich für immer hierbleiben möchte.« Aju nahm David in den Arm. Auch das Leben in der Stadt hatte einen Preis, und obwohl auch er noch nie so viele Menschen auf einem Fleck zusammen gesehen hatte, dachte David, konnte man doch mitten unter ihnen einsam sein.

Für beide änderte sich an diesem Tag ihr Leben in gewisser Weise für immer. Es war, als ob zwei schmale Straßen zu einer großen Autobahn zusammenwuchsen. Es war nicht, wie zwei Flüsse die zusammenflossen, und von denen schon jeder eine Menge Treibholz mit sich führte. Eher wie zwei fast unbeschriebene Seiten eines Buches, an denen sie nun gemeinsam Wort für Wort, Satz für Satz schrieben. David mit einem grauen, harten Bleistift, an dessen Worten er niemals etwas wegradieren würde und Aju mit ihrer ganzen Palette von bunten, pastellfarbenen Stiften in ihrer Hand, die jede Idee Davids mit Farbe ausfüllte. Aju hatte ein Gefühl für die Natur und auch für David. Sie schrieb an ihrem Buch des Lebens mit viel Farbe, aber drückte ihre bunten Stifte nie so stark auf, dass die Mine brechen konnte.

Vorsichtig hantierte sie mit ihrem Werkzeug, wohingegen David schon das ein oder andere Mal die Mine abbrach und dann nur noch ein kleines Loch im Bleistift zu sehen war. So musste wohl oder übel ein Stück des Bleistiftes abgetragen werden, um wieder damit schreiben zu können.

Es dauerte nur eine kurze Zeit, bis Aju und David die Stadt vollkommen vereinnahmt hatte. Sie studierten gemeinsam am selben Ort, in denselben Hörsälen und bei den gleichen Professoren. Ajus Mutter Dita warf stets einen Blick auf die beiden, die das Zimmer, welches eigentlich einmal für ihre gemeinsamen Kinder mit ihrem Mann Budi gedacht war, bewohnten. Ihre Kinder kamen nur noch gelegentlich aus dem Internat aus der Schweiz zurück und Dita führte ihr Leben gemeinsam, einsam mit ihrem Mann. Zu Aju war sie stets freundlich und hilfsbereit. Sie und Aju hatten eher das Verhältnis von guten Freundinnen. Eine richtige Mutter war Dita für Aju nie und würde es auch nie mehr werden können. Dita hatte es akzeptiert und sah, dass ihre Tochter mit ihrem Freund sehr glücklich war. So glücklich, wie sie selbst es nie sein konnte. Einen Menschen nur wegen seiner selbst lieben zu können. Frei zu entscheiden, was gut für sie war, das konnte sie selbst nie. Selbst als sie Budi kennenlernte und ihn am Ende heiratete, war es doch für sie immer mit einer gewissen Unfreiheit verbunden, das Leben.

Sie hatte keine Schuldgefühle mehr gegenüber Aju. Dass sie sie damals, als sie noch ein Baby war, verlassen hatte, diese Erinnerung holte sie sowieso immer wieder im Schlaf ein, aber damit war sie gewohnt zu leben. Sie kam dann in das Esszimmer hinter der Küche und sah Budi, David und Aju meist am Frühstückstisch sitzen. Es war manchmal unwirklich, aber das war wohl ihr Karma, welches sie akzeptierte.

Budi ließ sich wie jeden Tag in den letzten dreißig Jahren seines Lebens von Alfred, den noch sein Vater als Fahrer eingestellt hatte, in das Büro in dem schwarzen Wolkenkratzer in die Stadt bringen. Dort verbrachte er seinen Tag im hellen Licht der Neonlampen über ihm. Er arbeitete an seinem Lieblingsprojekt, dem größten Ölfeld vor der Inselgruppe, zu der auch Ajus Insel gehörte. Manchmal vergaß er, dass es draußen schon dunkel war, saß dann mit Alfred zwei Stunden im Auto, wenn der Regen die Straßen der Nacht in Seen verwandelte und fluchte, dass er nicht früher aus dem Büro verschwunden war.

Er steckte dann Alfred einige rote Scheine zu, der sie hustend in das Handschuhfach des neusten Mercedes steckte. Alfred sagte dann zu Budi, dass es ihm nicht gut ging und fragte ihn, ob er den nächsten Tag frei machen konnte. Er schaute zwischen Scheibenwischern hindurch auf den sich spiegelnden Asphalt und überlegte, wohin er mit seinen

Enkelkindern am nächsten Tag fahren konnte, um sie, einmal im Monat wenigstens, aus der Stadt hinauszubringen. Budi winkte ihm zu, als der Fahrer das Auto im Hof wendete und wünschte ihm alles Gute. Er rannte schnell in das Haus zu Dita und sagte, »Was hast du morgen vor? Wollen wir etwas unternehmen, hast du Appetit auf Sushi?« Dann lachte Dita, in etwa so wie Aju, und war doch nicht so traurig, in dieser riesigen Stadt zu leben.

Jakarta, drei Jahre später

Die Straßen der Stadt waren verstopft von neuen japanischen Autos und Mopeds. Alfred stoppte seine Limousine schon fünfzig Meter vor der Kreuzung, hinter der die Autobahnauffahrt zum Flughafen der Stadt führte. Gelb-schwarze Schranken hoben und senkten sich wie ein Gemüsemesser, welches durch eine grüne Gurke schnitt. Es regnete und dunkelblaue Schlote von Wolken zogen über der Straße in Richtung des riesigen gelben Kranes, der an einem Hochhaus mit schwarz verspiegelten Fenstern hing. Oben mitten auf dem Wolkenkratzer stand ein kleiner Kran und Bauarbeiter ließen sich in ein rotes Netz fallen, welches rund um das Gebäude gespannt war und frühstückten, hoch über der Stadt. Alfred parkte vor der Bar des Hauses. Er gab seinen Autoschlüssel dem Angestellten seines Chefs. Zwischen den Hochhäusern, die am Himmel kratzten und heute in die Wolken ragten, lief er auf weißem Marmor hinüber zum Fitnessstudio. Vorbei an einem großen Fenster, hinter dem ein Fernsehsender der Stadt ein Interview führte. Von draußen drückten sich Menschen die Nase an der Scheibe platt. Eine junge Moderatorin hielt ein Mikrofon in der Hand und interviewte einen Politiker der Gegend.

Helles Licht der Scheinwerfer schien der Frau in das Gesicht. Sie schwitzte und eine Kamera auf Schienen rollte durch den Raum. Draußen lief Kinowerbung an der Hauswand. Alfred erreichte das Fitnessstudio, begrüßte den Mann am Empfang in ärmellosem T-Shirt und lief am Pool und den Tennisplätzen vorbei, hinein in das große Stadion. Budis Chef war reich geworden. In wenigen Jahren hatte er es vom Palmölfabrikanten zum Ölmillionär und nun zum Milliardär geschafft.

Alfred hatte begonnen zu rauchen. Er kaufte sich handgedrehte Zigaretten, irgendwo da draußen, zwei Stunden von Jakarta entfernt. Nun wartete er auf der Tribüne, mitten vor dem grünen Rasen des riesigen Stadions im Zentrum der Stadt.

Der Lärm von zwei Hubschraubern wurde immer lauter. Über der Südtribüne erschien ein nagelneuer, blau-metallic-farbiger Hubschrauber, dahinter ein grauer großer der Air Force. Hinter der Scheibe erkannte Alfred neben dem Piloten Budis Boss und dahinter die Sekretärin mit einem Schreibblock in der Hand. In der Mitte des Stadions wirbelten die Hubschrauber den aufgemalten weißen Kreidekreis in der Mitte hinweg und die Piloten brachten die Maschinen zum Stehen.

Es vergingen keine zwei Minuten und in der Mitte des Stadions, das vor fünf Minuten noch verlassen in der Morgensonne lag, brach nun Hektik aus. Der Chef lief mit großen Schritten vorneweg, dahinter sein Konvoi an Mitarbeitern, die permanent mit dem Kopf nickten und den Oberkörper zum Dank dafür, gerade neue Anweisungen erhalten zu haben, immer wieder nach vorne beugten. Der Chef bestieg das Auto, welches auf der Ziellinie der Tartanbahn mitten im Stadion stand und brauste davon.

Dahinter folgte Budi. »Guten Morgen Alfred, wie geht es ihnen? Wo haben sie geparkt?« »Guten Morgen mein Herr, draußen vor der Bar stehen wir. Folgen sie mir. Wie geht es ihnen? Wie war ihre Reise nach Anambas?« »Es gibt Neuigkeiten, Alfred.

Die Insel ist wirklich schön. Nun nach fast zwanzig Jahren war ich das erste Mal dort, an dem Platz auf der Insel, von der meine Frau kommt. Sie kennen die Geschichte. Es war nicht immer einfach. Mit der Fähre hätte ich es mir nicht angetan. Aber nun, unserem Chef sei gedankt, gibt es einen Flugplatz auf der Nachbarinsel. Trotzdem, es ist schon eine Tour. Mit dem Hubschrauber zum Flughafen und dann zwei Stunden mit dem neuen Flugzeug auf die Insel. Von dort fünfzehn Minuten mit dem Schnellboot und schon waren wir auf der Ölplattform. Der Chef hat einen Deal eingefädelt und wir haben dem Minister praktisch das Öl der Inseln für die nächsten neunundneunzig Jahre abgekauft.« Budi lachte. Alfred fragte sich, wen sein Chef mit wir gerade meinte. Er ist doch selbst von hier, direkt aus der Stadt und hat sein ganzes Leben hier verbracht.»Gehört er nun nicht mehr zu uns? Gehört er nun zu denen aus Übersee?«

»Wir können das Öl und Gas fördern, solange wir wollen, und bei den Preisen heute sind wir bald Millionäre und wir müssen nichts dafür tun. Fast nichts, nur eine kleine Stiftung in die wir etwas für das Krankenhaus spenden und für die Schildkröteninsel. Dort werden wir ein Reservat einrichten. Nicht dass jeder auf die Insel kann, das wäre ja noch schöner. Vielleicht bauen wir ein Resort und bieten Touren dorthin an. Das würde unser Image aufpolieren. Die Leute sehen sonst nur immer wieder die Bilder von den schwarzen Ölflecken auf dem Wasser, wenn wieder etwas kaputt gegangen ist. Ach so, und den Bürgermeister, den müssen wir natürlich bezahlen, so wie immer.« Alfred schaute durch die Scheibenwischer hindurch auf die nun schwarzen Wolken. Das Leben kann sich schnell verändern und nicht immer zum Vorteil.

Alfred war auf dem Rückweg und Budi wollte an der Universität einen Stopp einlegen. Budi wollte Aju und David abholen. Beide hatten heute eine ihrer letzten Prüfungen. Sie haben die vergangenen Monate gelernt und gelernt. Es war noch später Vormittag und Budi schlief auf der Rückbank der schwarzen Limousine. Das Auto stand im Stau. Neben der Autobahn wurde immer noch an der Schnellbahn gebaut. Alfred erinnerte sich an die Worte Budis.»Der Sohn vom Minister ist der Hauptimporteur für all die Autos hier und wenn die Bahn mal fertig ist, dann brauchen die Menschen weniger Autos. Dann würde der Sohn weniger Autos verkaufen, also wird die Bahn nie fertig.

So einfach ist die Marktwirtschaft. Wir haben viel von unseren Partnern in Europa und Amerika gelernt.« Dann lachte er hämisch.»Schau nicht so mitleidig auf die Schnellbahn. Du fährst mich, solange wie du möchtest.« Budi dachte wohl, Alfred freute sich darauf, zu erfahren, für ihn, wenn er wollte, bis an sein Lebensende die schöne Limousine zu fahren. Aber es gab noch andere Dinge im Leben, die manchmal sogar wichtiger waren, als seinen Chef jeden Tag durch die Stadt zu kutschieren. Hier in dieser verrückten Stadt mit den niemals endenden Staus.

Aju winkte und winkte. Es begann zu regnen und sie trug an diesem

Tag nur ihre weiße Bluse mit einem grauen Rock. Sie sah in ihrem formellen Anzug aus wie eine leitende Angestellte im Unternehmen von Budis Chef. Nur ihr makelloses Gesicht und ihre junge Haut passten nicht zu einer Frau, die einer Karriere in einem Bürohochhaus entgegensah. Sie zupfte sich ihren kurzen Rock nach unten und sprang zwischen den Pfützen des frischen Regens hin und her. So beschwingt, wie sie es auch vor Jahren auf Anambas getan hatte. Die Stadt hatte ihr ihr Temperament nicht austreiben können und wenn die Natur über sie kam, wie dieser gewaltige Regen in diesem Moment, vergaß sie, wo sie war.

Alfred öffnete ihr die Tür des Mercedes und hielt seine Hand zwischen ihren Kopf und dem Türrahmen. »Passen sie auf sich auf. Stoßen sie sich nicht.« Aju ließ sich auf die Rücksitze aus weichem, cremefarbenen Leder fallen. »Danke Alfred. Ich passe immer auf mich auf.«

Alfred wusste das. Es war nur so eine Redewendung, ein Ausdruck von Höflichkeit, aber nicht zu unterschätzen. Das tat er schon seit dreißig Jahren so. Aber bei Aju meinte er es wirklich so, wie er es sagte und dazu noch auf eine ganz besondere Art und Weise. Die Frau, die nun hinter ihm auf dem Rücksitz neben ihrem Stiefvater saß, war so ganz anders als der Rest der Familie. Auch nach fast drei Jahren hier in der Stadt war sie so freundlich, natürlich, immer lächelnd und völlig ohne Missgunst gegenüber anderen Menschen. Alfred hatte viel Erfahrung in seinem Leben gesammelt. Möchtegern-Chefs, die mit steilen Karriereansprüchen in die Firma kamen, hatte er erlebt. Die nach einem Jahr wieder verschwunden waren. Genauso wie die frisch studierten Damen aus der Rechtsabteilung, die auf der Suche nach einem reichen Mann waren und sich mit den Kontoauszügen ihrer Freunde gegenseitig eifersüchtig machen wollten. Einige von ihnen heirateten und verließen das Land in Richtung Australien oder Amerika, einige gingen nach Europa.

Nur Aju hatte ihre eigenen Pläne. Sie redete von Schildkröten und von Fischen wie von Menschen. Sie gab ihnen Namen und sie liebte Seepferdchen. Je mehr sie in den Alltag der Universität eintauchte, umso mehr sie lernte, umso fremder kam ihr diese Wissenswelt vor. Zwischen den Büchern von Charles Darwin und Rupert Sheldrake konnte sie sich nicht entscheiden. Sie war schlau genug, um zu wissen, was die Professoren von ihr erwarteten um einen guten Abschluss zu erreichen und sie wusste auch, dass es nicht das war, was sie wirklich wollte. Wie konnten all die Menschen, die tagtäglich durch die endlosen Flure der Universität liefen, wissen wie die Welt funktioniert? Dabei hatten die meisten von ihnen noch nie die wahre wunderschöne Welt der Schöpfung mit eigenen Augen gesehen. So wie auf ihrer Insel. Hier in dieser Stadt zwischen Beton, Metall, Neonlicht und Schaufensterscheiben.

Heute war für sie und David ein ganz besonderer Tag. Sie hatten viele Freunde gefunden. Jungs und Mädchen, die nun die Stadt in Dekaden von Monaten zu »Erwachsenen« gemacht hatten. David bestieg das Auto und setzte sich neben Alfred. Sie fuhren nach Hause. Aju hing für wenige Sekunden ihren Gedanken nach. Wie in einem Zeitraffer zogen auch diesmal die Bilder an Ajus Auge vorbei. Es waren die letzten Jahre in der Stadt, mit dem Campus, den Karaokebars. Den Plätzen am Hafen in Anchol oder den Ausflügen mit dem Schnellboot ganz weit draußen vor dem Hafen der Hauptstadt, in dem salzigen Meerwasser, welches schon lange nicht mehr klar, sondern voller Plastiktüten oder Colaflaschen war. Irgendwann fuhren sie nicht mehr dort hin, weil Aju es einfach nicht ertragen konnte, wie die Menschen hier mit ihrer Umwelt umgingen.

»Ich gratuliere euch beiden. Ihr seid wie die Kletten und manchmal wusste ich gar nicht, wer von euch was gesagt hat. Ich hoffe, eure Professoren konnten es auseinanderhalten. Heute Abend gehen wir Essen, was haltet ihr davon?« »Das ist eine super Idee. Heute Abend habe ich bestimmt Hunger. Im Moment bin ich nur vollkommen leer.«, sagte David. Für ihn war die Hitze und die Schwüle der Stadt auch nach fast drei Jahren immer noch gewöhnungsbedürftig. »David kann sich nicht an die Hitze gewöhnen, aber es ist auch sehr heiß, obwohl es regnet. Weißt du, auf Anambas war immer ein leichter Wind.«, sagte Aju und legte ihren nassen Arm um Davids Schultern. Sie gaben sich einen Kuss. Sie hatten es noch niemandem erzählt, aber sie wollten bald heiraten.

Für Dita waren die drei Tage schnell vergangen, in denen Budi ihre alte Heimat besucht hatte. Sie konnte sich an fast nichts mehr erinnern. Auf keinen Fall an die Ölplattformen, die draußen vor den Inseln entstanden waren. »Wo kommt das ganze Öl nur hin? Das man damit so viel Geld verdienen kann?« Budis Chef hatte nun eine Jacht im Hafen der Stadt liegen und sie einmal darauf eingeladen und sie wusste, der Boss ihres Mannes wollte bald nach Amerika ziehen. Er sagte, er könnte seine Geschäfte auch von dort führen und es wäre sicherer für die Familie.

Dita war froh, hier in der Stadt zu sein. Sie verspürte keinen Drang zu reisen, da war sie ganz wie Aju. Ihr reichte das Haus mit dem Garten und den Palmen auf der Straße und ein Treffen mit ihren Freundinnen am Wochenende. Nun wartete sie auf Budi, der in wenigen Minuten zurückkam. Heute war ein Kurierdienst in blauer Uniform an der Tür gewesen. Er hatte einen Brief in der Hand, in einer durchsichtigen Plastiktüte verstaut. »Sind sie Aju?«, fragte der Mann. »Nein, Aju ist meine Tochter. Dann unterschreiben sie bitte hier. Ich darf den Brief nur an Familienangehörige aushändigen, oder an den Empfänger persönlich.« »Das ist in Ordnung. Sie können ihn mir geben. Aju kommt gleich von der Universität. Sie hatte heute eine Klausur.«

Dita drehte den Brief in der Hand. Der Bote warf das Tor aus Stahl in das Schloss. Ein Hund bellte im Garten des Hauses gegenüber. Auf dem Brief war der Stempel eines Notars. Der Brief kam aus Anambas. Nicht von ihrer Insel, nein von der Insel, an der die Fähre auf dem Weg dorthin den ersten Stopp einlegte. Ungefähr vier Stunden Schiffsreise entfernt. Sie lief durch ihr großes Haus. Zu groß für eine kleine Familie, deren Kinder fernab ihrer Heimat in einem Internat in der Schweiz heranwuchsen und von deren Leben Dita immer weniger erfuhr. Sie war neugierig auf den Inhalt des Briefes und legte ihn Aju direkt auf den Esstisch. Dann erfuhr Aju gleich, was darin stand, wenn sie nach Hause kam.

Das Testament

Aju und David polterten die Treppe hinauf. Die junge Frau schmiss ihre Schuhe mit den viel zu hohen Absätzen in die Ecke. »Darin kann ich nicht laufen. Niemals. Ich mit meinen Hühnerbeinen. Ein Tag reicht. Morgen ziehe ich meine Panamaschuhe wieder an.« David lag mit einem Buch auf dem Bett. »Lass mal deine Bücher liegen, wir sind fast fertig. Freu dich.«, sagte Aju. »Lass uns nach unten gehen. Raus aus dem Zimmer, ich kann die Bücher nicht mehr sehen. Alfred holt uns ab. Er wartet schon unten, siehst du ihn?« »Ja, er steht unter dem Dach. Dita ist auch schon da und ich glaube sie wartet schon etwas ungeduldig.«

Alfred lenkte das Auto in das Lieblingsrestaurant unter den Arkaden, mitten in der Stadt am Äquator. Ein karibisches Restaurant, in dem eine Band Salsa Rhythmen spielte und einige Paare in der Mitte auf einem etwas erhöhten Platz langsam tanzten. Am Ende des langen Ganges zum Restaurant stand eine Dame in mexikanischem Kostüm mit einer Schleife im Haar. »Haben sie reserviert?«, fragte sie Budi, der eilig vorneweg lief.

Die Dame durchblätterte eine Liste auf einem Pappbrett und brachte die Familie zu ihrem Tisch. Sie bestellten Portwein und Pizza und für Aju Fisch. Budi konnte keinen gebratenen Reis mehr essen. David erinnerten die Pizzen an seine alte Heimat. Damals als er noch in Montpellier Flammkuchen gegessen hatte, der auch rund war, genau wie die Pizza und im Übrigen nichts mit dem Essen zu tun hatte, welches er hier seit drei Jahre zu sich nahm. »Ich habe einen Brief für dich, Aju. Er ist gerade heute gekommen. Mit einem Kurier von zu Hause. Ich meine deinem Zuhause.« Sie schaute auf den Holztisch mit seinen Stoffservietten. »Zum Wohl. Auf euch und herzlichen Glückwunsch zu eurer letzten Klausur.«

Als Dita und Budi wie gewohnt über das Geschäft redeten und Alfred am Ende des Tisches in Automagazinen blätterte, öffnete Aju mit einem der flachen Fischmesser, welche auf dem Tisch lagen, den Brief, der an sie gerichtet war. Es war ein Schreiben mit einer Kordel und Siegellack verschlossen, in dem mit einem Stempel ein Wappen eingedruckt war.

»Sehr geehrte Frau Aju, wir leiten ihnen hiermit den letzten Willen von Frau Mirinda weiter, die am letzten Freitag des vergangenen Monats nach langer schwerer Krankheit von uns gegangen ist. Frau Mirinda hat uns beauftragt, das folgende Testament an sie weiterzuleiten. Bitte teilen sie uns bis zum,... mit, ob sie die Erbschaft annehmen. Mit vorzüglichen Grüßen,...«

Aju blätterte zu den handgeschriebenen Seiten, die auf gelbliches, dünnes Papier kopiert waren. Die junge Frau benötigte eine Weile, um den Inhalt zu verstehen, und schluckte mehrmals. »Was ist mit dir, Aju? Pass auf mit den Gräten, du weißt, sie können dir im Halse stecken bleiben.« Budi klopfte ihr derb auf den Rücken.

Bisher hatte Aju nur Briefe von David erhalten. Seine Zeilen voller Liebe waren auf dünnem, fast durchsichtigem, leichten Papier geschrieben. Auf den Umschlägen stachen ihr die Briefmarken mit Rosen oder dem Eiffelturm stets in das Auge und die rot-blau gestreiften Ränder. Die Zeilen, die sie nun von Mirinda in der Hand hielt, waren so ganz anders. Es war die erste und letzte Nachricht der Frau aus dem Hotel in ihrer Heimat an sie. Sie war verstorben und ein Notar namens Adrianus sandte nun den letzten Wunsch von Mirinda an Aju.

Die junge Frau, die gerade ihre letzten Klausuren geschrieben hatte und der nun bald alle Türen für einen Start in das Leben offenstanden begriff, dass in diesem Moment ihr Leben eine neue Wendung nehmen würde. Sie verließ den langen Tisch im Halbdunkel des Restaurants und lief in den langen Gang unter den Arkaden. In ihren Ohren klang laut der Schlag ihres Herzens. Im Restaurant spielte die Band noch immer Salsa Musik.

Sie hockte sich auf den Stuhl, auf dem kurz vorher die Empfangsdame mit der Reservierungsliste gesessen hatte. Sie blätterte die gelblichen

Blätter auf dickem Papier durch und studierte sie. Mirinda hatte ihr Stühle, Mobiliar, eine Rezeption und Geld in nicht unerheblicher Höhe vererbt. Sie legte ihren Zeigefinger auf die Liste und dann stand dort der Name des Hotels. Die Frau, die sie vor Jahren in diesem Hotel das erste Mal gesehen hatte, eine Schnapsflasche in ihrem Wäschekorb versteckt, hatte ihr das Hotel mit allem Drum und Dran vererbt. Ihr allein, und dazu noch ihr gesamtes Vermögen.

Die Dame, die solange Aju denken konnte, in dem ockerfarbenen Hotel die Fenster jeden Tag früh morgens öffnete und am Abend wieder schloss, lebte nicht mehr. Alles, was von ihr übrig geblieben war, lag nun fein aufgelistet, auf drei Seiten Papier, vor Aju.

»Ohne sie hätte ich meine Mutter vielleicht nie kennengelernt. Wer weiß, ob Oma Helde es mir jemals erzählt hätte. Was wäre gewesen, wenn Helde zuerst gestorben wäre und das Geheimnis über meine Mutter mit in das Grab genommen hätte? Oder wussten Onkel Henky oder Onkel Gio Bescheid? Sollten sie mir die Wahrheit irgendwann sagen, oder wäre ich für immer auf der Insel geblieben, ohne jemals meine Mutter kennengelernt zu haben?« Fragen über Fragen begannen in Ajus Kopf zu kreisen.

Mirinda hatte keine Kinder gehabt. Sie wünschte sich Kinder und hatte nie den passenden Mann auf Anambas gefunden. Wie sollte sie das auch? Sie war viel zu schlau und unabhängig, um sich an einen der in den Tag hineinlebenden Männer auf der Insel zu hängen. Einen Fischer wollte sie nicht und auch keinen Friseur und die anderen gutaussehenden Männer, wie der Offizier von Oma auf dem Schiff, waren unzuverlässig und allein durch ihren Beruf zu oft zu weit weg, als dass sie sie ernsthaft für ihre Familienplanung in Erwägung gezogen hätte. Sie konnte es am besten an Aju sehen. Aber es lag nicht nur an Dita damals, ihrer besten Freundin. Es waren wohl all die Erlebnisse zusammen, die es am Ende so unmöglich machten, ein glückliches Leben zu führen.

Nun hatte sie das Glück über Aju gebracht. Das wusste die junge Frau in diesem Moment sofort. »Danke Mirinda für das Hotel. Ich werde es in Ehren halten, wie du es wolltest. Darauf kannst du dich verlassen.«, flüsterte Aju in Gedanken an Mirinda. David legte die Hand auf ihre Schulter. »Kommst du wieder hinein? Geht es dir gut?« »David, kannst du das lesen? Mirinda ist gestorben.« Sie drückte ihrem Geliebten den Stapel Papiere in die Hand.

Der junge Mann blättert die zusammengeklammerten Seiten durch, bis zum letzten Blatt. Mit Hand geschrieben stand ein letzter Gruß von Mirinda an Aju darauf.

»Ich wünsche euch alles Gute, lebt euer Leben und beschützt unser Refugium.« Aju saß noch immer auf dem Hocker. Der geflochtene Sitz aus Weidenruten, ein Stuhl wie ihn die Holländer benutzt hatten und der, wie ein Stück aus einem Museum, hier gar nicht zwischen die modernen Glasfassaden passte, piekste Aju in ihre Beine.

Das Mädchen heulte. Vor Trauer und vor Glück. Mirinda hatte sie nicht vergessen und auch Aju war oft in Gedanken bei ihr die letzten Jahre, auch wegen der schönen Aussicht, die sie stets aus dem Hotel genossen hatte. Diesem Blick, der wie der Lichtstrahl eines Leuchtturmes von dem Fenster im ersten Stock auf die Bucht hinausführte. Sie würde an Mirindas Grab eine Blume niederlegen und frischen Jasmin, so wie Mirinda es immer auf den Buddhafiguren am Eingang tat. Als die beiden sich beruhigt hatten, kehrten sie zurück zum Tisch. Budi und Dita waren fertig mit ihrem Essen. Krümel und Fischgräten lagen unter Budis Stuhl. Dita faltete ihre Stoffserviette in der Mitte und legte sie neben sich auf den Tisch. David und Aju hatten keinen Hunger mehr. Sie dachten wohl in diesem Moment beide dasselbe.

Ajus Mutter und Budi waren ein ungleiches Paar, im Gegensatz zu David und Aju, die sich blind verstanden in all dem, was sie taten. Sie brauchten nicht viel zu reden. David reiste als Kind mit seinen Eltern auf einer Jacht um die Welt und er wusste, was Freiheit bedeutete. Welchen Gewinn sie darstellte und welche Bürde gleichermaßen. Für Aju fühlte sich die Welt frei an, solange sie wusste, dass es Anambas noch gab. Die Welt war für sie durch das Leben in der Stadt nicht größer geworden. Sie war nun fast fertig mit ihrem Studium, genauso wie David. Eher fühlte sie sich wie eine zu groß gewordene Biene in einer honigfarbenen Wabe. Sie war keine Bienenkönigin und wohl auch keine Arbeitsbiene und sie wollte nicht im Honig kleben bleiben, wenn jemand ihr ganzes Konstrukt in eine Schleuder steckte und den Honig herauspresste. Dann würde sie irgendwo, von der Fliehkraft gefangen, am Rand kleben und könnte sich nicht mehr bewegen.

In diesem Moment spürte sie, dass sie Glück hatte, richtiges Glück, und dass es einen Grund geben musste, das Mirinda ihr das Hotel vererbt hatte und nicht ihrer Mutter, die ja einmal ihre beste Freundin war. Dita wollte niemals mehr auf die Insel zurück und Mirinda sah in Aju wohl eine gewisse Hoffnung, ihr Lebenswerk fortzuführen, sonst hätte sie den Brief des Notars heute nicht erhalten. »Ihr seid so schweigsam?«, fragte Dita. »Mama lies das. Es ist von Mirinda.« Dita nahm den Brief ihrer Tochter zurück in die Hand, den sie ihr noch vor einer Stunde auf den Tisch gelegt hatte. »Hat sie Probleme? Braucht sie etwa Geld?«, fragte Dita.

»Nein Mama, sie ist tot Sie sah sehr schlecht aus, als ich sie das letzte Mal gesehen hatte, und David hatte sie auch so in Erinnerung. Stimmts David?« »Ja, ich hatte ihr ein wenig geholfen, als ich auf Anambas auf die nächste Fähre gewartet hatte.

Ihr Gesicht war eingefallen, aber sie war sehr herzlich zu mir. Es ist sehr traurig. Ich mochte sie sehr und das Hotel. Sie war eine tolle Frau.«

Dita kramte in ihrer Handtasche mit den zwei Initialen einer Luxusmarke darauf herum.

»Das hätte ich jetzt nicht gedacht.«, prustete es aus ihr heraus. Einen kurzen Augenblick meinte Aju etwas Eifersucht in ihrer Stimme gehört zu haben. Dann wurde Dita still. Sie bekreuzigte sich und sprach leise mit sich selbst. Sie nahm eines der brennenden Teelichter aus dem Kerzenständer und stellte es auf den Brief des Notars, der vor ihr auf dem Tisch lag. »Das ist eine Überraschung. Ja wirklich. Wie ist sie denn gestorben?« »Ich weiß es nicht Mama, aber ich werde es herausfinden. Wir fahren nach Anambas, David, was meinst du? Ich habe jetzt ein Hotel und es gibt bestimmt eine Menge zu tun.« »Du kannst es sicher zu einem guten Preis verkaufen, Aju. Ich gönne es Dir. Dann kannst du in der Stadt ein schönes Leben führen. Jeden Abend die Bar besuchen, schick essen gehen. Ich beneide dich und du bist noch so jung.« Sie schaute zu ihrem Mann herüber.

»Gib ihr Zeit, Dita. Es war auch deine Freundin. Du denkst immer nur an das Geld. Es gibt auch andere Dinge im Leben die wichtig sind.«, sagte Budi. Aju schaute den Mann ihrer Mutter an und es kam ihr im ersten Moment etwas eigenartig vor, dass ausgerechnet Budi davon sprach, dass Dita Geld so wichtig war. Schließlich hatte er eine Menge davon und ohne Budi hätte Dita nichts. »Verkaufen, verkaufen wofür?«, fragte Budi in Richtung Dita. »Dein Boss könnte es zum Beispiel kaufen und die Mitarbeiter der Firma dort unterbringen, bevor sie auf die Ölplattform gebracht werden. Oder für die Mitarbeiter des neuen Flughafens, oder die Gäste, die auf die Weiterreise warten.«

»... und Aju könnte es auch genauso gut behalten und einen Manager einstellen. Das ist eine Investition für das Leben. Warum verkaufen?« Dita zeigte deutlich ihre Abneigung zu Budis Vorschlag. Man konnte fast sagen, sie hasste diese Insel, aber nicht so sehr wegen der Insel, sondern wegen all der Erinnerungen die sie daran knüpfte und die sie in ihrem Leben nie bereit war zu Ende zu denken. Das bemerkten alle am Tisch. »Ihre Gedanken fanden einfach kein Ende, genauso wie die Krankenhausbaustelle auf Anambas.«, dachte Aju in diesem Moment, als sie ihre Mutter so beobachtete.

»Lass uns noch etwas bestellen, David. Jetzt bekomme ich doch Hunger.«, sprach Aju, legte einen Arm um Davids Schulter und den anderen um Dita.

»Es ist schön, dass wir hier zusammen sitzen können. Es ist nicht selbstverständlich und ich habe Mirinda eine Menge zu verdanken und du auch Mama. Wenn es sie nicht gegeben hätte, würde ich hier nicht neben dir sitzen können.« »Da hast du auch wieder recht, aber überlege es dir gründlich, was du machst. Ich habe das nicht immer getan, ich war auch sehr jung, aber denke daran, die Insel ist nicht um die Ecke. Es ist nicht mal eben wie mit Alfred zur Universität fahren.«, sagte Dita und tupfte sich mit der Serviette ihren Mund ab. Die Familie verbrachte den Abend in dem Restaurant unter den Arkaden. Die Salsa Musik spielte und irgendwann tanzten Budi und Dita auf dem winzigen Podium und Budi hielt sie so fest, aus Angst sie könnte im Halbdunkel des Raumes rücklings von der Tribüne stürzen. Sie hatte ausnahmsweise ein Glas Wein getrunken und das reichte Dita schon, um fast die Gewalt über sich zu verlieren. Es sollte für die Familie der letzte gemeinsame Tag werden und schon bald gingen Aju und David ihrer Wege.

Als David an diesem Abend sich den Staub der Stadt vom Körper spülte und Aju in ihrem Zimmer, welches sie die letzten drei Jahre in Jakarta bewohnte, auf ihn wartete, nahm sie nochmals das Testament aus der Kommode. Sie hatte es schnell, direkt nach ihrer Ankunft im Haus, dort verstaut. Es sollte dort seinen Platz haben. Nun, nur ein paar Minuten später, las sie sich ungläubig nochmals dieselben Zeilen durch. Sie, der noch nie etwas gehörte, die von früher Kindheit an, seitdem sie denken konnte, gearbeitet hatte und an einem Tag, früh in ihrem Leben, darum mit Oma Helde kämpfen musste, die Schule zu besuchen, war nun Eigentümerin eines Hotels. »Was werden Oma Helde und ihre Brüder dazu sagen? Wie geht es ihnen überhaupt? Sind sie wohlauf? Wird David mich begleiten, wenn ich zurück auf die Insel möchte?« Aju hatte eine Menge offene Fragen, die sie meist sich selbst stellte. Denn sie wusste eines ganz genau.

Nur sie selbst war für ihr Glück verantwortlich. Sie wollte später einmal, wenn sie nun die falsche Entscheidung traf, anderen Menschen keinen Vorwurf daraus machen. Nach einem Grund suchen, warum sie in der Stadt geblieben war und das Hotel verkauft hatte. Das Geld aufgebraucht war und sie im Büro einer Ölfirma womöglich an einem Umweltschutzprojekt arbeitete, um einen ihrer Chefs in einem besseren Licht erscheinen zu lassen. Während die Bosse doch mit ihrem schwarzen Gold die See und ihre Bewohner zerstörten.

All ihre Fragen kreisten um die Insel und dann merkte sie, dass ihre Entscheidung doch schon feststand. Sie erkannte, dass sie schon mit den Details ihrer Idee beschäftigt war. Wie sie das Hotel neu gestalten konnte. Freundlicher und nur für Gäste. Auf keinen Fall sollte es ein Gefängnis werden, wie für Onkel Gio, auch wenn es nur für einen Tag damals war. Es sollte ein Leuchtturm werden, der Fremden ein Ziel zeigte. Ein Ziel ihrer Reise und kein Ort, von dem sie so schnell wie möglich wieder abreisen wollten, und sie hatte so viele Ideen in ihrem Kopf. »David, gefällt dir die Stadt, was würdest du an meiner Stelle tun? Würdest du das Hotel verkaufen? Dita denkt nur an das Geld. Verstehst du sie? Sie hatte nie etwas Eigenes besessen. Glaubst du, dass sie eifersüchtig auf mich ist?« Der junge Mann kam aus dem Bad mit dem rosaroten Marmorboden heraus. Seine Haare waren lang und die Locken quollen bis fast auf seine Schultern. »Du solltest einmal zum Friseur gehen, David. Du siehst aus wie ein Tier.«

»Ich hab es hinausgezögert. Wir waren so beschäftigt mit unseren Klausuren und dann habe ich es einfach nur vergessen.» Das stimmt und meinst du, es ist ein Zufall, dass ausgerechnet jetzt mich diese Nachricht von Mirinda erreicht hat? Es ist doch überhaupt ein Wunder, dass ich den Brief bekommen habe, findest du nicht auch?«

Aju saß auf dem Rand des schmiedeeisernen Bettes und wippte mit ihren Beinen. Sie zog an der Kette mit ihrem goldenen Kreuz, welches sie um den Hals trug. »Das mag sein, vielleicht erscheint es dir so. Wir sind drei Jahre hier. Es hat sich viel verändert. Schau Budi, fliegt mit dem Flugzeug auf eure Nachbarinsel. Vor kurzem noch war dort nur Dschungel. Auch bei euch ist der Fortschritt angekommen. Diese Stadt verlangt unsere volle Aufmerksamkeit, Tag und Nacht. Wir haben vergessen, wie es auf der Insel ist. Drei Jahre sind eine lange Zeit.«

»Würdest du mit mir auf die Insel fahren? Wir könnten auch fliegen. Alfred könnte uns zum Flughafen fahren und stell dir vor, in zwei Stunden könnten wir die Insel von oben sehen. Wir können alles aus der Ferne betrachten. Den Wasserfall, die Stadt in der Bucht mit dem Hafen.« Aju schaute ihren Freund nicht an. In diesem Augenblick war sie sich ihrer Gefühle nicht im Klaren. Es war für einen Moment die große Aufregung in ihr, dass David sich von ihr abwandte.

»Du meinst für immer? Warum nicht. Auf der Insel haben wir uns kennengelernt und auf Anambas haben wir alles, was der Mensch braucht. Das Hotel hat Potenzial. Erinnerst du dich an die Aussicht? Vom Dach aus sah ich den Wasserfall und die Schiffe. Wir renovieren das Haus und du kannst deinen Ideen freien Lauf lassen. Es ist eine einmalige Chance Aju. Verkaufen ist etwas für Faule. Was gedenkst du, mit dem Geld zu tun? Eine teure Handtasche kaufen, wie deine Dita?
»Ich werde eine Nacht darüber schlafen. Du weißt, ich war froh, die Insel verlassen zu können, vor langer Zeit.« »Das ist eine gute Idee. Das Hotel läuft uns nicht weg.«, sagte David. Aju schloss das Fenster. Die Mücken schwirrten unter der Straßenlaterne vor dem Haus.

Dita saß allein an dem großen Holztisch im Esszimmer. Sie hatte ein Bein auf den Tisch gelegt. Ihre hohen Schuhe mit der silbernen Schnalle lagen auf dem Teppich.

Sie hatte das Gefühl, in diesem großen Haus bald allein zu sein mit Budi.

Aufbruch nach Anambas

Es waren nur wenige Wochen seit dem Restaurantbesuch unter den Arkaden vergangen. Aju und ihr Freund David hatten viel über das Hotel gesprochen und natürlich auch über Anambas. Ajus Entscheidung stand insgeheim schon eine Minute, nachdem sie den Brief mit dem Testament vor einigen Wochen geöffnet hatte, fest. Ihr war ein großes Glück widerfahren. Sie sagte es ihrem Freund in diesem Moment nicht und wollte abwarten, wie er sich verhielt. David war praktisch veranlagt, so wie die meisten Männer. Schnell war er in Gedanken versunken und fertigte Zeichnungen seiner Umbaupläne an. Der junge Mann legte eine Tabelle an mit Hölzern, Kabeln und Rohren, die sie in der Stadt einkauften und die Budi und Alfred auf eine Fähre im Hafen brachten. Sie schauten dem Schiff hinterher, wie es den Kai verließ und nach zwei Zwischenstopps Anambas erreichen sollte. Aju und David planten im Voraus, denn die Insel war weit entfernt von Jakarta und wenn die Regenzeit einsetzte, waren sie vom Nachschub abgeschnitten. Außer sie benutzten das neue Flugzeug, das die Nachbarinsel anflog. Das war aber nur für Passagiere und für all das Material, welches sie benötigten, blieb somit nur die Fähre übrig.

Das junge Paar nahm die Materialliste selbst in die Karaokebar mit, die sie ein letztes Mal mit ihren Freunden gemeinsam besucht hatten. Dann war es so weit. An einem Morgen, am Horizont waren nur schwarze Streifen von Wolkenbändern zu sehen, bestiegen die beiden Alfreds Limousine. Am Himmel stand der verschwommene volle Mond hinter dem Dunst der Stadt. Die Straße lärmte schon von hupenden Mopeds, selbst so früh am Tag.

Aju legte ihren Kopf in den Nacken. Budi war auf einer Reise in den Osten des Landes und Dita hatte sich von ihrer Tochter schon vor Tagen verabschiedet. Sie war auf dem Weg in Richtung Europa, in die Schweiz, um das Schulgeld für ihre gemeinsamen Kinder mit Budi zu bezahlen und nach dem Rechten zu schauen. Die Reise führte sie für gewöhnlich zweimal im Jahr dorthin, in die Berge.

So waren nur David zusammen mit Aju im Haus zurückgeblieben. Sie löschten alle Lichter und leerten den Kühlschrank mit den abgerundeten Ecken, bevor sie die Villa verließen. Sie schliefen Arm in Arm zwanzig Minuten im Auto, welches lautlos über die neue Autobahn zum Flughafen in der Mitte der Stadt fuhr. Der Fahrer zog die Tür von außen auf. »Wir sind da Aju. Erinnerst du dich noch, als ich dich das erste Mal vom Hafen abgeholt hatte?«, fragte Alfred. »Wie sollte ich das vergessen? Sie waren der erste Mensch, mit dem ich ein Wort gewechselt hatte, nachdem wir Jakarta erreicht hatten, damals.« Ihrem seit ihrer Ankunft in der Stadt immer hilfsbereitem Fahrer hatte Aju viel zu verdanken. Nun war es Zeit sich zu verabschieden. Niemand wusste, ob sie sich jemals wiedersehen würden. Alfred kannte alle Straßen und jeden Schleichweg in der Millionenstadt, aber auf einem Schiff, oder sogar in einem Flugzeug, hatte er noch niemals gesessen.

David umarmte den alten Mann, der an diesem Morgen ein weißes Hemd und eine gestreifte Krawatte trug. Sein Sakko roch nach Mottenkugeln. Er drückte den beiden Reisenden ihre Tickets in die Hände und stellte zwei Koffer zu ihren Füßen. Dann winkte er ihnen zu und setzte seine Mütze kurz ab und wieder auf. Er verfolgte Aju und David eine Weile mit seinem Blick, bevor ein Auto hinter ihm hupte. »Gleich bin ich weg. Es ist noch nicht einmal um fünf Uhr morgens.«

Das junge Paar stellte das bescheidene Gepäck auf ein quietschendes Gummiband und reichte die Flugtickets einer Dame mit rotem Halstuch hinter dem Schalter. Frauen, Männer und kleine Kinder rannten kreuz und quer durch das neue Terminal des Flughafens. Auf einer sich drehenden Plattform wickelte ein Herr Koffer in Plastikfolie ein und gab sie danach zurück an die wartenden Passagiere. Zwischen langen Schlangen quetschte sich das junge Paar hindurch und stand dann mit einem Male in der aufgehenden Sonne auf dem Vorfeld des Flugplatzes. Das helle, gleißende Licht schien ihnen in die Augen. Auf der Startbahn saßen weiße Vögel mit langen Hälsen. Aju stieg eine schmale Treppe hinauf in das Flugzeug mit großen Propellern und einem dicken Bauch. Davids Beine drückten sich in die Rückenlehne des Vordersitzes neben ihr. Sie hielten sich an den Händen. Die laufenden Motoren, die jetzt lauter wurden, brachten die Fenster der Maschine zum Vibrieren. Sanft hob das Flugzeug seine Nase vom Boden und stieg in den Himmel hinauf.

»Wir haben es vollbracht David. Bald sind wir auf Anambas.« Sie drückte seine Hand fest und ließ sie für den Rest des Fluges nicht mehr los. Aju fiel in einen tiefen Schlaf. Die Flugbegleiterin, die dasselbe rote Halstuch wie die Dame am Schalter trug, bot David einen Orangensaft an. Er schaute aus dem kleinen ovalen Fenster und sah auf die Reisfelder am Ende der Stadt. Sie flogen über das dunkle Meer in dem aneinander gereiht Inseln, umgeben von hellblauem Wasser, lagen. Die Sitze im Flugzeug waren neu. Sie rochen nach Leder und Schweiß. Dann verschwand der Lärm der Triebwerke und der Kapitän setzte zum Anflug auf den kleinen neuen Flugplatz mitten im Ozean an.

Hunderte von Inseln sah David aus der Ferne. Er strich Aju über das Haar, »Wir sind bald da. Schau, die Berge sind so grün und der Strand so schmal und gelb. Ich habe das Land vermisst. Das ist unser Leben.« Die junge Frau rieb sich die Augen. Luft aus einer Düse über ihr blies ihr in das Gesicht. Der Himmel war so klar wie nach einem Gewitterregen. Sie konnte sich an dem Blick aus dem Fenster nicht sattsehen. In der Stadt gab es wenig Bäume und jetzt wurde ihr bewusst, was sie vermisst hatte. Diesen Anblick von frischen Blättern, die der Regen aus den Ästen schießen ließ. Sie erinnerte sich, dass wenn sie die Augen schloss, aus dem Grün ein Rot wurde. Jetzt konnte sie durch ihre Augenlider den Schatten des Flughafengebäudes erkennen und als das Flugzeug auf der Landebahn aufsetzte, heulten die Motoren auf. Eine dicke Frau sprang auf und griff nach ihrem Koffer in der Ablage.

Draußen an dem flachen, roten Gebäude mit vielen kleinen Dächern stand der Name des Flugplatzes. Matak war darauf in gelben Buchstaben zu lesen. Die beiden Reisenden waren fast am Ziel und nach einer kurzen Fahrt durch den Dschungel erreichten sie die Stege am Hafen des winzigen Eilands. Onkel Gio besuchte die Insel vor Jahren und damals lebten nicht mehr als zwanzig Menschen darauf. Nun wimmelte es hier von Menschen. Aju verhandelte den Preis für die Überfahrt nach Tarempa und wenige Minuten später gab der schlanke Junge auf dem Boot Vollgas. David hielt sich mit beiden Händen an der Holzbank fest, um nicht aus dem Kahn zu fallen. Aju rückte zu ihm heran. »David, schau, dort,... kannst du es sehen?« David schaute nach links über das Ende der Bucht hinaus. Am Horizont war ein ockergelber Fleck in der Mitte des Hafens zu sehen. Je näher sie der Stadt kamen, umso deutlicher wurde das Hotel sichtbar und im ersten Stock stand das Fenster mit Blick zum Hafen offen.